공자

소설 공자 3

자기정리를 끝으로 고종명까지

1판 1쇄 인쇄 | 2019년 8월 16일
1판 1쇄 발행 | 2019년 8월 18일

지은이 | 우쾌제
펴낸이 | 김경배
펴낸곳 | 시간여행
디자인 | 디자인[연:우]
등 록 | 제313-210-125호 (2010년 4월 28일)
주 소 | 경기도 고양시 덕양구지도로84, 5층 506호(토당동, 영빌딩)
전 화 | 070-4350-2269
이메일 | jisubala@hanmail.net

종 이 | 엔페이퍼
인 쇄 | 한영문화사

ISBN 979-11-85346-11-3 (04810)
ISBN 979-11-85346-91-5 (세트)

이 도서의 국립중앙도서관 출판예정 도서목록(CIP)은 서지정보유통지원시스템 홈페이지(http://seoji.nl.go.kr)와 국가자료 공동목록시스템(http://www.nl.go.kr/kolisnet)에서 이용하실 수 있습니다. (CIP제어번호: CIP2019030741)

소설

孔子

3

자기정리를 끝으로 고종명까지

우쾌제 엮음

시간여행

임금은 임금다워야 하고 신하는 신하다워야 한다.
아비는 아비다워야 하고 아들은 아들다워야 한다.

책 머리에

떠오르는 태양
대륙문화의 꽃, 문성대왕(文聖大王)!

21세기 문화는 새로운 문명의 시대를 열었다. 중국의 북경 하늘을 뒤덮은 올림픽 오륜기의 물결과 꺼지지 않는 성화는 동서양의 문화적 거리를 그만큼 좁혀 놓았었다.

서울 올림픽의 함성은 만리장성의 높은 벽을 넘어 한 · 중 간에 국교 정상화(1992년)를 가져왔다. 필자는 그동안 대학에서 고전문학을 강의하면서 지리적 인접국인 중국의 역사나 문화적 가치를 새롭게 밝혀 보고자 1993년경 제일 먼저 베이징대학에 교환교수로 갔다. 공자가 창도한 유학 사상을 통해 인간 중심의 정신문화에 대하여 지대한 관심이 있었기 때문이다.

인간을 중심으로 하는 학문, 즉 인문학은 인간학으로 정신문명의 정수다. 동양의 심오한 유교 문화가 세계인의 주목을 받는 것은 공자의 역(易)에 기초한 인간 중심의 인의 정신이다.

공자를 안다는 것은 새로운 문명의 시대를 열기 위한 기본을 아는 것이며 우리 선조들의 정신적 전통을 찾는 것이다. 유학 정도의 정신은 현대의 젊은이들이 멀게만 느껴졌던 공자의 생애나 사상을 쉽게 이해할 때 가능하리라 생각했다.

한때 대륙에 사회주의를 선포하고 공산의 세계를 꿈꿨던 사람들에 의해 제창되었던 공자 격하 운동은 자유경제를 받아들여 시장경제의 보편가치를 추구하며 오판임이 밝혀져 정명 정도의 유학 사상이 새로운 대륙문화의 꽃으로 피어나고 있었다. 그 결과 공자 복권 이후 십수 년 만에 세계 강국으로 발돋움했고, 세계 올림픽을 거뜬하게 치러내고 세계 제2의 경제 대국으로 발돋움한 것은 문화적 창조가치에 있었다고 보았다.

공자에 관해 관심 두고 자료를 찾기 시작했던 것이 십수 년이 걸렸다. 그에 얽힌 많은 일화를 모아 가공허구지설(架空虛構之說)로 간략하게 서술할 수 있었다.

공자의 생애를 중심으로 그의 탄생으로부터 가난을 극복하고 학문에 정진하여 훌륭한 학자가 되기까지의 과정을 제1권에서 청년기의 소설 공자로 엮어 보았다.

그리고 그가 행단(杏亶; 공자가 설립했던 사립학교)을 꾸리고 유교무류(有教無類)의 정신으로 많은 제자를 모아 학문적 토론을 벌이면서 이웃 나라와 관계를 재정립 해 나가는 과정으로부터 대사도직을 맡아 현실정치에 참여하고 천명을 알기까지를 제2권으로, 장년기를 소설 공자에서 엮어 보았다.

그다음으로 제3권에서는 춘추전국시대 열국을 순방하며 인의 사상을 펼치기 위해 노력하고 고국에 돌아와 다양한 지식을 체계 있게 정리하여 이루지 못한 이상적 정치철학을 후대에 남기는 일에 전념하는 공자 말년의 고종명(考終命)까지 소설로 엮어 보았다.

이 책을 엮는 데는 중국에서 출간된 공자에 관한 많은 이야기에 힘입은 바가 컸다. 또한, 현재 연변대학교 조문학부(朝文学部; 한국어문학과)에 봉직하고 있는 우상렬(禹尚烈) 교수와 제 문하(門下)에서 박사학위를 받고 사천 외국어 대학 교수로 재직하는 임향란(林香蘭) 박사의 적극적인 협조가 큰 힘이 되었다.

2019. 06
여름 피서 휴양지 필리핀 세브랜드 세브시티에서
원고 정리를 마치며.
일위 우쾌제

孔子

목차

용맹한 자는 어려움을 두려워하지 않고,
어진 자는 약한 자를 없신여기지 않고,
지혜 있는 자는 시기를 놓치지 아니하고,
의를 지키는 자는 세상의 일을 단절시키지 아니한다.

제1장

열국(列國) 순방(巡訪) 길에 오르다

사어(史魚)가 주검으로 충고(忠告)하다

위나라가 불안해지자 열국순방 길에 오르다

양호로 오해 받고 광성 백성들에게 포위되다

태자 괴귀는 간부 공자조를 쫓아내다

주검으로 상소한 사어(史魚)의 충성에 감동하다

실절(失節)한 모친 살해 계획이 미수에 그치다

사어(史魚)가 주검으로 충고(忠告)하다

공자 사도 일행은 안탁추(顔浊鄒) 대부 댁에서 유숙하고 위 영공의 녹을 받아 살면서 시기를 기다렸다. 위 영공이 공자에게 중임을 맡기려 하자 충신 미자하(彌子瑕)가 앞을 막아 나섰다.

"주공께서는 잊으시었사옵나이까? 문왕이 서기(西岐)라는 작은 땅에서 은주를 멸망시킨 예를 말입니다."

"선조의 공업을 어찌 잊을 수 있겠소!"

미자하는 위 영공 앞에 다가가 일부러 신기한 표정을 지으면서 말했다.

"공자는 현 시대의 성인으로 안회, 자로, 자공 등 현능한 자들이 주변에 많이 있습니다. 주공께서 중임을 맡기시면 공자란 호랑이가 날개 단 격이고, 교룡이 바다를 만난 격이 될 것입니다. 위나라 강산을 공손히 그들의 손에 넘겨주는 것이 될 것입니다."

위 영공은 양미간을 찌푸리면서 물었다.

"애경이 보기엔 어찌 했으면 좋겠는가?"

"신의 견해에는 대왕께서 빈말로 공자를 존대하고 봉록만 주셨으면 합니다. 관직을 주지 않고 사람을 파견하여 명의상으로만 초대한다 하고 실상은 감시하여 만일의 사태를 미연에 방지하십시요. 명의와 처사에 모두 손실이 없을 것이며 현능을 아끼고 위나라도 튼튼히 할 수 있는 길이 될 것이옵나이다."

미자하는 그 수완이 위나라에서 명성을 떨쳐 미남자(美男子)라고 했다. 원래는 관직이 높지 않고 아는 것, 배운 것이 없으나 미모의 얼굴로 위 영공 부인인 남자의 지극한 총애를 받으며 왕궁을 자유로이 드나들었다. 위 영공은 남자를 유난히 총애하여 하루라도 보지 못하면 생활하지 못했다. 미자하는 후궁 남자와 잠자리를 함께하며 남자의 입을 통해 위 영공의 귀로 바로 들어가서 점차 조정에서 총애받는 권신이 되었다.

하루는 미자하와 남자가 그 짓을 하고 후궁에서 나와 득의양양하여 복숭아를 먹고 있었는데 마침 위 영공이 나타나자 미자하는 기민하게 먹던 복숭아를 위 영공의 입에 넣어주면서 슬쩍 둘러댔다.

"이 가신이 푸른 복숭아 하나를 드리옵나이다. 가신이 생각하건 데, 지금 날씨가 금방 따뜻해지오나, 아직 추워 초목이 자라지 않았사오니 이는 기필코 선도이옵니다. 일부러 이렇게 입궐하여 대왕님과 함께 음미하고 즐기려 마음먹었사옵나이다."

"애경의 그 마음이 흔하지 아니하도다!"

위 영공의 큰 입으로 복숭아를 즈려 물면서 기뻐했다. 그 후에도 오랜 시간을 두고 사람만 보면 칭찬하여 '미자하는 짐을 유난히 사랑하는구나, 맛좋은 복숭아를 그냥 먹기가 아까워 짐과 함께 먹는다.'라고 하면서 혀를 찼다.

조정의 대소신료는 모두 미자하의 총애가 대단함으로 그를 어떻게 할 수가 없었다. 당시엔 사어(史魚)나 거백옥(蘧伯玉) 등과 같은 충신이 있었으나 그의 감언이설에 의해 자연히 임금님과 멀어져 갔고 오직 미자하의 말만 일리가 있다고 생각하여 그의 의견을 듣고 있었다.

공자는 매일 제자들에게 예와 악을 연습시키면서 임용을 기다렸으나 몇 달이 지나도 감감무소식이었다. 자공은 암암리에 대장군 문자(文子)에게 물어보았지만, 그는 그렇다고 공개적으로 말은 하지 못하고 암시적으로 '기산(岐山)에 오동이라는 나무가 자라고 있습니다. 일출 시 나가고 일락 시 돌아오는 양금은 나무를 골라가면서 살지오.'라고 하여 자공은 그 뜻을 잘 이해할 수 없어 섭섭한 마음으로 돌아왔다.

마침 대신 거백옥이 부자를 방문하여 공손여가(公孫餘暇)도 함께 자리하고 있었다. 자공은 다가가 인사를 올리고는 묵묵히 아무 말도 하지 않았다. 거백옥은 자공의 태도에서 무엇인가 답답했는지 물었다.

"자공은 이치에 닿지 아니한 것을 끝까지 굽히지 않는 것이 이미 오래되었지요. 양편의 전군 앞에서도 자신만만하였사온데 오늘은 어이하여 말 없이 잠잠하시오?"

자공이 한숨을 쉬더니 대답했다.

"우리는 열 달이 넘도록 기다렸나이다. 책만 읽고 경치를 유람하는 것도 유쾌하오나 공자님의 뜻을 펼칠 수 없어 불만이옵나이다."

공자는 눈짓하여 제지 시켰다.

거백옥은 말하려다 공산여가가 한가하게 차를 마시고 있는 것을 보고 말 머리를 거두고 입을 몇 번 움직이려다 말았다. 그는 공손여가가 미자하에게 고자질할까 두려웠다. 모든 것을 속이고 있다는 것을 대뜸 알아차리고 웃으면서 일어났다.

거백옥은 공손여가가 떠나자 기지개만 켜면서 인사도 하지 말라고 암시했다. 거백옥의 이번 비밀 방문은 공자에게 가르침 받으러 왔던 것이었는데 공손여가가 따라올 줄은 생각도 못 했다.

거백옥은 공손여가의 속내를 환히 꿰뚫어보고 일부러 공자 사도에게 인사도 하지 말라고 암시했던 것이다. 그야말로 경험 많은 수의사가 나귀 뱃속의 병을 모를 리 없다는 격이었다.

거백옥은 한참 생각하더니 계책이 떠올라 말을 건넸다.

"공대인은《역(易)》을 닦아 팔괘에 능통하시지요? 한데 이 늙은이에게 후과(後果)에 대해 알려 주시옵소서!"

입을 움찔움찔하여 공자에게 암시하니 공자는 자공이 벌떡 일어났다가 말을 하지 못한 것을 거백옥의 암시로 알만했다. 공자가 잠깐 생각하더니 대답했다.

"하늘의 도는 멀고 사람의 일은 가깝습니다. 앞날과 그 후과를 알려면 일을 조심하여 처리하는 수밖에 없사옵니다. 복괘(卜卦)는 심오하고 사물의 성질, 모양, 상태 따위가 바뀌어 달라짐은 여러 가닥이옵니다. 시간은 사람과 장소에 따라 모두 고정되어 있지 않고 움직이옵니다."

거백옥이 말했다

"사람들이 말합니다. 한 주인에게 아부하는 것보다 부뚜막 신에게 아부하라. 그러면 먹을 것이 더 잘 생긴다 하옵니다. 공대인은 어떻게 생각하시는지요?"

거백옥이 묻고는 병풍 뒤를 가리키면서 두 손으로 걷는 동작을 했다.

공손여가는 위 나라의 중신으로 영공의 신임을 받아 조정을 위해 몸을 바치고 있었다. 방금 거백옥이 '부뚜막 신에게 아부하라' 라는 말은 공손여가를 가리킨 것이다. 공손여가는 개처럼 공자 곁을 떠나지 않고 제자들이 아무리 비방하고 조소해도 웃고만 있어 공자는 그 꼬리를 떼어버리기 힘들었다. 자고 먹는 등 일상에서 그의 그림자는 사라지지 않았다. 손님이 와도 그는 피하지 않고 연회 모임이 있어도 꼭 끼었다. 들놀이와 수렵에도 꼭 따라다녔다. 공자는 이것이 영공의 호의라고 생각하고 공손여가에 대해 매우 공경해주었다. 오늘 거백옥이 질문하고 손으로 걷는 모양 등의 암시를 받기 전까지는 그렇게 생각했다.

병풍 뒤의 그림자를 발견하면서 감시받고 있다는 것을 알게 되면서 이마에서 식은땀이 흘렀다. 모든 것을 겪을 대로 겪은 공자는 아주 빨리 원상태로 돌아가서 태연하게 거백옥이 묻는 말에 큰 소리로 대답했다.

"그 말씀은 옳지 못하옵나이다. 사람은 인덕(仁德)을 행해야지 어떻게 신에게 아첨할 수 있겠사옵나이까?"

공자는 병풍 뒤에서 줄곧 옷고름 끈이 바닥에서 끌리는 것을 거백옥과 함께 보면서 웃었다.

거백옥은 이번 방문에서 목적을 이룰 수 없어 가신을 파견하여 공자에게 내일 연회를 베풀어 초청하겠다는 내용을 보내왔다.

위나라에 온 지 근 일 년이 되어 공자는 위 영공의 용모나 그의 행동에 크게 실망했다. 그는 늘 현재에 만족하고 도취돼 있으며 자기의 아내인 남자를 다른 남성과 공유하고 있었다. 위나라의 정치도 위 영공의 용모처럼 둥근 고깃덩이나 호박처럼 두루 뭉실하여 물밑은 언제나 지각운동을 일으키며 지하 암장이 이곳으로 몰려와 폭발하기 직전이었다.

이때 학발동안(鶴髮童顔)의 노신 거백옥은 이점을 똑똑히 꿰뚫어보았기 때문에 공자를 방문하고 연회를 베풀어 초청까지 했다.

이튿날, 공자는 안탁추가 모시러 와서 자로가 모는 수레에 앉아 거부로 갔다. 마차가 교차로에 이르렀을 때 호화롭게 장식된 마차 한 대가 그곳에서 공자를 기다리고 있었다. 공손여가는 공자의 마차가 오는 것을 보고 앞으로 다가가 인사했다.

"거부의 연회에 가신다는 소식을 듣고 공자님을 모시고자 이렇게 불청객으로 왔사옵나이다."

공자는 하는 수 없이 감사의 뜻을 표했다.

이놈의 귀는 참으로 토끼처럼 길고, 매처럼 눈이 밝고, 사냥개처럼 코가 영민했다. 거백옥은 비밀리에 초청했는데 공손여가가 어떻게 알았을까? 바로 이때에 회색 개 한 마리가 마차 옆을 지나고 있었다. 자로는 채찍을 후리면서 '이 밉상스러운 개새끼'라고 욕지거리했다. 채찍에 맞은 개가 데굴데굴 구르다가 낑낑거리며 꼬리가 빠지게 도망쳤다. 공손여가는 말 밖에 말이라는 것을 번연히 알면서도 화를 내지 않고 웃으면서 '자로 형제. 채찍 솜씨가 매우 훌륭하옵나이다.'라고 했다.

그는 욕을 먹어도 욕한 사람을 칭찬해야 주인에게 훌륭한 개가 되는 것이다. 연회에서 공손여가는 멀쩡히 그 자리에 앉아 있어 참가자들은 자연히 흥취를 잃었다. 다만 안탁추만은 생각과 달리 공손여가를 멸시하여 거들떠보지 않았다.

안탁추는 잔을 들어 공손여가의 건강과 나라의 강건함과 백성의 평안함을 위해 건배했다. 다음으로 위나라 군주의 옥체 건강을 위해 건배하고 공손여가의 뒤가 튼튼하고 관운이 형통할 것을 기원하며 건배했다. 미자하의 용모가 준수하여 위나라 명예를 떨칠 것을 축하하여 건배했다. 이런 술은 반드시 마셔야 했다. 만일 마시지 않으면 주인을 무시한다는 오해를 뒤집어쓸 수 있기 때문이다. 그들은 또 이어 짝 맞추기로 마셨다. 쌍 나무다리는 건너기 쉬워도 외나무다리는 건너기 어렵다는 것으로부터 사홍사희(四紅四喜) 모든 일이 뜻과 같음을 위하여 네 잔을 마셨다. 육육대순(六六大順) 평보청운(平步青雲)을 위해 여섯 잔을 마셨다. 팔면영롱(八面玲瓏) 팔방배하(八方拜賀)를 위해 여덟 잔을 마셨다. 일인성선(一人成仙) 계견승천(鷄犬昇天)하기 위해 열 잔을 마셨다. 집안에 복이 들고 부자가 되라는 의미이다.

사람은 누구나 좋은 말을 듣기 좋아한다. 특히 공손여가는 지금 미자하를 등에 업어 득의양양했다. 이때 안탁추의 아부와 감언이설에 못 이겨 술을 석 잔 마셨다. 거나하게 술에 취해 얼마 지나지 않아 곤드레 만드레 취했다. 거백옥은 공손여가가 푹 취하여 인사불성이 된 것을 보고 이 틈을 타 서둘러 공자에게 청했다.

"백옥이 고금 하나 얻었는데 부자께서 감상해 주옵소서."

"공자에게 눈요기를 시켜주니 대단히 영광스럽습니다. 많은 것을 배우겠사옵나이다."

두 사람이 뒷방으로 들어가려는 순간이었다. 술고래 같은 공손여가는 그렇게 많이 마셨어도 사지만 나른했고 정신은 아직 맑았다. 그가 허둥거리며 따라 들어오면서 혀 꼬부라진 소리로 말했다.

"공자, 공자님께서 거문고를 관상하시려 하옵나이까? 하~ 하관이 다 당연히 모시고 드~ 들어가야지요."

공손여가는 지나치게 술을 많이 마셔 비칠비칠 팔자걸음을 걷다가 서너 발짝 옮기지도 못하고 넘어졌다. 안탁추가 잽싸게 부축하여 다치는 불상사는 일어나지 않았다. 안탁추는 그를 걸상에 앉히고 일부러 골려주었다.

"공손대부는 주량이 아주 작군요. 나에게 아직 술을 권하지도 않으셨습니다. 이렇게 곤드레만드레 취하면 어떻게 하시옵나이까?"

"내, 내~에 주량이 약하다고? 다~ 당신의 주량 가지고. 여~ 열이라도 날 다~ 당하지 못할 걸, 미~ 믿지 못해? 그럼 좋아. 나~ 나하고 어~ 어디 겨루어 봄세."

안탁추는 공손여가에게 또 술을 몇 잔 먹였다. 그제야 거백옥은 침착하게 공자에게 자신의 어려움을 이야기할 수 있었다.

위나라는 벌써 정권싸움이 백일하에 드러나 태자 괴귀(蒯聵)는 사람을 시켜 자기 어머니 남자를 밤낮으로 감시했다. 남자와 미자하는 위 영공만 믿고 그 짓을 밤낮없이 마음대로 했다. 괴귀는 수차례나 위 영공에게 미자하를 없애서 가문의 명예를 회복하고 국치를 씻어버려야 한다고 했다. 어머니의 정절을 깨끗이 할 것을 요구했지만 듣지 않을 뿐만 아니라 어머니의 사생활에 대해 상관하지 말라 질책 받았다.

하루는 괴귀가 거백옥을 궁중으로 불러 미자하를 없애고 국치를 씻어버릴 것을 요구했다. 일생을 조용하게 처사해 온 거백옥은 난제에 봉착했다. 자신의 도덕 수양을 무엇보다도 중히 여겼기 때문이다. 태자의 부탁에 미자하 하나쯤은 아무런 문제가 아니었다. 하지만 그의 대상이 어머니가 좋아하는 사람이라는 점이었다. 또한, 아버지의 총애를 받는 신하라는 점에서 섣부르게 행동할 수 없었다. 태자의 요구를 모르는 체, 하자니 충성스럽지 못한 것 같았다. 나서자니 남자 쪽에서 가만히 있을 리 없어 궁중 정변이었다. 대 살인의 유혈사건이 일어나 나라가 망하고 백성이 망하게 될 것은 뻔했다. 이렇게 불충 불의한 행동을 군자가 어떻게 행할 수 있단 말인가? 그러나 그대로 있는다면 또 어찌 되겠는가? 고민 끝에 거백옥은 공자를 찾았던 것이다. 공자는 거백옥의 딱한 사정을 듣고 빙그레 웃으면서 물음에 대답하지 않고 엉뚱한 것을 청했다.

"거 대부께서 거문고를 어서 꺼내 공구에게 눈요기나 하게 해주소서!"

거백옥은 매우 의아하게 생각했다. 뒷방으로 거문고 구경을 오지 않을 것을 번연히 알았다. 하면서도 묻는 말에는 대답할 생각은 않고 '거문고는 웬 거문고?'라고 의아하게 생각했지만 그가 보는데 거절할 수도 없어 가져왔다. 이미 객실 내의 공손여가는 어느덧 술기운이 반쯤

가셔져 있었다.

악몽에서 깨어난 듯 밑도 끝도 없이 "무슨 보~ 보 금이기에~ 이렇게 오래 본담! 여가가 응당 모셔야지!"라고 하면서 비틀걸음으로 뛰쳐나갔다.

안탁추가 막으려다 막을 수 없어 이마에 땀까지 흠뻑 났다. 공손여가가 비틀거리면서 병풍 뒤에까지 갔다. 거기에서 과연 청아한 거문고 소리가 났다. 공손여가는 그제야 시름을 놓았다. 이때 그는 속이 울렁거려 밖으로 뛰어나갔다.

공자의 악곡이 끝났다.

거백옥은 눈앞이 확 트이었다.

"이 늙은이는 눈앞이 확 트이는 것 같사옵니다. 부자님의 가르침 고맙소이다."

공자가 연주한 것은 상조의 백이숙제가 궁중 싸움을 피하여 함께 산속에 간 내용이다.

이튿날 아침 거백옥은 공자를 찾아뵙고 관리들이 왕사에 등한시하는 것 같으니 살펴 달라고 부탁했다. 공자는 자기 눈으로 위나라의 정치 위기를 직접 목격하고 다음과 같은 결론을 내렸다.

위험한 지방에는 들어가지 아니하고, 위험한 지방에서는 살지 않는다(危幇不入 危幇不居). 공자는 미자하의 시기와 공손여가의 감시와 거백옥의 피난 권고를 듣고 당연히 더는 머무를 수 없음을 알았다.

양호로 오해받고 광성 백성에게 포위되다.

안회에게 잠시 남아 안탁추에게 작별 인사를 하게 하고는 공자는 제자들을 데리고 제구(帝丘)성을 떠나 발길을 동으로 향했다. 이날 그들은 위나라 광성(匡城; 하남성 장원현 서남쪽)에 도착했다.

이때 마차를 몰던 제자 안각이 채찍으로 담벼락의 결구를 가리키면서 '옛날에 자객이 차를 몰고 저 결구를 통과한 적이 있었습니다. 오늘은 또 스승님을 모시고 이곳을 지나갈 줄은 참으로 몰랐습니다.'라고 한 말이 성안의 한 주민 귀에 들어갔다. 백성들이 분노의 눈길로 공자의 일행을 보는가 하면 슬슬 피하는 사람도 있어 공자 일행은 의아하게 바라보았다.

그런데 이곳은 전에 양호가 반란에서 패한 후 병사들과 제나라로 망명하면서 밤에 위나라의 광성을 통과하여 진나라로 갔다. 그때 양호의 발이 담장 결구로 입성하여 살인과 방화와 재물 약탈을 심하게 해서 성안의 백성들에게 크나큰 재앙을 몰고 온 적이 있었다.

그때부터 이곳 백성들은 양호를 적대시해 왔는데 바로 오늘 그 장소에서 안각의 말을 듣고 백성들은 우연하게 용모가 비슷한 공자를 양호로 알고 양호가 다시 왔다고 착각하여 곧바로 읍재인 간자(簡子)에게 보고했다. 공자 사도 일행은 이 같은 사정을 모르고 입성하여 여관에 투숙했다.

읍재인 간자는 이 소식을 듣고 주민과 병정들을 모아 '양호가 오늘 다시 돌아와 여관에서 투숙했다. 우리가 빨리 그 여관을 포위하여 치욕을 씻어버릴지어다.'라고 선동했다. 주민들은 우르르 몰려나와 그 여관을 물 샐 틈 없이 둘러쌌다. 무기로는 동모(銅矛; 구리 날이 달린 창),

대도(大刀), 석괘(石戈; 돌로 만든 창), 활궁 등을 소지하고 있었다.

공자 사도는 자리에 누워 잠을 청하고 있을 때, 갑자기 밖에서 사람들이 떠드는 소리가 나며 초롱불이 대낮처럼 밝혀졌다. 자로가 창밖을 가만히 내다보니 마당에는 사람 머리만 보이고 고함이 요란했다. 광성의 사람들은 저마다 눈을 부라려 암흑 속에서 그 눈길은 더욱 소름이 끼쳤다. 모두 무슨 영문인지 몰라 여관집 주인을 불러 자초지종을 물었더니 주인이 말했다.

"당신들 중, '양호'라 하는 사람이 있다고 합니다. 그가 전에 광성 주민을 죽이고 불사르는 등 악한 짓을 했다 하옵니다. 오늘 그 양호가 다시 돌아왔다는 소식이 있어 주민들이 그때의 원수를 갚으려고 저렇게 모여왔소이다."

주인의 말을 듣고 자로는 괴이하게 생각했다. 양호는 지금 진(晋)나라에 있다. 이곳에 머문 사람들은 우리 사도밖에 없는데 여기에 웬 양호가 있단 말인가?

"양호는 지금 진나라에 있으니 물러가라고 설명하시지요!"

자로는 주인에게 양호의 현재의 소재지를 일러주었다. 그랬더니 여관 주인이 난감해하면 말했다.

"당신들이 안 나가고 저들이 몰려드는 날이면 이 작은 여관은 산산조각이 납니다."

이튿날 아침이었다.

문밖에서 외침 소리가 나기 시작했다. 자로는 자공 등에게 '공자님의 세면과 식사를 도와 드리고 떠날 준비를 하시도록 시중을 들라!'하고 자기는 주인에게로 갔다.

주인이 말했다.

"그들은 본디 몰려와 양호를 잡으려 했었습니다. 여관을 살려달라고 애걸복걸했사옵니다. 그랬더니 포위만 하고 들어오지 않을 것을 약속했사옵니다. 그들은 양호를 사로잡을 계획이옵나이다. 양호의 살점을 뜯어먹고 가죽을 깔개로 하겠다는 것이옵나이다. 그리하여 백성들의 분을 가라앉히겠노라 벼르고 있사옵나이다."

"광성 사람들이 잡으려는 사람은 양호다. 우리와 무슨 관계가 있느냐!"

자로가 떠날 준비를 하며 문밖을 보니 파리하나 날아 나가지 못하게 백성들이 포위했다. 어떻게 나갈 수 있을 것인가 다시 생각하기로 하고 자로는 먼저 저들에게 나가서 타협하기로 했다. 우리가 나간 후 양호 놈을 잡도록 상론해 보겠다고 마음먹고 문을 열었다.

"저놈도 양호와 한패이다. 저놈 잡아라!"

외침 소리와 함께 화살이 마구 날아왔다.

상의할 수가 없어 자로는 문을 다시 꽁꽁 잠갔다. 양호가 어떻게 우리와 한패냐고 의아하게 생각하며 속으로 매우 불쾌했다. 공자 사도는 여관 안에 포위되어 있었고 여관 주인은 손님 왕래가 끊겨 돈을 벌 수 없어 떠나라고 권했다.

이번에는 자공이 나섰다.

"제가 나가서 타협해 보겠습니다. 우리가 이곳을 떠난 후 양호를 잡아오도록 상의해 보겠소이다."

자로가 불평했다.

"나도 그렇게 생각하고 나갔었네! 보자마자 양호와 한 패라고 다짜고짜 활을 마구 쏘지 않았겠소."

공자 사도는 자로의 말을 듣고 도대체 무슨 일인지 놀라지 않을 수 없었다.

연구가 말했다.

"아마도 광성 백성들이 우리를 잡으려고 양호 놈을 핑계로 허울 좋게 벌리는 짓궂은 못된 짓이 아닐까요?"

자로가 짜증을 내면서 말했다.

"밖에서는 분명히 양호 놈을 잡겠노라 떠들어대고 있소이다. 여관 주인도 양호라고 이름을 똑똑히 댔습니다. 어떻게 우리를 양호의 일원이라고 생각할 수 있겠소이까?"

자로를 의심해 자공이 물었다.

"설마 양호와 광성에 왔다 간 적은 없겠지?"

"중유와 양호는 불과 물인데, 그런 놈하고 어떻게 올 수 있단 말이오?"

"그렇다면 모두 떠들지 마세요. 내가 나가 어디 한번 해 봅시다.

자공이 말하고 문을 열려는데 주인이 또 와서 딱한 사정을 말했다.

"우리 여관은 본전도 적고 이윤도 적습니다. 여러분들은 내일까지 떠나 주셔야 하겠습니다. 우리 집 식구들의 끼니가 떨어질 지경이옵나이다."

자공이 주인에게 청했다.

"나와 같이 나가서 협상합시다. 대화가 잘 풀린다면 우리는 내일 꼭 떠나겠다고 확답하겠습니다."

주인은 자공의 청을 들어주어 앞문을 열었다.

"여러분 잠시 기다려 주십시오. 이 선생이 읍재인 간자 대인을 뵙기를 청하옵나이다."

간자는 손에 검을 들고 물었다.

"이놈! 무슨 할 말이 있느냐?"

"당신들이 양호를 잡겠다 하지 않으셨습니까? 양호가 아닌 사람은 풀어 주는 것이 어떠신지요?"

"양호란 놈은 광성 백성들의 권리를 침해하고 능욕했다. 세워놓고 그놈의 살점을 뜯어먹어도 시원치 않다. 우리는 양호란 놈만 족치지 다른 사람은 상관없다."

"오늘은 날이 저물었으니 우리는 내일 아침 떠나도 되겠는가?"

"되고말고! 양호란 놈은 못 빠져나간다. 너희들도 양호 패거리에게 전해주거라. 어서 빨리 나와 투항하라고, 괜히 타인까지 연루되니 말이다."

"대인께서 오해하였소이다. 우리 사도 수십 명은 노나라에서부터 왔사옵니다. 양호는 벌써 진나라로 도망친 지 옛날이옵니다. 우리가 어떻게 그의 패거리라 할 수 있소이까?"

"교활하게 놀지 말라. 네가 양호 패거리가 아니면 거짓말 그만하고 내일 빨리들 물러가거라."

간자는 짜증을 냈다. 어떻게 이럴 수가 있느냐고 몹시 의아해 했다. 자로가 양호의 패거리이고 자기도 양호의 패거리라 여기는 것을 알고 이 안에 꼭 무슨 해결책이 있을 것 같았다.

공자 등 사도들에게 내일 아침 이곳을 떠날 수 있다고 알려주었다. 그는 양호가 여기에 있다고 하는 것이 알고도 모를 일이라 모두 이해가 가지 않았지만, 내일 떠날 준비를 했다. 또한, 의문은 있었으나 깊이 생각하지 않고 저마다 일찍 쉬기로 했다.

사흘째 되는 날 새벽, 아침 식사를 하고 난 다음 연구 등은 여관 문을 열었다. 마차에 행장을 펼치고 공자가 나오기를 기다렸다. 자로와 자공이 공자를 모시고 여관 문을 나서려는 순간 백성 중 한 사람이 공자를 가리키며 외쳤다.

"저놈이 양호다!"

외침 소리와 함께 백성들은 왁자지껄 몰려왔다.

"도망가지 못하게 저놈 잡아라!"

자로는 이 광경을 보고 많이 놀라 급기야 대검을 빼 들고 공자 앞에 나섰다.

자공은 공자를 호위하여 집안으로 다시 들어갔다. 연구 등 사도들이 뒤이어 들어가자 마차와 죽간은 백성들에 의해 산산조각이 났다. 제자들은 문을 꽁꽁 잠그고 의자 등 물건으로 문을 든든히 받치고 이곳 주민들이 공자를 양호로 착각했던 것을 알았다.

연구는 매우 괴이하게 생각하여 자공에게 물었다.

"스승님과 양호 놈은 봉황과 닭의 격이 아닙니까? 어떻게 우리 스승님을 양호라고 착각할 수 있단 말입니까?"

공자도 어이없다는 듯 머리를 절레절레 저었다. 자공이 한숨을 길게 내쉬었다.

"스승님과 양호 놈은 모두 노나라 사람으로 얼굴이 비슷하여 평소에 우리는 스승님과 친인으로 가깝게 지냈으니 자세히 관찰하지 못했지만, 지금 이곳 사람들의 말을 듣고 다시 보니 부자님과 양호는 모두 세 가닥 긴긴 수염에 너부죽한 얼굴과 큰 귀……."

자공이 말을 채 끝내기도 전에 자로가 큰 소리로 외치며 질책했다.

"자공, 헛소리 하지마! 양호는 범상작란한 나쁜 놈이야. 어떻게 우리 스승님과 대등하게 볼 수 있어? 광성 사람들이 몰라 그런 거야! 우리가 어떻게 덩달아 스승님을 양호라고 모함할 수 있단 말인가?"

공자는 자로가 자공에게 노발대발하면서 질책하는 것을 보고 자신을 위한 것으로 충성을 다하는 제자라 생각했다. 역시 그는 스승의 안전과 생명을 보전하기 위하여 앞장서 어떤 이상한 말에도 용서하지 않았지만, 이 장소에서 자공에 대해서는 좀 지나치다 생각했다.

"양호와 나는 좀 비슷한 데가 있단 말이야. 중유, 용모가 좀 비슷하다 해서 상관하지 말게! 우리는 노나라에서 양호와 한바탕 싸웠네. 그놈은 제나라에서 송(宋)나라로 또 송나라에서 진(晋)나라에 갔네. 가면서 결국은 자기주장을 실현할 장소를 찾았네. 지금 우리는 그놈보다도 못한 것일세."

공자가 긴 수염을 어루만지면서 웃음을 터뜨렸다.

"우리는 엄밀히 방비해야 하네. 스승님이 광성의 백성들 손에 들어가시는 날이면 절단이야. 만일의 경우라도 생기면 우리는 끝장이야."

연구가 말하자 자로는 고개를 끄덕이며 말했다.

"너희들은 스승님을 잘 지켜! 나와 자공은 기회를 찾아 포위를 뚫고 나갈 구멍을 찾아볼게."

제자들은 자로의 말대로 행동하려 했다. 이때 공자가 말했다.

"헛되이 시간을 보낼 게 아니다. 역사상 위험에 봉착했을 때 침착하게 대응한 사람들이 많았다."

여관 밖의 포위망은 점점 조여 낮에는 사람들을 바꾸면서 지켰다. 밤에는 횃불까지 밝혀두고 대낮같이 밝게 하여 새 한 마리도 지나갈 수 없게 했다. 백성들은 몇 번이고 소리를 치면서 쳐들어오려 했으나 여관주인은 여관을 보호하기 위해 애걸복걸하며 백성들에게 사정했다.

간자는 그의 요구를 들어주어 중인들을 말렸다.

"양호는 이미 포위되었으니 절대 쳐들어가지 마라! 이제 며칠만 더 지나면 식량이 떨어질 것이다. 양호란 놈은 꼼짝달싹하지 못하고 생포될 것이다."

사람들은 간자의 명령에 복종했고 여관을 더욱 엄밀히 둘러쌌다. 공자 등은 이미 사흘째 밥을 먹지 못했다. 자로는 공자가 지칠 대로 지치고 입술까지 갈라 터져 목이 쉰 소리로 말을 이어가는 것을 보고 여관주인을 찾아 노인님께서 사흘째 밥 한술도 하지 못했으니 식사 거리를 구해달라 부탁했다.

"소인도 딱한 사정입니다."

"후일에 꼭 후하게 보답해 드리겠나이다."

"소인은 후하게 보답 받을 것을 바라는 것이 아니옵니다. 다만 이 점포만 살리려 할 뿐이옵니다."

"주인장은 어이하여 그렇게 말씀하시옵니까?"

"몇 일째 숙박하는 사람이 한 명도 없사옵니다. 이 작은 장사가 어떻게 된단 말이옵나이까? 그리고 간자 대인께서 이미 영을 내리셨습니다. 만일 음식물을 공급하는 날이면 여관을 불살라버리고 우리 집 식구들을 광성에서 내쫓겠다 하셨습니다."

주인은 말도 채 못하고 구슬 같은 눈물을 뚝뚝 떨구었다. 자로는 주인의 팔을 잡고 엄하게 물었다.

"그 말이 참말이냐?"

"소인이 어떻게 감히 손님을 속일 수가 있겠소이까!"

자로는 주인을 놓고 보검을 빼 들며 큰소리로 외쳤다.

"자공, 공자님을 보호해! 중유가 포위망을 뚫고 나갈 거야. 조그마한 읍재가 도대체 어떤 인물인가 봐야지!"

"중유, 함부로 처사해서는 절대 안 돼! 다른 방법을 찾아보자."

"스승님! 우리는 절대 이렇게 가만히 앉아서 죽을 수는 없지요."

"우리가 광성 사람들과 전생에 원한이 없었고 이생에도 원한이 없다. 이것은 모두 오해다. 싸워서 서로 죽이면 그 원한은 갈수록 깊어진다. 참고 또 참아 인덕으로 사람들을 대하면 나중에 꼭 좋은 결과가 있을 것이다."

공자가 자로를 타일렀다.

여관주인은 공자가 싸움을 제지시키고 인의도덕을 고취하는 것을 보고 매우 이상하게 생각하여 그를 자세히 훑어보니 키는 크고 신체는 웅장하고 용모는 그다지 준수하지 않았지만 자애로운 얼굴과 사람에게 호감을 주는 얼굴이었다. 몇 년 전에 이곳에 온 양호와는 같지 않았다.

"손님은 누구시옵나이까? 양호 같지 아니하옵니다. 어이하여 자신의 신분을 밝히지 아니하옵나이까?"

속담에 등잔 밑이 어둡다고 했다. 공자 사도는 며칠 간이나 묶여 있으면서도 누구도 이 생각을 하지 못했다. 방금 주인의 말을 듣고 모두 기뻐했다. 자공이 벌떡 일어나 신분 밝히러 가려는데 공자는 손짓하여 제지 시켰다.

"주인의 말에 도리는 있다. 하오나 지금 시각에는 아무런 소용도 없다."

"그것은 무엇 때문이옵나이까?"

"광성 백성들이 나를 양호라고 찍어 놓았다. 아무런 증거도 없는 말을 그 누가 들을 수 있겠느냐? 오직 양호가 할 수 없는 일을 한 가지 해야 한다. 그래야 포위망이 풀어질 것이니라."

자로 등은 공자의 말이 가소로웠다.

이 송곳 꽂을 만한 여관에서 닷새 동안이나 갇혀 있었다. 또 이곳 주민과 병사의 핍박 아래 끼니도 때우지 못하는 신세였다. 공자가 주민과 병사들의 의혹을 가셔버릴 일을 하려 하니 그야말로 어리석은 짓이라고 제자들은 속으로 생각하고 누구도 대꾸하지 않았다.

그때 갑자기 공자는 상을 탁 치면서 일어나더니 기뻐하면서 외쳤다.

"포위망을 풀 수 있지!"

제자들은 더욱 의혹에 차 공자를 멀거니 쳐다만 보았다.

"노래를 힘차게 불러야지!

공자가 흥겹게 말했다. 자로는 들었던 고개를 다시 숙였다. 어떤 제자는 두 무릎을 얼싸안고 고개까지 돌려버렸다. 심지어 어떤 제자는 화가 나서 그 자리에 누워버렸다.

"왜, 다들 애들처럼 성화를 부리는 거냐? 중유, 어서 고개 들어!"

자로는 보검을 들고 눈시울이 축축해지며 공자를 뚫어지게 바라보았다.

"스승님, 제자의 무례함을 용서해주시옵소서! 노래는 이 보검이 하게 하시옵소서!"

"너는 무사 티를 언제 완전히 벗을 수 있겠느냐? 공문에서 나를 빼놓고 너의 나이가 제일 연장자이다. 일에 봉착하면 놀라지도 겁도 내지 말아야 하는 법이다. 그러나 목숨을 내걸고 죽기를 두려워 않는 것에 대해 나는 달가워하지 않는다."

"거문고 등 악기들은 모두 마차 안에 있사옵니다. 무엇으로 흥겹게 노래를 하란 말이옵나이까?"

"검을 가져오너라. 이 검은 격투를 하는 무기일 뿐만 아니다. 서정을 토로하는 훌륭한 악기가 될 수도 있다."

공자는 벙글벙글 웃으면서 자로에게 다가가 보검을 받아 쥐었다. 손가락으로 몇 번 가볍게 튕기며 자로의 얼굴에서 줄줄 흘러내리는 눈물을 닦아 주었다. 자로는 정답게 스승을 바라보며 아무 말도 할 수 없었다. 공자는 땅바닥에 벌떡 주저앉아 검을 무릎에 얹어놓고 튕기려 하다가 제자들에게 물었다.

"노래는 어디로부터 나오는가? 누가 한번 맞춰 봐라."

"노래는 마음속으로부터 나오는 거지요."

자공이 크게 생각도 하지 않고 대답했다.

"그리고?"

공자의 계속되는 질문에 자공은 입을 열었다가 대답을 하지 못했다. 다른 친구들을 돌아보니 그들의 시선은 일제히 공자에게로 쏠려 있었다.

"자공은 하나만 알고 둘은 모르는구나! 노래라고 하는 것은 사람을 감동시키는 것이다. 광성 사람에게 내가 양호가 아니라는 것을 알게 할 수도 있어. 자, 이 스승이 검을 튕길 것이니 너희는 노래하거라."

"부자님께서 어떤 노래를 하시려 하옵나이까? 이 제자는 모르겠습니다."

자로가 물었다.

"우리는 시로 부르지도 말고 노래 규칙에도 맞출 필요는 없다. 마음속의 감정으로 노래를 불러야만 광성 사람들이 떠나갈 수 있을 거다."

공자는 말을 마치고 먼저 덩덩 거리면서 연주했다. 또, 한편으로 흥을 돋우어 소리 높여 불렀다.

광활한 동녘 아침 해가 봄빛을 녹이고
바람결 나뭇잎 춤추고 새와 매미 노래하네!

형은 경작하고 형수는 비단 짜고
동생의 술 주전자 공경하며 서로 권하네!
광인인들 가난하고 어려우랴,
억울하고 한스럽게 살아왔어라!

나의 추구하는 인덕이여

재화는 모두 사라질 지라!

제자들은 손뼉을 치면서 합창했다.

노랫소리가 밖으로 흘러나가니 광성 사람들의 시끄런 소리는 가라앉았다. 여관집 주인은 문을 열고 밖으로 나갔다. 광성 사람들은 간자의 인솔 하에 조용히 여관 안을 주시하고 있었다. 여관 안에서는 또 노랫소리가 나더니 공자 사도는 걸어 나왔다. 간자가 손짓하니 광성 사람들이 우르르 모여들었다. 간자의 인솔하에 저마다 머리가 땅에 닿도록 허리를 굽혀 사죄했다.

"칼 밖에 휘두를 줄 모르는 놈이 태산을 몰라보았나이다. 홍호를 참새로 보아 대현 대성하신 공자님을 노엽게 하였나이다. 만 번 죽을죄를 지었나이다."

간자가 사죄하자 공자는 마주 인사했다.

"장군께서는 악한 자를 원수처럼 대하시는데 무슨 죄가 있단 말이요. 다 우리 사도가 떨떨했던 탓이었습니다. 밝혀야 할 신분을 제때에 밝히지 못하여 죄송하게 되었습니다. 괜히 장군께서 군사를 동원하게 했사오니 죽을 자는 이 공구올시다."

안회가 먼 친척을 만나 이야기를 나누다 보니 시간을 어기게 되었다. 그의 친척은 광성 부근의 영무자(寧武子) 댁에서 일하고 있었다. 안회가 광성에 거의 도착하였을 때, 공자가 양호로 착각되어 여관에 묶여 있다는 소식을 들었다. 그는 지체없이 영부(寧府)로 걸음을 다그쳐 자초지종을 말하여 영무자에게 도움을 청했다. 영무자는 안회와 광성에 도착하여 간자를 찾아 묶여 있는 분이 양호가 아니라 노나라의 대성인 공자라고 설명했다.

이때 마침 여관 안에서 보검을 튕기며 합창하는 것을 목격한 간자는 그제야 공자임을 확인하고 모든 오해를 풀었다.

간자는 여관 안에서 연회를 베풀어 공자 사도에게 사과했다. 이들은 잔을 마주 들었으며 분위기도 매우 잘 어울려 옛 친구가 다시 상봉한 것 같았다. 공자는 제자들이 모두 모인 것을 보고 기뻐 안회와 농담까지 했다.

"안회야! 네가 오지 않아 걱정했다. 나는 네가 광성 사람들 칼날에 귀신이 된 줄 알았다."

안회는 매우 조심스레 공자의 말을 이어받아 맞장구를 치니 사람들은 모두 즐겁게 웃었다.

"스승님께서는 아직 큰일을 완성하지 못하셨습니다. 이 제자가 어떻게 감히 죽을 수 있겠나이까?"

연회 후 간자는 군사들을 인솔하여 친히 공자 사도를 출성시켰다. 옛 속담에 '사람은 운수에 망하고, 말은 살찜에 죽고, 토끼의 운수는 매를 불러온다.'라고 하지 않았던가! 공자의 운수는 요사이 참으로 좋지 않았다. 걸음마다 구멍 난 다리만 찾는 것 같았다. 이것도 아마 하늘의 뜻이었는지? 계속된 수난은 그의 의지와 정조(情操)를 시험한 것인지도 모른다.

태자 괴귀는 간부인 공자조를 쫓아내다

광성을 떠나 이틀도 되지 않아 공자 사도는 또 포향(蒲鄕; 지금의 하남성 장원현 경내)에서 길이 막혔다. 이곳은 위나라 태자 괴귀의 심복 공숙술(公淑戌)이 사는 곳이다.

위 영공은 태자의 세력이 너무 커지는 것을 염려하여 공숙술을 억제하려고 공숙용을 배치했지만, 그도 역시 군대와 군마를 사들여 세력을 확장하고 성안의 경계를 강화하여 괴귀의 음모에 가담하고 있었다.

공자 일행이 성안으로 들어가려는데 성문을 지키는 군졸이 엄격하게 검사하며 들어가지 못하게 하여 쌍방은 충돌이 벌어져 무기를 들고 싸웠다. 공숙술은 공자와 잘 아는 사이로 성루에서 싸우는 것을 구경하며 위 영공의 간첩으로 오지 않았나 의심했다. 만약 영공의 설객 신분으로 와서 반란을 제지하면 자신에게 큰 위험이 된다고 예측하여 그를 포향에 들어오지 못하게 했다.

그러나 사정은 광성과 달랐다.

공문 제자 중, 자로와 연구 외에 공량유(公良孺)가 더 있었다. 공량유는 예절과 도덕을 모두 겸비하였을 뿐만 아니라 일당백의 무예를 지니고 있어 그가 수중의 장검을 바람개비처럼 돌리며 적진에 들어가니 범이 양 무리에 들어가는 격으로 자로와 공량유에 의해 포향의 병사들은 여지없이 패하여 잠깐 사이에 땅바닥에 시체 천지였다. 이 광경을 본 공손술은 성벽에서 내려와 사죄하며 공자 일행을 성안으로 모시고 들어가 연회를 베풀고 제구성에 돌아가지 않겠다는 약속을 공자에게 요구하여 쾌히 받아 들였다.

그동안 위나라에서는 거백옥이 시찰 나간 후 괴귀가 살모미성(殺母未成)으로 도망가면서 위 영공의 부인 남자로 인해 궁실에서 내란이 화산처럼 폭발했다.

남자는 송나라 사람으로 꽃과 같이 아름다웠기 때문에 공자조(公子朝)와 함께 송나라 궁실에서 한 쌍의 미인으로 불렸다. 총명은 총명을 아끼고 미인은 미인을 사랑한다 했지만 한 쌍의 정인은 이렇게 마음을 주면서 서로 사랑했다. 그러나 종씨였기에 사통(私通)만 할 뿐 혼인은 할 수 없었다. 그 후, 남자는 위나라 영공에게 시집을 와 위나라 제일 부인이 되었지만, 영공은 늙어서 고깃덩이나 둥근 호박이지 사랑의 상대가 되지 못해 항상 친정집에 갔다 온다는 구실로 공자조와 밀회를 계속했다. 속담에 '계란은 짝이 없어도 닭이 생길 수 있다'라고 하지만 남녀지간의 애정은 오래 숨길 수가 없어 영공이 알게 되었다. 영공은 임금의 체면 때문에 떠들지는 못하고 부인이 서방질하는 치욕을 참을 수 없어 친정 출입을 금지시켰다.

이때 남자는 벌써 아이를 가졌는데 그가 바로 괴귀였다.

위 영공은 그 아이가 누구의 아인지 묻지도 못하고 태자로 삼아 다음 왕위 계승자로 책봉했다. 남자는 비록 태후(太后)였지만 욕정은 붙는 불과 같아서 전쟁까지 불사했다. 영공은 어쩔 수 없이 부인의 편을 들어 주었고 공자조는 국사를 의론한다는 명분으로 위나라에 와서 궁궐 안에서 오입질했다. 영공은 잠자리까지 뺏기면서 한탄만 할 뿐, 추문은 온 성안에 퍼져 백성들은 노래 가사로까지 엮어 조롱했다.

임금이 중매 들어 오누이가
수놓은 베개 함께 베는데

처남이 잠자리를 다투니
이 나라 누구에 의탁하랴!

조정의 대신 중, 반 이상은 자기 몸을 보존하려고 묻지도 상관하지도 않았다. 다만 사어나 거백옥 같은 현명한 대신만이 걱정했다. 국정이 부패해지는 것을 눈 뜨고 볼 수 없어 충고하려고 작심했으나 군과 신의 명분으로 입을 열기 더욱 어려운 일이었다. 이때의 세자는 비록 어렸지만, 세상 물정에 대해 좀 아는 편이었다. 이 정황을 알고 그 창피함을 이기지 못해서 애비인 영공에게 삼갈 것을 충고하려다 그만두었다. 이때 사어가 말했다.

"주공께서는 딱한 사연이 있어 그러온데 주공께서 급해 하지 마시옵소서. 공자조만 위나라에 오지 못하게 하면 수치는 가셔질 것이옵나이다."

"사대부의 말씀이 무슨 뜻이 온 지요?"

"신에게 계책이 있사옵니다. 그리만 하신다면 공자조가 다시는 오지 못할 것이옵나이다."

괴귀가 물었다. 이때 사어는 일부러 괴귀를 자극하지 않으면서 말했다.

"이 계책은 태자를 생각하여 설정한 것이옵니다. 어찌하시겠는지요?"

"국치를 씻어버리기 위해서라면 가시밭도 불바다도 상관하지 않겠습니다. 무엇인들 하지 못하겠습니까?"

"행동하기 전 비밀을 지키셔야 합니다. 만약 누설되어 부인께서 아는 날이면 신의 일가는 둘째 치고 태자께서도 위험할 것이옵나이다."

"나는 태자이옵니다. 곧 천군만마를 소유하고 있는 대국을 거느릴 것입니다. 무엇이 겁나겠습니까? 별일 없으니 어서 말씀하세요."

사어는 사람들을 내보내고 귓속말로 이러저러하라고 말했다. 한 식경이나 듣고 난 태자는 그 계책이 좋다면서 고개를 연신 끄덕였다. 얼마 가지 않아서 영공은 또 공자조를 불러왔다.

해가 서산에 지자 영공은 친히 등불을 밝히어 들고 공자조를 후궁 밀실로 데려갔다. 남자는 물에서 방금 피어난 부용꽃처럼 궁문 밖에서 미리 기다렸다. 영공은 이를 악물고 공자조가 남자의 손을 잡고 내실로 들어가는 것을 보며 한숨을 쉬었다. 영공은 시종들이 있건 말건 계단에 털썩 앉아 엉엉 울었다.

한 시종이 그를 부축해 밖으로 걸어나갈 때 고개를 돌려 내실을 보니 벌써 불이 꺼져 있었다. 영공은 외실(外室)에서 얼빠진 사람처럼 앉아 있었지만, 심정은 바늘로 찌르듯 아팠다. 그는 질투의 화염이 치솟았으나 가끔 그 칠흑 같은 방을 돌아다보며 동녘이 터 올 때까지 뜬눈으로 밤을 새우다 잠이 들었다.

아침 정사에 문무백관이 바로 의사(議事)를 진행하려 할 때였다.

태자는 한 손에 보검을 들고 다른 한 손에는 공자조를 끌고 대전으로 들어왔다. 대신들은 그 정경을 보고 서로 쳐다볼 뿐 누구도 말 한마디 못했으나 속으로는 입술을 깨물며 좋아했다. 영공은 안절부절하며 놀랍기도 하고 기쁘기도 했으나 마음은 복잡했다. 더욱 놀라운 것은 태자가 자기 어미의 정부를 잡아왔으니 조당(朝堂)에서 떠들면 임금으로서 체면이 말이 아니지만, 공자조란 놈이 다시는 감히 오지 못할 것이라 생각하니 기쁘기도 했다. 하지만 아들이 어찌 어미의 사생활에 대해 간섭할 수 있단 말인가. 남편 된 자신도 한눈을 질끈 감고 울분을 참아 왔는데 아들이란 놈이 아비를 위한다 할지라도 이 조당까지는 오지 말았어야 하지 않았는가? 임금인 내가 이 재판을 어떻게 할 수 있을 것인가 생각하면서 영공은 저도 모르게 망설일 때, 괴귀는 보검을 꽂고 꿇어앉아 임금에게 청했다.

"신이 내실에서 자객 한 놈을 잡아왔사옵니다. 부왕께서 처리해 주시옵소서!"

영공은 그 말을 듣고 찬 기운을 내뿜으며 마음속에 박혀 있던 돌이 땅에 떨어진 것만 같았다. 대신들은 매우 놀랐다. 태자가 공자조를 자객으로 몰아 잡아온 것이 너무나 지혜로워 그에 대해 탄복하지 않는 사람이 없었다.

공자조는 긴 두루마기 하나를 걸쳤고, 발에는 나막신을 신고 한 손으로는 바지를 잡고 머리도 쪽지지 못하여 봉두난발을 하고 있어 자객 같지는 않았다. 이것은 분명 이불 밑에서 끌어내 온 것이다. 몇몇 대신들은 웃음을 참을 수 없어 입을 감싸 쥐고 가만히 웃었다.

공자조는 당황한 기색이라곤 조금도 보이지 않은 채 한쪽으로 옷고름을 매면서 한쪽으로는 주위를 힐끔힐끔 살피다 궁중에 있는 위병들의 '우-'하는 위엄 소리에 급히 고개를 숙였다.

괴귀는 큰 소리로 공자조를 을러댔다.

"자객 이놈! 어서 꿇어라!"

"태자! 어, 어디에서 자객을 잡아왔느냐?"

"제가 아침 일찍 인사 올리러 후궁으로 갔사옵니다. 웬 놈이 손에 시퍼런 칼을 들고 부왕님 침대 옆에 있었습니다. 제가 그놈의 뒤에서 덮쳐들어 잡고 보니 송나라 대부였습니다. 이자는 어떤 꿍꿍이로 부왕님을 살해하려 하온지 모르겠습니다. 방안을 자세히 살펴보았더니 부왕님께서 내실 안에 계시지 않으셨습니다. 하기에 여기까지 끌고 왔나이다. 부왕님께서 처리하여 주시옵소서!"

위 영공은 아들의 뜻을 알만 했지만, 마음속으로는 도리어 난처했다. 공자조는 송나라 사람으로서 자기가 모셔온 손님이다. 또 자기가 부인과 사통을 묵인했는데 이 장소에서 어떻게 신문할 것인가? 이것은 분명 자기를 궁지에 빠뜨리기 위해 아들놈을 막후에서 누군가가 꾸민 일이라 생각되었으나 심사를 하지 않으면 도리상 맞지 않는 것이었다.

'어떻게 한담!'

영공은 이러지도 저러지도 못하고 저도 모르게 주위를 살펴볼 때 사어는 영공의 심사를 꿰뚫어보고 앞에 한발 나서면서 아뢰었다.

"공자조는 송나라의 대부이옵니다. 신이 생각하건 대, 주인을 살해할 의도까지는 되지 않았다고 사료되옵니다. 손에 예리한 검을 들고 입궁하는 것은 궁중의 규칙을 위반한 것입니다. 주공께서는 이를 경내에서 쫓아내시옵소서. 그리고 영원토록 위나라에 오지 못하게 하시는 것이 어떠하옵나이까?"

영공은 대단히 기뻐하면서 이 계책이 아주 묘하다고 칭찬했다. 대번에 허락하고 공자조를 위나라 경내에서 쫓아냈고 다시는 발을 들여놓지 못하게 했다.

주검으로 상소한 사어(史魚)의 충성에 감동하다

남자는 아들 괴귀가 괘씸했다. 자기의 호사를 망쳐놓았음으로 정욕의 불길을 억제할 수 없었다. 영공은 늙어 재미가 없자 더욱 갈증이 심해졌다. 바로 이때 남자는 용모가 준수한 미자하를 발견하고 첫눈에 들어 꼬리를 쳤다.

영공은 또 눈을 빤히 뜬 채 미자하에게 부인을 뺏기는 수밖에 없었다. 미자하는 남자를 통해 높은 자리를 요구했고 내궁을 마음대로 드나들며 복숭아를 나눠 먹는 추태까지 보였다. 영공은 안으로는 내주장하고 밖으로는 미자하를 총애했기 때문에 정권이 다른 사람 손에 들어가고 국세가 쇠약해지기 시작했다.

태자 괴귀는 계책을 써서 공자조를 쫓아낸 후, 어머니의 방탕한 행위가 수렴될 줄 알았는데 중도에서 미자하가 뛰쳐나올 줄은 예상하지 못했다. 이때 사어는 이미 중병에 누워 있어 입궐하지 못함에도 태자는 사어에게 계책을 세워달라 요구했다.

"병이 위독하여 생명이 경각이라 치욕을 씻어드리기 어렵사옵나이다. 노나라의 공자가 당대 성인이므로 태자께서는 그를 찾아가시옵소서."

사어가 숨을 헐떡이면서 대안을 제시했다. 태자는 잠깐 생각하더니 머리를 저으면서 한탄하며 말했다.

"이것은 가족 망신으로 남에게 알릴 수가 없습니다. 공자는 성인으로 이런 궁중염사(宮中艶事)에 대해 더욱 꺼릴 것이옵니다. 그래도 대인께서 가르쳐 주시옵소서!"

"신이 군주에게 거백옥을 중용하라고 말씀드렸어야 했습니다. 그리고 미자하의 직위를 낮추시라고 충고하지 못한 것이 불충이었습니다. 신은 이제 곧 황천으로 갈 사람입니다. 아무리 생각해 보아도 태자님께 충고를 올릴 일이 없을 것 같사옵니다. 이제 곧 주검으로 충고를 할 수 밖에 없을 것이옵나이다."

괴귀는 이 정황을 목격하고 더는 물을 수 없어 사부를 떠났다.

바로 이날 밤 사어는 저세상으로 갔다. 추모의식에 가지 않은 문무백관이 한 명도 없었다. 영공도 아들을 파견하여 조문하러 갔다. 사어의 아들은 태자를 조문에 참가하지 못하게 하며 대왕님께서 친히 조문하러 오시라 하셨다는 아버님의 유언을 전하며 생전 태자에 대한 승낙을 실현하시겠다고 하셨다 했다.

괴귀는 그 뜻을 알아듣고 궁중에 돌아가 영왕께 아뢰었다.

영공은 수염을 만지작거리면서 생각했다. 임금이 대신의 추모식에 참가하는 것은 제례에 어긋난다고 생각했으나 사어는 선조(先朝)의 중신으로서 예제에 대해 잘 알고 있었다. 유언을 남겨 놓은 것을 보아 기필코 어떤 사연이 있을 터이다. 그는 평생 군주에 충성하고 나라를 위한 천하 인재를 사랑하고 현능자를 떠받든다는 의미로 조문을 가기로

했다.

임금께서 친히 아버지의 추모의식에 오신다는 소식을 듣고 사어의 아들은 상복을 입은 채 대문 밖까지 마중했다. 영공이 영당에 들어와 보니 사어의 시체가 아직도 침상에 누워있는 것을 보고 노기등등하여 질책했다.

"이것은 임금을 기만하는 죄가 아닌가? 화급구족(禍及九族)의 죄를 아는가?"

사어의 아들은 꿇어앉아 울면서 '부친께서 치관하지 말라고 하여 이렇게 되었나이다.'라고 했다.

영공은 노기가 채 가셔지지 않은 채 팔소매를 털고 떠나려 했다. 사어의 아들은 급히 말리고 나서 속담을 들며 쓴웃음을 지었다.

"일이 일어나는 데는 꼭 그 원인이 있을 것이라고 하였사옵니다. 국왕님께서는 저희의 사연을 듣지 아니하고 떠나시겠습니까?"

"어서 말해 봐라!"

"부친께서는 몇 번이나 미자하의 적물을 삭감해야만 나라가 창성해지고 가택이 평안해지리라고 하셨사오나 주공께서는 그 충고를 받아들이지 않으셨습니다. 부친께서는 나라 백성이 보기에 부끄러워서 이렇게 주검으로 충고하셨사옵나이다. 새도 죽음 직전에는 소리가 애처롭다 하옵니다. 사람이 죽음에 임박했을 때에는 그 마음이 선량해진다고 하였사옵나이다. 주공께서 성명(聖名)하시옵게 미자하의 직무를 박탈하시옵소서! 하실 수만 있다면 즉시 신의 관을 짜겠사옵나이다. 만일 주검으로 충고하신 아버님의 뜻이 성사되지 못하신다면 저희 온 집

식구가 황천길에서 만나겠나이다."

사어의 아들은 이렇게 말을 마치고는 땅바닥에 엎드려 일어나지 않았다. 그 행동에 감동한 영공은 저도 모르게 연민이 저절로 생겨났다. 사어의 아들이 숨 넘어갈 정도로 비통해하는 것을 보고 그도 슬픔의 눈물을 흘리며 '낸들 미자하의 직무를 깎아내릴 생각이 없겠느냐! 하지만 진실한 증거를 손에 쥐지 못했다. 미자하가 후궁과 바람 피우는 것을 어떻게 공개할 수 있단 말인가? 사어는 나를 위해 모든 책임을 지려고 주검으로서 충고까지 하였구나!' 영공이 여기까지 생각하고 사어의 아들을 부축해 일으키면서 말했다.

"어서 부친의 관을 짜게! 그대의 요구를 전부 받아들일 것이다."

공자는 사어가 주검으로 충고했다는 소식을 듣고 굽힐 줄 모르는 사어는 정치가 밝을 때에도 화살처럼 곧았을 뿐만 아니라 정치가 암울해도 여전히 화살처럼 곧았다고 높이 칭찬했다.

영공을 단순하게 평가할 수는 없었다.

영공의 부인 남자에 대한 태도는 그가 송나라 사람이었으며 송나라의 보호국은 강대한 진(晋)나라였고 진나라와 위나라는 이웃으로 호시탐탐 위나라의 국토를 노리고 있어 위나라가 제나라와 사이좋게 지내고 있지만, 진나라를 등지고 싶지 않았기 때문임을 이해해야만 했다.

영공이 남자를 선택하고 총애하는 것은 그런 의미가 있었고 그녀의 방탕을 묵인한 것은 절세미인여서 환심을 사려는 것도 있었지만 더 중요한 것은 진나라가 쳐들어오는 것을 막기 위함이었다.

총체적으로 그는 자신의 치욕을 참아가면서 큰 뜻을 품어 작은 일을 가지고 큰 모략에 지장을 주고 싶지 않았던 것이다. 그의 고민과 그의 책략에 대해 일반 사람들은 이해가 가지 않아 비방 조소했으며 심지어 태자 괴귀도 보고만 있을 수가 없었다. 그러나 결국 영공은 미자하를 삭탈관직했다. 문으로 안방지책이 없고, 무로 정국지력이 없다는 구실이었다. 봉록도 500석이나 감소시켰다. 오늘 이후, 부르지 않으면 왕궁으로 들어오지 못한다는 명령까지 내렸다. 남자를 더욱 총애했으나 남자는 밤낮 미자하만을 그리워했다. 드디어 남자는 병석에 누워 날이 갈수록 병이 더욱 위급해 갔다.

그러던 그녀는 마치 자책감에 못 이겨 참회하고 공자조와 미자하에 대한 사랑을 영공에게 집중시키기 위해 천 배의 노력으로 자신의 잘못을 만회하려는 듯했다. 보통 여인이 갖지 못한 애교와 아양을 모두 영공에게 쏟아부었다. 때문에 영공은 너무도 기쁘고 놀라서 기분이 둥둥 뜨는 것만 같았다. 남자에게 푹 빠져 괴귀를 점점 멀리했을 뿐만 아니라 늘 그를 불효라느니, 무지하다느니 하면서 질책했다. 계란 속에서 뼈다귀를 골라내듯 흠집만 잡아내어 태자를 폐지할 생각만 했다. 이 모든 것은 말하지 않아도 남자의 참소 때문이었다.

실절(失節)한 모친 살해 계획이 미수에 그치다

정치적 투쟁은 매우 민감했다. 괴귀는 이 같은 사실을 정확하게 알고 먼저 손을 쓰기로 결정했다. 이 나라와 가정의 화근이 되는 남자를 없애버리지 않으면 자신은 물론 장래에 임금 자리나 목숨까지 위험하다고 생각했다. 그는 그의 아비처럼 우유부단하지 않고 일단 결정하면 망설임 없이 행동하는 사람이었다.

괴귀는 그의 심복을 파견하여 엄격한 훈련을 걸친 자객 한 명을 고용했다. 이 사람은 회양속(戲陽速)이라 했는데 키는 작고 호리호리한 몸매였다. 오관이 준수하게 생긴 도련님이나 착한 서생, 어리숙한 장사꾼처럼 보였다. 회양속은 두뇌 회전이 빠르고 행동이 침착했으며 이글이글한 두 눈은 사면을 훤히 꿰뚫는 직관력이 있었고 총명한 두 귀는 팔방을 들을 수 있었다. 담이 크고 행동이 침착하여 어려운 일을 만나도 황당해하지 않았다. 몸은 제비처럼 가벼웠고, 눈과 손을 마음대로 움직여 그 조화가 놀라웠다. 그는 의리를 지키고 감정을 소중히 여겨 악한 자나 천하의 불편한 자들을 감춰 두고만 있지 않았고 벗과 주인을 위해서라면 얼굴에 칼이 들어와도 달갑게 여겼다.

괴귀는 우선 회양속에게 큰 명분을 심어주었다.

"그대가 하는 일은 백성을 위하는 일이다. 또 나라를 위해 공을 세우면 나라를 보위하는 거룩한 행동이다. 일이 성사되면 만금을 줄 것이다. 벼슬을 마음대로 고를 수도 있도록 하겠다."

다음 날 아침 괴귀는 정교롭게 장식된 작은 함을 회양속에게 넘겨주었다. 그 함 안에는 남자에게 헌사 할 귀중한 예물이 있었다. 회양속은 여전히 상인 복장으로 눈에 뜨이게 차려입었다. 행동거지도 매우 날래며 부지런하고 예절 있게 보였다. 모든 모양새를 갖춘 후 괴귀는 회양속을 데리고 남자의 궁실로 갔다.

만면에 웃음꽃을 피우며 남자에게 친절하게 말했다.

"모후께 아뢰옵나이다. 아신이 희세 보물을 하나 구했사옵니다. 해서 이것을 진상하고자 하옵니다."

근래에 남자는 태자의 이런 행동을 본 일이 없었다. 공손한 행동과 얼굴에 웃음꽃을 피우면서 말하는 것을 보지 못했음으로 그녀는 매우 기뻤다. 모자간이고 친생 혈육이기 때문에 지나간 일은 모두 잊어야지 했다. "어머님!" 하고 부르는 소리에 그동안 영공에게 나쁜 말로 아들을 헐뜯으며 태자를 다시 세우겠다고 한 말이 후회 되었다. 그녀의 마음은 쓰라렸다.

"어떤 보물이기에 우리 아들을 이토록 기쁘게 만들었나!"

남자는 눈썹이 째지도록 웃으면서 물었다.

괴귀는 어서 보물을 드리라고 회양속에게 당부했다. 내궁에 들어오면서부터 회양속은 함을 들고 무릎을 꿇고 고개를 뚝 떨구고 있었다. 남자가 함을 받아 열어보니 빛이 반짝이는 큰 명주 알이었다.

'과연 희세 진보였군!'

남자는 기뻐하면서 아들을 칭찬했다.

"우리 태자가 효성이 지극하구나!"

그들 모자가 말을 주고받는 가운데 회양속은 가만히 남자를 바라보았다. 체격이 고르고 똑 바른 두 어깨, 꿀벌 같은 날씬한 허리에 말쑥한 얼굴, 누에 같은 눈썹, 봉황 눈과 주머니 코와 석류 알 같이 꽉 찬 새하얀 이, 앵두 같은 빨간 입술이 너무나 예뻐 보였다. 윤기 나는 피부는 응고된 지방과 같았고 사뿐사뿐 걷는 모습은 봄 아지랑이가 피어오르는 듯, 향긋한 꽃 내음을 풍기는 것 같았다. 시선이 마주치면 명랑한 두 눈은 가을 호수처럼 맑았다. 이런 미인은 하늘에서도 찾을 수 없다. 더구나 지상에서는, 입을 한번 맞추거나 한번 안아보았으면 평생 원이 없겠다. 하룻밤 동침하지는 못할지언정 곁눈으로 봐도 평생 만족할 것 같았다. 죽이기는커녕 그 청춘을 영원토록 지켜주어야 할 여인이었다.

만약 내가 칼을 번쩍 날리면 목숨은 끝장이다. 어디서 이런 미인을 한 번이라도 볼 수 있겠는가! 하늘에 죄를 짓고 후세에 욕을 먹는 일이다. 회양속은 한동안 취해서 이 생각 저 생각하다가 남자를 죽이기는 아까워서 이 아름다운 꽃을 훼손하지 않았다.

그러나 괴귀의 속은 타고 있었다. 남자와 말을 하는 한편 마른기침 소리로 회양속을 재촉하며 빨리 손을 쓰라고 했다. 꿈에서 깨어난 듯 회양속은 어리둥절하고 꿇어앉아 어쩔 바를 몰라 하다가 초조하여 몸이 떨려 일어나 도망가려다 갑자기 그의 품에서 시퍼런 비수가 땅으로 떨어졌다. 궁중의 위병들은 우르르 달려들어 회양속을 꼼짝 못하게 잡았다.

남자는 모진 목소리로 물었다.

"너는 누구이기에 무기를 들고 입궁했느냐?"

"소인은 구술 장사이옵니다. 태자께서 명주 한 알이 필요하시다기에 이렇게 왔소이다."

이 말 한마디에 괴귀의 긴장은 조금이나마 풀렸다.

그는 회양속이 과연 의리를 지켰다고 생각했다. 위기가 닥쳤어도 겁을 먹지 않고, 칼이 목덜미를 눌러도 태연하게 사실의 진상을 감추기 때문에 매우 고맙게 생각했다.

"이놈 보물을 헌납하려고 입궁하면서 병기는 왜 품에 감추고 들어왔느냐?"

남자의 말에 회양속은 침착하게 말했다.

"비수는 보물 상인이 늘 몸에 품고 다녀야 할 무기입니다. 의외의 사고를 미연에 방지하기 위함입니다. 다만 태자께서 너무 재촉하시는 바람에 그대로 차고 왔습니다. 궁중의 규칙을 어기었으니 죽어도 마땅하옵나이다."

괴귀는 한편으로 그의 두려움 없는 용감성에 대해 감탄하며 또 한편으로는 남자와 시비를 그치고 빠져나가고 싶었다. 이때 문밖에서 통탕거리는 발걸음소리가 들렸다. 남자와 괴귀는 그 발걸음 소리가 영공이라는 것을 대뜸 알아차렸다. 괴귀는 당황하며 남자는 속일 수 있어도 영공은 속일 수 없다고 생각했다. 또 속으로 회양속이 남자와 시간을 지체했다고 나무랄지도 몰라 몸을 돌려 줄행랑을 놓으려다가 영공과 마주쳤다.

"무슨 일을 가지고 이 꼴이냐?"

남자는 바로 이때라고 벌떡 일어나 다가가서 괴귀의 옷섶을 덥석 잡자 괴귀는 황망하여 몸을 돌려 검으로 잡은 옷자락을 잘라버렸다. 사실 남자도 이 정도의 얼림 수에 쉬이 넘어갈 여자가 아니었다. 다만 시간과 기회를 기다렸을 뿐이었다. 영공이 오니 그녀는 억울함을 당한 아이처럼 펑펑 울면서 하소연했다.

"태, 태자가 나를 죽이려 했사옵니다. 주공께서 어서 봐 주세요!"

괴귀의 옷자락을 영공에게 증거로 내밀며 쓰러졌다. 바닥에는 태연스레 회양속이 꿇어앉아 있었고, 그 옆에는 시퍼런 비수 한 자루가 놓여 있었다.

영공은 모든 것을 알아차리고 큰 소리로 사람을 불렀다. 무사들이 우루루 모여들어 회양속을 마구 찍으려 했는데 남자가 손짓했다.

"저놈을 죽이지 말아라! 쓸모가 있으니…"

어떤 쓸모가 있는지는 오직 남자 자신만이 알고 있었다. 그것은 그의 입에서 사실의 진상을 알아내려고 그러는 건지도 모른다. 아니면 그의 멋진 풍채와 영준하게 생긴 미모에 반해서 인지도 모른다. 겁을 먹지 않는 정신 상태에 한눈에 반한 것이었는지도 모른다.

회양속은 그녀가 아름다워서 죽이기 아까워 살해하지 않았다고 해야 할지 진상대로 말을 하게 되면 어떤 결과가 나타날지 망설이고 있을 때, 영공은 탁상을 딱 치면서 고래고래 소리 질렀다.

"불효자식을 잡아 들여라!"

괴귀의 실절한 모친 살해 계획은 미수로 그치고 말았다.

늙은이의 배를 가르고 아이를 죽인 지방엔 기린도 가지 않는다.
못을 말리어 고기를 잡은 곳엔 교룡도 들지 않는다.
둥지를 부시고 알을 깨어버린 고을엔 봉황도 에돌아 날아옌다.

제2장

공자는 입궁하고 자공이 유세(游說)하다

위 영공의 초청으로 입국하여 문정(門庭) 장식이 되다

수림에서 65세의 생일상을 받다

자공의 언술로 노나라에서의 전쟁을 막다

야수적 속성에 인덕의 고상함을 보여 주다

헤어질 때를 알고, 황하에서 깨달음을 얻다

진나라의 내란 상황을 알고 송나라로 가다

인을 베풀었던 노인에게 은혜로 보답 받다

위 영공의 초청으로 입국하여 문정(門庭) 장식이 되다

위나라 영공은 불효자식을 잡지 못했다. 괴귀는 송나라를 거쳐 진나라로 도망쳐 조간자(趙簡子)에게 의탁하고 양호와 친하게 되니 위나라의 장래에 대란의 불씨가 되었다.

공자 사도 일행이 포향(蒲鄕)을 떠나 위나라 제구에 돌아가지 않기로 하고 진(陣)나라를 향해 나갈 때 공손술(公孫戌)은 동문 밖까지 전송했다. 공자 사도 일행 수십 명이 약 반나절 정도 갔을 때 갑자기 뒤에서 누군가가 외쳤다.

"공자님! 잠깐만요."

공자는 놀란 기색을 하면서 혹시 공손술이 싸우러 쫓아 온 것은 아닐까 생각했지만, 부드럽고 친절한 음성으로 보아 악의를 가진 자는 아닌 것 같았다. 그러나 자로와 연구 공량유 등 몇몇 장수들은 경계심을 품고 칼자루를 으스러지게 부여잡으며 싸울 준비를 단단히 했다.

공자가 걸음을 멈추고 소리 난 쪽을 바라보니 마차 한 대가 질풍같이 달려오다 급정거하자 범 같은 사나이가 급히 내려 인사를 공손히 했다.

"거백옥 대부님의 영을 받고 왔습니다. 공자님께서 제구에 다시 돌아와 주시라는 내용의 편지이옵니다."

그는 매우 공경스럽게 두 손으로 편지를 공자에게 넘겨주었다. 공자는 대뜸 거백옥의 필체를 알아보고 그 내용을 보니 다음과 같았다.

궁중 파문은 사어 대부의 주검 충고로 잠잠해졌다. 영공은 미자하의 권한을 박탈했고, 지난번에 공자를 중용하지 못한 것이 그의 감언이설에 넘어가서였다는 것을 알고 후회막심해 하시며 제구로 다시 돌아와 대업을 강구하고 있다. 전날의 수족지정(手足之情)처럼 함께 큰 뜻을 이루어 보자는 내용이었다.

편지를 읽고 난 공자는 너무나 감격에 겨워 눈시울을 붉혔다.

"마차를 돌려 제구로 가자!"

제자들에게 명령했다.

그동안 거백옥은 공자의 건의를 받아들여 시찰을 구실로 궁중 내란을 잠시 피해있었다. 괴귀가 송나라로 망명하고 내란을 평정한 후 돌아왔다. 영공에게 공자를 중용할 것을 요구한 뒤 편지를 보내며 세 곳에 나누어 찾게 했다.

자공이 공자에게 물었다.

"이미 공숙술과 제구에 다시 가지 않겠다고 맹약하셨습니다. 어떻게 배신하실 수 있겠습니까?"

안회가 반박했다.

"자공 형! 그 말씀 틀렸습니다. 공숙술이 범상작란한 것은 불인이요, 스승님을 핍박하여 맹약을 체결한 것은 불의요, 불인한 약속은 지켜 무엇를 하자는 건가요!"

공자가 말했다.

"안회의 말이 매우 옳다! 불인불의한 약속은 지키지 않더라도 신령 또한 나무라지 않는다."

영공은 문무백관을 거느리고 교외서 공자 사도를 맞이했다. 이는 제후들만이 누릴 수 있는 성대한 예절이었다.

공자는 멀리서부터 마차에서 내려 의관을 바로하고 먼지를 털고 제자들과 함께 엎드려 '공구가 무슨 덕과 능력이 있기에 임금께서 교외까지 나오셔서 영접하시옵나이까?'라고 하니 키가 작고 뚱뚱한 영공은 두 손으로 공자를 부추겨 일으키고 '대현(大賢)을 등한시한 것은 과인의 잘못이올시다.'라고 인사하고는 돌아서서 명령했다.

"성대한 연회를 베풀어 공자님을 맞이하여라!"

공자가 위나라의 서울에 다시 오자 영공은 성대하게 거국적인 잔치를 베풀었다. 공자 사도가 이번에는 거백옥의 집에 숙박했고 위 궁에서 돌아온 공자를 제자들은 축하했다.

"공자님은 아무 때든 크게 써먹을 데가 있으니 실로 큰 축복이옵나이다."

공자는 매우 감동했다.

"남의 신자로서 제일 쓸쓸하다고 생각되는 점은 명군을 만나지 못하는 것이다. 그러니 오늘 위 군께서 우리를 이토록 중요시하니 응당 분발하여 그 은혜에 보답해야 할 것이네!"

거백옥이 공자 일행을 재차 위나라에 오라고 쓴 편지에는 그의 절박한 심정과 격정된 언어가 담겨져 있어 단번에 공자의 마음을 움직였다. 그러나 그는 영공과 위나라에 대해서는 희망을 품지 못했다. 이 환호와 기쁨 속에서 장래에 대한 기대에 염려가 컸다.

예절을 중요시하는 사람은 체면을 생명보다 더 중히 여긴다. 영공의 교외 영접까지 받고 큰 거국적인 잔치까지 받은 공자는 과분한 접대에 생명의 마지막 순간까지 노력하여 이 은혜를 보답하겠노라 결심했다. 영공이 군사를 일으켜 포향을 치는 것에 관한 물음에 그는 생각도 하지 않고 대답했다.

"공숙술은 우환이옵나이다. 나라의 정사를 더럽히는 놈은 여지없이 처단해야 하옵나이다."

영공은 고개를 끄덕이다가 또 물었다.

"포향은 진(晋)과 초(楚)나라를 방어하는 병풍입니다. 일단 포향을 친다면 그 병풍을 파손시키는 것이 아니겠는가?"

"임금님께 아뢰외다! 나라를 위하고 임금을 위해서는 남자는 목숨을 바칠 수 있어야 하고 여자는 자기를 지킬 마음을 갖고 있어야 합니다. 누구나 역적을 따라 반란에 참가할 뜻은 없사옵나이다. 역적을 토벌하고자 마음을 모은다면 이보다 더 견고한 병풍은 없사옵나이다."

"오! 부자의 말씀에 도리가 있군!"

영공은 공자를 궁중에 불러들였지만, 포향 토벌은 물론 국사에 대해서도 묻지 않았다. 공자는 이국땅에서 살면서 낯까지 붉혀가면서 충고하지는 못했다.

그러던 어느 날 영공은 공손하게 공자에게 자문을 구했다.

"과인이 공자의 손을 빌자 하나 공자께서 국사에 힘드실 것 같아 수시로 가르침만 받는 것이옵나이다. 조정에 지금 사사(師士)가 모자랍니다. 공자님의 문생(門生)을 빌려 쓰려고 하오니 사절하지 마십시오."

"공구 본인이 본래 배운 것이 많지 않습니다. 제자들도 학문이 깊지 못하여 아마도 승임하기 힘들 것 같사옵나이다."

"공자께서 지나치게 겸손해하지 마십시오. 공자님의 문생은 모두가 충의포학지사(忠義絶學之士)이십니다. 과인이 모두 쓰지 못하는 것이 한이로소이다."

이때부터 자로, 자공, 자고(子羔), 등은 위나라에서 봉직하기 시작했다. 겨울은 가고 봄이 와서 세월은 또 한해 지났지만, 공자가 위나라에서의 처지는 시종 개선되지 못했다. 영공은 그에 대해 존경하면서도 등용하지 않고 위나라에서 2천 석의 봉록을 주고 온종일 자기와 한담이나 하고 심심풀이로 수렵과 산책을 했다.

위 영공이 교외까지 마중을 나가고 성대한 잔치를 베풀어 그를 환영한 것은 자기가 진실로 경모해서가 아니라 경현(敬賢; 현자를 공경함)의 명목을 빌기 위한 것으로 나라 사람들을 기만하는 행위였다는 것을 공자는 비로소 알게 되었다.

그의 역할은 다만 위 영공의 미용사로서 그의 얼굴에 사현(思賢), 애현(愛賢)과 같은 금박을 붙이는 것이었고, 영공을 위해 문정(門庭) 장식이나 해주는 간판일 따름이었다. 존경은 하면서도 등용을 하지 않는 영공이 명예만 탐내는 것을 깨달은 공자는 심중에 또 떠나야겠다는 생각이 움트기 시작했다.

무더운 여름의 어느 날, 날씨는 침침하고 하늘과 땅 사이에는 바람이 한 점도 없었다. 나뭇가지 하나 움직이지 않고 사람들은 집안에 앉아 있는 것이 마치 찜통에 들어있는 듯했다.

공자는 홀로 방안에 앉아 책을 보려 했지만, 주위의 공기가 너무나 답답하여 질식할 것만 같아 도무지 읽을 수 없었다. 그는 돌 경쇠(石盤)를 두드려 심중에 쌓인 울분을 한바탕 털어놓고 굳어진 분위기를 바꾸어 한 가닥의 활기라도 불어넣어 보려 했다.

돌 경쇠의 음색은 원래 순박하고 웅장한 것인데 공자가 두드리는 소리는 침울하기만 했다. 이 때 풀 짐을 진 사나이가 방문 앞을 지나가다가 경쇠 소리가 범상치 않음을 알고 풀 짐을 내려놓고 듣다가 탄식했다.

"경쇠 두드리는 자 무슨 심사 그리 깊은가!"

잠시 후, 그는 중얼거렸다

"억눌려진 소리 높이 올라가지 못하는군. 특별한 사람이로다. 이 사람아! 자신을 알아주는 사람 없다고 원망하는가? 애원할 필요까지야 없지. 강물이 깊으면 옷을 벗고 얇으면 옷섶이나 들고 지나가구려!"

그의 말소리는 매우 의미심장하여 마치 실내에서 경쇠를 두드리는 사람을 권고하는 것 같았다. 벽 하나를 사이 두고 공자는 아주 똑똑히 듣고 저도 모르게 대꾸하듯 말했다.

"의지가 굳세도다. 누구도 설득할 수 없을 것이외다!"

마치 그 사나이더러 들으라는 뜻도 있었지만 스스로에게 이야기했다는 것이 더 맞았다. 그는 실로 누구도 설득할 수 없을 정도로 고심하고 있었다. 그 어떤 힘도 그의 관점을 변경시킬 수는 없었다.

수림에서 65세의 생일상을 받다

가을이 되어 구름이 엷게 깔린 맑은 하늘에 기러기가 떼 지어 날고 낙엽은 우수수, 뭉게구름 둥둥, 마음을 심란하게 했다. 날짜를 따져보니 기원전 496년 8월 27일이었다. 공자는 이른 아침 제자들과 제구 성 밖 수림 속을 거닐었다. 아침 해는 동녘 하늘에서 서서히 떠오르고 추풍은 쓸쓸하고 낙엽이 흩날렸다. 한 무리의 까마귀들은 나뭇가지에서 까욱, 까욱, 울어 사람들의 마음을 불안하게 만들었다.

발밑에 두툼하게 깔려있는 낙엽을 밟으며 한 곳에 이르렀다. 그곳엔 높이가 몇십 자나 되고 둘레가 몇 아름이나 되는 측백나무가 한그루 있었다. 공자는 나무 밑에서 수관을 우러러 보면서 순간적으로 착잡한 생각에 잠겼다. 이 장엄한 나무는 하늘을 찌르듯 거연히 솟았지만, 닭 무리에 섞여 있는 학 같구나. 속세를 벗어나서 큰 전당의 기둥으로 사용하지 못한다. 시대를 만나지 못하고 주인을 만나지 못해서 이 황야에서 늙어가고 있으면서 죽어 썩음을 기다리고 있구나. 잿더미가 되기를 기다리고 있으니 애석하고 또한 불행하고 비참한 일이구나!

공자는 이 고목나무를 돌고 또 돌면서 가슴이 찢어지는 듯했다. 그러나 그는 또 시야를 넓혀 그 많고 많은 어린나무를 보니 생기 발랄하고 나날이 향상하는 젊음을 보는 것 같아 마음속에서 무한한 위로를 느꼈다. 노목은 죽고 썩어 이곳 옥토에 뒤섞이고 자목들은 기둥감이 될 것이다. 인류의 청사도 이렇게 순환한다면 하고 생각에 잠겨 있었다. 그때, 안회가 공자를 부추겨 앉히고 절을 했다.

"스승님께서 제자의 절을 받으시옵소서!"

큰 측백나무 아래에는 어느 새에 술상이 차려져 있었다.

공자는 어안이 벙벙하여 '뭘 하려고 그러나?'라고 물었다.

"스승님의 생신을, 제자가 어떻게 잊겠습니까!"

제자들은 안회가 말하는 사이에 너도나도 모여들어 술과 고기 그리고 싱싱한 복숭아 10개를 상에다 놓았다. 안회와 자로는 제자들과 함께 큰절을 올리면서 생일을 축하했다.

"어서들 일어나게! 이럴 필요까지 있겠나."

오늘은 공자 65세 생신 일이었다.

거백옥이 알고 연회를 베풀지 몰라서 아침 일찍 제자들을 거느리고 교외로 나왔다. 세심한 안회가 생신상을 미리 준비했다. 특히 공자가 즐겨하는 반찬들을 수림에 가져왔다. 공자로서는 웃음꽃이 피지 않을 수 없었다.

제자들은 절을 올린 뒤 별들이 달을 반기듯 공자를 빙 둘러 싸고 이야기하고 웃으며 술을 권했다. 한데 두 사람만은 무릎을 꿇고 일어나지 않았다. 그중의 한 사람은 자공이고 다른 한 사람은 생면부지였다.

그는 자공이 위나라에서 관리할 때 영공 밑에서 자공을 도와 각 나라 외교 대사를 함께 했던 자로 이름은 번지(樊遲)라고 했다. 후에 노나라에 출사했다가 공자의 생신에 참석하려고 밤 새 동안 달려와 꿇어앉아 있었다.

그는 농민 차림의 순박하고 말수가 적어 사람을 보면 얼굴부터 빨갛게 부끄러움을 탔다. 자공이 노나라에 출사하였을 때, 번지는 선생을 찾아 구학하려고 동분서주했으나 수줍어 말을 못했으나 매우 총명하고 지혜로움을 알고 이곳까지 데려왔다.

자공과 번지는 먼저 거백옥 댁에 들렀다가 이 교외의 숲에까지 찾아왔다. 그들이 도착했을 때는 친구들이 벌써 공자의 생신축배를 들 때였기에 두말없이 번지를 무릎부터 꿇게 하고 축배 겸 소개도 하는 한편 자신의 처사에 대해 사죄도 하려 했다.

공자는 번지에게 무엇을 배우겠느냐고 물었다.

"오곡을 심는 것을 배웠으면 합니다."

"오곡을 심는 것을 배우려고? 그것은 공구가 노농만 못하네."

"그러면 야채 심는 것이라도…."

"야채에 대해서는 공구가 채소 농보다 못하지!"

"그러면,"

번지는 망연히 공자를 바라보다가 물었다.

"공자님께서는 어떤 학문을 가르쳐 줄 수 있나이까?"

공자는 인내성 있게 설명했다.

"번지! 군자는 웅심(雄心)을 키워야 하고 장한 뜻을 세워야 하네. 위에 올라 앉아 있는 자가 예의를 즐기면 백성은 존중하고 탄복하네. 위에 올라 앉아 있는 자가 성실하고 신의를 지키면 백성들은 진심으로 대해 줄 것이네. 만일 이렇게 할 수만 있다면 사람들은 저마다 가족을 데리고 모일 것이네. 자네가 밭을 다룰 필요까지 있겠나?"

번지는 연신 고개를 끄덕이면서 기뻐했다.

"제자가 예의를 배우고 신의를 배우겠나이다!"

숲 속에서 65세 생일상을 받는 자리에서 공자는 또 하나의 새로운 제자를 얻게 되어 새로운 가르침을 줄 수 있게 되었다.

공자는 위나라에 있으면서 조국 노나라를 그리워했기에 자공을 보자 먼저 노나라 정황부터 물었다. 노나라는 여전히 삼분공실(三分公室)하고 정권은 계씨 손에 있었다. 계씨와 정공은 주색에 빠져 정사를 돌보는 사람이 없어 조정 내부는 사분오열하여 말할 수 없이 쇠퇴했다.

제나라에서는 전상(田常)의 건의를 받아들여 노나라를 토벌하고자 선발대가 이미 제나라와 노나라 변경까지 도착했다는 것이다. 그 전상에 대해 공자는 잘 알고 있다. 20여 년 전 제나라에 갔을 때 전상은 경공을 대처할 야심을 품고 있던 인물이었다. 이를 눈치챈 경공이 공자에게 이 문제에 관해 물었을 때 공자는 다음같이 대답한 일이 있었다.

"임금은 임금다워야(君君) 하고, 신하는 신하다워야(臣臣) 하고, 아비는 아비다워야(父父) 하고, 아들은 아들다워야(子子) 합니다."

제 경공은 매우 반가워 다음과 같이 말했다.

"공자의 말이 옳소! 만일 군이 군답지 못하고 신이 신답지 못하며 아비가 아비답지 못하고 아들이 아들답지 못하면 되겠소! 식량이 있은들 그것을 먹을 수 없단 말입니다."

오늘의 제 경공은 이미 연로했고 여서(黎鉏) 또한 무능하기에 전상은 이미 나라를 굳건하게 세워 경공의 신임을 받아 군권을 독점했다.

자공의 언술(言術)로 노나라의 전쟁을 막다

공자는 전상이 노나라를 토벌하려 한다는 소식을 듣고 생일잔치의 기쁨은 간데없고 벌떡 일어나 뒷짐을 지고 풀밭에서 오가며 생각에 잠겼다.

안회는 공자의 속내를 간파하고 물었다.

"스승님께서 노나라를 구하려는 것이지요?"

공자는 걸음을 멈추었다.

"나를 아는 자는 안회뿐이로구나! 노나라는 나의 부모지방이다. 조상의 묘소와 초가삼간 그리고 종묘가 그곳에 있다. 전상이 노나라를 토벌하는 것을 가만히 보고만 있을 수 없지!"

사마우(司馬牛)가 얼굴을 잔뜩 붉히고 꺽꺽거렸다.

"노나라를 구한다고요? 우리 몇 사람이…"

"위나라 영공이 군대만 빌려주면 중유가 끌고 가겠나이다!"

"전상에게 말재주 좋은 이를 파견해야겠다. 이해관계를 똑똑히 설명해주는 것으로 제지 시키는 것이 옳을 것 같구나!"

제자들이 이구동성으로 추천했다.

"이 중임은 자공 밖에 담당할 자가 없소이다."

"그렇지! 이보다 더 좋은 일은 없으니 수고할 수 없을까?"

공자가 자공에게 물었다.

"전상을 만나러 다녀오겠습니다."

자공이 시원하게 대답하고 공자와 동문과 작별하고 마차를 몰고 제나라 서울 임치(臨淄)에 가서 전상을 만나자고 청했다. 전상은 문 앞까지 나와 자공을 맞아 객실에 모시고 손님으로 접대했다. 전상으로서는 벌써 자공이 온 뜻을 알아차리고 팔자 눈썹으로 물었다.

"자공 선생이 고생을 두려워하지 않고 멀리 오셨습니다. 노나라를 토벌하려는 나의 행동을 제지 시키러 온 것은 아니겠지요?"

자공은 전상의 말을 듣고 앙천대소했다. 전상은 이에 많이 놀라 급하게 물었다.

"선생은 어이하여 이토록 웃고 있나이까?"

자공은 웃음으로 인해 흐른 눈물을 닦으며 말했다.

"장군께서 지금이 위기인 줄 전혀 모르고 있사옵니다. 이렇게 하시다간 대사를 또 어떻게 치르겠나이까?"

전상은 자공의 말에 일리가 있다고 생각하고 매우 의아해서 앞에 다가가 주먹을 싸쥐고 인사를 하면서 간청했다.

"선생께서 어이하여 이렇게 말씀하시는지 가르쳐 주시옵소서!"

"자공은 스승님을 따라 노나라를 떠난 지도 오래입니다. 그 나라의 일이 나와 무슨 상관이 있단 말인지요! 오늘 먼 길을 온 것은 다름 아니라 장군 일 때문에 온 것이옵나이다."

전상은 '선생께서 가르쳐 주신 은정을 영원히 잊을 수 없소이다.'라고 하면서 경계심을 풀고 눈을 가늘게 뜨고 물었다.

"자공은 미련하게 생각했나이다. 노나라를 토벌하는 것은 오나라를 토벌하는 것보다 힘들다고 보입니다."

전상은 더욱 궁금해져서 물었다.

"무슨 근거이신지요?"

자공은 시치미를 뚝 떼고 말했다.

"듣건대 안쪽을 근심하는 자는 강공에 적합하다고 합니다. 바깥쪽을 근심하는 자는 약공에 적합하다고 합니다. 장군님께서 생각해 보실 때 어느 쪽이 어렵다고 생각되옵나이까? 제나라가 대외 진출에 군대를 사용하는 것은 안쪽입니까? 아니면 바깥쪽이라 생각되시옵나이까?"

전상은 생각해 보지도 않고 대답했다.

"안쪽이 근심되옵나이다."

"장군님의 생각이 자공의 생각과 같습니다. 장군께서 세 번이나 청봉(請封)해도 이루지 못한 것은 대신들의 작간이옵니다. 기나긴 세월 포(鮑), 만(晏) 이 두 사람만이 전쟁에서 승리하여 자랑스러운 주인이 되었습니다. 그런데 장군께서는 털끝만 한 공도 세우지 못하고 임금의 신임은 날로 멀어질 것입니다. 권신들과 맞서는 것은 그야말로 계란으로 돌을 치는 것이옵니다. 위험은 순식간에 생겨날 수 있는 것이외다."

전상은 아주 고마워하면서 다시 물었다.

"선생님 말씀이 너무도 지당하옵나이다. 선발부대가 이미 제노 국경까지 도착 했으니 돌아올 수 없습니다. 어떻게 하면 좋겠나이까?"

자공은 다시 그에게 한 작전을 알려주었다.

"장군께서는 군사들에게 천천히 행진하도록 명령을 내리십시요. 자공은 오나라로 가서 오나라 군주에게 제나라를 토벌하여 노나라를 구원해 달라 하겠습니다. 그리고 애원하면 장군께서는 오나라와 교전할 수 있지 않사옵나이까?"

전상은 자공의 재능과 지혜에 대해 전적으로 탄복하고 성심성의껏 자기를 도와준 데 대해 보답하리라 마음먹었다.

그날 저녁 성대한 연회를 베풀어 자공을 환대하는 동시에 금은보화를 증송하고 생사결의까지 맺었다. 자공은 밤낮 없이 마차도 타고 배도 타서 오나라 서울 고소(姑苏)로 가 오 왕을 뵙고 현 시국 상황을 전했다.

"대왕님이 나라를 지켜 주지 않으시면 패권자에게 강한 적이 생깁니다. 천근 무게를 달 때에 돈 한입만 더 놓아도 한 쪽이 기우러 지는 법이외다. 현재 제나라가 노나라를 토벌 하려고 싸움을 벌려 놓고 있습니다. 승리하게 되면 오나라가 패권자의 자리에 앉을 수 없게 됩니다. 이 신은 대왕님의 고견을 듣고 싶습니다."

오 왕은 이 말을 듣고 자공에게 물었다.

"그렇다면 어떻게 해야 하는가?"

"속히 노나라를 구원하여 사수에 있는 제후들을 도우십시요. 폭력적인 제나라를 소멸하는 것은 대왕님께서 천하를 통일시킬 대업이오. 이 기회를 어찌 버리시겠나이까? 명의상에는 노나라를 구원하신다 하는 것이나 사실은 강대한 제나라를 어렵게 하는 것이옵니다. 현능한 자들이 절대 의심하지 못 할 것이옵나이다."

"지금의 형세를 보면 당신의 말과 꼭 같사오나 오나라는 늘 월(越)나라를 피곤케 하여 원한이 많습니다. 월나라 왕 구천(勾踐)은 양사 교민하고 있는 것을 보면 벌써부터 원수를 갚을 예산 같았습니다. 과인은 먼저 저 월나라를 소멸한 다음에야 군사를 움직이겠습니다. 그래야 노나라를 구원할 수 있게 됩니다."

"월나라는 약소한 나라이옵고 오나라는 제나라보다 더욱 강성합니다. 대왕께서 제나라를 내버려두시고 월나라부터 토벌 하신다면 제나라는 벌써 노나라를 정복하고 중원의 패자가 되어 있을 것이옵니다. 대왕께서는 약한 나라를 구원하는 인의를 베풀어야 합니다. 제후들에게 모범을 보이셔야 모이게 되옵니다. 만약 대왕께서 강한 제나라를 버려두고 약한 월나라를 토벌해 보십시요. 불의불용이란 비난을 받게 되어 세상에 이름을 떨칠 수 없게 되옵니다. 신이 알건데 용맹한 자는 어려움을 두려워하지 않고, 어진 자는 약한 자를 없신여기지 않고, 지혜 있는 자는 시기를 놓치지 아니하고, 의를 지키는 자는 세상의 일을 단절시키지 아니한다 하옵니다. 월나라를 내버려 두는 것이 천하에 오나라의 인덕을 보여주는 것입니다. 제나라를 토벌하여 노나라를 구원하는 것이 의리를 보여주는 것이옵니다. 천하 제후들은 맹주의 결핍으로 염려하고 있습니다. 대왕님이 강적을 소멸하고 약한 자를 돕는 다는 소문을 들어 보십시요. 기필코 이곳으로 쏠려 질 것이옵나이다. 패업을 이루는 것은 식은 죽 먹기인 것이지요. 만일 대왕께서 월나라가 이 틈을 타서 복수하리라 두려워하십니까? 그렇다면 이 신을 월 왕께 데려다 주옵소서! 대왕님을 따라 제나라를 토벌하는데 함께 따라 나서게 하겠습니다. 대왕께서는 그를 선두에서 대공을 세우게끔 이끌어 주옵소서. 이것이 바로 제나라 군대를 빌려 월나라 세력을 줄이는 것이옵니다. 그야말로 상책이라 생각하오니 대왕께서 살펴주옵소서!"

오 왕은 자공의 계책이 절묘한 상책이라 생각되어 혀를 차며 그를 열정적으로 환대하고 후한 예물까지 주었다. 자공은 오나라에 오래 머물러 있지 않고 오나라 왕과 작별하고 수로로 월나라로 발길을 옮겼다. 중도에서 그는 또 마차를 타고 월나라 서울에 가 성 밖에서 숙박하니 월 왕은 자공이 왔다는 소문을 듣고 친히 마차를 몰고 가 궁전 안으로 모셔 상객으로 접대했다.

이때 월 왕은 '대부님께서 치욕스럽게 만이지방(蛮夷之邦)에 찾아 오셨사오니 무엇을 가르치려 하옵나이까?'라고 하자 자공은 '오나라가 제나라를 토벌하려고 노나라를 위해 출전하면 월나라가 오나라를 침입해야 할 것입니다'라고 자기의 주장을 섞어서 말했다.

월 왕 구천은 주먹을 감싸 쥐고 자공이 시키는 대로 하겠다고 했다.

"내가 길고 짧은 것도 모르고 주제넘게 오나라를 난처하게 만들진 않겠습니다. 그들에게 당한 것을 생각하면 오나라와 생사 판가름할 기회만 기다렸는데 오늘 대부의 말을 듣고 그 도리를 알게 되었습니다."

오 왕은 사람이 잔폭하고 불인하여 나라가 궁해지고 백성들의 성원이 잦아 대신들이 내란을 일으키려 하고 있어 지금이 월나라가 오나라에 원수를 갚을 때라고 생각했다.

"하늘이 내린 기회입니다. 대왕께서 군사를 이끌어 오나라 왕에게 굽신거리고 명령에 복종해 제나라 토벌에 출병 시킬 수 있다면 이는 바로 좋은 모략이 됩니다. 제나라의 토벌에 성공하지 못하면 그것은 월나라의 복이 될 것이고 토벌할 수 있다면 오 왕은 꼭 진나라로 출병할 것이옵나이다.

저는 북상하여 진나라 군주를 뵙고 정예 군사를 동원하여 적들을 맞으라 하겠습니다. 오나라는 먼저 제나라와 교전하면 정예군의 희생이 클 것입니다. 아울러 진(晋)은 많은 군사가 동원되니 그때가 되면 오나라 군대는 약화될 것이며 대왕께서는 지쳐버린 틈을 타서 복수를 할 수 있어 꼭 성사될 것이옵나이다."

월나라 구천은 손을 맞잡고 '과인은 선생의 가르침을 꼭 시행할 것이옵니다. 배신하지 않겠소이다.'라고 하면서 고맙다고 했다.

자공은 구천과 헤어지면서 신신당부했다.

"빠를수록 좋습니다. 만일 출병을 늦추는 날이면 의외의 변화가 생길 수도 있사옵니다. 오나라가 제자리에 가만히 머물러 있지 않고 준비를 튼튼히 하는 날이면 귀국에 불리하여 그 후에는 예상키 어렵사옵나이다"

구천은 그대로 대답하고 친히 자공을 성 밖까지 바래다주었다. 자공은 역시 고소(姑苏)로 돌아가 오 왕에게 상황을 안내했다.

"대왕님의 신망을 믿고 구천에게 가서 대왕님의 덕위를 크게 높였고 또 이해관계에 대해서도 설명했나이다. 대왕님을 따라 제나라를 토벌할 것을 요구했기에 곧 군대를 거느리고 대왕님의 명령에 복종하러 온다고 대답을 받았소이다."

오 왕은 매우 기뻐하면서 자공을 아주 높이 칭찬하며 궁중에 돌아가 큰 연회를 베풀어 환대했다.

오일쯤 지난 후 월 왕은 대부 문종(文種)을 파견하여 삼천 정병을 거느리고 오 왕에게 가서 삼배구구(三拜九叩)하고 고개를 숙이며 아뢰었다.

"우리 주인은 대왕님께서 노나라를 구원하신다는 소식을 듣고 인의지사를 거느리고 제나라 토벌에 나서심을 들었습니다. 국내에서 정예군 3천명과 신을 파견하였사오니 대왕님의 영을 받들려 하옵나이다."

오 왕은 자공에게 월 왕이 과인과 함께 출전하면 어떠냐고 물었다.

"월 왕이 나라에 있는 정예지사들을 전부 뽑아 보냈으니 국내는 텅 비어 전쟁판에 나가라하면 의리에 맞지 않을 것 같습니다. 자기의 강산을 지키고 있는 것이 적합할 것 같사옵니다."

오 왕은 자공의 의견을 들어서 구천이 전쟁터에 나가는 것을 사절했다. 오나라의 군대는 손무자(孫武子)에게 훈련을 받아 대열이 정돈되고 군령이 엄격하고 좌 우 중 삼군으로 편성되어 있었다.

춘추시대의 군대 제도는 매 12,500명이 한개 군을 이루었다. 오나라는 좌사마 왕손락(王孫駱)과 우사마 준의(鱒毅)가 맡아 두 원수와 중군 원수에 오자서(伍子胥)를 임명하여 그에게 영을 내려 훈련장에서 검열하게 하고 길일을 택해 출전했다.

중군 원수는 제나라를 토벌하는 것은 큰 의미가 없다고 생각하여 오나라 왕에게 충고를 했다.

"노나라를 구원하고자 하신다면 아예 사자를 파견하십시오. 태자 파를 위해 청혼하시고 제후에게 토벌하지 말라 권고하는 것이 상책이옵니다. 제나라는 이제 연로하고 나라에 훌륭한 재상이 없습니다. 대왕님의 명령을 절대 거역하지 못 할 것이오니 화살 하나 허비하지 않고 노나라의 곤난을 풀어줄 수 있어 실속을 다 차릴 수 있을 것입니다."

오 왕은 오자서의 말을 듣지 않고 좌우 사마에게 물었다.

"벌제(伐齊), 혼제(婚齊), 어느 것이 상책인가?"

이에 왕손락이 대답했다.

"혼제가 상책이옵니다. 신이 오나라에 가서 청혼하고 노나라에 출전을 제지할 것을 대왕님께 청하겠습니다만 혼사를 마다하고 권고도 듣지 않는 날이면 오 월 연합군으로 출전하여 꼭 이길 수 있을 것이옵나이다."

자공으로서는 제나라가 노나라를 토벌하는 데 대해 관심이 있고 오나라가 제나라를 토벌하는 데는 별다른 관심이 없음으로 묵인했다.

제 경공은 연로하고 신변에는 귀여운 딸 소강밖에 없어 멀리 시집보내기 싫지만 오나라와 등질 수도 없고 나라에 어진 정승과 훌륭한 장수가 없어 아쉬운 대로 혼사에 응했고 전상에게 철병하라 명령을 내렸다는 귀국한 왕손락의 보고로 자공은 노나라의 난이 해결되었다 생각하고 오나라를 떠나려했다.

"당신의 말로 월나라가 출병하여 과인을 도우려 하고 제나라가 출전하지 못하게 되어 월나라 군대가 허탕을 치고 돌아가게 되었소. 이것은 과인이 인근 나라에 신의를 잃어버린 것이 아니겠소?"

오 왕이 자공에게 물었다.

"오나라와 진나라가 원수지간일 때엔 월나라가 여전히 패자의 자리에 오를 것입니다. 월나라가 진나라로 출전하면 승리 할 수 있기 때문입니다."

자공이 대충 얼버무려 말하고 오나라 왕이 말리건 말건 부랴부랴 위나라로 돌아갔다. 자공은 위나라에 돌아와 유세 결과를 상세하게 공자에게 보고했다. 제나라와 오나라와 월나라 삼국을 다닌 내용이었다.

"노나라를 구원한 것은 이 스승도 원하는 일이었으나 오나라와 진나라에 이간을 붙여 놓는 것은 말이 많아 신용을 잃었네. 오나라가 만약 진나라와 싸워 이기지 못하면 자네를 괘씸하게 여길 것일세. 여하튼 자네의 말 재주는 천하에 누구도 당할 자가 없지만 아깝게도 말이 너무 달콤해서 흠이네. 말이 너무 달콤하면 실패를 초래한다는 것을 명심하게. 앞으로 꼭 삼가 하기를 바라네."

공자께서는 자공을 타일렀다.

자공의 말대로 오 왕이 친히 군대를 거느리고 진나라를 공격하여 거의 전멸 상태에 있다가 다행히 오자서가 적시에 도왔기 때문에 간신히 귀국할 수 있었다.

야수적 속성에 인덕의 고상함을 보여주다

위나라 영공의 부인 남자는 공자란 이름을 귀가 닳도록 들었으나 인연이 없어 대면하지 못했다. 그녀는 생각하기를 '공자는 읽지 않은 책이 없다니 천하 인간의 도리를 꿰뚫고 있고 인(仁) 의(義) 예(禮)를 부르짖는 자로 모르는 것이 없을 것 같았다. 아마 심중에 응고된 자욱한 안개를 싹 가시게 해 주고 마음속에 짓눌려 있는 돌덩이를 없앨 수 있을 것'이라 생각하여 반드시 만나서 가르침을 받고 싶었다.

그런데 어느 날, 영공이 가까이 하려하자 그녀는 화내는 척하면서 영공의 수염을 잡고 '이 첩은 대왕님과 매일 이렇게 허송세월을 보내지 않고 예의를 배워 세상에 이름을 떨치는 여중 모범이 되겠소이다.' 라고 애교를 부렸다.

영공이 하하 웃었다.

"모범은 무슨 모범, 다른 남자와 바람이나 피우지 않으면 되지. 정절을 지킬 수만 있다면야 과인은 만족한다네!"

영공이 손으로 그녀의 얼굴을 쓰다듬었다. 이 때 남자는 콧소리를 섞어가며 몸을 꼬고 깔깔 웃었다.

"당신이 예의를 배우지 못하게 하면 이 첩은 옛 병이 다시 재발할지 모르겠나이다."

영공은 남자의 애교에 넘어가 연신 웃었다.

"좋아, 좋아. 당신 마음대로 하시게!"

"언제 공자를 입궁 시키겠소이까? 내일!"

남자가 한시라도 급한 듯 물었다.

"내일이면 내일이지. 당신은 그의 인의충노(仁義忠奴)를 잘 들어 봐."

영공은 아주 쾌히 대답했다. 군자의 말 한마디면 닫는 말의 채찍이라고 하면서 남자는 손을 뗐다.

"거야 물론이지!"

영공은 그녀의 청을 들어 주기로 했다.

'세상의 남자들은 다 바보야!' 공자는 과연 기골이 장대하고 용모가 비범할까? 성인이란 도대체 무엇일까?

남자는 아무것도 모르고 공자만이 성인이라고 알고 있었다. 그는 매우 신성스럽고 미묘하며 정결스러울 것이라 생각했다. 절대 어중이떠중이 식으로 만나지 않고 정성스럽게 목욕하고 몸매를 단정히 해야만 성인을 존경하는 것으로 이번 회견을 멋지게 할 수 있을 것이라 생각했다.

그녀는 모든 불쾌한 일들을 잊고 자는 듯이 꼼짝하지 않고 있다가 홀연히 공자와 대면할 일들을 연상했다. 어떤 사람은 공자를 하늘의 물귀신 아들로 생김새는 일곱개이나 정이 없고 욕망이 적다고 했다. 천하에 어떻게 되면 정이 없고 욕망이 적은 남자가 있을 수 있을까? 정직한 체하는 거겠지! 오랫동안 나그네 생활에 여자 맛을 보지 못한 것이겠지? 한 남자가 천상의 신령이거나 지상의 인간이 아니거나 마음에 드는 여자가 있으면 정이 없을 수도 있을까? 만일 나 같은 몸매를 가진 여자를 만나면 어떻게 될까? 아마도 그는 무릎이 나른해져 내 앞에 꿇어앉을지도 모른다. 아니면 내게 그대로 덮쳐 올지도….

그녀는 눈을 꼭 감고 상상과 달콤한 기쁨에 빠졌다. 나는 필경 여인이기 때문에 응당해야 할 일을 해야 한다. 오직 영공과 같은 썩어가는 통나무와 함께 살아야 한다는 것은 너무나 공평하다. 내일이면 나는 온 천하에 소문이 자자한 공자를 만난다. 세상 사람들이 또 어떻게 지껄여 댈지 모른다. '공자가 남자를 회견하다'라는 새 소식을 꾸며 내겠지! 성인군자가 내 앞에서 마음이 어떻게 움직이는지 보고 싶다.

공자가 군자이건 성인이건은 관계없는 일, 치마 밑에 무릎을 꿇는지 두고 볼 뿐, 그녀는 자신만만하여 잠에 취했다.

다음날, 영공은 또 한 번 공자와 만나서 말했다.

"오래전부터 부인이 선생의 명성을 흠모해 인의예지의 나라를 만들기 위해 가르침을 받으려 하옵나이다. 하오니 공자님께서 몸을 낮추어 진궁하여 주소서! 사방군자는 과군(寡君)을 욕망이 없다고 합니다. 과군과 형제로 사귀자면 과소군(군주의 처)은 회견을 원하옵나이다."

그런데 그 과소군이 바로 남자 부인이었다. '임금으로서 선생을 재차 청하옵나이다. 왕림해주시지 아니한다면 어떻게 부인 앞에 얼굴을 들 수 있겠습니까?'라고 간절히 말하는 것으로 보아 안방을 두려워하는 영공의 태도는 진실했다. 애걸복걸하다시피 하여 공자는 아무 말도 없이 서서 양미간을 찌푸리고 오랫동안 묵묵히 서 있었다.

거백옥이 고개를 끄덕이면서 공자에게 응낙하라 암시를 보냈다.

'중구삭금(衆口鑠金)이라 했다. 이런 풍류 부인을 회견한다는 것은 백해무익인 것이다. 현재 요긴한 일이 허다한데 무엇이 그리 한가하다고 아무런 의의 없는 예절에 응해야 하는가? 이렇게 생각한 공자는 재차 거절하려 했지만 영공의 불쌍한 눈길을 보고 측은해졌다. 임금이 나를 신임하여 부인을 대신하여 만나라고 애걸하고 있다. 이에 또 어떻게 더 거절할 수 있겠는가? 임금의 봉록을 먹고 충성하라고 군명은 엄격하다.

'그깟 유언비어 돌라면 돌라지.' 공구가 바른 몸매로 행사하면 소인들의 그림자가 곧지 못하다고 비웃음을 아랑곳하랴! 생각을 마치고 결심이 굳어진 공자는 입궁할 것을 쾌히 승낙했다.

"공구가 대왕님 명령을 받들겠나이다. 부인님과 함께 연구해 보겠소이다."

영공은 너무나 즐거워 어찌할 바를 몰라 했다. 급히 궁전 수위들에게 공자를 모시고 입궁하라 하여 부인을 회견케 하라고 영을 내렸다. 영공은 공자를 성인군자라 신임하고 모든 행사를 배치한 후 자기는 인마를 거느리고 수렵을 떠나버렸다.

후궁 통로에 들어서자 벌써 향기가 공자의 얼굴에 스쳤다. 그토록 큰 후궁에서는 어디나 할 것 없이 여성 특유의 부드럽고 온화한 기운이 느껴졌다. 꼬불꼬불한 통로는 오색영롱한 돌로 깔려 있었고 각양각색의 조가비와 자갈로 여러 가지 도형을 만들어 놓아 어디가 어디인지 분별하기 어려울 정도였다.

신화 중의 상상 동식물인 청룡, 백호, 주작, 현조, 원포가 있었고 합환수(合歡樹), 연리지(連理枝)도 있었다. 청매, 작상, 여조, 등의 꽃나무와 통로 양측에는 울울창창한 사계절 꽃나무들이 춘하추동의 순서로 배열되어 꽃과 잎이 피어 있었다. 천하에 보기 드문 기화요초와 빛이 고운 아름다운 구슬이 조화롭게 진열되어 있었다.

담담한 아침안개는 이 아름다운 세계를 떠나기 아쉬운 듯, 이곳을 감돌아 나무며 담 벽을 덮고 금빛 찬란한 아침 해는 세상의 구석마다 그 빛을 비추었다. 쌍쌍의 날 새들은 아침노래를 부르며 나래 치며 날고 있어 아름다운 궁원에 갈피를 잡을 수 없는 신화적 색채를 더해 주었다.

공자는 심호흡을 크게 하고 궁전 문턱을 넘어 궁전 안에서 풍겨오는 향기를 맡으며 주위를 살폈다. 향대가 있는 솥들이 여기저기에서 향기를 풍겼고, 채색그림으로 장식한 기둥과 대들보와 벽들이 눈부시게 빛났다. 바닥에는 두 겹으로 된 깔개가 펴져있고 대나무로 만든 깔개가 궁전에서 내실로 들어가는 곳에 놓여 있었다. 자신을 위해 일부러 펴 놓았다는 것을 공자는 잘 알고 있었다.

궁전과 샛방 사이에는 장막이 드리워져있었다. 크나큰 궁실 안은 아침햇살이 창문을 가로질러 들어왔으나 어두컴컴하여 넓고 크게만 보였다. 공자는 아주 바른 자세로 앉아 남자 부인이 자기를 불러들여 무엇을 할 것인가 생각하고 있었다. 네 궁녀가 들어와 열개 넘는 기름등잔에 불을 밝히니 삽시간에 눈부셨다. 그녀들은 또 중심으로부터 장막 아래 끝을 곱게 잡아 묶어 거대한 인자형을 만들고 그의 앞에 붉은 대추 개암 등을 내어 놓았는데 이것이 바로 여인들의 폐백이었다. 궁녀들이 살그머니 물러나자 공자는 또 골똘히 생각했다. 그녀들이 왜 불을 한꺼번에 밝히지 않았을까?

이 때 딸랑거리는 장식 소리와 절도 있는 나막신 소리가 멀리서부터 들려왔다. 공자는 영공의 부인 남자의 기척이라는 것을 알아차렸다. 억대우 같은 몸자세를 똑바로 하고 고개를 숙이고 두 손은 바르게 양 무릎 위에 놓았다. 나막신의 딸깍 소리가 멈추고 장식품 소리와 치마 끄는 소리만이 들려 공자는 그녀가 신을 벗고 내실로 들어왔다는 것을 알 수 있었다. 모든 소리가 다 사라지자 공자에게 한 여인의 특유한 향기가 풍겼다. 남자는 조용히 그리고 꼼짝하지 않고 공자 앞에 와서 서 있었지만 그들 사이에는 마치 장막 하나 사이를 둔 것처럼 떨어져 있었다.

궁실 안 장식은 남자의 정성들인 설계였다. 예절에 의하면 공자와의 사이에 반드시 장막이 가로 놓여야 되었다. 만일 등잔 네 개를 더 놓는 날이면 얇은 장막은 효과가 없어 그녀는 마치 근대의 고명한 연출가처럼 자기 출연을 일체화해서 무대에 올라가기 전에 배경 음악, 조명 불빛과 같은 효과를 노렸다. 그녀는 내실에 발을 드려놓는 순간 가슴이 갑자기 울렁거리기 시작했다.

'나를 없인 여기면 어쩐다! 나를 방탕한 여인으로 보지 않을까?' 그러나 이런 생각도 금방 사라져 버리고 평소와 같은 교만한 자태로 공자를 맞았다.

공자는 영준하지도 웅장하지도 않았다. 초라하고 딱딱하지도 않았다. 오히려 전형적인 남자 대장부의 모습이었다. 그녀는 똑바로 공자의 용모는 볼 수 없었지만 그의 자태는 분명하게 볼 수 있었다. 산이라도 떠멜 듯 넓은 어깨와 하늘이 무너져도 끄떡없을 허리와 바다와 같은 가슴은 냉혹하고 준엄하다 할 수 있을 정도였다. 그의 사고하는 모습 은 눈에 번쩍 뜨이었다. 높은 산, 바다, 허공 번개, 소나기가 서로 응결되어 만들어진 것 같았다.

심하게 뒤흔들리며 한 눈에 그녀의 쌓였던 담 벽이 삽시간에 무너져 총애를 받아왔던 왕비 생활에 실망과 허무가 배어 나오는 것 같았다.

공자는 자신도 모르게 강렬하게 숨 쉬는 기운에 점점 취하는 것 같았다. 이제 어떤 일들이 일어날지 상상할 수 없었고 크나큰 궁실에 두 사람의 호흡 소리밖에 없어 남녀지간에 무언의 정적은 너무나도 두렵게 다가왔다.

'자기가 먼저 선수를 쳐야 되나, 아니면 조용히 앉아 기다릴 것인가! 가까이 하면 무례함이요, 또 멀리하면 꾸지람을 들을 것이니 어떻게 하면 좋을까?'

공자는 사색에 잠겼고 금빛 햇살은 그의 얼굴을 경사지게 비추고 있어 눈이 부셨다. 그는 갑자기 백색의 면사포 밑에 눈이 가자 한 줄의 주옥같은 부드럽고 윤택한 빛을 볼 수 있었다.

'맙소사! 옥처럼 흰 발가락이 아닌가!'

공자는 재빨리 눈을 아래로 내리고 자신의 놀란 마음을 감추어버렸다.

풍류스런 여인 앞에서 흥미로운 눈치를 보일 수는 없는 일이다. 냉혹하고 감정 없는 사람으로 보여야 한다. 공자는 급히 불길한 생각을 쫓아버리고 마음을 진정시키며 이 여인은 흉악하고 지독한 독사나 맹수라고 마음먹었지만 너무 가혹했다.

바로 이때 나이 든 궁중 주사가 가볍게 기침을 하고 조용히 들어와 공자 자리 앞에 있는 등불을 켜놓았다. 광선이 더욱 밝아 두 사람의 눈은 갑자기 마주쳤다가 급히 서로 피했으나 다시 곁눈질로 보게 되었다.

남자는 북쪽에서 남쪽을 마주하고 앉아 옆으로 공자를 보고 있었다. 공자 또한 옆으로 그녀를 볼 수 있어 밝은 불빛은 그의 몸을 비추어 아름다운 모양 그대로 나타내 주었다. 그녀의 외모는 아름답다 할 수 있으나 영혼은 더럽고 행위는 추악했다. 아무리 아름다운 외모라도 사람들의 마음을 부식시키고, 영혼을 유혹하고, 사념을 초래하고, 생활을 문란케 하고, 감정을 희롱하니 이런 미모는 추하게 볼 수밖에 없었다.

하희(夏姬), 달기(妲己) 그리고 눈앞의 남자(南子) 같은 여인은 장기적인 궁궐 생활에서 편협하고 자기중심적이며 각박하고 질투심이 강해서 싸우기를 즐기는 습성이 있기 마련이다. 일단 저희들 뜻에 맞지 않으면 남성보다 더 강렬한 권력욕, 점유욕, 성욕을 표현하면서 조그만 일로 나라를 망치게 한다. 백성이나 군왕의 이익도 아랑곳하지 않고 쟁탈과 격투까지 벌린다. 그녀들이 전쟁의 책동자와 지휘자는 아닐지라도 전쟁과 살육의 도화선이 되는 것이다. 사람들이 미를 즐기는 천성은 사회와 문명의 진보를 가져 올 수 있지만 지나친 욕망의 추구는 죄악의 심연 속에 빠지게 한다고 생각했다.

공자의 이지적 제방 뚝은 그까짓 여자 앞에서 쉽게 무너지지 않았다. 진정한 기개와 인인지사의 분명한 신념을 보여 줘야 했다. 이 짧은 순간에 공자는 영과 육, 정감과 이지의 결투를 벌였다. 용맹한 용사라면 적진에 돌격하는 영웅으로 활약할 수 있겠지만 나라 안에서 으뜸가는 향기를 가진 아리따운 용모의 여인 앞에 굴복하면 그녀의 포로가 되는 것이다.

사람은 야수보다 더욱 높은 이지를 갖고 있어 유혹과 사념에서 벗어나는 것이 인덕의 고상함이 되는 계단인 것이다. 공자는 진정 불의한 마음과 자세였지만 여인의 특유한 민감성으로 그의 얼핏 사라지는 미소를 발견하고 마치 비수가 그녀의 가슴을 찌르는 것 같았다. 그의 웃음 속에는 풍자와 경멸, 미움과 비웃음이 스며있다고 감지하여 앉지도 못하고 서지도 못하고 어찌 할 바를 몰라 했다.

공자는 그녀의 눈에 벌써 넘나들 수 없는 산봉우리가 되어 분명 청백하고 숭고하고 인덕이 넘치는 사내 대장부였다. 하지만 나도 남자만 밝히는 그런 여자가 아니라 사랑하는 남자에게 마음을 바칠 수 있는 여자란 것을 말하고 싶었지만 여인들에게 충성하는 남자도 이 세상에는 얼마든지 있기에 꾹 참고 넘겨야 했다.

많은 남성은 사람들 앞에서 성인군자인 척 점잔을 빼다가 돌아서선 짐승처럼 욕망을 채운다. 처음에는 사랑이 무엇인지 잘 모르고 지내다 힘 있는 팔다리 울긋불긋한 근육의 낭군님을 속으로 그려보았지만 건실하고 영준하며 총명하고 지혜가 있고 품성이 좋고 순수한 젊은이는 없었다. 남자들은 짐승처럼 자기의 욕망만을 채우는 놈들이 태반인데 공부자 당신은 언제나 남자들을 고상하다 또 위대하다고 말하면서 어쩌면 여인을 천하고 미천하게만 보는 것인가!

어느 남자인들 여인이 낳은 것이 아니란 말이냐? 요, 순, 우, 탕, 문, 무, 주공 할 것 없이 다 여인들이 낳아서 기른 것이 아니고 무엇이었더냐! 당신 공자 본인도 세살에 아비를 여의고 고아가 되어 그 때 위대한 모친 안정재가 갖은 곤란을 겪으면서 교육으로 사람을 만들지 않았더라면 어떻게 되었겠는가? 만민에게 존경받는 성현이 될 수 있었단 말인가! 사내는 첩이 서넛 있어도 되고, 군왕은 삼궁육원에 첩이 무수해도 된다 했다. 무엇 때문에 여인은 자신의 마음에 드는 남자가 있으면 안된다는 말인가? 나 같은 꽃다운 나이에, 꽃다운 미모로 영감태기의 노리개가 되어 썩어가는 늙다리를 둘러싸고 살아야만 하는가? 전쟁과 같은 재앙은 남자들이 저지른 것으로 불쌍한 여인들에게 들씌우는데 주례에 의한 것이라 하니 어쩌란 말인가? 주례를 주공이 제정하지 않고 아주머니나 할머니가 제정했다면 이 정도까지는 되지 않았을 것이다. 감정에 복받친 남자는 자기가 생각한대로 공자에게 울면서 욕까지 퍼부었고 난데없는 하소연에 어안이 벙벙해진 공자는 말문이 막혀 답변을 할 수 없었다.

'여인과 소인은 마음 맞추어 줄 수 없다더니 과연 그렇군!'라고 속으로만 끙끙거렸다.

남자가 속을 썩여가면서 준비한 회견은 이렇게 성과 없이 끝났지만 남자는 공자가 평범하고 비속한 사람이 아니라는 것을 알았다. 숭배할 가치가 있는 사람이라는 것은 인정했다.

사건이 있은 후 냉정하게 생각한 공자는 남자의 말에 도리가 없는 것은 아니라고 생각했으나 그로서는 도저히 이해하지 못할 도리들이었다. 아울러 그가 인식한 바도 없고 해결할 바도 없는, 지금까지 2천여 년이나 내려오면서 답이 없는 문제들이었다.

궁전 밖에서는 제자들이 애타게 공자를 기다리고 있었다.

그들은 공자가 입궁하여 대충 얼버무려 놓고 나오리라고 여겼는데 결과는 반나절이나 지나도 나오지 않자 모두 불안에 싸여있었다. 특히 자로는 공자가 궁문을 나오자마자 그의 앞으로 다가가 노기등등하여 아무 말도 하지 않다가 마차에 올랐다. 공자께서 채 앉기도 전에 말 궁둥이를 힘껏 차니 말들이 놀라 네 굽을 안고 정신없이 내달리니 공자는 의혹에 잠겨 물었다.

"중유! 자네는 누구에게 화풀이를 하는 거냐?"

"스승께서 발바닥보다도 못한 여인과 몇 시간이나 함께 계셨습니다. 생각 밖이외다!"

"남자 부인께서 할 말이 있다기에 무리하게 뛰쳐나올 수도 없고 …."

자로는 분노에 가득 차 있었다.

"이 공구가 만일 조금만이라도 예의에 어긋난 일을 했다고 한다면 하늘이 나를 징벌할 거다!"

공자는 자신이 제일 믿어왔던 제자까지도 믿어주지 않자 어떻게 따로 설명할 방도가 나지 않아 맹세까지 했다.

양춘삼월 화창한 날 제구의 성 거리에서는 호화로운 마차 세대가 행차하고 있었다. 양편에는 구경꾼이 붐비었다. 오늘의 남자 차림새는 예전과 달리 수수한 소복단장이었고 행동거지도 대범하고 정직했다. 예전의 요염하고 오만한 자세는 없어졌다. 엄숙한 자세로 똑바로 앉아 있었다. 다만 의기양양한 표정만 사람들에게 돋보였다.

두 번째 마차에는 공자가 앉아 있었다. 이 위치의 마차를 차승이라 했고 영공 부부를 모시고 떠나는 것이었다. 공자는 여전히 바른 차림으로 위좌하고 이따금 고개를 들기도 했지만 사람들이 혹 알아보기라도 할까 봐 만면에 수색을 띄고 있었다.

세 번째 마차에 앉은 사람은 태감 옹거였다.

이 세 마차는 떠들썩하게 성안의 거리를 지나 남문을 나가 교외로 갔다.

이날 아침 영공은 내시를 파견하여 공자를 불러들였다.

"오늘은 날씨가 매우 화창하고 조정에 일이 없습니다. 그러므로 부인과 함께 봄놀이를 떠나 명승을 유람하려 합니다. 공자님도 함께 동행하며 가르침을 받으려 하옵니다."

아주 상냥하게 부탁하는 영공에게 공자인들 무슨 답변을 하겠는가. 모든 불쾌함을 가슴깊이 묻어버리고 따라 나설 수밖에 없었다. 유람하고 돌아온 영공은 매우 만족했다. 백성들에게 명왕성군이라는 것을 행동으로 보여 자신이 현능지사를 매우 존경한다는 것을 알게 했던 것이다.

남자도 매우 만족감을 느꼈다.

공자가 자신의 접견을 접수했고 차승의 신분으로 들놀이까지 함께 갈 수 있어 자기를 성안의 백성들에게 방탕한 여인의 인식을 씻어 주고 성인을 가까이하는 도덕있는 여인임을 보여 주었기 때문이다. 예의를 지키는 국색천향이라는 것을 선포한 것이다.

헤어질 때를 알고 황하에서 깨달음을 얻다

거부(蘧府)에 돌아온 공자는 가슴을 칼로 에이는듯하여 얼굴빛이 백지장처럼 되었다. 그는 제자들을 쫓아내고 혼자서 초초하고 불안하여 어찌할 바를 몰랐다. 자신을 비방 조소하는 소리가 들리는 듯 했다. 비웃는 얼굴과 눈길들이 이따금 나타나는 것 같았다. 그는 사람들이 자기의 얼굴에 침을 뱉는 것 같아 치욕을 참기가 어려웠다. 오늘의 치욕은 40년 전 연회에서 쫓겨난 것보다 더 했다. 방안을 갔다왔다하면서 비분에 잠기어 말했다.

"나는 호덕이 호색을 이기는 자 보지 못했다."

영공의 건강과 정신상태는 날이 갈수록 나빠져 이제 저 세상 길도 멀지 않았다는 것을 알고 있었다. 자신의 삶에 대해 만족해하며 패좌의 야심 같은 것은 생각도 못했다. 때문에 치욕을 참고 굴종하며 모나지 않게 처사할 수 있어 작은 위나라가 오래 길이 편안하도록 다스려졌던 것이다. 그는 지금 당장 귀천해도 여한 없이 조상들과 떳떳이 대면할 수 있다고 생각했다.

그런데 그의 골치를 아프게 한 것은 진(晋)나라를 쳐 후환을 없애려고 마음먹은 것이다. 그는 심복 대신들을 불러 토론을 해보았지만 의견이 저마다 달라 공자와 의논하여 괴귀를 토벌할 작전을 마련할 생각이었다. 공자는 너무도 가소로워 마치 닭 알로 바위를 치려는 것 같은 영공의 노망으로 부자간의 다툼에 외인이 참견할 일이 아니라 생각해서 말을 돌렸다.

"제사에 관계되는 일들은 배웠어도 군사에 대해서는 배우지 못했습니다."

영공은 매우 큰 불만을 느껴 당장이라도 그를 위나라에서 출국시키고 싶었다. 그때부터 영공은 공자를 더욱 냉담하게 대했고 접견 차수도 점점 드물었다. 어쩌다 접견해도 조는 듯이 대수롭지 않게 생각하고 있었다. 하루는 공자가 영공과 담화하고 있을 때 영공은 허공에 기러기 떼들이 날아가는 것만 보고 거들떠보지도 않았다. 이 정경을 본 공자는 이곳을 떠날 때가 되었다고 생각하고 실망한 나머지 말했다.

"나를 등용하는 날이면 일 년 만에 효과를 볼 수 있고 삼년이면 훌륭한 효과를 올릴 수 있는 것을 아깝구려!"

이 시기에 진나라에서는 조간자와 두 귀족 범(范)씨, 중행(中行)씨 간의 싸움이 벌어지고 있었다.

조간자의 가신 불간(佛幹)이 중모(中牟; 하북성 형태와 한단 사이)를 점령하고 독립한 뒤 조간자의 위신을 뒤엎고 이득을 취하려 시도한 것이 바로 노나라의 공산불뉴가 비읍 성을 점거코자 계씨를 반대한 것과 흡사했다.

불간은 공자가 위나라에서 중용되지 못하고 방황하는 것을 알고 공자를 모셔다 자기의 위엄을 돋우고 모략으로 조간자를 대체하기를 희망했다.

공자는 가고 싶어 했으나 자로가 반대했다.

"스승님께서 늘 하시는 말씀이 있으시지 않습니까? 악한 짓을 하는 자는 군자로서 더불어 일을 도모할 수 없다고. 불간이 중모를 거점으로 반란을 일으키려 하는 것입니다. 스승님께서 가려고 한다면 어떻게 된다는 말이옵나이까?"

"그래, 내가 확실히 그런 말을 했었지! 허나 나는 또 굳세면 다스려도 없어지지 않는다고도 했다. 결백하면 염색 하여도 검지 않는다는 말도 했었지! 내가 어찌 조롱박이 아닌데 어떻게 달려있겠는가! 움직이지 않을 수 있단 말이다."

공자가 비록 변명은 했지만 자로 등 제자들의 반대와 진나라 전란의 상황 때문에 중모로 갈 수 없었다.

이 해(기원전 493년 공자는 59세) 여름, 위 영공이 병사하여 42년간의 통치는 끝이 났다. 남자는 영공의 유명대로 작은 아들 영(郢)을 즉위시키려 했는데 거절하며 말했다.

"태자 괴귀는 망명생활을 하고 있습니다. 그의 아들 철(輒)이 있습니다. 응당 그를 즉위시켜야 하옵나이다!"

그리하여 영공의 손자인 철이 즉위하니 그가 바로 위나라 출공(出公)이다. 이때부터 영공 부자지간의 권력 쟁탈전은 달라져 제2대 부자지간의 권력쟁탈전으로 치닫는다.

6월의 어느 황혼 무렵, 위진(衛晋) 밖 척읍(戚邑) 성에는 저마다 상복 차람을 한 십여 명의 사람이 나타났다. 수비하는 군졸들이 '누구요?'하고 외치니 맨 앞에 서 있는 자가 대답했다.

"영공이 사망하고 새 군주께서 헛된 생각을 하였사옵니다. 그래서 세자를 모시고 귀국하라는 명령을 받고 왔소이다."

"세자는 누구옵니까?"

수비군은 매우 예절 있게 물었다.

괴귀는 매우 비통스럽게 울면서 목쉰 소리로 대답했다.

"내가 바로 불효자식 괴귀요!"

그러자 성문이 열리고 척읍 읍재는 각계인사들을 인솔하고 세자 일행을 공경으로 맞아들였다. 괴귀가 위 영공이 죽었다는 소식을 듣고 조간자에게 임금의 자리를 찬탈케 해달라고 청을 드려 그는 양호에게 영을 내려 괴귀를 호송하게 했던 것이다. 양호는 여덟 명을 골라 상복을 입히고 위나라에서 괴귀를 영접하러 온 대오로 분장시켜 괴귀는 상주 옷을 입고 울면서 척읍 성으로 가서 성문을 두드렸던 것이다.

그러나 제나라에서는 위 출공의 청원을 접수했고 척읍 성을 포위했기 때문에 괴귀의 음모는 실행될 수 없었다. 공문 제자들은 공자가 이 사건에 참여 했는가 하여 의심해서 연구가 자공에게 물었다.

"우리 스승님께서 위 출공을 도와 준 것은 아니겠지요?"

"자공이 스승님에게 물어보면 알 수 있지."

자공은 총명한 사람이었으므로 공자에게 직접 묻지 않고 두 역사 인물을 빌어 그에게 대충 떠보기 위해 백이숙제는 어떤 인물들인가 물어보았다.

백이와 숙제는 워낙 유명한 고대 전설 중의 두 왕자였다. 서로 왕위를 양보하고 누구도 즉위하려 하지 않아서 결국 모두 외국으로 도망갔던 것이다. 자공이 이 두 인물을 이야기한 것은 공자의 평가를 알고자 함이었는데 공자의 대답은 모두 인덕이 있는 사람들이라고 했다.

"그렇다면 그들은 어떤 원한은 없는 지요?"

"인을 구하면 인이 이루어진다. 추구하려는 것들이 모두 이루어졌는데 어떤 원한이 있겠느냐!"

공자가 긍정적으로 대답했다. 자공은 공자의 대답을 그대로 연구에게 들려주면서 이번 일에 참여하지 않았다고 했다. 영공이 공자를 중용하지 못해 위나라 내부 투쟁은 국외 세력까지 동원되어 더욱 복잡해졌다. 괴귀의 지지국인 진나라와 출공의 지지국인 제나라가 나섰기 때문이다.

"위태로운 나라에 들어가지 않고 난리가 일어나는 나라에 살지 않는다."라고 말한 공자는 위나라를 떠날 것을 결심했다. 공자는 마지막으로 위나라의 정치를 '위나라와 노나라는 참으로 환난의 형제일세!'라고 평하였다.

역사에서 노나라의 선조는 주공이었고 위나라의 선조는 강숙(康叔)이었다. 그들 두 사람은 원래부터 친형제였기에 현재 이 두 나라의 상황이 비슷해서 공자는 이렇게 말했던 것이다.

공자 사도 일행은 거백옥과 안탁추와 작별하고 5년간이나 살면서 정이 든 제구를 떠나 진나라로 갔다. 그들은 조간자를 찾아가기로 했다. 그가 노나라의 계씨보다 흉금이 더욱 넓고 두뇌가 명석하여 인정덕치의 이상을 실현할 것을 지지해주리라 믿었다.

자로, 자공 등 제자들도 사관(辭官)하고 스승을 따라 떠났다. 그들은 아침저녁 가리지 않고 험하고 질퍽한 길을 털컹거리며 가고 있었다.

하루는 황하 강변에 이르렀다.

구곡십팔만(九曲十八彎)인 황하. 어머니 품속 같은 황하! 화하(華夏; 중국의 일명)의 요람이다. 한 여름의 장마철이었다. 강 뚝에 올라가 멀리 내려다보니 강물은 망망하여 끝이 보이지 않고 흙모래가 함께 섞여 일사천리로 흐르고 있었다. 강은 거룡이나 달리는 준마같이 세찬 파도를 이루면서 기세당당하게 모든 것을 삼켜버릴 기백과 위력을 가지고 있었다. 간난신고도 두려워하지 않고 모든 오물은 남김없이 씻어 가고 있었다.

강은 세찬 파도를 이루며 구불구불한 강바닥을 이상의 방향으로 바로잡아 놓고 줄달음쳐 흘렀다. 한 무리의 물새는 물을 차고 오르며 파도와 싸우면서 날다가 파도를 가르기도 하고, 물 안으로 뛰어들기도 하며, 파도를 뒤쫓아 맴돌이치며 마치 비겁한 자에 대해 비방하고 조소하는 듯 했다.

공자는 강 뚝에 꿋꿋이 서서 황하를 바라보고 있었다.

푸른 하늘을 바라보기도 하고, 날 새를 바라보며 골똘히 생각에 잠겼다. 자신은 황하의 힘찬 기백과 용맹도 날 새의 용감성과 의지력도 없어 황하의 아들 염황(炎黃)의 후손될 자격이 없다고 생각했다.

이 황하! 이 날 새들! 마치 공자에게 신선한 새 힘을 주는 것 같았다.

새로운 생명의 힘이 솟구쳐 올라 황하에서 일엽편주가 파도를 가르면서 전진을 하고 있는 것 같았다. 한 조롱박이 둥둥 떠가고 있는 것 같기도 했다. 이때, 한 뱃사공이 머리위에 갈삿갓을 짓눌러쓰고 힘차게 노를 저으면서 걸걸하고 소탈한 소공호자(艄公号子)를 부르며 수면에 딱 붙어 미끄러져 가고 있었다.

자공은 발꿈치를 들고 두 손을 입에 대고 소리쳤다.

"여보세요, 사공님! 우리를 도강시켜 주시요!"

작은 배가 강변에 닿았다.

한 무리의 남녀들이 남루한 옷차림에 크고 작은 봇짐을 둘러멘 채 어린 것들과 늙은이를 데리고 황망히 내리고 있었다. 늙은이들은 탄식했고, 애들은 울고, 청장년들은 우중충한 것이 딱한 모습이었다. 지금 진나라의 내란이 심해지고 있다는 것을 알려주었다. 많은 난민이 위나라로 망명해 오고 있었다.

진나라의 내란 상황을 알고 송나라로 가다

묵묵히 타향살이를 떠나고 있는 피난민을 보는 순간 공자는 불쌍한 생각이 북받쳐 남모르게 돌아서서 눈물을 흘렸다. 사도 수십 명도 역시 오년동안 타향살이를 하고 이런 상황에서 진나라로 가서 조간자를 찾는 것은 어떤 결과가 일어날지 상상하기 어려운 일이었다.

공자는 한 노인에게 인사를 공손히 하고 진나라의 내란 상황에 대해 물었다. 노인은 공자에게 권세가 센 조간자는 임금도 두려워하지 않고 사흘 전에 명독(鳴犢)과 두주(竇犨) 두 대부를 살해했다면서 매우 상심하여 머리를 숙였다.

공자가 크게 놀라 참말이냐고 물었다.

"이 늙은이는 나이 일흔세 살이오! 어찌 거짓말 하겠습니까? 두 현능한 대부는 시체도 아직 식지 않았을 것이옵니다. 믿기지 않으시면 진나라 노소 백성에게 다 물어 보시우."

노인은 배에서 상륙한 노소 백성에게 손짓했다. 그들이 분분히 몰려와서 저마다 한마디씩 했다. 이구동성으로 잔악하고 불인한 조간자를 성토하기 시작했다.

"명과 두 대부는 매우 현능한데 조간자가 어떻게 살해할 수 있단 말인가!"

공자는 사람들의 말을 듣다가 이렇게 혼자말로 중얼거렸는데 진나라 난민들은 자기들을 힐문하는 줄 알고 한 이십대쯤 보이는 젊은이가 비분에 차 씩씩거리면서 질책했다.

"현능하고 인덕이 있다고? 조간자 놈이 전권하고 폭정하는데 방해가 되어서인가?"

"조간자는 참으로 현능을 시기하는 놈이다!"

삼십여 세 되어 보이는 서생 모습인 젊은이가 분연히 말했다.

"지금 조간자는 한창 군마를 인솔하여 중모(中牟)를 공략하고 있습니다. 가는 곳마다 불을 지르고 떼를 지어 다니며 사람을 해치거나 재물을 강제로 빼앗고 못하는 짓이 없습니다. 천 리에 걸쳐 있는 진나라는 백성이 살길이 없습니다. 닭과 개들까지도 안녕치 못하외다!"

노인은 눈시울이 축축히 젖어 있었다.

말을 주고받고 하는 사이 또 몇 척의 배에서 난민이 내렸다. 이들 역시 차마 눈뜨고 볼 수 없는 모습이었다. 강 맞은편에는 아직도 많은 사람들이 가솔을 거느리고 학수고대하며 높은 소리로 불속에서 구해달라고 사공을 부르고 있었다. 제일 먼저 상륙한 뱃사공은 난민을 구한다면서 서둘렀다. 공자 사도들도 난민으로 알고 어서 배에 오르라고 재촉했다. 공자는 매우 상냥한 어조로 말했다.

"마음씨 착한 사공님 감사하옵나이다. 우리는 진나라로 가지 않겠나이다."

아름다운 황하에 세찬 파도를 바라보며 공자는 도도히 흐르는 이 강을 기어이 건널 수 없을 것 같았다.

"아마도 운명인가 보다."

공자는 황하를 눈앞에 두고 파도를 응시하면서 시를 읊는 듯, 노래를 하는 듯, 하소연하는 듯, 복잡한 심정을 이렇게 토로하고 있었다.

공자일행은 말머리를 돌려 오던 길로 다시 향했다. 한참 가니 난민들의 울부짖는 소리도 황하의 물소리도 사라지고 조용해지자 점점 진정되었다.

"스승님! 무슨 연고로 황하 강변까지 가셨다가 말머리를 돌리셨나이까!"

"너희는 모르는 구나. 조간자의 뜻이 풀리기 전엔 갈 수 없다. 그의 왼손 오른손 같은 두 대부까지 살해했다는구나. 일인지상 만민지하로 수족까지 잘라버렸다는 구나!"

공자가 탄식하면서 말했다.

"조간자야 말로 승냥이 양심을 가진 놈이야!"

사마우가가 눈에 보이지 않는 조간자를 비방했다.

"옳다!"

공자자 대답하고 말을 이었다.

"동물도 끼리끼리는 서로 슬퍼하고 동정하는 법이다. '늙은이의 배를 가르고 아이를 죽인 지방엔 기린도 가지 않는다. 못을 말리어 고기를 잡은 곳엔 교룡도 들지 않는다. 둥지를 부시고 알을 깨어버린 고을엔 봉황도 에돌아 날아옌다.'라는 말이 있다. 그런데 우리들이 어떻게 진(晉)나라로 발길을 돌릴 수 있단 말인가. 그렇다! 진나라엔 갈 수 없다. 위나라는 당연히 돌아갈 수 없지! 어디로 갈 것이냐?"

이렇게 갈팡질팡하고 있을 때 사마우가 송나라로 가자했다.

공자가 무엇 때문이냐 물었다.

"송나라는 스승님의 조국이고 또한 제자 우의 조국이기도 하옵니다. 더구나 우의 맏형인 환퇴는 송나라에서 사마 관직으로 일하고 있습니다. 하오니 서로 호응할 수 있다고 생각하옵니다."

공자는 사마우의 말에 도리가 있다고 생각했으나 불시에 주견이 서지 않아 반나절이나 대답을 하지 못했기 때문에 사마우는 조급하여 말을 더욱 더듬으며 말했다.

"자로의 처남이 위나라에 있다하여 위나라를 가려하지 않으셨습니까? 우의 친 아우가 송나라에 있고 송나라가 우의 조국이옵니다. 스승님께서 가시려 하지 아니하오니 분명 저를 얕보시는 것이외다."

공자는 빙그레 웃으면서 말했다.

"그렇다면 사마우의 건의를 존중해서라도 송나라로 가자꾸나!"

그랬더니 사마우는 흡족해서 크나큰 입을 다물지 못하여 말도 못했다. 수레에 덜렁 올라앉아 자로의 손에서 채찍을 빼앗아 쥐고 공중에 대고 날리니 말은 네 굽을 안고 나는 듯이 달렸다.

며칠 동안 달려간 공자 일행은 송나라 변경에 있는 한 협곡에 이르렀다. 부근엔 검은 연기가 올라가는데 많은 농부들이 분망히 오가고 있었다. 그들의 얼굴은 저마다 노랗고 마른데다가 먼지투성이였다. 몇몇 병졸은 채찍과 몽둥이 따위를 들고 그들을 감시하고 있었다. 풍속

조사를 중시하여 가는 곳마다 걸음을 멈추고 관찰하다 특수한 상황이 있으면 제자를 파견하여 물어오게 했다.

공자는 눈앞에 정경을 의례히 내버려 두고 지나지 않았다. 때문에 안회와 자공을 파견하여 자초지종을 알아보니 농부들은 송나라 관리의 순장용 도자기 용을 만들고 있었다. 이 소식을 들은 공자는 분개했다.

"사람을 순장하는 놈은 맹수와 같다. 용을 만들게 하는 놈은 대가 끊어지리라."

그들은 산허리를 타고 산 좋고 물 맑은 곳으로 갔다. 건너편 산에는 울긋불긋 꽃들이 피어있었고 도처에는 향기가 물씬 풍겨났다. 맑은 개울은 발원지 옹달샘에서 졸졸 흘러 강바닥에 이르는 물소리는 아름다운 거문고 소리와 같았다. 산 밑의 냇가에서는 백성들이 산을 허물어 돌을 깨고 있었다. 그 모습이 마치 개미처럼 어른거렸다. 산은 내장을 뒤집어 놓은 듯이 헤쳐져 있었다.

건너편 산비탈엔 한 거대한 굴이 보였고 그곳에선 석장들이 암석을 캐고 있었다. 그들은 화강암을 엄격한 규격으로 네모나게 깎고 있었다. 백성들은 다 깎아 놓은 돌들은 멜대로 지고 건너편에 나르고 있었다. 석재를 메고 가려면 반드시 협곡에 가로놓인 높은 다리를 지나야 했다. 출렁이는 높은 다리는 조금이라도 조심하지 않으면 만장 심연 속에 떨어져 분신쇄골이 되어 냇물을 따라 흘러가 버린다. 그렇게 석재를 운반하는 백성들은 수천 명이었다. 시루 속 같이 무더운 여름날의 정오는 바람 한 점 없어 백성들은 땀범벅이 되어 저마다 물에서 건져낸 것과 같았다. 제일 불쌍한 것은 노인들로 칠팔 순에 가까운 그들은 뼈에 가죽 뿐이었다. 무거운 돌짐은커녕 맨손으로 가기도 어려운데 일을 감독하는 병사들은 이를 헤아리지 않고 조금이라도 굼떠지면 몽둥이에 채찍을 마구 날렸다. 사망자 또한 부지기수였다.

인을 베풀었던 노인에게서 은혜로 보답 받다

칠순에 가까운 노인은 기진맥진하여 갑자기 쓰러져 돌과 함께 산 아래로 굴러 내려가다가 소나무에 걸리자 군관이 다가가 채찍을 날려 끝없이 후려친다. 공자는 더는 두고 볼 수 없어 자로에게 제지시키라 영을 내렸다. 자로가 다가가 매우 상냥한 어조로 말했다.

"여보게, 군관! 나리님께서 이 노인을 용서해 주옵시랍니다. 이렇게 많은 연세에 내려오기만 해도 힘들겠네. 어떻게 매를 당할 수 있겠나?"

군관은 눈을 부릅뜨고 자로를 뜯어보더니 콧방귀를 뀌었다.

"가련하다고? 말은 하기 쉽지! 무덤을 삼년간 건축했는데 아직도 완공하지 못했다오. 이제 한 해만 더 지체되는 날이면 우리의 머리는 이사를 해야 한다오. 우리가 이들을 불쌍하게 여기면 나중에 누가 또 우리를 불쌍하게 여긴단 말인가요?"

군관의 말을 듣고 자로는 크게 놀랐다. 묘 하나를 건축하기 위해 백성을 도탄 속에 밀어 넣는 것은 큰 문제였다. 그는 너무도 비분에 찼다.

"어느 놈이 이다지도 무도하게 백성을 부리는가?"

"대사마 환퇴(桓魋)를 내놓고 누가 이렇게 할 수 있겠오?"

군관이 말하며 빈정거렸다. 그리고 그는 발로 목숨이 오락가락하는 노인을 차면서 욕설을 퍼부었다.

"어서 일어나 돌을 날라라! 제길, 죽은 흉내는 왜 내는 거야?"

노인은 그래도 움직이지 않았다. 군관은 또 채찍을 날렸다. 눈치 빠른 자로는 장검을 날려 채찍을 동강 내고는 엄하게 군사를 질책했다.

"네 이놈! 계속 그렇게 하다간 승냥이 밥이 될 줄 알아라."

"다, 당신은 누구요?"

그 군관은 낯빛이 흙이 되어 부들부들 떨었다. 자로는 장검을 칼집에 넣고는 가슴을 툭툭 치며 말했다.

"나는 대성인 공자님의 제자 중유이다. 우리 공자님은 인덕을 실행하고 폭정을 눈에 든 가시처럼 여기신다. 지금 공자님께서는 우리를 거느리고 송나라 경공을 회견하러 가신다. 나라에 새로운 기운을 일으키려 하신다. 우리 공자님께서 송나라 임금께 충고를 하실 것이다. 대사마인 환퇴의 행동을 제지시킬 것이다."

"그렇게 할 수만 있으면 하늘과 땅에 감사를 드리겠나이다. 허나 우리 송나라 임금은 충고를 받아드리지 않을 것이외다."

"건, 왜?"

"송나라 백성에겐 대사마만 있고 임금이 있는 것을 모르고 있소이다."

자로는 속으로 사마우를 원망했다.

'사마우 너 이놈! 승냥이 보다 더 흉악한 형이었구나. 어떻게 스승님을 송나라에 모실 수 있단 말이냐?'

공자는 자로가 아직까지 돌아오지 않는 것을 보고 걱정하셨다. 또 일을 저질렀다고 생각했다. 몇몇 제자를 거느리고 자로에게 가서 자초지종을 들었다. 한탄을 하시면서 이럴 줄 알았더라면 송나라를 선택하지 않았을 것이다. 이상을 실현하기는커녕 좋은 결과를 얻기조차 힘들 것 같구나,라고 생각하고 말머리를 돌려 세우려했다.

사마우의 자존심을 상하게 할까봐 우선 시험해 보기로 마음먹었다. 사마우는 형이 천리(天理)에 어긋나는 짓을 한다는 것을 들었다. 쥐구멍이라도 있으면 들어갈 것 같았다. 얼굴이 홍당무가 되어 입을 벌리고 한탄만 할 뿐 아무 말도 못 했다. 반나절이나 있다가 겨우 한마디 짜냈다.

"내일 형을 만나 도리를 따져 볼 셈입니다. 손에 철붙이 하나도 들지 않겠습니다."

이러한 변론을 사마우가 어떻게 할 것인지 공자는 마음이 놓이지 않았다. 자공이나 재여라면 가능할지 모르지만 사마우는 달랐다. 참으로 서생기가 찰찰 넘쳐났기 때문이다.

공자는 사마환퇴가 38살 밖에 되지 않았음을 알았는데도 이런 분곽석존(돌로 만든 관)을 만든다는 말과 암암리에 기관까지 만들어 행인들이 빠지게 했다는 말을 들었다. 분곽에 빠져 인순(人殉; 산 사람을 순장하는 것)이 된다는 말도 들었다. 산굴에서 만들어 내는 도용(陶俑)도 그의 순장품이라는 것을 알게 되었다.

공자는 사마우가 주변에 있건 말건 이를 갈면서 '이토록 금을 흙처럼 허비하여 노민상재(勞民傷財)하는구나. 포악무도한 놈이 이 세상에 남아 많은 사람을 해치고 있구나. 아예 강물에 빠져 고기나 자라의 배나 불리거라!'라고 욕사발을 퍼부었다.

"좋다. 너 이놈! 담 크게 대사마님을 모욕하다니!"

이 말을 들은 한 군관이 몽치를 들고 공자에게 달려들었다. 자로는 잽싸게 군관의 몽치를 빼앗아 툭하고 동강을 내버리고 검을 빼들어 눈을 부라리며 고래고래 소리 질렀다.

"네놈들! 모두 다 지금 칼탕을 칠까?"

"중유, 무례하게 하지 마라!"

공자가 중유를 막았다.

일을 감독하던 군관들은 저마다 어안이 벙벙했다. 몽치로 공자에게 달려들던 그 놈은 도망을 치다 한참만에 돌아서서 '네놈, 기다려! 네놈들 기다려!'라고 외치고는 또 도망을 쳤다.

노인을 구타하던 그 군관은 웃으면서 다가와서 모든 것이 자기와 상관없이 핍박에 의해 한 짓이라고 변명했다. 공자는 그 군관의 동의를 거쳐 제자들에게 영을 내렸다.

그 목숨이 간들간들한 노인을 마차에 실어 집으로 보내고 그 군관에게 돈을 주어 감사의 뜻을 표했다. 공자가 제자들을 거느리고 길을 떠날 때 백성들은 어느 하나 눈물을 흘리지 않는 이 없이 꿇어앉아 작별했다.

해가 떨어지는 황혼 무렵 공자 사도는 상구성(商丘城) 동문 밖에 도착했다. 널찍한 석기 여관에 숙박하고 다음날 송나라 임금을 뵈려 했다. 저녁에 사마우는 한쪽에서 먹지도 마시지도 않고 눈물만 흘리고 있었다.

"사마우, 어서 먹어라!"

공자는 친절하게 사마우에게 음식을 권했다.

"스승님, 스승님께 죄송하옵나이다. 친구들께도 미안하외다."

사마우는 공자의 품속에 안겨들었다. 억울함을 당한 아이처럼 엉엉 울면서 '몇 년 보지 못한 사이에 형이 야수같이 변할 줄이야'라고 하소연했다.

"우야, 말은 그렇게 하는 게 아니다. 사람이 성인이 아닌 이상 누가 잘못이 없겠느냐? 너의 형은 한창 기운찬 젊은 시절이다. 그러기에 이런 일을 할 수도 있는 것이다. 그러다가 나이가 들면 호전될지 모르는 거 아니겠니?"

공자는 사마우를 위로했다.

사마우는 차츰 울음을 그치고 그래도 아무것도 먹지 않았다. 사마부에서는 몽치를 들고 공자에게 달려들던 그 군관이 보고하고 있었다. 환퇴에게 낮에 있었던 일을 잔뜩 부풀려 불어댔다. 그리고 나중에 '그들 중 한 거지같은 놈이 대사마님의 동생이라 자칭하였소이다.'라고 말했다.

"내 동생이라고!"

환퇴는 흠칫했다가 '내 동생이 아니란 소리 한 번 해 봐라. 이 환퇴가 절대 가만히 내버려두지 않을 테다.'라고 했다. 환퇴는 송나라에서 마치 계씨가 노나라에서와 같이, 조간자가 진(晋)나라에서 전권하는 것처럼 군주를 괴뢰나 주구처럼 여겼다.

삼일 전 송 경공은 공자의 서간을 받았고 오늘은 그들이 동문밖에 도착했다는 소문을 들었다. 송 경공은 자못 흐뭇해했다. 공자와 송 경공은 동종동족으로 애당초 송나라의 강산은 공자의 17대 선조인 불부(弗父)의 것이었다. 그가 넘겨받지 않고 동생인 부사(鮒祀)에게 양도했기에 그가 바로 송 여공으로서 송 경공의 18대 선조였다. 촌수를 따져보면 송 경공은 응당 공자를 숙부라고 불러야 했다. 송 경공은 벌써부터 공자가 성인으로 천하에 명성 떨치는 것을 알고 문하에 문무가 겸비한 제자들이 있다는 소문을 들었다. 만일 공자 사도가 장기간 송나라에 머물 수만 있다면 환퇴의 전권도 변화시키고 실권도 찾을 수 있을 것이다. 정권이 남의 손에 장악되는 국면도 변환 시킬 수 있다고 생각했다. 또 송나라는 신속하게 강성해질 수 있어 대국들의 업신여김도 피할 수 있다고 생각했다.

이튿날 아침 문무백관을 거느리고 그들을 맞아들여 송나라를 숙질이 함께 다스리려 마음먹었다. 그러나 송 경공의 생각은 꿈에 지나지 않았다. 이렇게 큰 결정을 어떻게 감히 환퇴와 상의하지 않고 또 그의 동의를 거치지 않고 할 수는 없었다.

"우리 주인님께서 송나라 강산을 두 손으로 공자에게 바칠 작정은 아니시겠지요?"

환퇴가 입궐하여 경공에게 의도를 물어왔다.

"애경, 그게 무슨 소리요?"

송 경공은 오리무중에 빠져 들어간 것처럼 환퇴에게 반문했다.

환퇴가 정색하며 말했다.

"공자는 부모지방인 노나라에서 높은 벼슬까지 사직했습니다. 대사구겸 섭상사의 자리였습니다. 이것은 바로 그 야심이 적지 않은 것을 말해 주는 것이올시다. 공구가 위나라에 있는 동안 위 영공도 존경은 하면서 등용하지 않았습니다. 그도 경계심이 있었던 것을 알 수 있사옵나이다. 송나라는 위나라 보다 크지 못합니다. 노나라 보다 강대하지도 못합니다. 하지만 오늘날 공자 일행은 청하지도 않았는데 자기 스스로 찾아 왔습니다. 그의 심보는 밝혀지지 않았지만 저절로 드러난 것이 아니겠습니까?"

송 경공은 환퇴의 말을 그대로 신임할 수는 없었다. 그렇다고 듣지 않을 수도 없기 때문에 망연했다.

"공자는 현시대 명성이 높은 현덕 성인이오. 그따위 범상작란의 행위는 하지 않을 것 같소이다. 송나라는 작고도 약하기 때문에 그와 같은 문무가 겸비한 인재가 필요합니다. 대외로는 전쟁하고 대내로는 나라를 안정시켜야 합니다."

환퇴가 자신의 의견을 말했다.

"늘 하는 말에 사람이 있습니다. 사람을 해치는 마음은 갖지 않아도 방비하는 마음이 없어서는 안 됩니다. 우리 주인님께서 공자 사도를 등용하기를 원하십니다. 만일 중용했다가 난리를 일으키면 누가 막을 수 있겠사옵나이까? 이것이 바로 승냥이를 제집에 끌어들이는 격이옵나이다. 보잘 것 없는 이 신하의 당돌함을 용서해 주시옵소서! 우리 주인의 보좌를 위하여, 송나라의 강산을 위하여 드리는 말씀입니다. 이 환퇴가 공자를 용납해도 손에 쥔 검이 그를 용납할 수 없을 것입니다."

환퇴는 검을 손에 쥐고 흔들며 말하자 송 경공은 등골이 서늘해지고 식은땀이 흘렀다. 그러므로 어쩔수 없어 말했다.

"대사마가 좋을 대로 하게! 그들 사도를 해치지는 말게! 과인에게 현능한 자를 살해했다는 악명을 남겨서는 절대 안 되네."

"신이 어떻게 마음대로 처리할 수 있겠사옵나이까? 모든 것은 우리 주인님을 위해서 이옵나이다. 대사마가 왕사에 부지런한 것은 눈 가진 자면 모두 볼 수 있을 것이오며, 입 가진 자라면 모두 말할 수 있을 것입니다."

환퇴는 말하면서 자기의 존재를 계속 확인해 나갔다.

송나라 경공은 얼굴에 미소를 띠면서 말했지만 속은 고양이에게 긁힌 것처럼 괴로웠다. 공자 사도가 석기 여관에 투숙한지 3일이 지났다. 송 경공이 그들을 만나겠노라 파견해 온 사람이 하나도 보이지 않자 사기가 뚝 떨어졌다. 여관 뒤뜰은 매우 널찍하여 중앙에는 단향나무가 한 그루 무성하게 자라고 있어 공자는 제자들을 데리고 이 나무 아래에서 제례를 연습시켰다. 이를테면 사제(社祭), 교제(郊祭), 제재(禘祭) 같은 것들이다.

세 째 날 저녁 식사 후, 한 객상 대오가 석기 여관을 나와 마차를 몰고 남문 방향으로 달려 가더니 십분 쯤 되어 환퇴는 사람을 데리고 와서 석기 여관을 물샐틈없이 포위하고 병졸들을 시켜 여관 안을 발칵 뒤집어 보았지만 공자 사도는커녕 여관주인 그림자조차 보이지 않았다. 또 한 무리의 사람들이 단향나무 아래까지 갔지만 거기에는 쓸쓸한 바람만이 나무 가지를 흔들고 있었다. 환퇴는 여관주인의 작간인 것을 알고 분이 치밀어 병사들을 시켜 단향나무를 베고 여관집 건물을 불태웠다.

이 때 송나라 변경에서는 공자 사도와 여관집 주인이 작별했다. 공자는 거백옥에게 생명의 은인인 여관 주인을 부탁하는 편지를 써 여관 주인에게 주었다. 공자가 석장에서 구해준 그 노인이 바로 그 여관집 주인의 아버지로 여관 주인의 이름은 석두(石頭)였다.

이날 황혼 무렵, 환퇴는 한 심복인 장군을 여관에 파견, 석두를 은밀한 곳에 불러 공자 사도들을 감시해달라고 분부하며 저녁 술시에 대사마께서 출병하여 그들을 죽일 계획이라 했다. 이 소식이 새나가는 날이면 구족을 멸하겠노라고 위협했지만 석두는 먼저 방법을 찾았다. 우선 그 장군을 달래야만 했기에 공자가 나무 아래에서 제자들과 예의 연습하는 정경을 엿보게 했고 오늘 밤 이 나무 아래에서 제자들과 예의 연습을 할 것이니 이 나무만 포위하면 될 것이라고 알려 주었다.

그 장군은 석두의 말을 그대로 믿고 잠시 자리를 뜨자 석두는 이 소식을 공자에게 알려 아비 목숨을 구해 준 은혜를 갚고자 했다. 이를 알게 된 공자 일행은 대책을 세웠고, 사마우는 펄쩍 뛰면서 칼을 빼들고 이를 부드득 갈았다.

"이 짐승 같은 놈을 잡아 치우겠습니다."

자로가 그를 말리면서 말했다.

"그렇게 하면 우리는 저절로 멸망의 길을 택하는 것이야. 설치지 말거라. 하늘이 나에게 성덕을 광림하여 주셨다. 환퇴가 어쩌지 못 할 것이다."

공자는 아주 태평스레 말했지만 제자들은 봇짐을 싸는 즉시 여관을 떠났다. 의외의 일을 방지하기 위해 그들은 석두의 건의를 받아들여 모두 상인으로 변장하고 석두가 안내하는 성 밖 국경선까지 호송을 받으며 피해 나갔다.

밤은 깊어만 갔고 하늘에는 달도 없고 별도 없이 먹장구름만 가득 차 있어 이 불행하고 선량한 사람들은 어둠의 비호를 받으며 범의 아가리에서 도망쳐 나왔다.

군자는 좋은 것과 즐거움을 자랑으로 삼지 아니하지 아니한다.
소인은 좋은 것과 즐거움을 업으로 삼지 아니한다.

제3장

민공의 경연(經筵)에 참여하고 연구는 귀로(歸魯)하다

공자는 상갓집 개 같다고 한 노인이 평하다

진 민공의 영접을 받고 정자 댁에서 3년을 지내다

풍속을 찾아 구곡명주의 꿰 방법을 알아내다

계환자의 유언 후, 연구를 노나라에 대신 보내다

초나라로 가려다 친오파의 방해를 받다

심산유곡에 핀 난초에서 구도자의 깨달음을 얻다

공자가 상가집 개 같다고 한 노인이 평하다

공자 사도는 그 날 야밤 삼경에 은인인 석두와 작별했다. 추격을 받을까 두려워 닫는 말에 채찍질하여 정(鄭)나라 서울 신정(新鄭) 남문 밖에 동이 틀 무렵 이르렀으나 공자와 안회가 보이지 않았다.

공문제자들은 새파랗게 질려 울기도 하고 탄식하는 자도 있었고 욕하는 자도 있었다. 사마우는 대성통곡하면서 환퇴를 죽여 속풀이를 하겠노라 다짐하며 송나라에 다시 들어가겠다, 하여 억지로 잡아놓고 제자들이 공자를 찾으러 곳곳으로 나섰다.

자공은 보는 사람마다 물어봤지만 헛일이었다. 한 노인이 머리에 대나무 갓을 쓰고 어깨에는 풀 담은 광주리를 메고 콧노래를 부르며 팔자걸음으로 걸어오고 있는 것을 보고 자공은 급히 앞으로 다가갔다.

"노인님께 묻겠사옵나이다. 키는 구척쯤 되고 흰 수염에 예순이 넘어 보이는 타지방 늙은이를 보신 적이 있사옵나이까?"

그 노인은 자공을 아래위로 살펴보더니 수염을 만지며 말했다.

"동문 밖에 한 늙은이가 있는데 키는 구척이 넘어 보이더군. 이글이글한 두 눈을 가졌으며 넓은 이마에 관골은 불룩하더군. 머리는 당요(唐堯) 같고 목은 고요(皐繇) 같고 어깨는 자산(子產) 같더군. 허리 아래는 우(禹)의 삼 푼어치도 따르지 못 하더군! 서 있는 꼴이 마치 상갓집 개 같아 보였소이다."

노인은 자공이 답례도 하기 전에 가버렸다. 자공이 급히 동문 밖으로 갔다. 공자가 홀로 서서 주위를 두리번거리며 살피고 있었다. 공자는 자공을 보더니 반가워 감개무량하여 말했다.

"이 공구가 한 시라도 너희들을 떠나면 떼 잃은 기러기가 되는 구나! 사(賜)야, 너는 어떻게 내가 이곳에서 방황하고 있는 것을 알았느냐?"

자공은 조금도 숨김없이 방금 노인의 말을 옮겼다. 공자는 화를 내는 대신 껄껄 웃으며 말했다.

"요와 같다. 고요와 같다. 자산과 같다고, 공구는 그들의 발뒤축에도 못 간다. 상갓집 개 같다면 딱 맞는 말인거 같다."

정나라에서 자산이 일찍 죽고 소인배가 전권을 장악했기에 공자는 용납할 수가 없었다. 진 민공의 영접을 받고 정자 댁에서 3년을 지내다. 맹호가 높은 산에서 울부짖으니 빈 골짜기가 쩌렁쩌렁 울릴 뿐만 아니라 승냥이가 도망가고 노루가 줄행랑을 놓는다. 교룡이 깊은 바다에서 구불구불 자맥질을 치면 큰 파도가 일어 고기들이 숨고 자라들이 종적을 감춘다. 가을철 봉황이 고공에서 나래를 한번 치면 금빛으로 눈이 부시고 반드시 백조가 함께 울부짖는다. 그러나 진(陳)나라의 서울 원구(宛丘; 하남성 회양현)는 마치 병에 걸린 고양이 같다. 쪼그리고 앉아 고개를 푹 숙이고 귀까지 축 늘어져 볼품없었다.

진나라의 성벽은 낮고 허물어진 곳이 많았다. 성문은 낡고 어둑해서 병든 야수처럼 입을 떡 벌리고 있었다. 좁고 울퉁불퉁한 거리에는 아무렇게나 널려진 사람들이 즐비했다. 술 취한 주정뱅이들이 길가에 널려 있었으나 이날만은 깨끗이 청소되어 있었다. 초롱불까지 밝혀 놓았으며 사람들은 저마다 기쁜 마음으로 오가고 원구성은 갑자기 정신이 든 활기찬 청년의 모습으로 바뀌었다.

진나라 민공(愍公)은 상빈(上賓)의 예로 공자를 맞아들였다.

이들은 서로 공경의 말을 했다.

"공구가 무슨 덕과 능력이 있기에 대왕님의 이와 같은 두터운 사랑을 받아야 하옵나이까?"

"폐국(敝國)에 왕림하시오니 이곳이 온통 빛이 환하옵나이다!"

"공구는 지칠 대로 지쳐서 상갓집 개를 방불케 하였사옵니다. 임금께서 받아 주시오니 견마지로(犬馬之勞)로 은정에 보답하겠나이다."

공자가 껄껄 웃으면서 태연하게 말했다.

"나라의 존망흥쇄(存亡興衰)는 강역(疆域)의 대소에 있지 아니하옵나이다. 성탕(成湯)이 계시던 박(亳)은 70리 밖에 되지 않았고 문왕의 풍(豊)과 무왕의 호(鎬)는 백리도 되지 않아 처음의 대세는 귀국과 비슷하였사옵나이다. 제 자신은 비록 침범하는 야심은 없사오나 일단 나라의 명령만 있사오면 어이 감히 거역하겠사옵나이까? 천하를 통일할 수만 있다면 제후들 어느 누가 감히 조회의 배례에 참석하지 않는 자 있겠습니까? 그렇게 되면 대왕님께서 또 어떤 고민이 있겠나이까?"

진 민공은 들을수록 귀가 솔깃해졌다. 공자의 말 중에 끼어들었다.

"과인이 어떻게 탕(湯), 무(武)의 성업까지 비길 수 있겠습니까? 공자님께서 그 처지와 같다 하옵기에 묻겠습니다. 탕 무는 어떤 방법으로 나라를 다스렸는지요? 또, 어떤 군사로 나라를 통일하였는지요?"

"수국(修國)에는 천시를 기다려 현능한 자를 기용해야 합니다. 그로 하여금 국사를 돕게 하는 것이옵나이다. 성탕에 있어서는 이이(伊伊)가 대단히 현능했사옵니다. 국사를 도맡아 걸(桀)을 토벌하고 나라를 건설하였사옵니다. 문왕은 위수까지 가서 태공(太公)을 재상으로 모셨습니다. 무왕은 부업을 계승받아 성탕을 소멸하고 주나라를 부흥시켰습니다. 반면에 주왕(紂王)은 비간(比干)을 살해함으로 천하의 현능지사들은 수족이 꽁꽁 동여져 앞으로 밀고 나갈 수 없어 나라가 차차 멸망의 길로 들어섰던 것입니다.

공구는 역사책을 많이 보았습니다. 현능한 재상을 중시하고 모시고 쓰는 자는 그 나라가 흥성했고 현능함과 간사함을 가리지 못한 자는 나라를 난리 속에 처하게 했습니다. 간사한 자를 비호하여 현능한 자를 살해하면 그 나라는 망하옵나이다. 그리고 소국이 대국의 시중을 들 때에는 공손이 첫째입니다. 대왕님께서 십여 년 간 오(吳)와 초(楚)나라들 가운데 끼워있으며 지금까지 평안하셨으니 실로 대단하옵나이다."

진 민공은 또 물었다.

"공자님 말씀에 따르면 제나라는 안영 이후 현능한 재상이 없고 경공이 이미 노쇠했지만, 능히 나라가 유지되고 있습니다. 이것은 무슨 이유라 생각 하십니까?"

공자는 다음과 같이 대답했다.

"그것은 관중의 남은 위력과 안영이 남겨준 정책들이 있기 때문이옵나이다. 제나라에는 포숙아(鮑叔牙), 관중(官仲), 안영(晏嬰) 삼현이 있습니다. 사람들은 관중을 제나라에 제일이라 하여 삼현의 첫 자리에 놓습니다. 하오나 공구는 포숙아라 보옵니다. 포숙아의 섭상 기일은 비록 짧지만 그는 관중의 현능함과 재능이 자기를 초과한다고 판단했습니다. 환공에게 자기의 재상 자리를 관중에 내여 주겠노라 충고했고 사구(射鉤; 춘추시기 뿌리는 무기의 일종)에 찍힌 원수를 잊어버리라고 했습니다. 공적인 것을 위해 사적인 것을 잊어버리는 큰 도량을 베풀게 했습니다. 이것은 고금에 있어서 보기 드문 일이었습니다."

민공은 공자의 말을 듣고 탄복하지 않을 수 없었다. 계속 더 물으려하다가 밤이 이미 깊어 시종들을 시켜 공자를 관사에 모셨다. 사성 정자(貞子)가 민공에게 청했다.

"부자는 미신의 옛 친구입니다. 저의 집에 모셔서 더 많이 배우기도 할 겸 외롭지 않게 할 것이옵나이다."

진 민공은 허락했다.

이때부터 공자 사도는 정자 댁에서 조정대사에 참여하며 봉록을 타면서 지냈고 진나라에 3년간 있게 되었다. 진 민공은 줄곧 공자를 상객으로 대하여 그를 모셔오거나 몸소 정자 댁에 가서 그를 방문하여 문정도 하고 문례도 하고, 학문도 토론했으나 성사된 것은 하나도 없었다. 그것은 작은 진나라가 오 초 두 대국 가운데 끼워서 시기를 받았기 때문이었다. 그 가운데서도 오나라가 더욱 우쭐거린 것은 왕 부차(負差)가 오자서(伍子胥)를 등용하여 월나라 구천(勾踐)과 싸워 이긴 3년째 되던 해로 구천은 와심상담(臥薪償膽)하고 있을 때였다.

하루는 진 민공이 심복 태감과 함께 공자를 방문하러 사성부(司城府)로 갔다. 돌아오는 도중에 노나라 사탁(司鐸)의 집에 화재가 발생하여 잿더미가 되어 종묘까지 몽땅 타버렸다는 소문을 듣고 마차를 다시 사성부 문 밖에 세우니 공자가 소식을 듣고 급히 정자(貞子)와 함께 나와 맞이했다.

민공은 상빈의 예로 답례하고 정자의 안내로 정청으로 들어가 군신의 예대로 자리에 앉아 서로 상대방을 칭송하는 말로 시간을 보냈다.

"방금 올 때 길손들의 말을 들었습니다. 노나라 사탁의 집에 화재가 발생하여 종묘까지 몽땅 타버렸다고 합니다. 그 종묘가 어느 세계의 종묘 이옵나이까?"

민공이 물었다.

공자는 양미간을 찌프리고 잠깐 생각하더니 말을 시작했다.

"화재가 난 곳은 환공(桓公)과 희공(僖公)의 종묘일 것이옵나이다."

"어떻게 아시옵나이까?"

"예제에 의하면 공덕인의 조상들은 종묘가 파손되지 아니하옵나이다. 하온데 환과 희공은 공덕이 없사옵나이다. 노나라 사람들이 회멸시키지 않더라도 하늘이 회멸시킨 것이옵나이다. 사실 환공과 희공의 종묘는 없어야 합니다. 그것은 계씨가 노나라에서 횡포하고 있는 것을 말해 주는 것입니다."

당시 예법에 의하면 종묘는 사대 이상 보존하지 않는 것이었다. 노나라에 환과 희의 종묘가 보존된 것은 계씨가 전권하고 있는 연고였다. 환공과 희공은 직계의 선조로 희공이 바로 계씨네에게 봉지를 나누어주기 시작한 사람이었다. 계씨는 그를 기념하기 위해 그의 종묘를 지금까지 보존해 왔다. 공자는 어디까지나 계씨의 전권을 눈에 든 가시처럼 보았음으로 오늘도 이런 말을 했다.

진 민공은 공자의 말에 대해 완전히 믿지 않았기 때문에 되는 데로 주고받고 담화를 하다 정자에게 공자를 상빈처럼 초대하라 분부하고는 귀궁했다.

이 일이 있은 후 얼마 가지 않아 노나라 사절이 진나라에 왔다. 진 민공은 화재에 대해 자초지종을 물었다. 아니나 다를까 환, 희의 종묘가 잿더미로 변했다는 것이다. 민공은 공자가 귀신처럼 안다면서 더욱 탄복을 금치 못했다.

그 후, 공자가 조정에 나와 사례를 할 때 민공은 공자에게 치국의 중요한 도리들을 물으니 공자는 청산유수였으므로 민공은 감탄했다. 바로 이때, 매 한마리가 앞마당에 있는 나무에 앉았다가 삽시간에 사라졌다. 작은 매의 몸에는 화살 한 대가 꽂혀 있었다. 살 끝은 돌 사촉이고 살대는 싸리나무로 길이가 1자 8치가량 되었다.

진 민공은 이에 대해 모든 대신들에게 물어보았다. 한 사람도 이 기이한 화살에 대해 아는 자가 없었다. 그는 또 공자에게 물었다.

"이 화살은 내력이 꽤 있는 것입니다. 북방의 숙신국(肅愼國)의 물건이옵니다."

공자가 설명하기 시작했다.

"옛날 주나라 무왕이 천하를 평정한 후 각 나라들은 모두 공물을 바쳤다. 숙신국이라는 나라는 바로 이 한 자 남짓한 싸리나무 돌촉화살을 바쳐왔다. 무왕은 그의 덕택을 후세 사람들에게 명시하고자 화살에 글자를 써 넣게 했다. 숙신씨공약시(肅愼氏貢楛矢)라는 여섯 글자였다. 이를 대희(大姬) 배호공(配胡公)에게 분상(分賞)하여 진(陳)나라에 주었다. 옛날 명왕이 제도를 정할 때 동성인 사람에게는 주옥을 상으로 주어 친근함을 표시했고, 이성인 사람에게는 공물을 주어 길이길이 복종시키려 했다"

공자는 또 말을 이어나갔다.

"대왕님께서 믿지 못하신다면 사람을 시켜 창고를 뒤져 보십시요. 제 말이 검증될 것이옵나이다."

진 민공은 사람을 시켜 창고를 뒤져보았다. 과연 꼭 같은 싸리나무 돌촉이 있었다. '숙신씨공약시'라는 여섯 글자가 박힌 화살이었다. 그 때부터 민공은 공자에 대해 더욱 존경했고 그를 선사준장(仙師遵長)으로 보고 매사마다 가르침을 받았다.

어느 날 진 민공은 자공에게 공자에 대한 생각을 털어놓았다.

"과인은 드디어 성인께서 대단하신 분이라는 것을 알았습니다."

그 말에 자공이 말했다.

"성인의 대단함을 이해하시기만 해서는 아무런 유익한 점이 없나이다. 오로지 그에게 중임을 맡기시어 덕치를 행하셔야 하옵니다. 백성들을 교육하셔야 그것이 고귀한 것으로 되는 것이옵나이다."

진 민공은 자공의 말에 도리가 있다고 생각했다.

큰 일이 생기거나 대신을 임명하거나 계약을 해지할 때엔 꼭 공자의 의견을 들었다. 많은 간신이 현능한 자를 질투할 때면 공자는 정의를 주장했고 간신배는 자리 보존을 위해 공자를 헐뜯기 일쑤였다.

풍속을 찾아 구곡명주의 꿸 방법을 알아내다

어느 날, 영신백은 일부러 진 민공에게 가서 공자를 시험하기 위해 어려운 문제를 하나 제시한다.

"선군 영공께서 구곡명주(九曲明珠)를 남겨 놓으셨사옵니다. 하온대 꿴 실이 끊어져도 꿸 사람이 없어 오랫동안 창고에 넣고 보관만 해 왔나이다. 소문에 공자가 만능 성인이라 들었사오니 그의 손을 좀 빌리시어 꿰어놓으면 얼마나 좋겠사옵나이까?"

진 민공은 허락하고 공자를 입궁하게 했다. 또 사고(司庫; 창고를 관리하는 관리)에게 구곡명주를 가져오게 하여 공자에게 이를 넘겨주면서 '이 구슬을 꿸 수 있는 사람이 없습니다. 공자님의 손을 빌어보겠소이다.'라고 부탁했다.

공자는 구슬을 손에 들고 자세히 보니 워낙 세밀해서 쉽게 꿸 수없는 것이었다. 조개의 배안에서 아홉 달이나 잉태되어 알알이 갈라지지 않은 것을 사람들이 꺼내어 인공으로 구곡거주(九曲巨珠)를 만든 것이다. 어쨌든 고대인의 대단한 솜씨를 알 수 있는 보물로 요리조리 고르지 아니한 구슬에 구멍을 뚫어 실을 꿰었다. 그 당시의 대단했던 공예기술을 알만하게 했다. 그러나 연대가 오래되어 실이 닳아서 끊어져 지금은 누구도 그것을 꿸 수가 없었다. 공자는 한참 보더니 좀 궁한 기색으로 민공에게 말하기를 꿸 실을 준비하지 못했으니 집에 가지고 가서 꿰어 오겠다고 했다.

공자는 구곡명주를 가지고 돌아와 이튿날 아침 일찍 안회를 찾아 자초지종을 말했다. 그리고 공자와 안회는 원구 동문으로 나가 급히 사장(瀉庄)으로 달려가 마을 부근에서 뽕잎을 따고 있는 중년 부인을 만났다. 그녀는 차림새가 단정했을 뿐만 아니라 행동거지도 얌전해 보였고 풍채 또한 비범하여 농가의 부녀 같이 보이지 않았다.

"풍속을 이해하는 것은 나그네들의 통례다. 한데 안회는 저 뽕녀에게 가서 진나라 풍속을 알아왔으면 좋겠다!"

공자가 안회에게 부탁했다. 안회는 사명(師命)대로 뽕녀에게 다가가 아주 공경스럽게 물었다.

"뽕밭에서 아침 해를 보며 뽕 따고 실 뽑아 어디에 쓰시려는 지요. 누에를 위해 바삐 돌아가려 하시옵나이까?"

뽕녀는 산동방언으로 말하는 안회를 보고 아래위를 살펴보더니 물어왔다.

"말투로 보아서 선생은 노나라 사람 같사옵니다. 어찌하여 진나라에 올 수가 있사옵나이까?"

"저는 공자님을 따라 이곳에 왔습니다. 진나라 군주도 뵈올 겸 이곳 풍속도 구경하러 왔소이다."

안회가 대답하니 뽕녀는 빙그레 웃었다.

"공자는 천하 대 성인이십니다. 진나라에 오면 남을 질투하는 대신들이 있을 것입니다. 구곡명주를 꿰기 바쁘걸랑 바로 사장 사람을 찾아오세요."

광주리를 옆에 끼고 뒤돌아보지도 않고 가버렸다. 안회가 돌아와 방금 있었던 일들을 공자에게 말하니 공자는 이 여인은 사대부 가족으로 전간(田間)에 은거하여 뽕을 따 살림살이를 유지하는 것이라 했다.

안회는 사장으로 뽕녀 집을 찾아가니 집안에는 일흔에 가까운 늙은 여인 밖에 없었다. 안회가 찾아들어가자 그녀는 수박 하나를 꺼내어 쪼갰다.

"날씨가 무더워 오시느라 수고가 많으셨습니다. 수박이나 드시우."

안회는 수박을 먹으려다 빨간 속안에 씨가 박혀 있는 것을 보고 무엇인가 깨닫고 안방을 향해 인사했다.

"저에게 수박을 준 이(임자)가 안에 계시지요?"

뽕녀는 빙글빙글 웃으면서 안방에서 나왔다.

"우리 스승님께서 진나라 국군의 영을 받아 구곡명주를 꿰어야 하는데 꿸 줄 몰라 이렇게 가르침을 받으러 왔소이다."

안회가 다시 인사하며 말했다.

"명주 구멍을 꿀로 메우고 가는 명주실을 개미꼬리에 붙여서 함 안에 가두어 놓으세요. 하루 밤만 지나면 저절로 꿰어질 것이옵나이다."

안회는 그 말을 듣고 돌아온 후 공자께 보고하니 공자는 시키는 대로했다. 과연 신기한 효과가 나타나 감탄을 금치 못했다.

'나의 지혜가 뽕녀보다도 못하니 헛소문뿐이라네!'

이 뽕을 따는 여인은 사야(瀉冶)의 손녀로 그의 할아버지 사야는 진 영공의 사고관이었다. 황궁 창고 안에 구곡진주가 있다는 것을 알고 있었다. 사야는 영공이 하희(夏姬)와 사통하는 것을 알고 충고를 하다가 살해되었다.

사흘이 되지 않아 공자는 다 꿰어진 구곡진주를 진 민공에게 드렸다. 조정의 문무백관들은 공자의 지혜에 대해 감탄하지 않는 자 없었으나 이 일은 공자의 목숨이 걸린 위험한 일이었다. 진 민공은 공자에 대해 매우 존중은 했지만 오초의 두둔 하에 억지로 목숨을 이어나가는 수밖에 없었음으로 공자 본인의 뜻은 펼칠 수가 없어 장래 준비나 하면서 지내고 있었다.

그러던 어느 날 갑자기 안회가 뛰어 들어 왔다. 평소에 젖은 옷을 입고도 걸음 한번 비뚤게 걷지 않는 점잖은 제자가 오늘은 말도 제대로 못하며 들어오자마자 "어제 저녁 까치가 울더니 오늘 귀한 손님이 왔네, 빨리들 나가 보세. 보면 꼭 입을 다물지 못 할 거야!"라고 하면서 풍풍 뛰었다.

공자가 의아해서 물었다.

"안회, 어떤 일이기에 자네 답지 않게 그리 좋아하는가?"

어느새 남궁경숙이 들어와 무릎을 꿇고 눈물을 뚝뚝 떨구었다. 스승에게 절을 올리고 나서 친구들과 악수하고 포옹도 하더니 퐁퐁 뛰기도 하고 재롱을 떨었다. 그 바람에 모두들 개구쟁이가 되어 울고 웃기도 하며 장난기가 넘쳐났다. 그렇다! 십 년만이었다. 이것은 전란의 십년이었고 일정한 집도 없이 이곳저곳을 떠돌아다닌지 십년이었다. 긴긴 강하가 거센 파도를 일어 요동치다가 평정된 것 같이 남궁경숙의 마음은 드디어 평정되어 공자에게 찾아와서 자초지종을 말했다.

금년 가을 색마에 시달려 숨이 간들간들 해진 계환자는 갑자기 성 밖으로 산책하러 가겠다고 몇 대의 호화로운 마차를 동원하여 떠들썩하게 곡부 성을 나가 기수(沂水)에 이르러 가을 풍작의 황금들판을 보려 했다. 그런데 노나라의 대지는 황망하게 변해있었다. 가시 풀만 우거지고 토끼와 꿩, 그리고 승냥이 떼들이 들락날락하고 있었다. 논뚝 옆과 밭머리에서는 몇몇 농부들이 일을 하고 있었는데 태반이 지칠 대로 지쳐 짚고 일어설 힘조차 없이 졸고 있었다. 먹장구름은 대지를 내리 덮고, 저물어 가는 해는 선혈처럼 빨갛게 물들었다. 가뭄에 콩 나듯한 촌락이 지칠 대로 지쳐버린 연기를 내뿜고 있었다. 까마귀 떼는 메마른 나뭇가지에 날아와 초상을 알리는 듯, 까욱까욱 하면서 울어대니 참으로 등골이 서늘한 기분이었다.

계환자는 이 정경을 목격하고 후회막급으로 제나라 여악들과 주색에 빠져 공자를 멀리했던 것을 후회했다. 협곡회맹(峽谷會盟)의 기초에서 공자의 치국 방식대로 분발했어야 동방 제일 대국이 되었을 것이라 생각하며 눈앞의 정경을 보고 후회한들 때는 이미 늦었다. 다만 그는 아들인 계강자에게 '이 애비가 이제 하직할 날도 얼마 남지 않았다. 일생에 제일 유감스러운 것이 하나있다. 그것은 내 생전에 공자를 중용하지 못한 것이다. 내가 죽은 후 너는 반드시 노나라를 위하여 공자를 모셔야 한다. 그리고 그에게 중임을 맡기도록 하고 애비처럼 스승처럼 존경하거라!'라고 신신당부했다고 한다.

이것이 계환자의 유언이었고 한 영혼의 마지막 참회이기도 했다. 그는 아들이 자신보다 더욱 총명하다고 보고 전승된 노나라가 훗날 또다시 강성해지기를 희망했던 것이다.

계환자의 유언 후, 연구를 노나라에 대신 보내다

계강자는 부명을 받들어 공자를 모셔 오려고 중재에게 다음과 같이 말했다.

"돌아가신 군주님과 아버님께서 공자를 일심정력으로 모시지 못하고 고향을 떠나게 하여 천하 사람들에게 웃음거리가 되었소이다. 오늘 중재 어르신께서 일단 모시러 가 보시지요."

대부 공지어(公之魚)가 앞을 막아 나섰다.

"만약에 그가 고집해서 모셔오지 못할 때는 어찌 되겠습니까? 모셔온다 해도 일심정력으로 하지 못하는 날에는 또한 어찌 되겠습니까? 역시 후세 사람들의 웃음거리가 되지 않겠나이까?"

"그러면 어찌하면 좋겠는가! 이 일을 그만 두어야 하는 것인가!"

계강자가 한발 물러섰다.

이 때 공지어는 냉랭하게 웃으면서 말했다.

"그만 두시다니요. 부명을 존중하지 않으면 불효일 것이외다. 공자보다 연구를 청해오는 것이 좋겠소이다. 연구는 지식이 많고 재능이 많은데다가 댁에서 가신으로도 있었습니다. 서로 간에 허물이 없으니 모든 면에서 불리한 점이 없사옵니다. 공문 제자들을 청해오는 것도 공자를 모셔오는 것과 마찬가지입니다. 후환도 없어질 것이 아니겠사옵나이까?"

계강자는 정치적 두뇌가 없는 평범하고 속된 자였기에 남궁경숙에게 영을 내려 연구를 청하게 했다. 이 소식을 들은 연구는 기뻤지만 망망대해에서 떠다니는 일엽편주 같이 거센 파도나 험한 여울과 암초가 수시로 기다리고 있었다.

그들은 공자를 따라다니면서 험난한 파도에 지칠 대로 지쳤다. 어느덧 십년이 지났으나 구원은 어디서 올 것인지 막연한 차에 안일한 귀처(歸處)가 생기는 것은 나쁜 일은 아니었다. 연구로서는 이 모든 것을 차마 표현하지 못하고 묵묵히 듣고 있었다.

공자의 심정은 아무런 파문도 일지 않는 바다처럼 매우 평온했다. 설사 폭풍우가 쏟아져 내린다 해도 홀로 뱃머리를 지키고 묵묵히 앉아 낚시질을 할 듯 했다.

"계환자와 대비하면 계강자는 어떠한가?"

공자는 담담하게 물었다.

"권세는 있어도 권모(權謀)는 없습니다."

남궁경숙이 대답했다.

"애공과 정공에 대비하면?"

"권모는 있어도 권세는 없습니다."

공자는 길게 한숨을 내쉬더니 '그렇군!'라고 했다.

자로가 한 마디했다

"연구만 가서는 혼자 힘으로 뭘 하겠습니까? 아예 몇 사람 더 동참하여 노나라를 함께 잘 다스리는 건 어떻겠습니까?"

"말은 그렇게 해도 계강자의 지시에 따라 일을 맡기는 것은 어쩌란 말이요?"

안회가 되물었다. 공자가 일러 말했다.

"연구야 돌아가거라. 이번에 노나라로 돌아가면 기필코 크게 쓰일 것이다. 적게는 쓰이지 않을 것이니 염려 말고 돌아가거라."

연구는 공자님과 친구들을 아쉽다는 말로 인사하고 홀로 가면 독불장군이기에 번지(樊遲)와 함께 가겠노라 청했다. 공자는 번지의 의견을 들은 다음 허락했다.

"돌아 가거라! 돌아들 가거라. 우리 공문 제자들은 뜻이 크고 행동반경이 넓다. 마치 한필의 비단과 같아 질이 좋고 아름다우며 꽃무늬도 예쁘다. 이 공구는 어떻게 재단하여 옷을 지을지 모르겠구나!"

이 때 정자(貞子)는 공자를 연회에 초대했다. 공자 사도는 서로서로 잔을 추켜들고 기꺼이 마시고 물러가니 밤의 고요한 정적만 흐르고 광야엔 공자 홀로 거닐며 방황하고 있었다.

주위는 물 뿌린 듯 조용했다. 오직 가을벌레의 울음소리만 들릴 뿐이었다. 둥근달은 하늘에 휘영청 걸려 대지를 비추었고 드문드문 나타나는 별은 반짝거리며 달 주위에서 빛을 뿌리고 있었다. 뭉게뭉게 흰 구름이 밝은 달빛과 반짝이는 별빛을 시샘하듯 지나갔다. 공자의 복잡한 마음은 저 깊고 간데없는 밤하늘 같이 구름이 지나기도 하고 때로는 둥근달이 웃어주었다. 멀리서 보석 같은 생각이 떠올랐다.

연구는 이제 곧 자기 곁을 떠나 노나라로 돌아간다. '축하해야 할 것인가? 슬퍼해야 할 것인가?' 그런 것 같지도 않았다. 계강자가 연구를 청하고 자기를 청하지 않았음은 누군가 자신을 시기하는 사람이 있는 것이다. 사람은 언제나 희망을 후대에게 걸어야 한다. 스승이라면 제자들에게 마땅히 부모가 자식을 대하는 것과 같아야 한다. 한 세대가 다른 한 세대보다 더 훌륭해지기를 원한다. 사회의 발전과 인류문명의 개발을 위해서는 누군가의 희생이 따라야 한다. 자신이 장애를 물리치게 된 비결은 평민교육을 실시하여 제자를 널리 받아들였던 데에 있었다. 유교무류(有教無類)란 제자들에게 자신의 사업을 물려주어 자신의 주장을 실현하고 인류역사의 발전을 가져오게 하려는 것이었다.

옛일을 추억하노라니 이미 반세기가 지났다. 발끝마다 가시 넝쿨에 감기고 걸음마다 거침돌이었으나 어떤 험난함 속에서도 자신의 주장과 신념을 의심해 본 적은 없다. 충분한 이유와 근거로 그의 정확성을 증명할 수 있을 뿐, 옛날의 어질고 사리에 밝은 무수한 사람과 성현(聖賢)들의 사적이 알려준 것이었다. 위대한 주장과 신념을 실현하려면 고귀한 대가가 필요했다. 몇 대의 사람들을 희생시켜야 하는데 오늘저녁이라고 다를 수 있겠는가!

공자는 스쳐가는 가을바람에 머리가 명석해진 것만 같았다. 밤하늘을 바라보니 뜬 구름은 바람에 날려가고 달과 별도 아낌없이 찬란한 빛을 뿌려 하늘은 더욱 높아 보이고 대지는 더욱 드넓어 보였다. 밤하늘은 더더욱 푸르렀다.

"그렇다! 나무는 제아무리 높아도 오를 수 있다. 저 끝없는 하늘은 어떻게 올라갈 수 있단 말인가! 존재하는 실물은 아름답다."

자신의 주장이 사람들에게 인정되기 힘든 것은 도처에서 부딪치는 문제들이 있기 때문이라고 생각하며 사색에 잠긴 공자에게 안회는 말없이 나와서 외투를 씌워주고 어서 들어가 쉬시라고 권고했다

"밤이 깊고 이슬이 찬데 한기를 만나면 어쩌시려고요?"

"나무 잎이 떨어지면 뿌리로 돌아간다. 이 선생도 늙었다. 얼마나 부모지방으로 돌아가고 싶은지 알겠느냐?"

이튿날 아침 일찍 연구와 번지는 남궁경숙과 바삐 진나라를 떠났다. 공자는 너무도 쓸쓸하여 제자들을 거느리고 국경선까지 바래다주었다.

"어제 길에서 들으니 오나라가 진나라를 토벌하려 한답니다. 초나라도 군대를 그 곳에 집결시킨답니다. 바늘 방석만한 진나라 땅에는 스승님이 장구히 계실 곳이 못되옵니다. 어서 생각을 바꾸시옵소서!"

남궁경숙은 매우 관심 있는 어조로 공자에게 권했다.

"오늘 헤어지면 언제 다시 만날지 모르겠습니다. 스승님! 어떤 훈계가 있사옵나이까?"

연구가 물으니 공자는 손을 저으면서 혼자 말을 했다.

"돌아가거라! 돌아들 가거라!"

안회가 말했다.

"스승님께선 더 가시지 마십시오. 이 제자가 세 사형들을 더 바래다 주겠사옵니다."

세 사람은 함께 절을 하면서 눈물로 공자와 이별했다.

가을바람은 울부짖고 낙엽과 마른 가지는 떨어져 바람에 나부꼈다. 기러기 떼들은 줄을 지어 갈 곳으로 날아가고, 먹장구름은 해를 가리고 햇빛은 구름층을 뚫어 맥없이 대지에 비치고 있는데 공자는 방울방울 눈물을 짓고 있었다. 멀리 떠나간 남궁경숙은 뒤를 돌아보았다. 공자는 의연히 그 곳에 못 박힌 듯 손을 흔들고 있었다. 쓸쓸한 가을바람에 억대우 같은 몸집은 축 처져가고 굽어만 보였다.

초나라로 가려다 진오파의 방해를 받으시다

공자 63세(기원전 489) 때 오나라는 대대적으로 진나라를 공격했다. 초나라는 진나라를 도와 반격하기로 하여 초 소왕(昭王)의 영솔 하에 오나라의 공격을 저지하기 위해 진나라 동북부의 성부(城父; 안휘성 박현)에 주둔했다. 진나라는 혼란 상태에 빠졌으므로 공자 사도는 진나라에 더 있을 수 없었다. 공자는 초나라로 가려고 타진을 해 보니 초 소왕은 대신들의 충고를 잘 듣는 개명한 군주라고 했다.

봄에 초 소왕이 형태(荊台)로 사냥을 떠나려 하자 사마자기(司馬子祺)가 말렸다. 소왕은 듣지 않고 사냥을 떠나니 영윤(令尹) 자서(子西)는 허리를 굽혀 인사하고 축하하며 말했다.

"형태는 유명한 명승지로 이 양춘가절에 화초가 다투어 피고 조수가 무리를 지어 모입니다. 사냥을 떠나는 절호의 계절이온데 어떻게 지나칠 수 있겠사옵나이까?"

소왕이 듣고 매우 기뻐하며 자서의 어깨를 두드렸다.

"영윤과 함께 가서 기쁘게 놀아보세!"

자서는 대단히 고맙다면서 마차를 타고 함께 갔다. 약 6-7리 갔는데 자서는 갑자기 마차를 세우고 소왕에게 말했다.

"신이 드릴 말씀이 있사옵니다. 대왕님께서 들어 주시옵소서!"

"말해 보게!"

"군주에게 충성하는 대신에게 봉록을 주고 아첨하는 자는 형벌을 주어도 아쉽지 아니하옵나이다. 사마자기는 사냥을 나가는 것을 말려 충신이며 이 미신은 사냥을 떠나는 것을 축하했기에 아첨으로 권력자의 사랑을 독차지했나이다. 마땅히 징벌을 받아야 할 자 중에 하나이옵니다. 대왕님께서는 충성에 상을 주시고 아첨에 징벌을 내리시어 기강을 정돈하여 사랑을 독차지 하는 신하들에게 군주님을 유도하지 못하게 하옵소서!"

소왕이 들은 후 너무도 무참하여 얼굴색이 벌겋게 질렸다.

"사마는 진실한 충신이십니다. 과인에게 말할 수 있겠지만 다음 세대엔 어느 누가 말할 수 있겠습니까? 자서는 이치에 맞게 후세의 사냥 왕림을 금지하는 것은 매우 쉬운 일인 것이옵나이다. 대왕님께서 천추만세 후 산릉(山陵)을 형태에 건축하라 하십시요. 후세 자손들이 부모의 산릉 앞에서 감히 오락을 할 수 없을 것이옵나이다."

소왕은 자서의 충고를 접수하고 즉시로 형태 사냥을 중지하고 돌아왔다.

초 소왕이 비록 직접하는 충고는 받아들일 수 없었지만 에둘러하는 충고는 받아들일 수가 있었다. 조그마한 의견이라도 받아들일 수 없는 군주는 아니었다.

이번에 오나라를 공격하여 진나라를 구원하는 행군 도중에 초 소왕이 갑자기 몸 져 누었다. 바로 이때 하늘에는 한 떨기 붉은 구름이 나타나서 마치 진붉은 날 새가 태양을 끼고 날아가는 것 같았다. 초 소왕은 사자를 파견하여 주 태사를 청해 점을 쳐 길흉을 물었다.

"이것은 불길한 징조로서 대왕님께 실재 이루어질 것이옵나이다. 그러나 막지 못하는 것은 아니옵니다. 만일 무리치기 위해 제사를 치르면 그 재앙은 어느 장상들이 받게 됩니다. 초나라 왕을 대신하여 불행을 받아들이게 기도해야 합니다."

"장상이라면 과인의 손발과 같습니다. 손발이 과인의 몸에서 떨어져 나가면 살아 있은들 죽은 것보다 못합니다. 과인이 만일 하늘에 죄를 지었다면 죄진 자가 벌을 받아야지 타인에게 돌려 넘길 수 없습니다."

초 소왕은 양제의 제사를 치루지 못하게 했다.

초 소왕의 행동은 영윤 자서와 사마 및 문무백관들을 크게 감동시켜 저마다 임금을 위해 죽음을 각오하게 했다. 초나라의 군대는 상하가 마음이 합쳐져 재빨리 오나라 군대를 물리쳐 돌아갈 수 있었다. 그러나 초 소왕의 병은 줄곧 좋아지지 않아 초나라의 태사가 다시 한번 점을 쳐 보았다. 점괘에 황하의 신을 노엽게 하여 재앙을 면하려면 황하의 신에게 제를 지내줘야 한다고 했다.

"장강과 한수는 초나라의 하천들이다. 황하는 초나라 경내를 흐르지도 않는다. 과인이 어떻게 하면 황하지신을 노엽게 할 수 있겠는가! 우리의 신이 아닌 신에게 제를 지내는 것은 아첨하는 행위다. 과인은 거절하겠다."

초 소왕은 분명하게 말했다.

황하 신에게 제를 지내지 않겠다고 분명하게 태도를 표시하자 그의 병은 도리어 좋아졌다. 이런 소식들이 봄바람인양 남으로부터 북으로 공자의 귀에까지 전해졌다.

공자는 대단히 찬양했다.

"대 도의에 순응하는 자의 천하는 창성해지고 강상을 위반하는 자의 천하는 망하는 법이다. 초 소왕이 천도와 강상을 따르고 인정을 행했으니 기필코 남방을 통일할 수 있을 것이다."

그렇다. 십여 년간 공자는 위(衛), 조(曹), 송(宋), 정(鄭), 진(陳) 등의 나라를 돌아 거의 중원 나라들을 방문해 보았지만 초 소왕 같은 밝은 지혜를 갖춘 임금을 만나지 못했다. 그는 초나라를 방문하기로 결심했을 때, 바로 초 소왕의 사자가 도착했다.

그런데 진나라에서 초나라로 가려면 중간에 채(蔡)나라가 있었다. 오와 초, 두 나라가 쟁탈하고자 하는 작은 나라였다. 공자 사도는 원구(瑗丘)성을 나왔으나 지형을 잘 모르고 있어 첩첩한 산간지대로 들어갔다. 고개를 들어보니 양편에는 높은 산들이 줄서 있었다. 산위에는 수림과 대나무 숲이 우거져 승냥이가 출몰하며 호랑이가 포효하고 원숭이가 울부짖어 사람의 간담을 서늘케 했다. 고개를 숙여 보니 골짜기는 깊고 깊어 찬바람이 가슴 속까지 스며왔다. 밑에는 졸졸 흐르는 시냇물이 노래를 부르는 지, 우는지, 하소연하는지, 분간키 어려웠다.

산골을 지나는 길이 한 갈래 뻗어 있었으나 어찌나 완곡했던지 없어지는 듯 하다가도 나타났고 나타났다 또 없어지곤 하는 것 같았다. 사람들은 길을 외돌아 오르고 중앙으로는 마차가 달리고 있지만 오른쪽에는 깎아지른 험산 준령이었고 왼쪽에는 천 길 만 길 깊은 골짜기로 떨어지는 날에는 가루가 될 것 같은 위험한 곳이었다. 사람들은 저마다 공포와 불안에 덮여 조심조심 앞으로 가며 누구나 말 한 마디 하는 이가 없었다.

이상한 것은 험산준령에 뻗어진 유일한 길이 첫 시작부터 마지막까지 수척의 넓이로 되어 있어 마차가 길 위에서 막힘없이 마음대로 행차할 수 있었다는 점이다. 길을 잘못 들어선 것은 아니라 진나라로부터 초나라로 통하는 지름길이라 생각했다.

얼마나 갔는지 모른다. 줄곧 인가는 나타나지 않았다. 차츰 하늘의 푸른색은 옅어져 산골짜기엔 어두움이 깔리기 시작했다. 음침한 바람은 울부짖듯, 마치 억울하게 죽은 귀신들이 일어나 춤추며 소리치는 것 같았다. 날은 저물어 휴식이 필요하다고 생각한 공자는 사도들에게 쉴 곳을 찾게 했다. 하늘이 무너져도 솟아 날 구멍이 있다고, 앞으로 좀 더 갔더니 평탄하고 주위가 넓은 곳에 큰 건물이 하나 있고 잡초들이 우거지고 들꽃들이 그윽한 향기를 풍기고 있었다. 세 갈래 냇물이 모이는 곳이었다. 대산의 따뜻한 품이자 조화롭고 안락한 요람이었다.

공자는 마차에서 내려 주위를 살펴보았다. 산들은 검푸르고 길은 숨겨져 있어 이 마굴 같은 산속을 지나가야만 마을이나 여관을 찾을 것 같았다. 보검을 풀어 이 심산유곡에서 하룻밤을 지내기로 했다. 다행이도 초가을이었기 때문에 추위에 떨 걱정은 없었다. 며칠분의 요깃거리들을 마련 해 주었기에 굶을 걱정도 없었다. 또 마실 물이 있고 말들이 먹을 풀들이 있어 상등 누천 여관이라고 해도 과언은 아니었다. 산길을 도느라고 지칠대로 지쳐 그들은 마른 음식으로 요기를 대충하고 잠에 빠졌다. 소나기 소리 이상 코를 골아 수림 파도소리와 폭포소리까지 말아먹었다. 얼마나 잤는지 단잠에서 깨어나 부석부석한 두 눈을 쥐어뜯으며 모두들 자리에서 일어났다. 어느새 날이 밝아 아침노을이 산들을 빨갛게 물들여 놓았다.

이 때 예상치 않은 사건이 또 발생했다.

그들은 무기를 든 사람들에게 물샐틈없이 포위되어 있었다. 신변 가까이에서도 무기를 든 사람들이 오가면서 지키고 있었다. 이 사람들은 거의 남루한 복장에 얼굴은 노랗고 몸은 여위어 가죽과 힘줄밖에 남지 않은 것 같았다. 어떤 사람은 얼굴에 상처투성이기도 했다. 그들은 두 사람씩 짝을 지어 귀신처럼 주위에서 맴돌았다. 병사라기보다 죄수라는 쪽이 더 적합했다.

이들은 공자 사도를 해칠 생각없이 단지 감시를 하고 포위망 내에서는 마음대로 하게 했다. 그들 가까이에 가기만 하면 막아 나섰고 포위권을 한 발도 넘지 못하게 했다.

공자 사도가 아침 식사를 대충 끝내고 샘물을 떠다 마시고 행장을 갖추고 길을 떠나려 할 때, 한 군관이 다가왔다. 그는 삼십 세 정도의 얼굴에 머리는 좀 벗겨지고 몸은 뚱뚱하고 작달막한 체구에 구리수염이 가득 난 털보였다. 그는 점잔을 빼면서 공자에게 인사했다. 그리고 나서 빙그레 웃으면서 확인조로 물었다.

"이 늙은이가 아마 공자님이시겠죠?"

공자는 맞인사를 했다.

"이 늙은이가 바로 공구이옵니다. 어느 부대에서 우리를 가두어 놓는 것이옵나이까?"

그 군관은 공자의 물음에 바르게 대답하지 않았다.

"듣건대 공자님 사도들이 초나라에 가신다고요. 정말이시옵나이까?"

그가 '하하'하고 웃더니 물었다.

"우리는 지금 초나라에 가는 길이오. 하온데 장군께서 어떤 가르침이 있사옵나이까?"

공자는 종래로 거짓이라는 것은 모른다. 곧이곧대로 알려주었다. 군관은 여전히 웃음을 얼굴에 띠면서 말했다.

"하관은 상사의 명령을 받들고 공자님과 일행들에게 돌아가실 것을 권고하러 왔사옵니다. 진(陳)나라에 돌아가셔도 좋고 다른 길을 선택하여도 좋습니다. 초나라에는 가실 수 없사옵나이다. 그렇지 않다간 여러분은 이 산속에서 지쳐 숨지고 말 것이옵나이다."

자로는 더는 참을 수가 없어 보검을 빼들면서 군관을 쏘아보며 을러댔다.

"사람을 너무 없인 여기지 마시오! 진나라에 되돌아가던 초나라에 가던 이것은 우리의 일이오. 네놈과 무슨 상관이냐? 개고기에 쉬파리처럼 작작 삐치고 길이나 비켜! 그렇지 않다간 이 보검이 노여워 할게다."

그 군관은 성을 내지 않고 여전히 웃는 얼굴로 주위를 가르켜 보였다.

"공자님 수하에 용맹한 무사가 몇 명 있는 것은 잘 알고 있습니다. 독불장군이라는 속담을 잊지 마십시요."

사면 산비탈엔 병사들이 까맣게 널려 개미떼들처럼 움직였다. 그리고 그 군관은 계속 말을 이어 나갔다.

"공자님께서는 연세가 많으십니다. 만일 정말로 전투가 일어나면 생명안전은 누구도 담보할 수……! "

자로는 그 바람에 서리 맞은 풀처럼 고개를 푹 숙이고 보검을 도로 넣었다. 이를 본 군관은 최후로 다시 한 번 말했다.

"공자님께서 만일 마차머리를 돌리신다면 우리들이 호송하겠습니다. 그렇지 않고, 계속 초나라로 고집하신다면 앞으로 한 발짝도 못 나가시옵나이다."

그리고 공자에게 인사를 하고 웃으면서 가버렸다.

사마우가 말했다

"겉은 온화하지만 속은 음흉한 사람이군!"

원래 진나라 귀족 중에는 친오파와 친초파가 있었다. 친오파가 공자 사도들이 초 소왕의 초청에 초나라로 간다는 소문을 들었다. 공자가 초 소왕을 부추겨 주면 더욱 강대해질 것이라 생각했다. 자신들이 불리해질까 두려워했던 것이다. 군대와 죄수들을 풀어 그들에게 생각을 바꾸게 하라고 위협했던 것이다.

공자의 일생에 있어 무엇을 하든지 자신의 목표를 바꾼 적이 없었다. 초 소왕이 현명한 군주라는 것을 단정 짓고, 더욱 초청까지 받았기에 마차머리를 돌릴 생각은 추호도 해 보지 않았다. 하지만 오늘 이 심산유곡에서는 초롱 속에 갇힌 새 신세였다. 날개가 있어도 날수 없었다. 제일 중요한 것은 식량이었다. 이틀거리 밖에 되지 않는 마른 식량으로 어쩌면 좋을지 몰랐다. 뚫고 나가자니 제자들이 모두 자로나 공량유(公良孺)가 아니었다. 그 군관 말처럼 독불장군이라고 적아 간 대비가 엄청난 것도 있었다. 지형에 익숙하지 못하여 닭 알로 돌을 치는 격이었다.

안회와 자로, 자공 등이 토론을 벌렸다.

식량은 모두 종합 관리로 정량을 나누어 먹고 공자는 연세가 많아 몸이 쇠하므로 충분하게 제공했다. 두 번째로 자로와 공손량 등 몇몇 무장은 체력을 보존할 만큼 제공하고 기타 제자들은 과일이나 야채로 끼니를 보충하기로 했다. 자로 등은 당연히 동의하지 않았다. 반나절이나 쟁론하다가 최후에 안회가 결정지었다. 점심 식사를 할 때였다. 안회가 마른 식량과 생강 오리를 공자의 앞으로 들고 왔다.

공자가 안회를 불렀다.

"너희들의 말을 나는 모두 들었다. 수십 년 동안 너희는 이 스승을 따라다녔다. 도처에서 유리걸식하였으니 불안하기 그지없구나! 오늘은 또 이런 액운을 당했다. 고락을 함께 나누어 보자꾸나! 이 공구는 더 많이 먹을 수 없다."

안회가 아무리 권해도 공자는 더는 먹지 않았다. 안회는 하는 수없이 눈물을 머금고 식사를 들고 나갔다. 이렇게 나흘이나 지나가고 식량은 다 떨어졌다. 그리고 야채와 과일들로 끼니를 때워야 했다. 그들 중 기아와 물 중독으로 배를 앓고 설사까지 하는 자가 있었다. 몸져누워 버린 제자들이 적지 않았다. 설사병에 걸리지 않았어도 정서가 불안해져서 고개를 뚝 떨구고 있는 제자가 적지 않았다.

공자는 예전과 같이 태연자약하게 웃기도 하고 이야기했다. 노래하고 거문고를 치며 강의했다. 그는 도리로서 제자들을 가르쳤다. 고대 사람들의 모범적인 사적을 실례로 들어 제자들을 고무 격려했다. 자신의 정서로 제자들을 감화시키려 했다. 바른대로 말하면 그도 배가 고팠고 힘들었다. 역시 성인이 아닌 육신으로서 다만 자신의 의지로 참을 따름이었다. 다섯 번째 날 오전에도 공자는 여전히 거문고를 타고 있었다.

자로는 마음이 심란하여 공자를 나무랐다.

"스승님은 액운 속에서도 노래할 수 있으십니까? 그것이 타당한 것이옵나이까?"

공자는 거문고를 내려놓고 자로를 타일렀다.

"군자는 좋은 것과 즐거움을 자랑으로 삼지 아니하는 법이다. 소인은 좋은 것과 즐거움을 업으로 삼지 아니한다. 너는 나를 오랫동안 따라다녀도 아직도 이 스승을 모르느냐?"

자로는 의연히 따졌다.

"속담에 군자는 곤란에 부대끼지 않는다고 했습니다. 부자님께서 어질지 못하면 세상 사람들이 신임하지 못한다고 보십니까? 지혜롭지 못해 세상 사람들이 놓아주지 않는 것은 아니겠지요? 전에 공자님께서 말씀하셨습니다. '선의를 베푸는 자에게 하늘이 복을 내려 보낸다. 악을 베푸는 자는 하늘이 화를 내려 보내 준다.'라고 하셨습니다. 공자님께서는 일상적으로 적덕행의하시고 있으십니다. 무엇 때문에 액운만 겹쳐서 따라다니는 것이옵니까? 사람들에게 굶어죽게 하는 것이옵나이까?"

공자는 자로를 새롭게 알게 되는 것처럼 아래 위를 낱낱이 살펴보았다.

"중유야! 어진 자라 하여 꼭 세상의 신임하는 것은 아니다. 어이하여 백이숙제는 수양산에서 굶어 죽었겠느냐? 지혜로운 자라 하여 꼭 세상 사람들이 알아주는 것 아니다. 어이하여 비간(比干)이 주왕(紂王)에게 심장까지 빼앗겨야만 했겠느냐? 충성을 다하는 자 하늘의 보답을 꼭 받는 것은 아니다. 관룡봉(關龍逢)은 어이하여 회견 시에 걸(桀)에게 사형을 당했겠느냐? 충고하는 자를 군주가 꼭 받아들여야 하는 것 아니다. 오자하(吳奢何)는 어이하여 오 왕에게 살해 되었겠느냐? 박식하고 모략이 깊다하여 좋은 기회만 만나는 것은 아니다. 이 어찌 공구 한 사람뿐이겠느냐?"

공자의 말을 들은 자로는 그 뜻을 알 수는 없었지만 답변할 수가 없었으므로 묵묵히 물러났다.

공자가 자공을 찾아 묻고 반문했다.

"자공아! 범도 아니고 소도 아닌데 우리는 어이하여 광야에서 방황하는가? 그 연고가 무엇인가? 내가 도를 너희들에게 틀리게 가르쳤는가! 우리는 어이하여 이곳에 갇혀 있으야 하느냐?"

"스승님의 도는 너무도 커서 세상 사람들까지 이를 용납하지 못합니다. 스승님께서 어이하여 자신을 낮추어 보시는 것이옵나이까?"

"훌륭한 농부는 곡식을 잘 가꿀 수는 있으나 좋은 수확을 거둘 수는 없다. 기술이 좋은 장인은 좋은 기물을 만들 수 있으나 사람들의 수요에 다 맞아 떨어지게 만들 수는 없다. 군자가 도를 닦는다 해도 세상에 용납된다고 단정할 수 없느니라! 그리고 만약 도를 닦지 않고도 세상에 용납된다고 하자. 그러면 그 바람이야말로 너무나 작은 것이다."

자공이 물러가고 안회가 왔다. 공자는 자공에게 하던 말을 그에게 들려주었다. 이에 안회가 말했다.

"스승님의 도는 하늘과 비길 수 있어 천하에 용납하지 못하고 있소이다. 스승님께서는 천하를 걱정하시고 백성을 가엾이 여기고자 하십니다. 있는 힘을 다하여 인도를 따라가고 계십니다. 하지만 이 세상에서 사용되지 못하고 있습니다. 이것은 나라 통치자의 수치이옵니다. 스승님께 있어서는 아무런 손해도 없는 것이옵나이다. 오늘 길가에서 노숙하심은 사람들에게 용납될 수 없사옵니다. 이것은 오히려 스승님의 함양을 검증해낼 수 있는 것이옵니다."

공자가 매우 즐거워하며 웃었다.

"실로 그러하구나! 너와 나는 뜻이 같고 신념이 일치하는구나. 장래에 네가 대 부자가 되고 나는 너의 재산을 관리하는 일을 하마."

안회는 공자의 말에 '픽'하고 웃어버렸다. 몇 년이 지난 후 공자는 그때의 일을 회상하며 '절기가 차가워진 다음에야 송백이 시들지 않음을 알 수 있는 것이다!'라고 감개무량하게 말했다.

시간이 흐름에 따라 병들어 눕는 제자들은 점점 많아졌다. 공자도 온몸이 불편했으며 맥이 빠져 노래를 하거나 거문고를 타는데 있어서 이틀 전보다 힘겨웠다. 힘이 다해서 다정하지도 못했다. 가만히 앉아 죽을 수만 있으랴! 정말 이곳에서 죽어야만 하는가?

공자는 안회의 말을 빌어 제자들을 달랬다.

한편 자공에게 갖은 방법을 다하여 식량을 구하여 끼니를 때우라고 했다. 자공은 공문 제자들 중에서 웅변 능력이 가장 훌륭했다. 외교 능력도 가장 출중한 사람이다. 이 간고한 임무는 자연 그에게 떨어졌다.

그 군관은 며칠이 지났지만 공자 사도들을 꼼짝달싹 못하게만 했다. 그들을 침해한 적이 없고 서로 간에는 아무런 관계도 없는 듯했다. 그 군관은 공자에게 웃음이 함뿍 담긴 모습으로 대했다. 부하들이나 죄수들에 대해서는 극히 흉악했다. 툭하면 성질을 발칵내고 구리수염까지 세웠다. 그들에게 채찍이며 몽둥이를 마구 안겼다. 부하들은 그 군관을 적대시하고 증오했다.

마을과 멀리 동떨어져 있는 이곳은 심산준령 속이었다. 이처럼 많은 병사들과 죄수들에게 식량 공급이란 그야말로 엉망이었다. 정량 배급으로 병사들과 죄수들 사이에는 먹는 것 때문에 옥신각신이었다. 저녁만 되면 병사들은 장막에 들어가 잠을 잤다. 몇몇 죄수들을 남겨 보초를 서게 했다.

나흘째 되는 밤, 자공이 손에 덧옷 두 벌을 들고 보초 서는 죄수에게 갔다. 몸에 걸친 옷가지들이라곤 얇고 헤어진 옷뿐이었다. 가을밤, 깊은 골짜기의 한기에 병사는 병기를 안고 졸며 떨고 있었다. 덧옷을 덮어주고 병사들의 얼굴을 살펴보았다. 그 중 한 병사의 얼굴에 상처가 나서 썩어 피고름이 나고 있었다. 그는 얼른 품속에서 약을 꺼내 발라주었다. 병사는 깨어나 경계심에 창을 덥석 잡았다.

"누구야!"

자공은 인사를 했다.

"저는 공문 제자 단목사(端木賜)란 사람이오. 추위에 깨어나 걷고 있는데 두 형제님께서 떨고 있는 것을 보고 이렇게 옷가지들을 들고 와 덮어 드렸사옵니다. 우리와 같은 행객들은 상처에 쓰는 약들을 늘 몸에 지니고 다닙니다. 이 형님께서 얼굴의 상처가 심하여 피고름 범벅이기에 발라드렸습니다. 그만 잠을 깨워서 죄송하옵니다."

두 죄수는 비로소 저들의 몸에 옷가지들이 덮여 있는 것을 알았다. 따뜻한 감을 느꼈다. 그 중 나이가 어린 죄수가 입을 열었다.

"우리는 당신들이 선량한 사람이라는 것을 알고 있을 뿐만 아니라 오늘 세상에서 공자가 소문난 성인이심도 압니다. 인덕을 제창하고 곤난을 해결해 주는 구세주라는 것도 우리 모두는 잘 알고 있사옵나이다. 이렇게 현철하신 분을 해치려 하오니 벼락이나 콱 맞아라!"

얼굴에 상처가 있고 나이가 좀 많은 죄수는 엉엉 울음이 터져 나왔다. 약을 바른 후 아픈 것이 많이 낳아진 것 같아, 감격에 목이 메어 두 손으로 얼굴을 감싸 쥐고 울었다. 자공은 그가 가엾이 우는 것을 보고 말했다.

"이 형님께서 너무 상심하지 마십시오! 오늘날 천하에서 시비가 뒤섞이고 흑백이 전도된 것이 얼마나 많습니까? 우리 공자님은 천하에 인정 덕치를 베풀려고 동분서주하십니다. 그런데 우리 공자님을 시기하고 천하에 용납시켜주지 않는 것이옵니다. 우리 공자님께서 실행하려는 인정이 천하에서 꼭 실행되어 백성을 아끼고 사랑하면 두 형제님께서는 집에 돌아가실 수 있고 집식구들과 이별하고 이곳에 와 비인간 취급을 받지 않을 것이옵나이다. 오늘 우리 사도들은 이 심산유곡 중에 갇혀있을 필요가 없습니다. 우리 공자님께서는 이미 사흘이나 굶주리셨습니다. 많은 연세에 만일 잘못되기라도 하면 우리는 천하의 죄인이 되고 백성 또한 무슨 가망이 있겠습니까?"

"선생님께서 어서 말씀 해보세요. 우리가 어떻게 해야 공자님을 도와드릴 수 있겠습니까?"

얼굴에 상처가 있는 죄수가 눈물이 글썽하여 물었다. 나이가 어린 죄수도 호응했다.

"그래요! 공자님의 목숨을 구할 수 있는 일이라면 죽는 한이 있어도 달갑게 해보겠소이다."

자공은 땅에 꿇어앉아 절을 하면서

"두 형제님께서 진심으로 도와주시려 하오니 고맙소이다. 두 은인께서 식량을 사다 주시오면 ……."

"어려운 일이 아니외다."

상처가 있는 죄수는 말을 계속 이었다.

"오늘 저녁에 보초를 서고 나면 내일엔 진종일 할 일이 없습니다. 저 동산만 넘으면 시장이 있습니다. 당신 사도들께서 내일 저녁에 꼭 배

불리 자시게 할 수 있소이다."

자공이 고마움을 표시하면서 돈을 내놓았다.

"선생님께서 이렇게 후하게 처사하십니까? 우리가 돈을 가지고 도망을 가면 어쩌겠소이까?"

"사람을 성실하게 대하는 것을 공자님께서 늘 가르쳐 주셨습니다. 인간 됨됨이의 신조로 삼고 살아오고 있습니다. 제가 두 형제님을 볼 때 순박하고 선량하게 보았습니다. 절대 간악하고 교활한 자 같지 않소이다."

한 사람이 낯선 사람에게 신임을 얻는다는 것은 쉬운 일이 아니었다. 두 죄수는 매우 감격해 당장에 내일 식량을 드릴 시간과 지점 그리고 방법을 의논했다.

심산유곡에 핀 난초에서 구도자의 개달음을 얻다

굶으며 지내던 다섯 번째 날 오전 가을바람은 그윽한 향기를 실어다 주었다. 공자는 그 향기를 따라 걷다가 깊은 산속에 하늘거리는 적란(寂蘭)을 발견했다. 예쁨을 뽐내는 자두란(紫頭蘭), 요염하게 추파를 던지는 대엽란(大葉蘭), 늠름하고 깨끗한 대검란(大劍蘭), 단정하고 우아한 마란(馬蘭) 등의 꽃이었다. 이상한 것은 난 꽃은 봄철에 피는 것인데 가을 중추에 활짝 피어 천태만상이니 더욱 아름다웠다.

이 심산유곡에 피어 난 꽃은 사람들에게 알리려 하지도 않고, 자랑도 하지 않고, 묵묵히 저녁노을을 바래주고 아침 해를 맞아들이며 아낌없이 색과 향기를 뿜어 이 심산유곡을 장식해 주고 있으니 진정한 구도자였다.

공자는 제자들을 불러 관상하고 토론하며 군자의 행함을 역설했다. 또 거문고를 들고 즉흥적으로 기란조(倚蘭操) 한 수를 지어 읊었다

솔솔솔 산속 바람
구름과 비를 가져왔도다!

그대 돌아가는 길에
먼먼 황야까지 바래다준다네!

끝없는 푸른 하늘
머물만한 곳 없어도

구주 땅 넓고 넓어
어디라 정착할 곳 없으랴!

세인들 맘 어둡고 꽁꽁 닫혀
현능한 자 모르고 지난다네!

나이만 먹고 먹어

이 몸 늙어만 가니

마음 상했어라, 좋은 때 다가고
난초꽃 옆에서 한곡조 읊어 보누나!

창로하고 애절한 노랫소리가 산곡 중에 메아리 치자 병사와 죄수들이 못 박은 듯 멈춰 서서 들으며 탄식하고 슬픈 마음이 일어 우는가 하면 욕설을 퍼붓는 자도 있었다.

안회가 비감을 참고 다가가 공자에게 물었다.

"유곡의 난초를 자신에게 비기셨사옵니다. 은거하시려 하옵나이까?"

"나를 아는 자 안회밖에 없구나!"

계속 굶고 있던 다섯 번째 날 오후, 쌀 사러 갔던 두 죄수가 공자 사도들에게 쌀과 물고기와 야채 등을 가득 가져왔다. 제자들은 분주히 서둘러 쌀을 씻고 야채와 물고기를 다듬어 솜씨 좋은 안회가 저녁밥을 지었다. 안회는 솥뚜껑을 열고 반찬을 떠내려 할 때 갑자기 산에 바람이 일어 먼지가 솥 안의 고기 위에 떨어졌다. 고기 점을 꺼내어 버리려다 아까워 안회는 먼지를 불어버리고 입안에 넣었다.

자공은 안회가 입에 무엇을 넣는 것을 보고 음식을 훔쳐 먹는 줄 오해하여 공자에게 와서 물었다.

"어려움에 처하면 군자도 변하옵나이까?"

"어려운 지경에 처했다고 하더라고 변하면 군자라 할 수 없지!"

"안회는 인자하고 청렴하여 공자님을 속이지 않겠습니다만 음식을 훔쳐 굶주림을 채우려는 것을 보았소이다."

자공이 방금 보았던 일을 공자에게 고자질했다.

공자는 믿을 수 없어 안회를 불렀다

"어제 저녁 꿈에 나는 선인들을 뵈었다. 아마도 우리를 위험에서 벗어나게끔 도와주려는 모양이다. 어서 반찬들을 가져 오너라! 내가 먹기 전에 선인들에게 제사나 지내자!"

안회는 방금 있었던 일들을 여실히 말했다.

"안회가 이미 먼지 묻은 반찬을 먹었습니다. 선인들에게 제를 지낼 수 없어 내일 아침에 지내면 어떠하옵나이까?"

자공은 옆에서 안회의 말을 듣고 너무도 무참하여 얼굴이 확 달아올랐다.

공자 사도는 삼사일 굶다가 밥과 고기반찬들이 나오자 달게 먹어야 했지만 그렇지를 못했다. 언제 포위가 풀릴지 알 수 없어 음식을 나누어 먹었기 때문에 역시 제자들은 배를 채우지 못했다. 털보 군관은 여전히 순라를 돌다 땅바닥에 널린 물고기 뼈를 보고 누가 그들에게 사온 것이라고 의심하여 따지고 물었다.

재여(宰予)가 앞으로 나가 광성(匡城)에서 포위를 당했을 때와 포성(蒲城)에서 저격을 받았을 때, 그리고 송나라에서 위험에 봉착했을 때를 이야기하며 꾸며댔다.

"우리 공자님은 하늘의 문곡성(文曲星)이시다. 고난에 허덕이는 백성을 구원하려고 인간 세상에 내려오셨다. 매번 곤난에 봉착하실 때마다 하늘에서 내려와 도와주는 것이외다. 오늘도 식량이 떨어져 굶주리고 계시는 공자님을 도와 신선들이 강림하였소이다. 어제 저녁 철 투구와 갑옷을 입고 두 손에 쌍극을 든 의인들이 나타나 우리 공자님에게 와 입을 벌리고 덤벼들 때 자로가 검을 빼들고 싸웠는데 당할 수 없었나이다. 그리하여 공자님께서 주시하여 보니 그들은 소리만 칠 수 있을 뿐 말을 할 수 없는 인간이 아니라는 것을 알았습니다. 자로에게 겨드랑이를 치라고 해서 말씀대로 하니 의인은 땅에 쓰러져 메기로 변했소이다. 우리들은 그것을 잡아먹었지요. 당신들께서 우리 공자님을 이 산곡 중에 가두어 세상을 뜨시게 하려한다면 그것은 헛된 생각일 뿐, 하늘에서 당신들에게 죄를 내려 징벌할 것이오, 장군께서는 재삼 생각해 보소서!"

그 군관은 진짜로 곧이듣고 더는 묻지 않고 주위를 한번 살펴보고 고개를 푹 떨구고 가버렸다. 이튿날 아침 식사 때 채나라 병정들과 죄수들이 음식을 빼앗는 사건이 벌어졌다. 두목 2명이 벌을 받아 목숨을 잃어 산곡 중에 시체를 던졌다.

공자는 이 소식을 들은 후 가엾이 여겨 즉시로 제자들에게 음식물과 약을 가져가 구원하게 했다. 목숨만 붙어 있으면 그에게 약과 음식을 먹여 도망치게 도와주라고 했다. 처벌을 받았던 두 죄수는 과연 정신만 잃었을 뿐 죽지는 않았다. 자공의 치료를 받고 음식까지 먹고 난 뒤 건강이 회복되어 도망갔다.

절식 7일째 되는 날의 황혼 무렵 산들바람이 가끔 난초 꽃의 그윽한 향기를 싣고 산곡 중에서 불어왔다. 수리개는 산 위를 날고 저녁노을은 산봉을 붉게 물들이고 있었다. 갑자기 외침소리가 크게 나고 함성이 귓전을 때리며 무수한 장병들이 사면에서 몰려 왔다. 채나라의 위병들은 머리가 땅에 떨어져 굴렀고 살아 있는 자들은 창망하게 도망쳤다. 그 군관도 칼 밑의 귀신이 되어 나무그루 아래에 시체로 던져졌다. 과연 하늘이 죄를 묻고 천병(天兵)들이 내려와 그들에게 벌을 내린 것이다.

공자는 늙은 원예사 뽕녀보다도 못했다.
심지어 여덟 살짜리 아이보다 아는 것이 없었다.
'삼인행에는 기필코 우리의 선생이 있다' 라고 한 것은
그가 현실 속에서 개괄하고 습득한 진리적 체험이었다.

제4장

엽공(叶公)은 문정하고 공자는 정명(正名)을 말하다

동자와 은자를 보고 초나라의 교화를 짐작하다

자로가 무희라는 세외고인(世外高人)을 만나다

초나라 엽공께서 공자에게 문정하다

공자 사도가 출공의 환대로 위나라에 들어가다

위나라 빈객으로 공양지사(公养之仕)의 예우를 받다

자공이 상복을 입고 오나라 백비와 회담하다

노나라가 주나라를 침범하려다 오나라 공격을 받다

부인 원관 씨의 죽음을 매우 쓸쓸해하다

벌노 전쟁에 연구의 계책으로 노가 크게 승리하다

동자와 은자(隱者)를 보고 초나라 교화를 짐작하다

구원병은 초나라 변방 군인들로 도망간 죄수들이 목숨을 구원해 준 은혜에 보답하고자 인근 초나라 장군에게 공자 사도의 조난을 알렸기 때문이었다. 그 장군은 초 소왕이 공자의 현능함을 알고 초청하여 진나라로부터 초나라로 오게 된다는 것을 알고 있었다. 그런데 오늘 채나라 귀속지에서 조난 당했다니 친히 병사들을 거느리고 쳐들어 왔다.

공자는 제자를 거느리고 은인인 그들에게 거듭하여 감사드리고 초군의 호송 하에 채나라를 경과하여 초나라 경내에 들어갔다. 초나라에는 심제량(沈諸梁)이라는 대부가 있어 엽 읍성에서 살아 읍공이란 사람이 불렀다. 지금은 부함에 살고 있는데 부함은 초나라 귀속지로서 하남성 신양현이다. 엽공은 당시의 현명한 정치가로 공자와 만난 적이 있었음으로 서로 간에 흠모하여 공자는 초나라 서울 영(郢)으로 가는 길에 부함 성에 있는 옛 친구를 보려했다.

초나라 땅을 밟아 부함으로 가는 데는 3-5일의 일정이 걸렸다. 하루는 공자 사도가 여관 집 문을 나오다 문 앞에서 치열하게 논쟁하면서 서로 지려고 하지 않는 어린아이들을 만났다. 공자는 그들에게 미소를 지으며 다가갔다.

"무엇을 갖고 그렇게 쟁론하는 것이냐?"

한 아이가 하늘의 태양을 쳐다보며 말했다.

"저 붉은 해가 어느 때에 우리와 제일 가까운지 따지고 있는 중입니다."

공자는 이 나이에 어른들도 생각지 못하는 문제들을 제기할 수 있다니 초나라의 교육이 보통 아닌 것을 짐작했다. 공자는 이 아이들이 제기한 문제에 관심을 보이며 급히 길을 떠나야 하는 것도 잊은 채 다시 물었다.

"동자가 보기엔 붉은 해가 언제 땅과 제일 가까운 것 같은가?"

"아침과 저녁, 태양이 지면과 제일 가깝지요."

"무엇 때문에?"

"해는 동산에서 나와 서산에서 집니다. 그 때는 솥 뚜껑이나 차바퀴만큼 큽니다. 점심때는 작아져 쟁반 정도 밖에 되지 않습니다. 사람들이 물건을 볼 때에 가까우면 커지고 멀면 작아진다고 생각합니다. 때문에 아침과 저녁의 해가 지면과 제일 가깝다고 생각하옵나이다."

공자는 한참 듣고 생각하더니, 그 아이의 말에 도리가 있다고 생각했다.

"너의 말에 일리가 있구나! 좋았다!"

공자가 칭찬하니 또 다른 아이가 반박하고 나섰다.

"일리는 무슨 일리이옵니까? 아침과 저녁에 태양이 커긴 커도 날씨는 차갑습니다. 정오에 가야만 더위가 찌는 듯하여 불이나 끓는 물 같지 않습니까? 사람들은 물건을 감촉하는데 있어 뜨거우면 우리와 가까이 있다고 합니다. 차가우면 멀리 있는 것이라고 합니다. 때문에 정오에 있어서 태양이 지면과 제일 가까운 것이 아니겠습니까?

공자는 또 한참을 생각하다가 그 말도 도리가 있다고 생각했다.

두 아이는 의혹에 가득 차 있는 두 눈으로 공자를 뚫어지게 바라보았다. 그의 해답과 판단을 기다리는 두 쌍의 눈빛은 예리한 칼처럼 공자의 두 눈을 찌르고 있어 그는 일시적으로 어안이 벙벙해지고 답변할 거리가 없었다.

공자는 종래 실사구시 해왔기에 자기의 결함과 부족한 것을 절대 감추지 않았다. 어린 아이에게라도 역시 그랬다. 그는 진실하게 이 문제에 대해 모르겠노라 하니 두 아이는 매우 실망하면서 서로 쳐다보기만 하다가 맨 처음 묻던 아이가 질문했다.

"사람들은 당신을 보고 읽어보지 않은 책이 없는 성인이라 합니다. 누가 당신이 아는 것이 다른 사람보다 많다고 하였습니까?"

그렇다. 공자는 늘 아는 문제가 너무 적다고 자신을 자책해 왔다. 늙은 농부보다 못했고, 늙은 원예사 뿡녀보다도 못했다. 심지어 여덟 살 짜리 아이들보다 아는 것이 없었다. '삼인행에는 기필코 우리의 선생이 있다'라고 한 것은 그가 현실 속에서 개괄하고 습득한 진리적 체험으로 아마도 어린이까지도 포함되었을 것이다.

총명한 아동과 헤어져 공자 사도는 아침 해를 맞받아 길을 가고 있는데 한 사나이가 불쑥 나타나 걸어오고 있었다. 그 사나이는 키가 크고 웅장했으며 걸음은 비칠거려 마치 주정뱅이 같았다. 그 사나이는 공자 앞으로 다가오더니 마차를 세 바퀴 돈 후, 춤을 추면서 노래를 불렀다.

봉황이여 봉황새여
어이하여 이다지도 볼 품 없는가!

지난 일 지나가고
돌아올 일 되찾지 마소!

되었도다, 되었어!
오늘의 통치자는 망나니이어라!

공자는 급히 마차에서 내려 그 사나이와 이야기를 나누어 보고자 했다. 그 초나라 광인(狂人)은 껄껄 웃으면서 고개를 뻣뻣이 들고 가려고 하여 공자는 납득이 가지 않아 따져 물었다.

"당신은 설법하시면서 노랫가락으로 저를 풍자까지 하셨습니다. 어찌하여 나와 말을 나눌 생각을 하지 않으려 하옵나이까? 참으로 갈피를 잡지 못하게 하옵나이다."

자로가 급히 말렸다

"얼빠진 사람이외다. 참으십시요."

공자가 대답했다.

"재간이 많으면서도 얼빠진 체하여 세상을 피하는 것이다. 진짜 얼빠진 사람은 아니다."

마차는 진흙탕 길에서 털렁거리지만 공자는 단정한 모습으로 바르게 앉아서 그의 풍자적인 노랫가락의 진정한 뜻을 생각했다. 그는 내가 봉황새라는 것은 일반 새가 아니라는 의미다. 봉황은 백조의 왕으로 도덕이 고상해야 한다는 뜻이다. 도덕이 고상한 자 만나면 행적을 나타내고 고상하지 못한 사람을 만나면 행적을 감추는데 볼품 없다고 했다. 도덕이 쇠락했으니 이왕의 일은 논하지 말고 미래의 일들을 기다리라 했겠다. '이것은 나에게 은거하라는 것이구나!' 제일 마지막 두 구절은 생각을 수습하라는 것이다. 지금 사회에 당장 출사 관리하는 것이 매우 위험하니 분명히 나에게 풍자적으로 충고하는 것이다. 이런 사람이 어디가 얼빠진 사람인가!

"스승님께서는 그 얼빠진 사람과 무엇을 상론하시려 하나이까?"

자로가 물어왔다.

"그가 천하 추세와 초나라의 정황을 알려주었다."

"그는 얼빠진 체 하면서 세상지사를 피하는데 공자님과 천하의 형세를 상론하기 만무하옵나이다."

"아니다. 오늘의 통치자를 망나니라고 하지 않느냐? 묻지도 않았는데 자신이 말하고 있다. 어떻게 상론하지 않는다고 단정 지을 수 있느냐? 다만, 견해가 다를 뿐이지!"

자로와 공자는 천하의 형세에 대해 한참 담론했다.

엽공과 초 소왕의 사람 됨됨이에 대해 이야기를 나누다 앞으로의 문제들을 예측해 보기로 했다. 자로는 공자와 이야기를 나누면서 마차를 급히 몰다 방향과 길을 잊어버려 얼마나 갔는지 몰랐다. 눈앞에 망망한 대하가 앞길을 막고 있었다. 그 강은 매우 넓었으며 파도가 거세게 일어 삼년 전에 보던 장강과 흡사했다. 강엔 다리가 없고, 배도 없어 날아가는 재주가 없이는 건널 수 없었다.

갑자기 70대 노인이 어디에선가 고기광주리를 메고 나왔다. 손에는 작살을 들고 버드나무 속에서 흥얼거렸다.

창랑의 물은 맑도다.
나는 나의 모자를 씻겠노라.

창랑의 물은 흐리도다.
나는 흙물로 나의 발을 씻겠노라.

공자와 자로가 길을 물으려 하니 그 늙은이는 보는 체도 하지 않고 노래하면서 멀리 가버렸다. 얼마 멀지 않은 곳에 어떤 두 사람이 보습을 끌어 밭을 갈고 있었다. 그 중 키가 큰 사나이는 땀투성이에 허리까지 활처럼 굽어 있었다. 다른 한 사나이는 좀 작아 보였으나 몸집은 풍만했다. 바지가랭이는 무릎 위까지 걷어 올렸는데 두 발에는 진흙투성이였다.

공자가 자로에게 부두가 어디냐고 물어오라 했다.

자로는 아주 공경스럽게 두 늙은이에게 부두가 어디에 있느냐고 물었다. 그들은 허리를 펴고 땀을 닦으면서 마차와 사람들을 살펴 본 다음 머리를 쪽진 사람이 누구냐고 오히려 물어왔다.

"우리는 공자님의 일행이옵니다."

"노나라의 공구 말인가?"

"네!"

"노나라 공구라면 성인이라고 소문이 자자하지요. 제자들을 데리고 천하 열국을 일주하고 있다고 들었습니다. 수레자국을 온 천하에 찍어놓았는데 하필이면 부두도 몰라 우리 같은 농군한테 물으십니까?"

자로는 퇴박을 맞고 발에 흙투성이 된 사람에게 인사하고 부탁했지만 역시 그 사람도 당신은 누구냐고 자로에게 물었다.

"소인은 중유올시다."

자로는 매우 겸손하게 대답했다.

"공구의 제자 중유 말인가!"

"네. 그렇습니다."

"온 천하가 문란해졌는데 어떤 자가 다스릴 수 있단 말인가? 자네는 사람을 피하는 자를 따라다니며 우리처럼 세상을 피해 다니는 자의 말을 듣겠는가?"

그 뚱보는 말을 마치고 계속 보습을 끌면서 자로를 보지도 않았다. 자로는 상심하여 공자에게로 와서 방금 있었던 일들을 곧이곧대로 말했다.

"새와 짐승은 자리를 같이 하지 않는다. 만일 사람들과 사귀지 않으면 누구와 함께 하겠는가? 천하에 도의가 있으면 이 공구는 할 일이 없어 너희들을 거느리고 동분서주하면서 개혁할 필요가 있겠는가?"

공자는 자로에게 마차를 몰라 하여 달리다 보니 삼사 리 길에 돌다리가 있었고, 사람들로 붐비고 있어 자로는 마차를 몰고 다리를 건넜다. 이국 타향에서 길을 가려면 산이 겁나고, 물이 겁났으며, 도적이 겁나고, 미로(迷路)가 겁나는 용이한 일이 아니라서 길에서 수시로 물어야 했다. 친절하게 알려 주는 자도 있었지만 알려주지 않는 자도 있었다. 심지어 틀리게 알려 주는 자도 적지 않았다.

자로가 무회(无怀)라는 세외고인(世外高人)을 만나다

어느 날 저녁 공자가 자로에게 길을 물어 오라 하여 다녀왔을 때, 공자와 제자들이 보이지 않아 사방을 돌아다니면서 물어 보았지만 아는 이가 없었다. 시간은 벌써 굴뚝 연기가 피어 오르고 사람들은 집을 찾아 가고 있었으며 새들도 보금자리에 들었다.

자로는 광야에서 헤매다 한 노인을 만났는데, 그는 지팡이에 광주리를 걸고 흥얼거리며 가고 있었다. 자로가 급히 달려가 공자를 보지 못했느냐고 물었다.

"사지가 부지런하지 못하고 오곡도 가려내지 못하는 자가 무슨 부자라더냐?"

그 노인은 대나무 광주리를 내려놓았다. 지팡이를 집고 배자에 걸린 줄 땅콩을 따서 광주리에 넣었다. 자로가 주위를 살펴보니 날은 저물고 쓸쓸하기 짝이 없어 어디에 여관이 있는지도 몰라 조급증이 나서 또 물었다. 그는 자로를 살펴보면서 줄 땅콩을 광주리 안에 다 채워 넣고 자로의 심사를 꿰뚫어보는 듯 말했다.

"해는 지고 날은 어두운데 자넨 어디로 가 부자를 찾을 수 있겠나. 십 리를 더 가야 여관이 있네. 길도 좋지 않은데 꺼리지 않으면 나의 집에 가 하룻밤 쉬어 가게."

"너그럽게 허락해 주심에 감지덕지하옵니다."

자로가 손을 감싸 쥐고 인사했다. 그리고 자로는 노인과 함께 그의 집에 갔다.

집안의 시설들은 아담해서 일반 농가 같지 않았다. 노인은 자로에게 자리를 권하고 두 아들을 불러내 인사 시켰다. 닭을 잡아 멀리서 온 손님을 접대하라 했다.

"저의 집에 온 이상 손님이십니다. 우리 농가에서는 종래로 손님을 반가워합니다. 손님께서는 편안하게 머무르십시오."

그는 무회(无怀) 씨라고 자칭하며 전원에 은거하여 자력으로 살아가는 노인이었다. 두 아들이 봄에는 밭 갈고, 여름에는 김매고, 가을에는 거두어 저장하고, 의복은 안 사람들이 목화를 재배하여 실을 뽑아 베를 짜고, 옷을 지어 생활했다. 야채와 호박은 직접 밭머리에 심어 먹었고, 뒤울 안에는 울타리가 있어 닭, 오리, 돼지, 양을 길러 마음대로 잡아먹었다. 마을 밖에는 못이 있는데 고기와 새우를 양식했고, 늙은이의 의술도 훌륭하여 집식구들이 병이 나면 의사 찾을 필요가 없었다. 때문에 일마다 타인의 손을 빌지 않았으므로 내왕할 필요 없이 많은 번거로움과 시름을 덜어 마음 편하게 살고 있었다.

무회 씨는 자로와 한담을 나누며 일상생활에 관해 이야기하며 국가 대사에 대해서는 말도 꺼내지 않았다. 잠시 후, 두 아들은 미주가효(美酒佳肴)를 갖추어 왔는데 술은 자기 집에서 빚은 것이고, 반찬들 중 닭, 오리, 물고기 등 없는 것이 없었다. 무회 씨는 자로를 윗자리에 앉게 하고 부자 셋이 함께하여 번갈아 잔을 잡고 술을 권해서 자로는 정신이 흐려지고 기분이 날아갈 것만 같았다. 식사 후, 무회 씨는 자로를 객실로 안내해 쉬게 했다.

이날 밤 자로는 매우 달콤하게 잤다.

단잠에서 깨어나니 해가 높이 떠서 아침이 이미 늦었다. 주인은 아침밥을 접대하고 자로를 바래다주어 서로가 아쉬워하면서 작별했다. 무회 씨를 작별하고 힘을 다해 공자 일행을 찾으니 자로를 애타게 기다리던 차에 돌아온 것을 보고 공자는 얼굴에 희색을 띠면서 어디에서 밤을 새웠는지 조급하게 물었다.

자로는 처음부터 끝까지 어제 저녁의 일을 공자에게 이야기했다.

"무회 씨는 세외고인(世外高人)으로 너를 풍성히 접대한 것이다. 분명 나와 어떤 관계가 있을 것이다. 어서 다시 가서 나를 대신하여 감사의 말을 전하거라. 군신지의로 열국을 방문하는 나의 고달픔을 알려 드리거라!"

자로는 사명을 받들고 무회 씨 댁으로 찾아 갔는데 집안엔 늙은 부인만 있었다. 그녀는 자로에게 남편은 두 아들을 거느리고 유람을 떠났다고 했다. 삼사일이 걸릴지 열흘이 걸릴지 모르겠노라 하여 자로는 하는 수 없이 부인에게 공자의 인사를 전하고 왔다.

자로를 보낸 후, 무회 씨는 자로가 꼭 돌아와 인사할 것을 짐작했다. 공자는 백성이 가엾어 세상을 구하고자 하는 나그네이기 때문에 세상일에 무관심한 세외인으로 두 사람의 세상을 대하는 태도는 물과 불처럼 상극이라 생각되어 피했던 것이다. '길이 다르면 의논할 바 없다.'라면서 집에 가만히 앉아 있다가 자로가 찾아오면 시끄러워질 것 같아 두 아들을 데리고 친구 방문을 떠났던 것이다. 자로의 보고를 듣고 공자는 마음으로 느끼는 감동이나 느낌이 끝이 없었다.

"노인이 두 아들을 불러내어 자로와 상견케 하여 장유지예(長幼之禮)를 지켰다. 흙을 만지는 신하라도 군신의 뜻을 저버리지 않는다. 출사하는 것은 선비의 본분이지만 은거함이 고상하다 생각하고 남이야 어떻게 하던 자기만 깨끗하면 된다는 생각을 가진 분들이다. 세상의 세태가 문란해지는 것도 아랑곳하지 않고 있어 난세가 다스려지기 어렵고, 천하의 백성은 구원받기 어려우니 이 세상에 살아 있은들 무슨 쓸모가 있겠느냐?"

초나라 엽공께서 공자에게 문정하시다

공자 사도 일행은 끝내 부함에 도착하여 엽공과 상견했다. 공자와 엽공 사이는 잘 아는 사이는 아니지만 초면이 아니어서 피차 서로 우러러 보는 상대였기에 상견하자마자 서로 속심을 나누기 시작하여 의논이 끝이 없었다.

"엽공께서는 부함을 다스림에 일마다 공개 원칙에 충실하시고, 형벌을 신중히 하시며 부세를 경감하여 만민의 칭송이 자자하시더군요. 백성들을 신명으로 떠받드니 참으로 경의스럽고, 축하할만한 일이로소이다."

"저희는 다만 일을 공개하고 발언을 마음대로 하게 하여 솔직한 태도로 백성을 대하였을 뿐, 부함의 백성이 저마다 솔직했습니다. 어떤 소년의 애비가 남의 양을 훔쳐온 일이 있었습니다. 양 임자가 조사를 하게 되자 그 소년은 솔직하게 애비가 양을 훔쳐 시장에 팔았노라고 하여 사람들의 찬양을 받았사옵니다."

"저희가 말하는 솔직함은 이것이 아닙니다. 천리나 인정에 호응시키는 것입니다. 애비가 아들의 악을 덮어 주고, 아들이 애비의 악을 덮어 줄 수 있어야 이것이 비록 바르지는 못하나 그 속에 바른 것이 있을 수 있습니다. 옛사람의 훈계에 따르면 아들은 아버지의 잘못을 말하지 않는다고 했습니다. 아들이 아비의 행실에 입증한 것은 천리나 인정을 위반하여 솔직하기는 했으나 가질 바는 못 되옵나이다."

엽공은 공자의 말에 찬동하지 않고 한참 있다가 물었다.

"저희는 부족해서 조정에 들어가 관리 질을 못하고 있사옵니다. 정사지도(政事之道)란 무엇이며 어떻게 해야 하는 것이옵나이까?"

"정사에 종사하려면 응당 마음을 다잡고 수양을 쌓아야 합니다. 백성에게 혜택을 주어 가까이 있는 자는 탄복하게 해야 하고, 멀리 있는 자는 모여들게 해야 하옵니다. 예를 들면 북진(북두성)은 하늘 높이 걸려 있습니다만 많은 별들은 그를 둘러싸고 있사옵니다. 위에 있는 자는 덕으로 정사에 종사하면 움직이지 않아도 백성들은 스스로 교화가 되고, 말하지 않아도 스스로 신임을 하게 되어 보이지 않아도 나라는 저절로 다스려 지는 것이외다. 수비가 간단할지라도 번거로움을 막을 수 있고 정적인 행동으로 동적인 것을 억제할 수 있습니다. 일이 비록 혼자 힘으로 하지만 많은 사람을 복종시킬 수 있사옵니다. 요, 순, 탕, 문, 무 등이 천하를 얻는 데도 이렇게 하였사옵니다."

엽공이 급히 설명했다.

"저는 현의 주관자로서 덕이 얕고 힘이 약하여 천하를 얻으려는 야심은 절대 없습니다. 오나라와 초나라는 원한을 맺고 있어 나라가 망할 처지에 이르렀을 때 다행히도 하늘이 초나라를 도와 신포서(申包胥)가 진나라 군대를 빌어 소왕께서 나라를 회복했던 것입니다. 그러나 초나라가 국고의 진귀한 보물을 다 빼앗아 갔고 또 병기 갑옷 등은 조나라 군대가 다 빼앗아 갔기 때문에 그 원한을 지금도 회복하지 못하여 대부로서 은근히 속을 앓고 있습니다. 명색이 장군으로서 오나라 군대가 다시 쳐들어 오면 자리를 지키기 어려워 이렇게 불쑥 묻는 것입니다. 순순하게 생존을 위함이지 다른 목적은 전혀 없는 것이옵나이다."

공자는 칭찬하며 말했다.

"오늘 세상에 엽공의 현능하심이 사람들에게 알려졌습니다. 역시 헛소문이 아니옵나이다. 애석하게도 소왕에 중용되지 못한 것은 소왕의 실책이지 엽공의 과실이 아니옵나이다. 오와 초 사이에 맺은 원한은 쓸모없는 우려이옵나이다. 엽공은 초나라가 오나라에 먹히울까 근심하지만 실은 그럴 수 없습니다. 공구가 단언컨대 오나라는 절대로 초나라의 우환이 될 수 없습니다. 오나라는 초나라보다 먼저 멸망할 것이옵나이다."

엽공은 놀라서 눈이 휘둥그레져서 물었다.

"오가 초를 돌파하고 월을 멸망시키고 동남쪽의 국력을 증강시킵니다. 병력이 강성하고 창고가 넘쳐나는데 어떻게 먼저 멸망할 수가 있소이까?"

"엽공께서는 표면만 아시고 속내에 대해서는 모르시고 있소이다. 표면상에 있어서는 엽공께서 말씀하신 그대로입니다. 하지만 오왕 부채는 망하지 않을 도리가 없소이다. 심복들에 의존하고 호색하며 현능한 자를 멀리합니다."

"공자님이 자세하게 가르쳐 주시옵소서, 저희가 안심할 수 있도록 말이옵나이다."

엽공이 사정하면서 말했다.

"백비는 현능을 질투하고 재물을 탐내는 영신이었습니다. 부채는 심복으로 그에게 의탁하니 친영이었지요, 구천(句践)이 미녀 서시(西施)를 오나라에 보냈습니다. 그녀는 육궁에서 제일 총애를 받았으니 호색이지요. 자서가 오나라에 도망친 것은 그를 멀리 한 것이었기에 초나라에게 충심으로 보답하려고 온갖 준비를 하고 전쟁에서 용맹하게 싸워 공을 많이 세웠습니다. 이런 용맹무쌍한 장군이 충언 직간한 탓으로

소외한 것은 망령된 것이고 나아가지 않고 멈추는 것이외다. 걸(桀), 주(紂)는 모두 피해로 인해 천하를 잃었습니다. 오 왕 부차라고 어디 별수가 있겠나이까!"

"공자님의 말씀이 저로 하여금 눈앞을 확 트이게 만드는 것만 같사옵니다. 마치 동굴에서 방금 나온 것 같사옵나이다."

엽공이 계속 물었다.

"공자님은 노나라에서 사구에 섭상사까지 했사옵니다. 어떻게 형법을 장악하고 집행하였사옵나이까?"

"형법을 장악하고 집행하는 데는 백성의 생명이 걸려있습니다. 힘써 삼가할 바 다섯 가지가 있습니다. 첫 번째, 삼가야 할 것은 법 집행에서 한쪽으로 치우치지 말아야 합니다. 치우쳐서 벌어진 일이 생기면 세밀하게 심사해야 합니다. 그리고 억울함을 적극적으로 풀어주어야 합니다. 두 번째, 삼가야 할 것은 개인의 뱃속을 채우는 것이옵나이다. 만일 그러면 사정을 청하는 자가 꼬리에 꼬리를 물게 될 것이옵니다. 내 뱃속을 채우지 않고 확고하게 집법하면 왕손 자손이 위법하여도 서민과 동죄로 쳐야 합니다. 그러면 사정을 청구하는 자 자연히 없어질 것이옵나이다. 세 번째, 삼가야 할 것은 뇌물을 받아먹는 것이옵나이다. 뇌물을 받아먹는 것이 바로 재물을 탐내는 것이옵니다. 이것은 관리가 꺼리거나 싫어하는 일이옵나이다. 뇌물을 받아먹지 않으면 청렴자애 해집니다. 송사를 바로잡아 공평하게 하면 백성들은 곧 부모처럼 대할 것이옵니다. 넷째, 삼가야 할 것은 불신이옵나이다. 형벌을 신중하게 하여 모진 고문 끝에 죄를 승인하지 않게 해야 하옵나이다. 무고한 백성들이 고통을 받는 것은 눈뜨고 보지 못할 일 이옵나이다. 다섯째, 삼가야 할 것은 정직하지 못한 것이옵나이다. 정직함은 바로 충성하는 것이고 공평하고 사심 없는 것이옵니다. 공후장상이 법을 위반해도 임금에게 아뢰어야 합니다. 죄를 지면 벌을 받게 해야 할 것이옵나이다. 정직하지 못하면 권세 있는 자의 죄를 곧바로 알리지 못하옵니다. 그들이 법망에서 벗어나게 되면 천하엔 기필코 대란이 일어나게 되옵니다. 이 다섯 가지는 집법에서의 금이나 옥처럼 귀중히 여겨 꼭 지켜야 할 규정이옵나이다."

엽공이 연신 고개를 끄덕였다.

"부자님의 가르침에 눈앞이 확 틔었습니다. 실례를 좀 들려주시옵소서!"

공자는 또 사례를 들기 시작했다.

"진나라에서 형후(刑侯)와 옹자(雍子)의 소송사건입니다. 밭으로 인하여 사리관인 관숙어(官淑魚)에게까지 번지게 되어 안건은 전장이 옹자에게 돌아가야 했는데 거꾸로 뒤집어졌던 사건입니다. 그가 미모의 딸을 관숙어에게 첩으로 시집보냄으로 일어난 일로 관숙어는 색을 탐내고 뇌물까지 받아먹어 죄를 형후에게 덮어 씌워 뇌물을 받아먹은 옹자에게 유리한 판결을 내렸지요. 형후는 대노하여 숙어와 옹자를 조정에서 죽여 버렸습니다. 정경인 한기가 숙향(叔向)에게 누구에게 죄가 있느냐고 물으니 숙향은 세 사람에게 모두 죄가 있어 경중을 나누기 어렵다고 했습니다. 옹자는 자신에게 죄가 있는 줄 번연히 알면서도 거꾸로 판결을 내려 여색으로 삶아서 죄가 없게 만들어 놓고 숙어는 여색을 탐냈고 형후는 횡포하게 살인까지 했기 때문에 그들의 죄는 꼭 같다고 했습니다. 숙향은 암묵적 살인은 구도지형(咎陶之刑)이라 하여 하서(夏书)의 구절을 빌어 다음과 같이 말했습니다.

옹자는 도리에 어긋남을 자책했지만 뇌물로 삶아 버젓하게 지내려 했으니 이것이 바로 혼(昏)이외다. 숙어는 암암리에서 뇌물을 받았으니 그것은 묵(默)이외다. 형후는 거침없이 사람을 죽였으니 이것은 적이외다. 이는 모두 형률에 의해 목을 쳐야 하옵나이다. 한기는 숙향의 말대로 형후를 전당 밖에 끌고 나가 목을 쳤고, 옹자와 숙어의 사체는 거리 바닥에 내다 폭시하게 했습니다."

이야기를 들려 준 공자는 엽공에게 숙향을 칭찬했다.

"숙향이야말로 집법무사(执法无私)한 정직한 대신이외다."

공자와 엽공은 천하의 추세와 처세의 도리를 담론하면서 속심을 털어놓고 이야기했다. 어느덧 닭 울음소리가 들려왔다. 이번 담화를 통해 엽공은 공자를 더욱 존경하게 되었다. 그에 대해 완전히 이해한 것은 아니지만 이튿날 아침 자로가 뜰 안에서 꽃구경을 하면서 산책하고 있을 때 엽공이 다가와서 공자는 어떤 사람이냐고 물었다.

자로는 비록 공자의 초기 제자였지만 엽공의 물음은 대 난제였다. 관직까지 몇 번이나 그만두면서 반평생이 넘게 따라 다니며 삼천 공문 제자들 중 유일하게 그와 의견 다툼도 하지 않았던 자로였지만 이 문제만은 난제였다. 아침식사 후 자로는 홀로 침실에서 대답할 것을 생각했다.

공자님은 아침 해와 같고 명월과 같아서 휘황찬란한 빛을 발하신다.

많은 사람의 마음을 열고 앞길을 비추어 준다. 공자는 푸른 하늘과 같아서 그의 가슴은 깊고 드넓으며 멀어 보인다. 공자님은 맑은 수정과 같아서 마음은 맑고 투명하시다. 먼지 하나 없고 티 하나 없어 공명정대하고 무사무위하다. 공자는 창끝과 같으며 칼날과 같아 통찰력은 예리하고 사고력은 깊고 깊다. 공자님은 거곡과 같고 푸른 바다와 같으시다. 그의 풍부하고 해박한 지식은 강하의 물과 산간의 돌과 같으시다. 강하의 물과 산간의 돌은 영원히 없어지지 않을 것이다.

공자는 훨훨 타오르는 불과 같으시다.

누구든지 접촉만 하면 뜨거워지고 용해되어 버린다. 공자님은 파도와 격류 같으시어 그의 정력은 왕성하고 흘러 넘쳐나 영원히 피곤을 모르고 정지할 줄 모른다. 공자님은 봄바람처럼 온화하고 부드러우시어 30여 년간 그의 거친 목청과 말소리로 말씀하신 것을 누구도 보지 못했다.

공자님은 한낱 만능 열쇠와 같으시어 차근차근 순서 있게 매사 제자들의 마음을 열어 주었다. 공자님은 시울을 떠난 화살과도 같으시어 고개도 돌리지 않거니와 굽어들지도 않고 선택된 방향으로 만 전진한다. 그러나 공자님은 매우 신비하시다. 그가 말씀하신 것과 행동은 일치하지 못한 것 같다.

예를 들면 그가 하신 말씀에 '군자는 재화가 발등에 떨어져도 겁을 먹지 않는다. 좋은 일이 눈앞에 나타나도 얼굴표정에 나타내지 말아야 한다.'라고 하셨지만 대사구 겸 섭상사의 일을 맡았을 때나 또한 국정에 참여하고 탈삼도의 대사가 결정되어졌을 때, 그는 유달리 흥분되어 얼굴표정에 환히 들어냈을 뿐만 아니라 '손수 나쁜 일을 저지른 자에게 군자로서 거기에 갈수 없다' 라고 말했지만 공산불뉴와 불힐(佛肹)의 초청에 가시려는 계획을 세웠었다.

'군자는 항상 덕을 중히 여기고 색을 중히 여기지 않는다'라고 주장해 온 그였지만 명성이 더러워질 대로 더러워진 남자(南子)와 회견하러 가서 반나절이 되어서야 나왔다. 그러나 이 모든 것은 그의 충분한 이유가 있어 증명할 수 있었다지만 다른 사람들에게 대답하기 어렵게 했다.

자로로 하여금 제일 이해되지 않던 것은 공자님은 나라를 다스리고 천하를 평정시킬 수 있다고 하는 대현 대성이신 분이 정처 없이 떠돌아다니고 있는 일이다. 진종일 자리에 앉아 있을 시간도 없는데 등용되지 못하고 있다. 진(陈)나라와 채(蔡)나라 변경에서 굶으면서도 제자들을 가르치셨지만 감정상에서만은 납득되지 않았다.

자로는 성격이 거칠고 두뇌가 단순한 사람으로 마음을 가라앉혀가면서 문제를 생각해본 적은 극히 드물었다. 오늘 엽공의 물음 한마디에 많은 것들을 생각해 보며 이 많은 것들을 엽공에게 드러내 놓을지 깊숙히 번뇌 속에 빠져들었다.

공자는 침실에 돌아가 자로가 무엇을 골몰히 생각하고 있는 것을 보았다. 30년 동안 이마를 맞대고 있었지만 종래로 이런 모습을 보지 못했다. 너무도 의아하여 무슨 일이 있느냐고 자로에게 물었다. 자로가 모든 것들을 공자에게 있는 그대로를 말했다.

공자는 미소를 지었다.

"중유야! 엽공에게 알려 주거라!"

공구 위인은 배움에 싫증을 느끼지 않고 가르침에 피곤을 느끼지 않는다. 식사까지 잊어가면서 분발하여 기쁨으로 우리를 대한다. 그러기 때문에 늙을 줄 모르는 사람이다.

공자 사도가 출공의 환대로 위나라에 돌아가다

이해 가을 공자는 부함에서 위나라로 돌아왔다. 위나라 임금은 영공의 손자인 철(輒)이었고 그가 바로 출공으로 효공이었다. 위 출공 재위 삼년 째 되는 해, 국내정치가 안정되자 위나라에서 봉직하는 제자들은 스승에게 위나라로 돌아 올 것을 요구했다. 공자는 주저 없이 영도(郢都)를 떠나 초(楚)나라에서 위나라로 돌아왔다.

늦가을은 대지가 온통 처량하고 시든 풀은 바람에 따라 흔들렸다. 가을 매미도 추풍 속에서 가냘프게 울어댔다. 어느 날 점심때 공자 사도가 수림에 가서 쉬고 있었다. 사람들은 건량을 먹었다. 말은 시든 풀을 씹고 있었다. 정오의 햇살은 시들어 버린 가지 사이를 뚫고 공자에게 비추어 따뜻했다. 점심식사 후, 공자는 한 노송에 비스듬히 기대어 눈을 감고 정양하고 있었다.

어디선가 마른 쑥 가지가 날아와 그의 발등에 떨어지더니 또 어딘가로 날아가 버렸다. 땅바닥을 스쳐 지나기도 하고, 나무그루 사이에서 뒹굴기도 하고 허공을 둥둥 떠다니기도 하면서 갈팡질팡하다가 나중에 영영 사라져 버렸다. 공자는 저 날아가는 쑥대를 바라보고 가냘프게 우는 매미 소리를 들으면서 마음속의 느낌이 끝이 없었다.

가을만 지나가면 추운 겨울이 돌아와 한 해는 다 가고 이제는 예순세 살을 먹고 노년에 들어선다. 늦은 가을 농민들은 가을걷이를 끝마치고 창고를 넘치게 채울 때, 자신은 수확한 것이 아무것도 없다. 한 가지 일도 완수하지 못했다. 이제 무엇으로 이 추운 겨울과 한 해를 마무리할 것인가! 사람들 눈앞에 잠깐 머물렀다가 사라져버린 쑥대는 뿌리도 없고, 집도 없기에 바람을 타고 사방으로 떠돌아다닌다.

경쾌한 노래 소리가 멀리서부터 들려왔다. 공자는 생각을 멈추고 고개를 들고 보았다. 등이 활처럼 휘어진 한 늙은이가 한 손에 왕대를 집고 다른 한 손에 주머니를 들고 흥겹게 콧노래를 부르면서 공자 있는 방향으로 오고 있었다. 그 늙은이는 한쪽으로 길을 가면서 곤충 그물을 단 대나무 채로 나무 가지에 매달린 매미를 잡았다. 대나무 채에 달린 그물이 닫는 곳에는 한 놈도 도망갈 수 없었다. 늙은이가 잡은 매미들은 날개를 푸드득거리면서 최후 발악을 했지만 맴맴 거리면서 늙은이의 주머니 속에 들어가는 수밖에 없었다. 그 늙은이는 행동이 매우 빨라 먼 데서 보면 마치 끊임없이 허리를 굽혀 무엇을 줍는 것 같았다.

늙은이가 가까이 왔을 때 공자는 공경스럽게 물었다.

"매미를 잡는 기술이 여간 높지 않으십니다. 그런데 어떤 비결이라도 있습니까?"

그 노인이 대답했다.

"매년 5월이나 6월이면 이 산림 속에서 매미를 잡기 시작합니다. 처음엔 세 놈에 두 놈이 도망쳤지만 점차적으로 한 놈도 도망을 치지 못한답니다. 마치 나무에서 주머니 속에 주워 넣는 것 같습니다. 내 몸집은 나무그루 같으며, 손은 나무 가지 같아서 세상이 아무리 넓은 들 나와 상관없이 내게는 오직 매미 한 가지만 있습니다. 다만 이것뿐이외다."

공자는 그 늙은이가 말을 끝마치자 제자들에게 말했다.

"노인께서 말씀하신 것이 정말 옳구나! 아마도 심혈을 한 곳에 기울이면 신선도 될 수 있다는 뜻이니라."

말을 하고 있는 동안에 비둘기 한 무리가 날아왔다. 그들이 쉬고 있는 데서 얼마 멀지 않은 곳에 내려와 먹이를 찾고 사람을 겁내지 않고 울면서 둥근 눈으로 이쪽을 살피고 있었다. 그들 속에는 비둘기 보다 크고 오리보다는 작은 물새 한 마리가 있어 굼뜬 몸매로 두리번거리고 있었다. 공자가 종래에 이런 물새를 본적이 없었음으로 그 황갈색 물새에 대해서 늙은이에게 물었다.

"이 새의 이름은 의태(意怠)라고 하옵니다. 날 땐, 그 놈이 먼저 안내를 하지요. 보금자리를 찾거나 먹이를 먹을 때엔 다른 놈들의 협박을 받습니다. 그래서 감히 먼저 하지 못하지만 항상 뭇 새들의 행렬 속에 있답니다. 그래서 그물이나 화살로 그 물새를 잡을 수 없소이다."

그 새의 이야기에 공자는 깊은 깨달음을 받았다. 날짐승도 무리끼리 단결하면 피해를 덜 받는다는 것을 잘 아는데, 하물며 인간들이랴 하는 생각이 들었다.

십년간을 돌이켜 보면 자신이 제자 몇 십 명을 거느리고 정처 없이 떠돌아다니며 광서에서 포위되었던 일, 송나라에서의 단향나무 사건

등이 떠올라 피난할 줄 모르는 부끄럼이 생각났다. 언젠가 자신이 책에서 '임화가 천금 벽을 날리어 백성을 피란시키다'라는 이야기를 보았던 것이 생각났다. 천금은 천속에서는 구원의 손길이지만 난리에 직면하면 스스로가 헤쳐 나가야 한다. 가정과 직업과 처자를 버리고 나그네 생활을 한다면 자신이 천속이란 말인가!

세상에서는 곧은 나무부터 채벌하고 달콤한 우물부터 마르기 마련이다. 질투심을 초래하며 명성이 높은 자는 비방을 쉽사리 받게 됨은 예로부터 내려온 불변의 상리일지도 모른다. 그렇다면 자신인들 이것을 피할 도리는 없다.

공자의 생각에는 환상의 세계가 세차게 돌아가며 모순과 번뇌로 가득 차 있었다. 원래 이번 계획은 위나라 수도 제구(帝丘)까지 가서 의태조(意怠鸟)의 재능을 일깨우려했다. 그러기 전에 자로와 고시(高柴)를 먼저 제구에 파견하여 실제적 상황부터 알아보기로 했었다. 위 출공의 태도와 자신에 대한 입장을 알아보고 그 외 사람들은 송 위 변경인 의읍(仪邑)성에서 잠시 머물기로 했다. 물론 그 곳 풍속이 매우 풍부한 원인도 있었다.

하루는 공량유가 마차를 몰고 강변으로 나갔다.

부두에는 많은 사람이 모여 강 건너기를 기다리고 있을 때, 수림에서 구미조(九尾鸟)가 날아와 강변을 스쳐 날아 북방으로 멀리 푸른 하늘 끝으로 사라졌다. 사람들은 고개를 쳐들고 멀리 날아가는 구미조를 바라보며 매우 신기해했으나 누구도 새의 이름을 아는 이가 없었다.

공자는 마차를 타고 다녔고, 주변에 따라 다니는 사람들이 공자님이라고 부르고 있어 학식 있는 고귀한 사람으로 생각한 중년 사나이가 공자의 앞으로 갔다.

"노인님! 방금 날아가 버린 새는 무엇이라 부르는 새이옵니까?"

"창괄(鶬鴰)이라는 새이외다."

"어떤 근거라도 있사옵니까?"

공구가 늘 강에서 뱃사공들이 부르는 노래를 가르쳐 주었다.

"창(鶬)이여! 괄(鴰)이여! 몸에 붙은 털은 적으나 온 몸에 꼬리 아홉 개 있으니, 예쁘고 길다 하면서 칭찬들 하네! 노래에서 알 수 있는 것 같이 그 새가 바로 창괄입니다."

구경꾼들은 저마다 고개를 끄덕이며 시인했다.

공자 사도가 의읍성에 숙박한 여관은 수수한 건물이었다. 어느 날 오후, 여관집 주인과 읍의 봉인이 공자를 배알하겠노라 왔다. 봉인(封人)은 일종 관명으로서 변방을 지키는 관리이다. 공자는 자공을 시켜 초대하게 하여 자공이 객실로 와 보니 바른 자세로 서서 기다리고 있는 봉인이 여관집 주인의 소개로 자공에게 인사했다.

"제가 비록 일개 말직에 불과하지만 종래로 군자와 현인을 흠모해 무릇 폐읍을 경과하시는 군자와 현인들은 모두 배알 해왔사옵니다. 오늘 또 공부자님께서 강림하셨다 하옵기에 이렇게 찾아와 가르침을 받으려 하옵니다."

자공은 봉인을 안내하여 공자가 있는 안방으로 들어갔다.

봉인은 공자에게 인사하면서 물었다.

"저는 천하 현인들의 자취에 대해서도 꽤 관심이 많아 공자님께서 천하에 명성을 떨치는 성인이라는 것을 알았습니다. 열국을 찾아다니시며 인정과 덕치로 만민을 구하고 계심도 알았습니다. 큰 뜻을 실현하시지 못했으나 분투해 오심에 경모의 마음이 쏠리옵고 박식하시고 능력 또한 대단하시오니 사리에 통하시리라 믿사옵나이다. 허나 어이하여 아직도 동분서주하고 계신지요?"

"공구의 도는 고대 성현에서 온 것이 옵니다. 상층 계층에 있는 인물은 직권을 갖고 백성을 교화시켜야 그 효과가 비교적 빠르옵나이다. 허나 세상에서는 나를 쓰지 않고 있어 구설설법(口舌说法)과 도의로 백성을 학습시키는 수밖에 없어 천하를 돌아다니며 제후들에게 유세를 하고 사대부들을 사귀어 고대 성현의 도를 천하에 전파하려는 것입니다. 나 한 사람의 부귀와 공명은 뜬구름이나 헌신짝처럼 보는 것이옵나이다."

봉인은 공자의 말을 듣고 다시 인사를 올리면서 공경스럽게 말했다.

"공자님께서는 세상을 구할 진인(真人)이십니다. 백성을 도탄 속에서 건져내려는 맹세를 오늘에야 참으로 깨달았나이다. 세속적이고 보잘 것 없는 관리들이 예측해내지 못하는 도리옵나이다."

봉인은 말을 마치고 아쉬운 듯이 물러갔다.

공자는 자공에게 대신하여 문밖까지 바래다주라 하니 여관 문 밖에서 봉인은 또 관심 있는 어조로 위로했다.

"여러분들은 어둡다고 우려를 갖지 말지어다. 하늘에서 공자님께 목탁을 주시었다. 때문에 그이께서는 사면팔방을 돌아 다니셔도 목적을 실현할 수 없었다. 가시는 곳마다 닫힌 귀들을 깨우쳐 소원의 업적을 완수하실 것입니다."

목탁이라고 한 것은 동질에 나무방망이가 걸린 방울로, 고대에서는 정교(政教)를 시행하거나 명령을 반포하는데 사용했고 교화하고 선양하는 사람을 비유해 쓰인 용어였다.

공문자(孔文子)의 아내는 영공의 큰 딸로 괴귀의 큰 누나였다. 일찍부터 위나라에서 큰 권리를 독차지했고 괴귀는 내궁 안의 치욕을 씻으려다 망명생활을 하게 되었다. 논리적으로나 도의적으로 천하의 여론은 거의 괴귀를 지지하는 편이었다.

괴귀는 지금 척읍(戚邑)성에 있으며 조간자와 관계가 상당히 가깝게 되어 진(晋)나라에서 병력만 빌리면 공문자의 처지는 난처하게 된다. 처남도 외조카를 내쫓을 수도 없어 그는 계속 생각한 끝에 천하에서 매우 두터운 명성과 인망을 쌓은 공자가 생각났다. 만일 그를 모셔와 함께 조정 사무를 볼 수만 있다면 모순되는 문제를 그에게 맡겨놓고 현명한 제자들이 처석이 되어 중임을 떠맡을 수 있어 위나라를 함께 잘 다스려 나갈 수 있을 것이라 생각하고 위 출공의 동의를 거쳐 공자와 자로를 청해 오려고 했다.

마침 초나라에 가기로 작정하던 차에 자로와 고재(高柴)가 찾아와 공문자는 은근히 기뻐하며 그들을 객실로 안내하여 첫마디가 공자께서 왜 돌아오지 않았느냐고 물었다.

자로는 공자의 상황을 공문자에게 들려주었다.

"오랜 가뭄에 단비로군! 밤낮 옛 친구가 돌아오기를 바라고 있었습니다. 환영을 하지 않을 도리가 없사옵나이다. 내일 친히 마차를 몰고 가서 모셔 오겠사옵나이다."

자로가 위나라 근황에 대해 공문자에게 문의했다.

"위나라는 지금 한창 일이 많은 가을철입니다. 내부에서는 도움받을 만한 현명한 인재가 없고, 밖에서는 세자가 적대시하고 있음으로 옛 친구를 모셔와 난제를 해결하려 하옵나이다."

그들은 또 국정에 대해 담론했다.

공문자는 국내 정치에 관해 솔직하게 말했다.

"저는 나이가 많아 군권을 이미 왕손가(王孫賈)에게 넘겨주었소이다. 집엔 아직 삼천 가솔들이 있으나 통솔할 인재가 없습니다. 골머리를 앓았는데 오늘 장수가 하늘에서부터 내려왔습니다. 원하건대 가족들을 통솔하여 주시고 대부직에 추천해주겠소이다. 그리고 고재 장군의 원 직무가 사사였으니 원 직무를 회복시켜 주겠으니 두 분의 생각은 어떠하옵나이까?"

자로는 한 몸에 직분을 겸하니 심중 포부를 시험할 수 있다고 생각했다. 고재는 성격이 내향적이어서 말을 몇 마디하지 않고 묵묵히 고개만 흔들어 동의했다. 공문자는 자로와 고재를 초대한 뒤 세 사람이 함께 위 출공에게 가서 자초지종을 다 여쭈니 그는 모두 승낙했다.

다음날 아침 공문자는 자로와 고재, 이렇게 셋이서 의읍에 갔다. 호화로운 마차 두 대를 가지고 공자를 모시러 갔다. 위 출공도 문무백관을 거느리고 교외로 대현(大賢)을 모시러 나갔고, 공자 사도를 위해 연회를 베풀어 환영식을 가졌다. 그 이후부터 공자 사도는 위나라에서 또

5년이란 시간을 보냈다.

공자가 위나라에 온 다음 날 오전, 자로는 공자에게 물었다.

"만일 임금께서 공자님더러 정사를 맡아 보시라 하신다면 공자님께서는 무엇부터 하시겠나이까?"

이는 매우 중요한 문제였다.

위나라에 돌아오는 길에 공자는 줄곧 이 문제를 생각해왔던 것이다. 만일 위 출공이 참으로 정사를 맡긴다면 어찌할 것인가? 우선 해결해야 할 문제는 무엇인가? 이 문제는 보기에 따라 아주 간단한 문제인 것 같지만 위나라에 있어서는 극히 복잡한 문제였다.

위 출공 철은 위 영공의 손자이며 세자 괴귀의 아들이다. 영공이 죽은 후, 의례히 괴귀가 즉위해야 했는데 이미 남자(南子)의 음탕한 행위에 불만을 품고 살해하려다 모살 미수로 망명을 했기에 그의 아들이 등극한 것이다. 남자가 작은 아들 영(郢)을 즉위시키려 했으나 그가 받지 않아 조카 철에게 양보 하여 즉위하게 되었다.

그런데 괴귀가 귀국할 것을 거절해버렸다. 이는 군신의 명분이나 부자(父子)의 명분에 모두 그릇된 일이었기 때문에 국내외에서 의론이 분분했다. 그러나 위 출공 철이 할머니 남자의 명을 받고 즉위했기 때문에 자기의 아비를 배척해도 군신적 명분만은 영향을 받지 않았다. 그것은 부자의 명분은 군신의 명분에 종속되어 있기 때문이었다. 국내외의 나쁜 여론들을 눌러버려야 한다. 위 출공 철의 명분을 승인하는 것은 주례에 어긋나는 일이 아니었다. 공자는 이 문제에 대해 오래도록 생각을 해보았기 때문에 자신만만하고 아주 떳떳하게 명분을 세우기로 했다. 자기분수에 맞게 하는 것이라고 자로의 물음에 대답했다.

자로는 위나라의 군위 계승문제에 대해 다른 견해를 가지고 있었다. 세속적으로는 아비의 귀국을 거절하는 것은 명분에 맞지 않았다. 정명(正名)을 하려면 괴귀를 군위에 올려놓아야 한다고 생각했다. 정명이란 명분을 바로 한다는 뜻이다. 이 견해는 위나라에서 서지 않고 재앙을 초래할지도 모른다.

자로는 공자의 속내를 알지도 못하면서 그를 의심했다.

"스승님은 너무 진부하시지 아니하옵나이까? 오늘, 위나라에서 명분을 바로 잡는다는 것은 말도 되지 않는 일입니다."

공자는 자로의 말이 너무도 불쾌했다.

"중유야! 너는 어쩌면 이다지도 쌍스럽고 악한 말을 할 수 있느냐? 모르는 일은 군자라면 자기의 의견을 보류할 줄도 알아야 한다. 함부로 말을 하지 말아야지! 명분이 바르지 못하면 이치가 있다고 말할 수 없다. 이치가 없으면 일은 성사될 수 없다. 일이 성사되지 않으면 예악이 떨치고 일어나지 못한다. 예악이 떨치고 일어나지 못하면 형벌에 관해 공적으로 처리하지 못한다. 형벌이 공식으로 처리하지 않으면 백성은 어이할 바를 모르는 것이다. 그럴 때 군자는 명분을 반드시 엄수해야 한다. 말을 했으면 꼭 그렇게 시행해야 하는 것이다. 그리고 군자의 언어는 반드시 엄숙하고 진지해야 한다. 절대로 대충대충해서는 안 된다."

공자의 말에 관해 자로는 다 이해한 것은 아니었지만 입을 다물어버렸다. 공자는 위나라의 초청을 받고 출공을 돕기로 결심한 것 같았다.

큰일을 해서 자신의 정치 포부를 한번 시행해 보려했던 것이다. 그리하여 그는 출공 철에게 '우선 명분을 바로하자!'라는 자기의 정치 강령을 제출했다.

위 출공은 그의 할애비 위 영공처럼 공자를 교외에 나가 모시고 연회를 베풀어 환영하며 접대했다. 매년 2천석의 봉록을 주어 5년간 있게 했다. 그러나 있는 동안에 별다른 일을 맡기지 않았다.

위나라 빈객으로 공양지사의 예우를 받다

공자가 노나라에 있었을 때 가행지사로, 위 영공에게서는 제가지사(齊家之仕)로, 위 출공 철에 와서는 공양지사(公養之仕)가 되어 예우를 받고 지냈다. 즉 이는 다른 관리에게 있어서는 제일 이상적 염원이 될 수 있는 자리였지만 구체적으로 하는 일이 없어 이상과 포부를 실현하기는커녕 저버리게 했다. 그래서 그는 교학과 치학(治學)에 정력을 기울이며 후일 노나라에 돌아가 집필할 수 있는 시서와 예악과 춘추의 자료를 수집하며 한가하게 나날을 보냈다.

어느 날 자공과 함께 사사부(士師府)에 가서 고재의 정치적 치적을 살폈다. 고재는 없고 부 사사가 영읍(領邑) 읍재를 신문하고 있었다. 영읍은 2년치의 전세를 내지 못해 국고수입에 영향을 미쳤기 때문에 공문자는 사사에 맡겨 법에 의해 처리하라 영을 내렸다.

영읍 읍재는 울상으로 심문을 받으며 변명했다.

"폐읍은 산간지대에 있어 몇 년간 맹수가 출몰하여 사람을 해쳤기 때문에 밭은 묵고 소와 양은 부지기수로 실종되었나이다. 상한 사람도 얼마인지 모르옵나이다. 농민들은 얼마 남지 않고 이사를 가버렸나이다."

"어떤 곤란이 있더라도 전세를 내지 않으면 충실한 신하가 아니니라!"

부관은 읍재의 말을 뚝 자르고 을렀다.

"본관이 석 달이란 기한을 주겠다. 이 기간에 반드시 내지 못한 부세를 물거라! 그렇지 못하면 대왕님의 뜻을 무시하고 어기는 죄로 엄하게 다스리겠다."

"농부는 도망을 가고 토지는 황폐하옵나이다. 이 소리(小吏)의 몸을 갈기갈기 찢어 놓아도 전세를 다 내지 못할 것이옵나이다."

읍재는 난처해하며 변명을 했다.

"교활하게 놀지 말거라! 석 달 내에 내지 못하는 날엔 머리를 들고 날 만나러 오지마라. 이놈을 쫓아 내거라!"

부사사는 목탁을 하늘땅이 진동될 정도로 두드리면서 소리를 질렀다. 몇몇 호랑이와 같은 무사들이 영을 듣고 달려와 읍재를 마구 끌어냈다. 한참 있어도 부사사는 기분이 가셔지지 않았다.

공자와 자공은 심판청의 한쪽에 있는 객실에서 고재가 오기를 기다리며 심판하는 광경들을 아주 똑똑하게 보고 들었다. 한시경이 지나자 고재는 외출했다가 돌아왔다. 고재는 자가 자고(子羔)이고 제나라 사람이다. 공자보다 30세나 어리고 키가 작으며 용모는 뛰어나지 못했다. 일찍 노나라에 있었을 때 자로가 그를 비읍재로 추천하려 했지만 좀 둔하다고 생각한 공자는 일을 잘 수행하지 못할까 두려워했었다. 그러나 그는 일을 영악하게 처사하고 임기응변이 좋아서 위나라에서 사사직을 2년간 맡은 동안에 성적이 출중했다. 고재는 공자가 정적을 시찰하러 온 것을 보고 방금 보고 들었던 일을 상세하게 보고했다.

"이 일에 있어서는 제자의 전적인 실직이옵니다. 부사사에게 심사에 주의하라고 이르지 못한 탓이옵니다. 부사사는 사람이 정직하고 일을 열심히 하고도 깨끗하옵니다. 하오나 성질이 거칠고 포악하여 문제를 일으키기 맞춤입니다."

"고재야! 네가 볼 때 이 일을 어떻게 처리하면 좋겠느냐?"

공자가 물었다.

"영읍에서 조사하여 경작의 수확 실정을 파악해야 합니다. 농가를 방문하고 그들의 고충을 알아야 합니다. 임금에게 아뢰어 상황에 따라 부세를 삭감해야 하옵니다. 더욱 중요한 것은 포수를 조직하여 야수를 잡아야 합니다. 짐승들이 끼친 피해의 원인을 제거하며 이사 간 농부들을 귀가하게 해야합니다. 안정된 생활을 하게 하고 농사를 부지런히 하게끔 해야 합니다. 백성들이 부유해지면 세금이야 못 받겠습니까?"

고재가 대답하였다.

공자는 흡족하여 고개를 끄덕였다.

"고재의 말이 맞다! 내 뜻에 꼭 맞는다. 산에 가는 날에 이 선생을 잊지 말아다오. 제자들과 함께 백성의 고충을 헤아려 보자꾸나."

공자는 또 고재와 한참 동안이나 도리에 대해 담론했다.

공자와 자공은 점심식사를 대접받은 후 이야기하다가 해가 서산에 기울어져서야 떠났다. 어느 날 고재는 공자에게 입산할 것을 요청했다.

사도 일행 십여 명이 시찰할 목적으로 따라나섰다. 현장에 가보니 다락밭에 쑥풀 천지여서 황량하기 그지없었다. 산곡에는 산림이 무성하고 잡초가 무성했다. 독사가 이곳저곳에서 꿈틀거리고 산비탈에는 가시풀이 우거졌다. 언제 어디서 승냥이 떼들이 출몰할지 몰랐다. 몇 호 남지 않는 마을은 허물어진 담벼락 밖에 없었다. 초가 굴뚝에서는 연기라고는 볼 수 없었다. 마을이라고 들어가 보니 들토끼와 들꿩들이 놀라 도망갔다.

이 정경은 고재에게 읍재가 거짓을 한마디도 하지 않았다는 것이다. 돈과 식량이 없으면 부세를 내지 못하는 것은 실로 이치에 맞는 일이다. 반드시 조치를 취해야만 이 읍의 백성들이 살 수 있을 것 같았다. 이를 상부에 보고하여 알려주어야만 했다.

날씨는 명랑하고 바람은 잔잔했다. 공자는 산에 올라가 멀리 보면서 흉금을 넓히라고 했다. 그는 벌써 오랫동안 등산이나 유람을 하지 못했다. 수십 년래 각 곳을 유랑하면서 비록 산은 많이 타 보았다. 그러나 이름난 산과 뛰어난 물을 우러러 감상할 시간이라곤 조금도 없었다. 오늘 그는 자고를 도와 좋은 일을 했다. 읍재는 더는 머리를 손에 들고 사사를 만나지 않게 되었다.

이곳 백성들도 곧 구원을 받아 기뻐할 것이다. 피곤도 아랑곳하지 않고 등산하기로 제자들에게 제의했다. 산마루에 올라서니 눈앞에 산곡이 나타났다. 두 산 사이에 끼어 있는 협곡은 깊고 좁았다. 산은 가파롭고 물살은 빨랐다. 파란 시냇물이 물결을 치면서 흐르고 있었다. 물소리는 산곡에 요란스럽게 퍼져 나갔다. 시골 시냇물에는 사람은커녕 거북이 자라 같은 것들도 견뎌내기 어려웠다.

공자는 냇가에 서서 멀리멀리 물결치는 시냇물을 바라보았다. 그러면서 깊은 생각에 잠겼다. 이 때 어디선가 한 사나이가 몸을 날려 물속으로 뛰어 들었다. 큰 파도 속에 밀려 떠내려가고 있었다. 공자는 급히 공양유(公良孺)에게 방법을 강구해서 구하라 했다. 공양유는 계곡을 따라 내려갔으나 물살이 세어 발을 들여놓지 못했다. 어찌할 수가 없어서 안타깝기만 했다.

바로 이때 수면에서 노래 소리가 들려왔다. 물에 뛰어든 사나이가 파도 위에 반듯하게 누워 있었다. 편안하게 자는 듯하다가 노래를 부르면서 헤엄을 쳤다. 강 건너 바위에 올라서 멀리 내다보고 있었다. 시내는 좁지만 파도소리가 세차서 높이 외쳐도 들을 수가 없었다.

공자는 건너오라고 손짓 했다.

그 사나이는 또 몸을 날려 물속에 뛰어들어 반듯이 누웠다. 엎드리기도 했으며 모로 눕기도 하고 물속으로 쑥 들어가기도 했다. 때로는 물 위에 둥둥 떠 있기도 했다. 마치 수림 속을 거닐며 서늘하게 휴식을 하는 것 같았다.

그는 공자의 손짓에 재빨리 건너왔다.

공자는 다급하게 물었다.

"장사에게 묻노라! 어찌하면 수영을 그렇게 잘 하는가?"

"어떤 묘한 도리가 있는지는 모르고 어떻게 배웠는지 더욱 모르나이다."

"그렇다면 날 때부터 육지를 걸어 다니듯 헤엄을 잘 쳤단 말인가?"

"여기는 내 고향이기에 물에서 태어나 물에서 자랐습니다. 수영 재주는 나의 생명과 같이 요긴한 것이 옵니다. 이것은 나의 천성이라고 말해도 과언이 아니옵니다. 그리고 내가 무엇 때문에 헤엄을 치는지는 모릅니다. 또 무엇 때문에 이다지도 잘 치는지도 모르고 있사옵니다. 아마도 이것은 나의 명중에 꼭 있어야 할 팔자인 것 같습니다."

말을 끝낸 청년은 손을 감싸 쥐고 인사했다. 그러고 나서 아무런 근심 걱정 없이 노래를 부르면서 멀리 갔다. 이 역시 자신을 고향땅에 마음 붙이고 살라는 충고로 들렸다. 사방으로 돌아다니지 말고 시대 추세에 적응하라고 하는 것 같았다. 스스로 피곤을 찾아다니지 말고 운명에 적응하며 살라는 것 같았다. 발악하지 말라고 충고하는 피세지사(避世之士)가 아니냐고 의심이 갔다. 그리하여 그는 한 식경이나 생각한 끝에 제자들에게 말했다.

"헤엄을 치던 사나이의 말에 관해 나는 견해가 다르다. 만일 사람들이 혼돈 속에 편안히 있어야 한다면 반고(盘固)는 도끼를 휘둘러 천지를 개벽하지 않았을 것이다. 오늘 같은 청량한 하늘은 없었을 것이다. 나의 일생은 진취적이며 온 힘을 다해 노력하는 삶이었다. 앞으로도 나는 평생 동안 내 자신이 대도(大道)를 위해 분투할 것이다."

심곡의 격류가 길을 막아서 공자 사도는 돌아서 다른 산봉으로 올랐다. 제자들은 공자를 부축하고 산을 올랐다. 크고 작은 산등성을 몇 개 지나 주봉으로 향했다. 때는 바로 정오였기 때문에 불같은 햇볕이 내리 쪼이고 있었다. 공자는 목이 마르고 입술이 까칠해져 나무 그늘 밑에서 쉬었다. 자로더러 마실 물을 길어 오라 했다. 자로는 물통을 들고 곧장 앞으로 갔다. 작은 산봉을 하나 넘으니 코를 찌르는 비린내가 나서 머뭇거리고 있었다. "획!"하는 소리가 나더니 이마에 백색무늬가 뚜렷한 호랑이가 밀림 속에서 뛰쳐나왔다.

이빨을 드러내고 자로에게 덮쳐왔다. 자로는 급히 허리에 찬 검을 뽑아들고 호랑이와 결투를 벌였다. 자로는 날래게 호랑이의 뒤로 가서 한번 찔렀다. 그런데 그놈의 가죽은 어찌나 두터웠던지 칼이 깊숙이 들어가지 않았다. 자로의 검에 찍힌 호랑이는 또 자로를 덮쳤다. 자로는 비록 어려서부터 무예를 닦아 대단히 용감했지만 호랑이와는 어떻게 싸우면 좋을지 몰랐다. 그놈이 덮쳐오니 또 범의 뒤로 피했다. 호랑이의 몸체가 너무 육중한 탓으로 미처 돌지 못했다. 자로는 왼손으로 그놈의 꼬리를 잡고 오른손에 든 검으로 내리찍었다. 맹호는 너무도 아파 바닥에서 뒹굴고 있을 때 자로는 이 기회를 타서 단숨에 산으로 뛰어 올랐다.

공자 사도는 밀림 속에서 쉬고 있을 때 갑자기 어디서 호랑이의 울부짖음 소리가 났기 때문에 자로가 호랑이를 만났다고 예측하고 몇몇 무사들은 구원을 떠나려던 참이었다. 자로가 땀투성이 되어 헐떡거리면서 사람들 앞에 나타났다. 얼굴색이 재가 되고 숨도 쉬기 바빠하며 사도들 앞으로 달려와 공자에게 물었다.

"호랑이를 죽이는 방법이 무엇입니까? 상사(上士), 중사(中士), 그리고 하사(下士)는요?"

"상사는 골을 찌르는 것, 중사는 귀를 찌르는 것, 하사는 꼬랑이를 자르는 것이다. 설마 호랑이를……?"

자로는 소매 안에서 범 꼬리를 꺼내 땅바닥에 내동댕이치면서 덜컥 바위 위에 주저 앉았다. 그리고 공자에게 따져 물었다.

"이 산에 호랑이가 있는 것을 뻔히 알았을 것입니다. 그러면서 나 혼자 물을 길어 오라 하셨습니까? 그놈의 힘을 빌어 날 없애 버리려는 것이었죠?"

공자가 말을 하기 전에 제자들은 너도나도 나서며 변명했다. 자로는 벙벙해서 무슨 말을 하면 좋을지 몰라 푸른 하늘만 쳐다보았다.

자공이 입을 열었다.

"공자님에게는 삼천 제자가 있사옵니다. 스승님은 나쁜 소리와 큰 소리로 꾸짖는 것을 한 번도 보지 못했소이다. 그리고 자넨 스승님께서 제일 좋아하시는 제자가 아닌가? 수십 년간 스승님의 수족처럼 친한데 어떻게 너를 해칠 마음까지 품을 수 있겠느냐?"

"너희들은 중유를 꾸짖지 마라. 호랑이하고 격투하다 왔으니 정신이 아직 회복되지 못했을 것이다."

공자가 제자들을 타일렀다. 자로는 바위 위에 앉아 눈을 감고 쉬다가 한참 만에 눈을 떴다.

"중유가 호랑이와 싸우다가 제정신이 아니어서 심한 말을 했습니다. 스승님께서 저의 죄를 용서하소서!"

공자는 자로를 쓰다듬어 주었다.

"성격을 아는 사람끼리 함께 산다고 내가 어떻게 너를 꾸짖겠느냐?"

자로는 벌떡 일어서 활을 들고 하산하려 했다.

공자가 말리면서 '또 어디에 가려고?'라고 물었다.

"오늘, 제가 이놈을 죽이지 못하면 스승님의 제자가 아니외다."

공자는 자로의 그 용감성과 진취성에 매우 흡족해 했다.

그는 할 수 없음을 번연히 알면서도 어떻게든 해내려는 성미였다. 이것이 바로 공자가 평생 분투해왔던 좌우명이기도 했다. 자로는 생각이 단순해서 쉽게 덤볐다가 시드는 것을 아주 싫어했다.

혼자서 범 잡는 것도 범아가리에 들어가는 격이다. 만일 제자들이 힘을 합친다면 산중의 왕을 때려잡고 이것을 세상에 널리 알려 안심하고 경작하라고 할 수도 있다. 사람들에게 맹호라 할지라도 겁먹지 말고 포수들을 조직하여 잡으면 된다고 선전할 수 있다. 여기까지 생각한 공자는 자로의 행동을 저지시키고 공양유 등을 파견하기로 했다.

자로는 오륙 명의 제자들과 함께 무기를 들고 호랑이 사냥에 나섰다. 그는 제자들에게 주위 풀밭에 숨으라 하고 자기는 쑥을 덮어썼다. 그리고 가시 덩굴을 헤치고 살폈다.

호랑이는 나무 밑에 누워 몸을 움츠리고 상처 입은 꼬리를 핥고 있었다. 자로는 숨을 죽이고 그 놈의 머리 방향으로 향했다. 다른 나무를 향해 포복 전진하다가 잽싸게 그 나무 위로 올라갔다. 그놈은 아픈 상처를 핥느라고 자로의 행동을 느끼지 못하고 있었다.

풀밭에 숨어있던 제자들도 자로가 무엇을 하려는지 알았다. 자로는 이때 활 시위에다 화살을 재워 당기려 했다. 중심을 모아 조준하여 살을 더 당길 수 없는 데까지 당겼다가 놓았다. 그 화살은 곧바로 호랑이의 머리에 꽂혔다.

호랑이는 한 길 높이로 뛰면서 골짜기가 쩌렁쩌렁 울리게 포효했다. 아픔을 어쩔 줄 몰라 제 머리를 땅에 박았다. 그리고 뒤 발을 비비면서 화살을 빼려고 했다. 제자들은 호랑이의 울음소리를 듣고 뛰쳐나왔다. 저마다 소리만 칠 뿐 누구도 앞으로 다가서지 못했다. 이 상황에서 활을 쏠 엄두도 못 냈다. 자로는 그 높은 고송 위에서 뛰어내려 두 손으로 호랑이의 남은 꼬리를 움켜잡고 공중으로 휘돌리는 바람에 호랑이는 허공에 둥둥 떠 있었다. 자로가 한 바퀴 돌릴 때마다 머리가 소나무 그루터기에 치받혔다. 한 바퀴 두 바퀴 연속적으로 돌렸다. 호랑이 머리에서는 해골이 터져 나와 피 범벅이 되어 위풍을 잃었다.

사도들은 환호하면서 달려왔는데 호랑이는 벌써 숨져 있었다. 자로도 지쳐 풀밭에 털썩 주저앉아 있었다.

자공이 상복을 입고 오나라 백비와 회담하다

오나라의 세력은 날이 갈수록 강성해졌다. 대외확장 정책을 계속하여 중원을 독차지하려 했다. 기원전 488년 노 애공 7년 여름이었다. 오나라는 노나라를 협박하여 증성(鄫城)에서 회담했다. 증성은 지금 산동성 역현 경내였다. 자복(子服) 경백(景伯)이 노 애공(哀公)의 상례(相禮)로 함께 갔다. 이번 회담에서 오나라는 약한 나라를 업신여겨 무리한 요구를 했다. 노나라에게 소와 양, 그리고 돼지를 백 마리씩 헌례(獻禮)로 바치라 했다. 이것이 바로 백뢰(百牢)다.

이는 분명 강한 나라가 약한 나라를 얕잡아 오나라가 패주의 신분으로 제후들을 부려먹으려는 의도였다. 물론 노나라가 불복하여 자복 경백은 이런 선례가 없어 노나라는 그 선례를 깰 수 없다고 거절했다. 오나라 상례는 송나라가 이미 백뢰를 바쳤다고 하면서 노나라가 뒤져서는 안 된다고 위협했다. 소공 21년에 노나라는 십일 뢰(牢)를 진(晋) 대부 범앙(范鞅)에게 바친 일이 있어 오늘 백뢰를 오나라에 바치는 것은 당연한 일이라 했다.

이에 자복 경백은 화를 내면서 진의 범앙은 탐욕스러워 예의까지 버린 놈이었기에 그가 강한 진나라를 믿고 약한 노나라를 업신여긴다 생각했다.

"하는 수 없이 동의한 것이었을 뿐, 오늘의 오 왕은 인의를 지키는 군주이니 예의로 제후들에게 영을 내려야 한다. 노나라는 응당 주례의 한도 내에서 바칠 만큼 내는 것이 옳다. 천자에게 바치는 뢰수(牢数)도 십일 뢰를 넘지 않았는데 이것은 하늘을 욕되게 하는 큰 숫자이옵나이다. 오늘 오나라에서 주례를 버리고 백뢰를 강요하는 것이 군자의 행위란 말이옵나이까?"

오나라는 탐욕이 본성으로 되어 포악무도한 승냥이 같아서 자복 경백이 이런 자들과 도리를 따진다는 것이 마치 소귀에 경 읽기였다. 숙사에 돌아온 경백은 애공에게 아뢰었다.

"시대 추세에서 오나라가 강하고 노나라가 약해서 만일 우리가 우기면서 백뢰를 바치려 하지 않는다면 오나라는 분명 노나라에 무력을 쓸 것이옵니다. 적은 것으로 큰 것을 잃을 수 없으니 굴종이 상책이옵나이다."

노 애공도 자기 나라가 약해서 강한 나라에 능욕을 당하는 것이 큰 고기가 작은 고기를 먹고 작은 고기는 새우를 먹는 격으로 이 사회의 현실임을 인정했다. 백뢰의 예로 오나라에 바쳤다. 가련한 노 애공은 사회 현실은 인정하면서도 부국강병(富國强兵)의 대안이 없어 남의 나라에 고기반찬이 되지 않으려는 생각은 하지도 못했다.

오나라는 회담에서 승리하고 득의양양하게 돌아갔다는 소식이 각 제후국에 전해지자 의논들이 자자했다. 어떤 나라에서는 오나라가 강대하고 군주와 신자들이 영명하다 했고, 어떤 나라에서는 오나라가 예를 버려 불인(不仁) 하며 맹수와 같다고도 했다.

그러나 대부분 높은 직위의 권력을 잡은 자들은 귀머거리로 찬양하는 말만 듣기 좋아하고 귀에 거슬리는 말은 담으려하지 않았다. 오나라 군주와 신하도 예외가 아니었다. 태재 백비(伯否)는 오 · 노 회담에 참가하지 못했기 때문에 외교 회담의 승리는 그의 공로가 없는 것으로 되었다. 백비는 탐욕스런 간사한 신하로서 늘 현능한 이를 질투하여 이 기회에 재주를 부려 재물이나 톡톡히 끌어모을 생각이었다.

계씨네 넓은 의사청 안에는 계강자 혼자서 초조히 객실을 거닐고 있었다. 그는 겨우 38세 밖에 되지 않았지만 온종일 산해진미에 파묻혀 있으며 하는 일도 없어 살만 쪘다. 머리는 어깨에 딱 붙어 있고 목은 아주 없었다. 비계덩이 배 뚱보에 짜가리 수염에 희미한 눈썹이 볼품없었다. 누런 빼드렁이는 할애비와 애비를 엇비슷하게 닮아 모습은 꼴불견이었으나 성격은 전혀 달랐다.

계평자나 계환자는 탐욕스럽고 음흉하여 새로운 음모를 계획할 때는 홀로 청안에 다리를 꼬고 앉아 탁상을 마주하고 걸쭉하게 푼 차를 마시면서 조용히 생각했다. 계강자는 아무것도 모르며 재주도 없고 머리엔 기름기만 꽉 차 있어 더러운 성질에 화를 잘 냈다. 조그만 일에도 안절부절했다.

백비의 초청을 받은 후 속수무책으로 밥맛도 잃고 잠도 못 잔 그는 자신이 학문, 모략, 말재주, 외교, 예의와 임기응변 등 모든 면에서 부족한 것을 스스로 알고 있었다. 자복 경백과는 비교도 할 수 없어 애공도 치욕을 느끼고 제후들 속에서 망신을 당할 텐데 계씨로서는 가나마나 결과는 뻔했다. 그래서 그는 연유의 건의를 받아들여 사람을 보내어 위나라에 있는 자공을 청했다.

자공은 계강자의 위임을 받고 오나라에 가서 백비를 만났다.

다음날 태재부에서 회담을 갖기로 했다. 이튿날 오전에 호화로운 마차 한대가 태재부 문 앞에서 멈추었다. 마차에서는 웬 상복을 입은 사람이 하나 내려오고 있었다. 그가 바로 자공이었다. 문지기가 아뢰니 백비가 나가 보았다. 그를 보는 순간 경황실색하지 않을 수 없었다. 배알이 상투 끝까지 치밀어 올라 성깔을 부리려다가 생각했다. 자공의 외교능력이 천하에 소문이 자자하여 8년 전 그가 오나라를 설득하여 노나라를 구하고 제나라를 엮어 놓은 장본인임을 알고 있었다. 상대에게 본때를 보이려 하는 것이라 생각하고 백비는 자공을 대청으로 안내하여 주객의 자리에 앉았다. 그리고 자공에게 물었다.

"선생은 공부자의 훌륭한 제자로서 모르는 범절이 없겠습니다. 묻겠는데 임금은 시중에서 크게 여깁니다. 헌데 대부분 문을 나서지 않습니다. 이것은 어떤 예의이옵나이까?"

"그것은 대국을 무서워서이죠. 예는 아니옵나이다. 만일 군신이 나라를 텅 비워놓고 행차하신다고 합시다. 그러면 강대국은 그 텅 빈 틈을 타서 쳐들어오지 않겠사옵나이까?"

백비는 흥미진진해서 반박했다.

"대국이 텅 빈 틈을 타서 쳐들어오는 것은 예의에 부합되는 것이온지요? 대국이 예의대로 제후들을 대하지 아니하면 그 해가 막심한 것입니다. 나중엔 멸망의 길밖에 없을 것이외다. 대국은 백성이 부자이고 군사가 강하여 천하를 뒤엎어 놓지 않습니까? 제후들을 굴복시키는데 멸망되다니요!"

자공이 쓸쓸하게 냉소를 지으며 말했다.

"태재께서는 어이하여 우물 안에 개구리와 같사옵나이까? 오나라가 지금은 비록 강대하지만 이제 얼마 있지 않으면 종묘가 불타고 강산이 뒤집힐 것입니다. 군신이 죽어가며 만민이 쓰러지게 될 것입니다. 이렇게 예로 상복을 입고 와 미리 애도의 뜻을 표하는 바입니다."

"이마에 피도 마르지 않은 놈이 헛소릴 작작해! 혀를 자르겠다!"

백비는 더는 참을 수 없어 상을 치고 일어나 고래고래 소리쳤다.

자공은 차를 마시면서 유난히 태연자약하고 재미있게 말을 했다.

"태재께서 대노하지 마시옵고 제가 말하는 것을 잘 들어보시지요. 내 말에 도리가 있으면 당연 저의 호의에 감사를 표하시고, 만일 터무니없다고 생각되시오면 끓는 물에 들어가도 달갑게 받겠소이다. 먼저 저의 혀를 자르시면 곧 말을 할 수 없사오니 오나라는 위태롭도소이다."
백비는 김빠진 공이 되어 다시 앉았다.
"선생께서 자세히 말씀해 보세요."
자공은 차를 한 입 마시고 입을 다스리면서 매우 조리있게 물었다.
"제가 공자님과 위나라에서 직접 목격한 일이 있습니다. 태재께서 관심을 갖고 들어 주시겠사옵나이까? 위나라 영읍(岭邑) 성은 심심산곡에 자리 잡고 있습니다. 근년에 늘 맹호가 출몰하여 장전(庄田)을 파괴하고 있사옵니다. 소와 양을 잡아갔으며 백성이 해를 입었습니다. 그 읍의 백성들은 분분히 이사를 떠나 피난생활을 하였사옵니다."
자공은 여기까지 말하고 차를 마셨다.
백비는 궁금증이 났다.
"그래서?"
"위나라 재상인 공문자는 전국의 이름난 포수들을 다 집결시켜 산에 들어가 호랑이를 열여덟 마리나 잡아 왔습니다. 백성들이 다시 귀향하여 집을 다시 짓고 농사도 부지런히 서둘러 정착하여 맡은 바 농사를 잘 지었다 하옵나이다."
백비는 한숨을 내쉬고는 아무 말도 하지 않았다.
자공은 말머리를 돌려 계속했다.
"옛날 주 대왕 때, 아들 대백(大伯), 중용(仲雍)에게 제나라을 다스려 보라 했습니다. 장자 대백은 주례 복장을 입고 주례로 백성을 교화하여 백성들은 모두 주례에 맞추어 행사했습니다. 대백이 아들이 없어 중용이 즉위하자 그는 성품이 나약하여 국세가 점점 약화되었습니다.

오나라는 중용을 협박하여 저들의 민속을 따르라 했습니다. 긴 머리를 잘라버리고 웃옷을 벗고 무늬를 새겨 장식으로 주었습니다. 중용의 행동은 예가 아니었습니다. 그것은 재해를 불러온 것이옵나이다.

근간에 있은 오.노 회담은 오나라가 무례를 행한 것입니다. 노나라에 대해 백뢰를 강제적으로 받치게 한 것은 오나라가 강대하고 노나라가 약해졌기 때문입니다. 감히 복종을 하지 않으면 안 되는 것이었습니다.

오나라가 초나라를 토벌하고 월나라를 정복했습니다. 중원에 많은 제후국을 침범하고 능욕한 것이 그래 맹호와 무엇이 다릅니까? 장전을 파괴하고 소나 양을 잡아가고 백성을 해치는 것입니다. 범은 예의를 몰라 마음대로 판을 쳐서 그 피해가 심했기 때문에 나중에 백성들의 솥 안에 반찬이 되고 말았던 것이옵나이다. 오나라도 예로 제후들을 대하지 않고 약한 자의 이익을 침범하여 폭행을 일삼고 제멋대로 하다 보면 원한을 많이 쌓을 것이옵나이다. 오늘날 오나라는 많은 나라를 침범하고 능욕했습니다. 노나라는 주공의 봉지(封地)로서 문명예의의 나라이옵니다. 이는 제나라와는 생질과 외삼촌의 관계입니다. 위나라와는 형제이오며 위와 강한 나라인 진(晉)은 이웃이옵니다. 서로가 수족처럼 친한 것이옵나이다. 노(魯), 위(衛), 제(齊), 진(晉), 초(楚), 월(越) 등이 연합해 보십시요. 오나라에 피해를 받은 여러 나라들이 수백명의 포수가 되면 호랑이가 제 아무리 용맹하다 해도 나중엔 죽고 마는 것이지요. 오나라의 위험은 얼음을 걷는 것이나 닭알을 쌓는 것과 같습니다. 오늘 저는 이렇게 상복을 입고 미리 애도의 뜻을 표하러 온 것은 옛 친구였기 때문이옵나이다.

이마에 피도 마르지 않은 놈이 이제 말을 다 했습니다. 태재께서 어서 혀를 잘라 분을 끄시지요!"

백비는 난처해하면서 말했다.

"선생께서 백비의 버릇없이 군 죄를 용서해 주시옵소서! 선생은 천하의 변설가이십니다. 외교 호걸이 되기에 손색이 없으십니다. 선생의 몇 마디 말에 백비로 하여금 앞이 확 트이는 것만 같사옵니다. 백비는 오 왕에게 예의로 제후들을 대하시라 아뢰겠사옵니다."

한 사람의 사상과 한 나라의 방침을 몇 마디로 말할 수는 없지만 백비는 신의를 조금도 지키지 않는 소인이었다. 자공은 출사에 초빙되어 치욕을 받지 않았고 계강자와 노나라의 존엄을 지켜 매우 평판이 좋았다.

노나라가 주나라를 침범하다 오나라의 공격을 받다

주나라는 노나라의 부속국으로 오나라에 의지하여 살며 오나라의 비호를 받아 왔다. 여름에 있은 오·노 정읍 회담에서 노나라는 패전하고 능욕을 받았기 때문에 가을에 주나라를 토벌하여 체면을 되찾고 손실을 보충하려 했다. 그러나 그 행동은 정읍회맹 정신을 저버리는 구실이 되어 오나라가 침범하게 되었다. 이때 맹의자(孟懿子)는 자복경백에게 말했다.

"오나라 군대가 변경까지 왔으니 어쩌하면 좋은가?"

"군대가 오면 장수로 막고 홍수가 오면 흙으로 막는다고 했습니다. 오나라가 쳐들어오면 싸우면 되는 것이지 겁낼게 무엇입니까. 노나라는 이미 정읍회맹을 어기어 스스로 후환을 초래했습니다. 무슨 말을 하겠나이까?"

오나라 군대가 노나라 변경에 들어왔던 첫날에 동양(东阳)을 공략하여 북쪽으로 진군하고 그날 저녁 오오(五梧)에 주둔했다. 이튿날에 잠실(蚕室)에서 숙박하게 되어 노나라 장군들이 오나라 왕의 선물이 되었다. 공빈경(公宾庚) 공갑숙자(公甲叔子)와 석주단(析朱钽) 같은 장군들이 마차에 앉아 오나라 군대와 교전하다가 함께 포로가 되었다.

오나라 왕은 감탄하며 떠들어댔다.

"같은 마차에서 모두 죽게 되었으니 이것은 나라에서 사람을 잘못 파견한 것이외다. 노나라로 다시 돌아갈 가망도 없을 것이외다."

노나라 대부 미호는 군막 앞에 매우 높은 장애물을 만들고 군중에서 700명 군졸들을 뽑아 매 사람마다 세 번 뛸 기회를 주어 뛰어넘는 자가 있으면 선발했다. 그는 또 최종 300명을 선발하여 결사대를 조직하여 밤낮으로 강하게 연습을 시켰다. 그런데 공문 제자인 유약(有若)이 결사대의 한 사람으로 뽑혔다. 어느 날 밤 오 왕이 사(泗)에 숙박했다는 정보가 있어 미호는 결사대를 거느리고 습격하려고 직문(稷门)까지 갔다.

그런데 누군가가 계강자에게 말했다.

"오나라 군은 강합니다. 우리의 300명 사졸로 오군 진영을 습격한다는 것은 위험하옵니다. 스스로 그물에 기어 들어가는 격이 될 것입니다. 오나라를 해치지도 못하며 우리의 아까운 병졸만 희생시키는 것입니다. 즉시로 중지시켜야 하옵니다."

계강자는 이 사람의 의견을 듣고 중지령을 내리는 바람에 미호는 병사들의 의견을 청취해 보았다. 유약이 우선 중지 결정에 반대했고 결사대원들도 반대하며 오군과 결사적으로 싸워보겠다고 맹세했다.

계강자는 결사대의 조국을 위한 결사정신에 감동되어 드디어 중지 명령을 철회했다.

미호는 결사대를 인솔하고 밤에 조용히 전진했다. 유약은 묘한 계책을 내어 성문을 열게 했다. 300명의 결사대원들은 벌떼처럼 몰려 들어갔다. 그동안 오나라 군대는 승승장구하며 전진했기 때문에 승리의 기분에 도취되어 아무런 경계심도 없었음으로 노나라 300명의 결사대가 적 진영에 쳐들어 갈 수 있었다. 호랑이가 승냥이 무리에 들어간 것처럼 동에 번쩍, 서에 번쩍하며 닥치는 대로 마구 죽여 버렸다. 오나라 군대는 투구와 갑옷을 버리고 사방으로 도망치는 꼴불견의 패전이었다. 불속에서 갈팡질팡하다가 사수에 빠져 죽는 자들이 부지기수였다.

이날 밤, 오 왕은 세 곳이나 바꾸며 도망하여 겨우 목숨을 건지고 노나라와 강화 담판하여 맹약 체결을 요청했다. 노 애공과 계강자는 동의했으나 자복경백이 반대했다.

"초나라 사람들이 송나라를 포위했을 때의 일입니다. 송나라 사람들은 자식을 바꾸어 잡아먹고 뼈를 긁여 우려먹으면서도 맹약을 체결하지 않았나이다. 그런데 오늘 오나라는 우리에게 여지없이 얻어맞았습니다. 그들과 회맹한다는 것은 국토를 버리는 것과 마찬가지이옵나이다. 오나라는 먼 곳으로부터 왔으므로 군졸이 지쳐있고 군마가 먹을 풀이 부족하여 곧 철병할 것이옵나이다. 우리는 승승장구하여 추격하면 그들을 멸할 수 있습니다. 회맹을 맺어 무슨 쓸모가 있겠사옵나이까?"

노 애공과 계강자는 자복경백의 의견을 듣지 않고 회맹을 지지했다. 경백은 하는 수 없이 복종할 수밖에 없어 회맹 담판의 전권 대표로 래문(莱门)으로 갔다.

이번 회담은 작년 정읍회담과는 달랐다. 오나라는 더는 서슬이 등등하지 못했다. 경백이 제출한 조건들은 기본적으로 접수되어 맹약은 아주 순탄하게 진행되었다. 경백은 또 맹약을 보호한다는 구실로 자신이 오나라에 가서 인질로 되기를 원했다. 그러나 반드시 오 왕의 아들 고조(姑曹)와 교환하는 조건이었다. 그를 노나라의 인질로 남겨두어야 한다고 했다.

오나라는 절대 동의하지 않았다.

경백은 서로 간에 인질을 남기지 않는 것으로 양보했다. 이번 항오전쟁은 약한 노나라가 강한 오나라와 싸워 승리를 얻었다. 공자의 제자 자복경백과 유약이 역할했을 뿐만 아니라 튼튼한 기둥이 되었다.

계강자는 자신의 지위를 국내외에서 튼튼히 하고자 하여 자기의 여동생과 제나라의 군주 간공(简公)과 혼사 문제를 제기했다. 그러나 그의 여동생은 집에서 그의 숙부인 계방후(季鲂侯)와 사통하고 있다가 출가할 때가 되어 오라버니인 계강자에게 실토하는 바람에 계강자는 덜

컥 겁이 나서 혼사를 그만두었다. 제 간공은 젊은 기분에 그만두려 하지 않았고 이로 인해 이해 여름에 결국 노나라의 죄를 묻는 전쟁이 일어나 환(讙)과 찬(闡) 두 읍을 탈취 당했다. 그러나 사건은 이것만으로 끝난 것이 아니었다. 더 큰 규모의 노나라 침략 전쟁이 계획되고 있었다.

부인 원관 씨의 죽음을 매우 쓸쓸해하시다

기원전 485년 공자 67세 되던 해, 공자의 정서는 침체하여 말수가 줄었다. 홀로 교외 수림이나 개울가를 산책하거나 책방에 있으면서 혼자 생각에 잠기곤 했다. 때로, 눈가에 눈물이 맺혀있고 식욕이 줄었으며 잠을 이루지 못하는 날이 많았다. 제자들은 뒤에서 공자가 근간에 무엇을 생각하느냐에 관심이 쏠렸다. 혹시 향수병이 생긴 것은 아닌지, 도행을 실현할 수 없어 우울증이 생긴 것은 아닌지? 여러 가지로 의논이 자자했다.

어느 날, 공자는 또 독수공방하셨다. 겉보기엔 죽간을 둘러보는 듯하지만 마음은 딴 곳에 가 있었다. 안회는 금방 얻은 명차 한 봉지를 가지고 공자를 대접하려고 방에 들어갔다. 그 후 공자는 반나절이나 아무 말도 하지 않고 있었다.

"스승님, 근간에 심기가 불안하시옵니다. 혹시 사모님께서…."

공자는 눈물범벅이 되어 안회에게 말했다.

반 달 전에 부인 제관 씨가 병사했다는 부고를 받았다는 것이다. 아무에게도 알리지 않고 비통을 참아왔다고 했다. 묵묵히 눈물을 속으로 떨구며 상례대로 비통해 하지는 않았다는 것이다. 일흔이 거의 되는 늙은 부인이 세상을 떴기 때문이지만 그의 형편만은 뭇사람들과 달랐다.

부인의 일생은 고생이 많고 처량한 일생이었다. 그녀는 한 여인이 받아야 할 권리와 행복까지 상실했다. 남편인 공자는 아내와 자식들을 돌볼 사이가 없어 20년간 유량생활은 물론 국내에서 정사에 나아갔던 나날들도 그랬었다. 평생에 한 이불 속에서 몇 밤도 화기애애하게 부부생활을 해보지도 못했다. 그녀는 평생토록 생활이 넉넉하지 않아 안위(安危)를 걱정해야 했다. 먹는 것과 자는 것까지 잊고 자녀를 키웠다. 심지어 집안일 모두를 떠맡아 했다.

그러나 눈 감는 임종까지도 남편은 아내 옆을 지켜주지 못했다. 공자는 자신이 남편 노릇과 아비 노릇을 못했다고 자책했다. 생각 같아서는 혼돈한 사회현실을 개혁하는 데에 모든 희망을 걸려 했었으나 세상 일은 막막하여 시대환경이 용납하지 않았다. 그의 공로와 업적은 더 말 할 나위도 없었다. 어이 비통하지 않으랴!

벌노전쟁에서 연구의 계책으로 노나라가 크게 승리하다

충분한 준비를 마친 제 간공은 기원전 484년 봄 재차 벌노전쟁을 일으켰다. 국서 고무평(高无平)은 오백 승 병거를 거느리고 제노 변경인 청지(淸地)로 진격했다. 청지는 제나라 국호로서 오늘의 산동성 장청현 동남방향을 말한다. 이때 노나라 서울 곡부성에서는 초목마저 적으로 보여 인심이 갈팡질팡하며 어쩔 줄 몰라했다. 대권을 독차지하고 있는 계강자는 급히 가신인 연구를 불렀다.

"제나라 군대가 쳐들어오고 있습니다. 노나라를 침략하려는 작정인 듯한데 어떻게 하면 좋겠는지요?"

"제나라 군대가 쳐들어오면 힘써 항거하면 됩니다. 총재께서 경황해 하실 필요는 없사옵나이다."

"하지만 어떻게 항거해야 할지 몰라서…?"

"총재는 선봉에 서시고 맹손씨 숙손씨 이 씨 중에서 일가는 남아 수비를 하십시요. 다른 두 분은 임금님을 따라 어가친정하십시요. 국경에서 결사항전을 하시오면 필승하실 것이옵나이다."

계강자가 머리를 절레절레 저으면서 말했다.

"그것은 나쁜 책략이오!"

연구는 잠깐 생각하더니 말했다.

"그렇지 않으면 승냥이를 끌어들여 문을 닫고 족치는 것이옵나이다."

계강자는 두 손을 들고 난처해하면서 말했다.

"이 일은 나 혼자 결정할 것이 아니라 다른 사람들과 상의해야 하는 것일세."

계강자는 맹 · 숙 · 이 씨를 찾아 상의한 결과 동의를 받지 못했다. 하는 수 없이 또 연구를 찾아와서 분해하면서 말했다.

"적군이 변경까지 쳐들어왔는데 맹 · 숙 · 이 씨가 저항하려 하지 않다니 도대체 무슨 생각인지 모르겠소!"

연구는 싱그레 웃으면서 말했다.

"맹 · 숙 · 이 씨가 출병하지 않는 것은 그만한 사연이 있을 것입니다."

"어이하여?"

계강자는 노기가 채 가셔지지 않아 물었다.

연구가 희색을 띠면서 말했다.

"노의 정권은 모두 총재 한 분에게 있는 것이옵나이다. 출병하여 적을 항거하는 일에 있어서도 승리하면 총재의 공로입니다. 실패해도 총재께서 나라 잃고 정권 잃게 되는 것입니다. 이 씨와 아무런 관계가 없으니 조급해 할 필요가 없을 것입니다. 그러니 칼과 검이 난무하는 전쟁터에서 모험을 할 필요가 없지 않습니까?"

"그렇다고 해서 가만히 앉아 죽을 수 없지!"

계강자는 노기등등하여 말했다.

"맹 · 숙 · 이 씨는 굿이나 보고 떡을 얻어먹으려 하는구나. 총재는 싸우지 않으면 죽는 것이라고? 제나라 사람들이 노나라를 벌 주자고 하는데 총재가 싸워야지! 총재가 싸우지 않으면 그것은 수치다. 오늘 이후, 무슨 면목으로 제후들의 행렬에 설 수 있겠나? 나 혼자서 항거한다고 하는 것은 살점을 범에게 던지는 격이지!"

계강자는 울상이 되어 말했다.

연구는 다음과 같이 분석하면서 말했다.

"노나라 군 실정에 병졸들을 모으면 제나라 병거의 몇 배이옵니다. 총재 한 집안만 하더라도 제나라 군대보다 많은데 무슨 우환이 있겠나이까? 맹 · 숙 · 이 씨가 싸우지 않는다면 임금님은 어가친정하실 필요가 없습니다. 총재께서 연구에게 군권을 주시오면 이 몸이 군대를 인솔하겠습니다. 한번 신나게 싸워 보겠사옵나이다. 제나라 군대를 이기지 못하면 머리를 손에 들고 와서 총재를 뵙겠습니다."

계강자는 무거운 짐을 부리듯이 홀가분해 했다.

"총관이 발등의 불을 꺼주기 바라네! 참으로 충성과 용맹이 모두 온전한 장군이 될 것일세. 제나라 놈들을 물리친 후 보수를 톡톡히 주겠네. 어떤 요구가 있는지 말해 보게."

"장졸들을 제가 마음대로 거느리고, 백성을 마음대로 사역할 수 있고, 번지를 부장으로 임명해 주시는 것뿐이옵나이다."

"번지는 아직 어리기에 이런 중임을 맡아 볼 수 없을 것 같네."

"번지의 나이는 어려도 계략이 있습니다. 용감하며 명령에 잘 복종하는 사람이옵나이다."

"모든 것은 장군의 생각대로 하게. 나와 함께 임금님을 뵈러 가세!"

연구는 계강자와 입궁하여 면담하러 갔다. 바로 이때 맹유자(孟孺子)가 먼 것부터 묻기 시작했다.

"듣자니 계씨가 당신을 장군으로 임명했다지요? 군마를 거느리고 항전에 참가한다면서요."

"군자가 미리하는 생각을 소인이 어이 알겠소?"

연구가 냉랭하게 대답하고 나서 거들떠보지도 않으며 하늘을 바라보았다. 바로 이때 홍호가 푸른 하늘 창공을 날고 있었다. 맹의자는 큰 자극을 받고 계속 물었으나 연구는 하늘만 쳐다보고 아무 대꾸도 하지 않자 맹의자는 낯색을 바꾸며 질문했다.

"연구! 무엇 때문에 묻는 데 대답도 하지 않는 거야?"

"당신의 질문이 당신의 재력을 초월하므로 대답을 할 수 없네."

맹의자는 뒤통수를 얻어맞은 것처럼 얼굴이 화끈하여 말했다.

"너는 나를 장부가 될 수 없다면서 비웃는 것이 아니냐?"

"당신이 장부라면 나의 우군이 되어주게. 제나라 군대를 무찌르러 가자! 그렇지 않으면 부모가 자식을 헛 낳고 천자가 신하의 잘못을 용납한 것일세. 인간이라고 말할 낯도 없네."

연구의 이 극언은 과연 효과가 있었다.

맹의자는 돌아가자 가병들을 정돈하여 우군이 되었다. 맹의자는 맹위자의 장자로 지난해에 맹위자가 죽은 후 세습적으로 아비의 직무를 이어 받았다.

계강자의 가병은 7,000이나 있었지만 연구는 그중에서 300명의 정병을 추려 뽑았다. 거반이 무성(武城) 사람으로 그들을 친위병으로 사용했다. 잠깐의 훈련을 거쳐 그들의 병기를 칼에서 장검으로 모두 바꿈과 동시에 연구는 또 수천 명의 민공을 조직하여 사수 상류의 수량이 많은 하천들을 모두 막았다가 명령만 하면 모두 흘려보내게 했다.

준비가 다 된 후, 늙고 어린 병졸들에게 성안 수비를 책임지게 하고 관주문(管周文)에게 마차를 몰게 했다. 번지를 부장으로 하여 제나라 군대를 사수까지 유인해 들였다. 5일 후에는 안우(颜羽)가 병갑 부장으로 임명되어 마차를 몰고 달려왔다.

맹의자는 젊은 기분으로 연구의 자극과 모욕으로 먼저 제나라 군대와 붙어 위풍을 과시하려 했으나 교전하자마자 싸워보지도 못하고 패했다. 연구의 좌군 장사들도 같은 처지였다. 이 때 공숙무인(公叔务人)이라고 하는 한 사람이 성 밖으로 나오려다 성지기와 울면서 하소연했다.

"노나라는 요역이 번중하고 부세가 소털보다 많고 임금은 계책이 없고 군신들이 힘을 쓰지 않으니 백성의 살 길이 없는데 어떻게 싸워 이길 수 있겠소?"

공숙문인의 생각은 상당히 많은 사람의 공감대를 얻는 말이었다. 일부분 장사들이 싸워 이길 신심이 없다는 것을 표명한 것이다. 좌군 진 앞에 아주 넓은 도랑에 물이 있어 노나라 군대와 제나라 군대는 이 도랑을 경계선으로 대치하고 있었다.

어느 하루 연구가 총공격을 하려고 병사들에게 도랑을 넘어 적들과 결사적으로 싸우라고 명령을 내렸다. 진관(陈瓘)과 진장(陈庄)은 우선 부하들을 거느리고 물을 건넜고 맹지측(孟之侧)이 그 뒤를 쫓아갔다.

"말이 가지 않소이다."

맹지측이 말을 채칙으로 후리며 말했다. 임불뉴(林不狃)가 주춤거리며 전진하자 그의 대오 중에 한 전사가 따졌다.

"빨리 가지 않는 것이 도망을 갈 예산이지?"

"내가 어떤 사람들보다 못한 데가 없는데 왜 도망을 쳐?"

임불뉴가 대꾸했다.

"그렇다면 왜 용맹하게 나가질 않나?"

"이러한 악전은 현능한 것보다 싸울 투지가 없어지게 하는 것이다."

번지는 이 광경을 보더니 연구에게 말했다.

“장사들이 도랑을 넘지 못해서가 아닙니다. 당신을 신임하지 못해서 외다. 때문에 우리는 병사들보다 먼저 장사들의 신임을 얻어야만 합니다. 군심을 얻을 수 있소이다.”

연구는 전군 장사들에게 명했다.

“무릇 싸우려 하지 않는 자는 집으로 돌아가거라. 세 시경 내에 병기와 계장(戒裝)을 벗어 놓거라. 그러나 집에도 돌아가지 않고 싸우려고도 하지 않는 자는 군법에 의해 처리하겠다. 그는 노나라 사람은 아니다.”

연구는 말을 마치고 말에 채찍을 더하여 먼저 도랑을 건너가 적을 공격하라고 명령했다. 한 마리의 말이 달리자 곧이어 무리지어 말들이 줄달음쳐 들어갔다. 전군 장병들은 파죽지세로 도랑을 건너 제나라 군대와 결사전을 치루었다. 연구는 300명의 친위병들에게 제나라 군대가 탄 말 다리만 찍어 마차에서 병사들을 떨구라고 명령했다. 연구 자신도 마차에서 내려 제나라 군대와 육박전을 벌렸다. 300명의 친위병들은 장모(长矛)로 제나라 군의 도검(刀劍)과 맞서게 되어 제나라 군이 옆에 붙기도 전에 머리가 떨어져 나갔다. 제나라 군사들은 겁을 먹어 투구와 갑옷을 벗어버리고 서로 밟고 밟히며 도망쳤다. 사망자가 부지기수였다.

제나라 군 통수인 국서는 이 상황을 보고 급히 철수령을 내려 돌아가 버렸다. 그러나 파도치는 사수가 앞길을 막아 헤엄을 칠 수도 없고 도강을 하려 해도 배 한 척도 보이지 않았다. 헤엄을 잘 치는 병사들은 물에 뛰어들었지만 파도치는 사수는 그들을 삼키었다. 제나라 군대는 전군이 전멸에 직면했을 때 연구와 번지는 이미 마차를 버리고 긴 창을 휘두르면서 싸움을 지휘했다.

“사수의 물이 불어난다. 제나라 군은 갈 길이 끊어져 독안에 든 쥐다. 우리의 서울이 만일 무너진다면 나라도 집도 없게 된다.”

연구의 외침과 호소는 장졸들의 사기를 돋우어 군사들을 용맹하게 하였으며 독안에 든 쥐를 잡으려고 맹세했다. 바로 이때 계강자는 마차를 타고 전과를 시찰하러 왔다. 이 광경을 보고 연구에게 물었다.

“연장군이 큰 승리를 일구었네, 일부러 축하하러 왔네. 아군 사망자 수는 얼마인가?”

연구는 총망히 대답했다.

“전투가 아직 끝나지 않아 통계가 확실하지 않지만 대략 제나라군의 십분의 일 정도이옵나이다.”

말을 주고받는 사이에 한 정탐 군졸이 달려와 말했다.

“제나라 군이 십여 척의 배를 얻어 야음을 틈타 도망치려 하옵나이다.”

연구가 명령했다.

“물이 빠져나가는 길목을 봉쇄하여 한 놈도 놓치지 마라!”

계강자는 급히 손을 저으면서 제지시킨 다음 고개를 돌려 연구에게 말했다.

“병서에서 곤경에 빠진 맹수들은 최후 발악을 한다고 했다. 개도 나갈 구멍을 열어놓고 족치라는 말이 있다. 연장군이 오늘 제나라 군에게 치명적인 타격을 주었다. 강대한 제나라에 교훈을 준 셈이다. 다시는 어쩌지 못할 진대 살길을 터주는 것이 어떠한가!”

연구가 물었다.

"총재께 아뢰외다. 제나라 군대의 사기가 크게 상했습니다. 제 군을 섬멸하는 것은 주머니 속에 든 물건 같사옵니다. 어이하여 호랑이를 산으로 돌려보내려 하옵나이까?"

계강자가 엄숙하게 말했다.

"나도 제나라 군이 사기가 상한 줄은 안다. 하지만 아군의 사망자가 얼마인 줄 모르오. 호랑이를 산에 돌려보내는 것은 근근한 외환이다. 우리 가병이 손상을 입게 되면 맹 · 숙 · 이 씨의 사이에 끼이게 된다. 그 후환이야말로 대단할 것이다."

무슨 말을 할 필요가 있겠는가? 국난을 앞두고도 계강자는 우리 가병이라 하면서 권리 쟁탈전을 하고 있었다.

연구는 고개를 들고 멸시의 눈길로 계강자를 주시했다. 천하의 정권이 다 이런 뚱보 권세자의 손에 들어간다면 천하는 어떻게 부흥의 날이 있을 것인가? 이 정도에서 끝내야 되겠구나 하고 생각했다. 박식한 공자가 가는 곳마다 벽에 부딪치는 것은 조그마한 권리도 없음이요, 이 쥐새끼 같은 놈들보다 배포가 약한 것이라 생각되었다. 반면에 머리에 비계덩이만 꽉 찬 용속한 놈들이 천하 운명을 좌지우지하니 이것은 공평한 게 아니다. 그는 주먹을 으스러지게 쥐고 묵묵히 가슴을 치며 '하늘이여! 땅이여!'하고 불평을 토했지만 망망한 하늘은 한마디 대꾸도 없었다.

침침한 대지는 잠잠하기만 했고 노나라는 또 한 번 약한 세력으로 강한 세력을 물리쳤다. 공자의 제자 자공과 번지는 이 싸움에서 큰 공을 세워 노나라의 영웅이 되었다.

개선하던 날, 노 애공은 교외의 십리밖 정자까지 나와 맞이했다. 백성들은 모두 나와 환호하는 축제 분위기로 꽉 찼다. 노 애공은 성대한 주연을 베풀어 연구와 번지의 공로를 축하해 주었다. 노나라의 역사상에서 두 번째 있는 축하의 자리로 16년 전 공자가 협곡회맹에서 승리하고 돌아오던 날과 같았다.

연구는 작전 방향을 개혁하여 300명의 정병들에게 도검을 장모로 대체한 것이 이번 전쟁에서 승리를 취한 중요한 조치의 하나였다.

"연구가 장모로 강산을 보위했는데 참으로 용감하도다!"

공자가 칭찬했다.

연회석에서 계강자는 만면의 웃음을 띠고 빈번하게 술을 권했다. '공문에 장수 인재가 없다고 누가 그랬던가? 자네의 전술은 스승없이 스스로 알았던 것인가!'라고 농까지 했다.

힘이 부족한 자는 중간에 낭패를 본다.
오늘 너는 스스로 금을 그어 놓고 그것을 넘으려 하지 않는구나.
이러한 행동이 힘이 모자라서인가?

제5장

공자는 귀환 후, 집필에 몰두하다

열국 순방 14년을 정리하고 고국으로 돌아오다
노 애공과 문정하고 계강자가 가르침을 받다
행단에 돌아와 세 번째 제자를 받아 가르치다
난을 두려워 않는 도척까지도 인의로 설득하다
육례 집필의 원칙을 세우고 제자들과 논하다
시의 기원을 강의하면서 『시경』을 편찬하다
공리의 죽음 앞에서 시경에 곡을 붙이다
『역』의 수제자 상구의 신기한 점괘에 놀라다
노나라 수장실 자료를 정리하여 『춘추』를 집필하다

孔子

열국 순방 14년을 정리하고 고국으로 돌아오다

제나라의 벌노 전쟁에서 연구의 계책으로 노나라가 크게 승리하자 승리를 경축하고 연구와 번지의 용맹성을 축하하는 연회가 열었다. 연구는 얼굴에 웃음이 사라지고 깊은 상념에 잠겨 팔 년 전 남궁경숙이 진나라에 와서 자기를 데려갈 때 공자가 하던 말이 생각났다. '이번에 노나라에 돌아가면 크게 쓰일 것이네. 작게는 쓰이지 않을 것이네.'라고 예측하던 목소리가 귓가에 쟁쟁했다.

공자는 참으로 신통했다. 그의 귓전에 또 들리는 것 같았다. '돌아가거라! 돌아들 가거라!' 라고 하면서 바래주던 공자의 쓸쓸하고 처량한 목소리였다. 안회가 공자를 대신하여 멀리 바래다주면서 '스승님이 세세대대로 고향을 그리워하시오니 형이 귀국하여 노나라 군주의 중용을 받으시면 스승님을 모셔가는 것을 잊지 마시옵소서!' 라고 하던 의미심장한 목소리가 메아리치기 시작했다. 그의 눈에 공자의 그 훤칠한 체격이 아른 거렸다. 세월의 흐름에 따라 굽어만 가는 허리가 안타까웠다. 낙엽은 떨어지는데 공자는 손을 저으며 그와 작별했다. 이런 모든 모습이 눈앞을 가리었다.

추풍은 쓸쓸하게 공자의 창백한 수염을 마구 헝클어 놓았다. 일 년 내내 그의 눈가에서는 공자의 눈길이 잊혀 지지 않았다. 멀리까지 바래다주던 그 모습이 시시때때로 생각나서 그는 계강자의 말에 반박했다.

"누가 우리 공문에 장수가 없다하옵니까? 자로, 공양유, 공석애 등은 모두 만 명의 군사를 상대할 만한 장군입니다. 앉은 자리에서 작전계획을 세워 천리 밖에서 승리할 수 있습니다. 전술로 말하면 저는 사형의 만분의 일도 되지 않소이다. 우리 공자님은 모르는 것이 없는 성인이시옵니다. 삼 천 제자의 기예(技艺)는 모두 공자님께서 가르쳐 주신 것이옵나이다."

연구가 이렇게 말하니 계강자는 저도 모르게 회상하며 근래 연속 일어난 사건들을 생각해 보았다. 애공 7년 오 · 노 증읍회맹(鄫邑会盟) 이후의 일만 보아도 알 수 있다. 오 태재 백비는 노나라를 모욕하려고 오나라에서만 만나자고 하여 사자를 파견했었다. 자공이 대신하여 출사(出仕)하여 백비와 설전하고 승리를 얻어 노나라와 자기의 존엄을 지켜주었다.

노 애공 8년 오나라가 대폭적으로 노나라를 토벌할 때는 약삼(若参)이 있었기에 싸워 이길 수 있었다. 이해 여름 제나라가 노나라를 침략

할 때 연구와 번지가 있었기 때문에 약한 세력으로 강한 세력을 이길 수 있었다. 모든 것은 공문 제자들이 저마다 비범하다는 것을 증명하는 것이다. 공자는 이 세상을 다스릴 수 있는 능력있는 성인임을 보여주었다. 이에 비하면 자신은 아직 젊고 집정의 경험이 부족하니 공자를 모셔 중임을 맡기고 가르침을 받으면 노나라는 빠르게 진흥될 수 있다. 여기까지 생각한 그는 연구에게 물었다.

"내가 공자를 모셔서 국정에서 도움을 받고 싶은데 자네 보기엔 어떠한가?"

"만일 할 수만 있다면 둘도 없는 현능한 재상으로 노나라가 패좌에 않을 희망이 보일 것입니다. 공자께서 일반 사람들과 다른 특이한 정책을 펼치고자 할 때, 잘 이해하셔야 재능이 발휘될 수 있을 것이옵나이다."

"공자는 어떤 사람인고?"

"등용하면 천하는 기필코 진흥될 수 있어 만민이 혜택을 보고 귀신들까지도 과오가 없어질 것이옵나이다. 공자의 염원은 가방(家邦, 제후나라)을 진흥시키는 것입니다. 그리고 사직(社稷; 나라 강산)을 다스리는 것입니다. 개인의 이익을 도모하는 것은 절대 아니옵니다. 만일 그 뜻에 맞지 않는다면 그의 마음을 끌어당겨 만호후(万户侯)로 봉해드려도 불가할 것입니다. 제가 성심성의껏 공자를 모셔 올 테니 근심하지 마시고 총재께서는 절대 소인의 감언이설에 넘어가서는 안 되옵나이다. 공자를 냉정하게 대하시지 마시옵소서!"

옆에 앉아 먹고 있던 노 애공이 흥분해서 말했다.

"애경의 생각이 과인의 생각과 꼭 같습니다. 어서 공자를 귀국하게 하시지요!"

"현능함을 받아들이는 것은 명군의 행실이옵나이다. 노나라에 명군과 현상(贤相)이 계시고 여기에 공자가 상보(相辅)를 하시게 되면 동방에서 패좌 지위를 획득할 것이옵나이다."

이튿날 계강자는 공화(公华), 공빈(公宾), 공림(公林)을 대표로 파견했다. 두툼한 예물을 가지고 위나라에 공자를 청하러 갔다. 이때 위나라 대부 공문자는 출병하여 그의 사위인 태숙질(太叔疾)을 치려고 공자에게 대책을 물었다.

공자는 여전히 몇 년 전 영공이 대책을 물을 때 같이 학문은 많이 했지만 군사에 대해서는 알지 못하노라고 대답을 거절했다. 공자는 위나라에서 공양지사로 있으나 위 출공은 줄곧 정치에 관해 묻지 않았기 때문에 그는 제자들에게 교학을 해주거나 육예에 관해 바르게 가르쳤다. 그래서 그는 매우 한적하게 나날을 보냈다.

애당초 위 영공은 그의 아들을 토벌하려 했고, 아들 출공은 아비의 귀국을 철저히 반대하다 지금 정권은 공문자에게로 넘어 갔다. 그는 또 사위를 치려하니 이런 나라에서는 희망이 없었다. 이곳에 머물러 있어도 할 일이 없어 제자들에게 마차를 준비하여 이곳을 떠나자고 영을 내렸다.

'새는 나무를 가려가며 살 수 있지만 나무가 어이 새를 가둘 수 있으랴!'라고 하자 공문자는 공자가 떠나려 한다는 소식을 듣고 달려와 간곡히 만류했다. 그리하여 그 자리에서 당장은 떠나지 않았다.

하루는 공자가 제자들에게 학문을 가르치려고 앉았다.

제자들이 공자를 쭉 둘러싸고 공자는 익숙하고 사랑스러운 얼굴들을 하나하나 주시하는데 유독 사마우가 보이지 않았다. 그리하여 공자는 주위를 살필 때 갑자기 밖에서 사마우가 뛰어 들어왔다. 제자들이 눈길을 돌려 일제히 사마우를 보니 눈물범벅이 되어 넋두리를 했다.

"공자님 ! 석두가…."

말도 채 끝내지 못하고 펑펑 울어댔다.

공자는 '획'하고 일어서서 조급하게 물었다.

"석두 은인! 그이가 어쨌다고?"

사마우는 엉엉 울면서 대답했다.

"그이가 병사했사옵니다."

말이 끝나기도 무섭게 공자는 손까지 떨었다

"어서, 어서 날 데리고 그에게 가거라!"

초라하고 작은 초가에 석두가 텁수룩한 머리에 때 낀 얼굴 그대로 꼿꼿하게 누워있었다. 옷은 남루했으며 얼굴엔 핏기가 하나 없었다. 흙 묻은 발은 벗겨 있었고 몸에는 헤어진 삿자리가 덮여 있었다.

공자는 꿇어앉아 슬피 울었다.

"은인이여! 당신은 어이하여 이 지경까지 되었소?"

사마우는 꺽꺽거리면서 말했다.

"거백옥 대부가 생존했을 때에는 그래도 형편이 괜찮았습니다. 그이가 돌아가신 후에는 벌이도 찾지 못했사옵나이다."

"은인께서 공자의 절을 받으소서!"

공구는 공경스럽게 큰 절을 하고 따라온 제자들도 함께 절했다.

"안회야! 어서 나의 말을 팔거라."

공자가 말하니 안회는 의혹에 차 물었다.

"스승님! 혹시……?"

"그렇다! 나는 석두 은인의 장례를 치루어 주련다."

공자가 확고하게 말했다. 안회가 난처해하면서 대답했다.

"공자님! 예에 따르면 대부가 마차가 없으면, 그리고 우리들은 어디로 어떻게 가야 합니까? 갈 길이 멉니다."

공자는 칼로 물 베듯이 손을 단호하게 저으며 말했다.

"더 말하지 말거라! 은인께서 목숨을 내걸고 우리를 구해주지 않았느냐? 그렇지 않았다면 벌써 환퇴의 칼 밑에 귀신이 되고 말았을 것이다. 오늘이라는 게 어디 있었겠느냐?"

울고 있던 사마우는 갑자기 콩 튀듯 벌떡 일어나면서 노발대발했다.

"나가서 이 짐승 같은 마귀를 죽여 버릴 테야."

사마우가 돌아서 뛰쳐나가려던 참에 자로가 그를 꽉 끌어안았다. 사마우는 자로를 밀치고 갑자기 석두 시체에 엎드려 또 넋두리했다.

"석두 은인! 사마 씨네 집 식구가 당신에게 미안하외다! 당신을 나라가 있어도 집이 있어도 돌아가지 못하게 했나이다. 이렇게 객사까지 하게 되었으니……"

자공은 안회를 구석에 끌고 가서 낮은 목소리로 말했다.

"사형! 사명대로 공자님의 말을 팔아오세. 공자님께서 많은 연세에 어떻게 먼 길을 걸을 수 있겠나?"

안회는 여전히 움직이지 않았다.

"내가 좋은 말 두필을 사 들이겠네!"

자공이 권고했다. 바로 이때 계강자가 보낸 세 사자가 도착했다.

공자는 조국을 떠나 14년간 타국에서 도처로 방랑했다. 인정과 덕치의 정치사상을 실현하는 목적이었으나 결과는 도처에서 벽에 부딪혔다. 지금 그는 어느덧 58세나 되었다. 하지만 언제나 고향땅을 그리워하지 않을 때가 없었다. 그렇지 않아도 위나라에서 할 일이 없는데 노애공과 계강자가 사자를 파견했다. 실로 염원대로 된 듯해서 공자는 돌아갈 마음이 쏜살같았다. 한시도 머물러 있고 싶지 않았다.

공자는 제자들을 모아놓고 돌아갈 의향을 설명했다.

그는 또 위나라에서 출사하여 관리하는 제자들 중에 남을 자는 남게 하고 함께 갈 사람은 돌아가자고 했다. 공문자와 위 출공은 죽기 살기로 자로와 고재를 놓아 주지 않았다. 사도가 서로 의지해 살아온 14년, 비바람 휘몰아치던 14년, 그렇게 어려운 환경에서도 시련을 함께 겪어온 14년이었다. 갖은 고생과 능욕을 참아온 14년, 천신만고의 14년이었다. 지금에 와서 이별을 해야만 했으니 아쉬웠다. 특히, 공자는 자로와의 허다한 지난 일이 더욱 그러했다.

한 번은 공자가 위나라에서 중병에 걸려 미음 한 모금도 먹지 못하고 혼미상태에 처했었다. 제자들은 그가 마지막 길인가 하여 어떤 제자는 의사를 청하여 약을 달였다. 또 어떤 제자는 점을 치고, 기도를 드리며 수선을 떨었다. 한편 어떤 제자는 눈물만 흘릴 때 자로는 상복부터 갖추며 유약(有若)에게 공자의 가신으로 있으면서 자금을 많이 들여 장례를 풍성하게 치를 계획까지 짠 것만 보더라도 그는 공자에 대해 일편단심이었다.

공자는 병이 점차 좋아지고, 건강이 회복된 후에 자로의 계획을 듣고 꾸지람을 했다. '내가 가신이 없는 줄 알면서 어찌하여 유약을 나의 가신이 되라 했는가. 이것은 누굴 놀리려는 거냐. 하늘을 속이려는 거냐. 장례가 풍성하면 뭘 해. 나는 제자들 손에서 죽으면 죽었지 가신 손에서 죽기 싫다. 그래 제자들이 나의 시체를 들에다 던져버리고 묻지 않는다더냐?'라고 했다.

그는 또 자로의 안전에 대해 근심하여 타이르고 또 타일렀다. '중유! 너는 누구보다 용감하다. 하기에 시비가 다사한 위나라에서 응당 남들의 뒤에 서야만 한다. 용감하게 앞서는 걸 난 반가워하지 않는다.' 라고 했지만 자로는 그의 의견과 달리 '군주의 봉록을 먹는 이상 그이에게 충성하는 일을 해야 합니다. 남에게 뒤지는 일을 어떻게 하겠사옵나이까?'라고 했다.

자로와 고재는 공무가 있어 먼저 공자와 작별하고 떠났다. 공자는 자로와 고재의 뒷모습을 오래도록 묵묵히 서서 지켜보다가 긴 숨을 내쉬면서 중얼거렸다.

"중유와 고재는 위나라에서 함께 출사해야 한다. 일단 난이 생기면 고재는 아무 일 없겠지만 중유는 자기의 몸을 보호하기 어렵겠구나."

자공은 어이하여 이런 탄식을 하느냐고 공자에게 물었다.

"이 두 사람의 평소 행실과 성격으로 보아 고재는 외모는 별로지만 속내는 세밀하다. 도리와 정의를 똑똑히 알고 있으며 위험한 고비에서 스스로 벗어날 수 있고, 쉽사리 해를 피할 수 있을 것이다. 중유는 천성이 용감하고 솔직하여 고집대로 행사한다. 앞뒤를 고려하지 않는데 어떻게 보면 무모하다. 난에 봉착하면 일로 매진밖에 모르니 생명에 화를 입기 십상이다."

어머니의 품은 따뜻하고 조국의 땅에서는 향기가 풍겼다. 억울함을 한껏 당한 아이는 어머니의 품에 안겨 목 놓아 운다. 우환을 당했던 자는 조국의 땅을 밟는 순간부터 행복과 편안함을 느낀다. 공작이 둥지에 들면 깔린 털의 유연을 느낄 수 있고 어린 새끼들의 즐거운 노랫소리를 들을 수 있다. 어부가 귀향하면 부모처자들이 학수고대하는 모습을 첫눈에 알아보고 초가삼간의 훈훈함을 대번에 느낄 수 있다.

공자는 조국의 옥토를 밟는 순간 속이 확 트이는 것만 같았다. 순식간에 젊어진 것만 같았다. 소년으로 변해버려 신선과 같은 기분이 날 것만 같았다.

조국의 바람은 더욱 온화하고 다정했다. 끊임없이 얼굴을 어루만지며 부단히 옷깃을 잡아 당겨 품속으로 소리없이 스며들었다. 조국의 공기는 더욱 청신하고 훈훈했으며 꿀처럼 달콤했다. 조국의 산, 조국의 물, 조국의 초목은 더욱 푸르렀다. 마치 방울방울 녹색 이슬이 떨어지는 것만 같았다. 조국의 사람들은 그렇게 친절했고 눈길은 다정스럽고 부드러웠다.

그는 오랫동안 가슴 속에 묻어 두었던 흙을 꺼내 조국의 땅에 뿌렸다. 조국은 변하여 발을 찌르던 마른 쑥 가지가 보이지 않아도 고향을 떠났다가 다시 돌아온 자신이 행복했다. 14년의 세월이 강으로 말하면 한 방울의 물에 불과하지만 인생의 여로에 있어서 그렇게도 길고 길었다. 세상에는 많은 일이 발생하여 순식간에 만변하고 있었다. 공씨 댁 행단 친구들은 어떻게 변했을까? 그는 날개라도 있으면 날아가 마을 사람과 만나고 싶었다.

밤이 되자 공자는 홀로 행단 주위에서 맴돌고 있었다.

창공에는 엷은 구름이 둥둥 떠 있고 둥근 달은 숨바꼭질 하는 것처럼 사라졌다 나왔다 했다. 몽롱한 달빛은 우거진 은행나무 숲을 꿰뚫고 행단에 그림자를 드리운 채 희미하게 가려져 있었다. 공자는 은행나무를 하나하나 어루만지면서 떠날 때의 일을 회상했다. 그가 떠날 때 은행나무는 팔뚝만큼 굵었고 쭉쭉 뻗어있었다. 껍질은 황록색이어서 반들반들하고 기름기가 돌고 있었다. 손톱으로 찍어보면 마치 눈물을 흘리는 것처럼 푸른색의 액체를 흘렸던 것이 어제 같은데 오늘은 아름드리나무가 되어 수관(树冠)은 우산 같았고 껍질은 터실터실 했다.

세월은 빨리 흘러 이 은행나무도 이제는 늙었다. 서늘한 바람이 불어오더니 나무 잎사귀들이 날아 내렸다. 나중엔 그루 밑에 떨어져 꼼짝달싹하지 않고 누워만 있었다. '잎이 떨어져 뿌리로 돌아간다(落葉歸根)고 나도 이제는 끝내 돌아왔구나!' 객사하지 않았으니 시름 놓을 일이나 고향은 그가 상상하기 힘들 정도로 변했다. 그가 제나라를 여행하고 볼 꼴 없이 돌아왔을 때는 현숙한 아내가 그렇게도 열정적으로 맞아주었고 다정하게 보살펴 주었었다. 또한 협곡회맹에서 개선가를 부르면서 돌아왔던 밤에 아내는 그렇게도 열광적이었었다. 어린애처럼 취한 사람처럼 그의 품에 안겨 어리광도 부리고 애교 떨며 경축과 존경으로 애정을 토로하여 행복함에 잠기게 했었다.

그러나 오늘에 있어 사람은 가고 방은 텅텅 비어있다. 그로 하여금 홀로 외로운 등불과 마주하게 했다. 가엾은 절름발이 형 백니의 서거 소식에도 돌아오지 못했고, 초기의 제자들 중 삼환 중의 일환이었던 맹의자도 서거했다. 옛 친구 이웃도 모두 늙었거나 죽었다. 지난날 행단에는 제자들이 구름떼처럼 몰려들었었는데 오늘은 이토록 허전하고 쓸쓸할 줄이야 누가 알았겠는가! 공씨 댁은 몇 년간 수리하지 못한 탓에 담벽이 허물어져 허망했다.

"이것이 바로 동방 철인이 평생 추구하여 얻어진 결과였던가! 한 성현에게 차려진 비참한 끝장이란 말인가!"

그러나 공자는 추호도 자신의 추구하는 목표에 대해 의심해 본적 없었다. 또 자신이 걸어온 길에 대해서도 추호의 후회도 해 본적이 없었다. 인정과 덕치의 정치이상은 동요해본 적이 없었다. 그는 이미 거의 타버린 초와도 같았기 때문에 자신의 소원을 성취하기 힘들었지만 굳게 믿고 있었다.

그의 제자들은 물론 후대들에게서라도 그것을 꼭 실현하고자 했다. 경제적으로는 가난했지만 그러나 그는 비통해하지 않고 오히려 자신이 현능한 제자를 많이 길러낸 것으로 자부했다. 자부감과 만족감이 제일 고귀한 재산이라고 생각해서 세상에서 제일 큰 부자라고 생각했다. 어떤 귀족이나 갑부가 부럽지 않았고 만관 재산이라도 그는 안회나 자로나 자공에게 비할 바가 아니었다. 제자들 중 기필코 자신의 사업을 계승할 자 얼마든지 있고 천하를 통일하여 백성을 안일하고 행복하게 할 때 자신은 구천세계에서 웃음꽃을 피울 것이라고 생각했다.

그 때 공리(孔鯉)와 자사(子思)가 다가와서 봄 외투를 그의 몸에 걸쳐주면서 권유했다.

"아버님! 밤이 깊었는데 찬바람 맞으시지 말고 방으로 돌아가시옵소서!"

"할아버지께서 여로에 피곤하시온데 어서 쉬셔야 하옵나이다."

손자 자사의 앳된 목소리였다.

이번에 돌아와 그에게 제일 큰 위안과 즐거움을 갖게 한 것은 자사였다. 키는 쭉 빠지고 말끔한 얼굴에 진한 눈썹, 이글이글한 두 눈에 실로 용모가 당당하고 풍채가 늠름하여 인재다웠다. 특히, 그의 총명과 이해력은 아비를 훨씬 초월했다. 공자는 그의 학식을 시험해보니 어린 나이에 벌써 육예를 통달했다.

사람은 누구나 자신의 희망을 후대에 기대해 보는데 후계자가 보이니 슬프던 생각이 희열과 기쁨으로 바뀌어 제일 큰 정신적 위안이 되었다.

"그래! 밤이 깊었으니 너희들도 일찌감치 쉬거라."

공리는 공자를 부축하고 자사는 할아버지의 손을 잡고 방으로 들어갔다.

이튿날 이른 아침 연구는 공자를 모시고 계강자와 노 애공을 뵈러 갔다. 그는 오늘 일부러 화려하고 눈부신 복장을 입고 득의양양하게 들어갔다. 사실 그가 공을 세운 것은 계강자가 크게 쓸 인물인지 재능을 시험해 본 것으로 제·노 전쟁에서 승리를 이끌어 큰 공을 세웠던 것이다. 그러나 이 모든 것은 연구의 성과이기보다 공자의 가르침이있었던 것을 잘 알고 있었다.

공자는 지식이 꽉 차있고 덕이 높고 명망이 높았다. 노나라에 공로 또한 적지 않았다. 오늘 그가 돌아오면 삼조원로(三朝之老)가 되고 계씨의 신임 하에 젊고 재간 있는 친구들을 등용하여 공자가 한평생 추구해오시던 이상을 우선 노나라에서 실현하게 될 것이다.

연구가 오늘 일부러 이렇게 예쁘게 단장한 것은 첫째, 용모단장에 주의하라 하신 공자에게 존경의 뜻을 표시하기 위한 것이었다. 둘째, 자신의 기쁨과 흥분을 표시하여 공자에게 자기의 처지와 심정을 알려드리려는 것이었다. 셋째, 자신의 이상과 염원과 결심을 표시하려는 것이었다. 넷째, 계씨와 임금에게 공문 제자들이 속되지 않다고 알려주려는 것이었다.

공자는 벌써 8년째 연구를 보지 못했다.

그는 제자들 중 재능이 좋은 제자로 위나라에서 제·노 전쟁 때 공을 세웠다는 소식을 듣고 매우 기뻐했었다. 그러나 속담에 붉은 데 있으면 붉어진다는 말이 있듯, 연구는 초기부터 권세에 아부하는 버릇이 있어 계씨네 가신으로 8년간 있으며 계씨의 중용과 칭찬도 많이 받아 어떻게 변했는지 떠보기 위해 질문했다.

"연구야! 내가 노나라를 떠난 지 몇 년이나 되었다. 국내의 정황에 대해 잘 모르고 있는데 누구를 먼저 만나면 적합하겠느냐?"

"당연히 계씨를 먼저 만나셔야지요!"

연구가 떳떳하게 대답했다.

"그건 왜이지?"

"스승께서 영광스럽게 고향에 돌아오시게 되신 것은 전적으로 계씨의 주장이었습니다. 또 그이가 세 사람을 사자로 보내 부자님을 모셔오신 것이옵나이다. 계 총재는 인재를 중시하십니다. 날이 밝자마자 스승님을 모시고 상부(相符)에 오라고 하셨습니다."

"이번 귀국에 임금께서 반대라도 하셨나?"

"계 총재께서 제의를 하시고 임금께서 찬성하시었습니다. 공자님께서 14년간 타향생활을 하셨습니다. 아직 노라나의 정권은 계씨 손에 장악되어 임금은 꼭두각시에 불과하옵니다."

공자는 그의 말을 듣고 매우 엄숙하게 말했다.

"그렇다 할지라도 임금을 먼저 뵈어야 하는 거야! 군신부자는 제 명분이 따로 있는 것이다. 어떻게 전도될 수 있단 말이냐? 이 스승은 조상제도를 폐기하는 일은 절대로 하지 않는다. 임금님 먼저 뵙고 상경들을 뵙도록 하겠다."

연구는 숨을 길게 내쉬면서 속으로 뇌까렸다.

'몇 년간 보지 못했던 공자가 아직도 고지식한 게 병이로구나!'

그러면서 계속 생각했다.

공자님은 아직도 고례에 구애되어 있구나. 돌아온들 어떻게 입공할 수 있을까. 가는 곳마다 벽에 부딪치며 사람들의 반감을 쌓게 되어 아무런 일도 해내지 못하고 자기에게 아무런 이득도 얻지 못할 것이다. 무엇 때문에 아직도 경험을 총화할 줄 모를까. 고례, 조상, 제도, 그래 이런 것들은 변경할 수 없다는 것인가. 주례란 주공이 제정한 것이다. 그가 완전무결하단 말인가. 주공의 시대는 이미 오, 육 백 년이 지나갔다. 주공이 앞날을 미리 헤아리는 신령이란 말인가!

연구는 권력만 있으면 모든 것이 있고 그것을 잃으면 모든 것을 잃게 되어 이 사회에서 생존하려면 우선 손에 권력을 틀어쥔 자부터 의지한 다음에야 자기도 그것을 얻을 수 있는 것이라고 생각했다. 공자님은 꼭 막힌 골목길이라는 것을 뻔히 알면서도 비집고 들어가려 한다. '에돌아가도 목적지에 도착하면 되는데 왜 곧바로만 가려 하는가! 공자는 어떤 인물인가?'

연구가 오래도록 침묵을 지키고 있는 것을 보고 공자는 연구의 심사를 바로 알았다.

"연구야! 공문제자 중, 네가 재간이 제일 많다! 허나 천리마의 고귀함은 그의 맥이 아니라 그의 덕이란다."

이 말은 연구의 자존심을 크게 상하게 했지만 그는 움칠했을 뿐 반박은 하지 않았다. 그는 자로와는 달리 공자가 무슨 말을 해도 침묵했다. 공자의 말이 옳다고 생각하면 그대로 행하고 옳지 않다고 생각하면 듣기만 했다. 말을 안하면 그만이라고 생각했다. 그러나 자로는 늘 공자의 말에 대꾸하여 욕을 먹었다. 8년 전 연구가 진나라에서 노나라에 돌아올 때, 연구가 공자에게 말했다.

"제자가 공자님의 도를 아끼지 않는 것이 아닙니다. 힘이 못 미쳐서 이옵나이다."

공자는 엄숙하게 비평했다.

"힘이 부족한 자는 중간에 낭패를 본다. 오늘 너는 스스로 금을 그어 놓고 그것을 넘으려 하지 않는구나. 이러한 행동이 힘이 모자라서 인가?"

이날의 교훈을 연구는 영원히 잊지 않고 지키려 노력했다. 연구는 공자가 고집함에 임금님부터 뵙게 하려고 말머리를 돌렸다.

노 애공과 문정하고 계강자가 가르침을 받다

노나라 애공은 그의 아버지보다 더욱 썩고 무능했다. 계씨가 푸짐한 예로 공자를 모셔온 이상 중임을 맡기고 나라 다스릴 도리를 문의해야 했는데 도대체 무엇을 생각하고 있는지 무슨 타산을 하고 있는지 누구도 모르고 있었다.

공자가 와서 뵙고자 하는 데도 애공은 아무런 준비가 되어있지 않았다. 매우 흡족하여 놀란 모습까지 하고 있었지만 상례에 의하면 임금은 현인을 만나면 나라를 다스리는 일에 관해 물었으야 하는데 준비가 없을 뿐만 아니라 문의의 주제도 없이 그저 의례적으로 물었다.

"공자에게 묻노라! 어이해야 백성의 인정을 받을 수 있는고?

"임금님께 아뢰외다. 정직한 사람을 바르게 써서 교활한 자 앞자리에 두어야만 백성들의 인정을 받을 수 있사옵나이다. 도리어 교활한 자를 선용하여 정직한 자 앞자리에 두시면 백성의 인정을 받지 못하옵나이다."

애공은 연신 고개를 끄덕였다.

"그런데 그렇게 하려면 어디에 가야 찾을 수 있는 것인지요?"

노 애공은 문의할 정사가 없어 담화는 저절로 중단되었다. 공자는 하는 수 없이 몸을 일으켜 고사하고 나오려 하는데 노 애공이 말했다.

"공자께서는 오늘 이후, 늘 입궁하여 가르쳐 주십시요. 과인은 공자님을 대부로 모실터이외다."

그래서 그때부터 공자는 봉록 6만석이라는 물질적 대우를 받게 되었다.

연구는 노궁을 나와 마차를 몰고 총재부로 향했다. 계강자는 벌써부터 문 앞에 나와 기다리고 있다가 공자를 부축해서 마차에서 내려오니 얼른 계단에서 내려와 아양을 떨었다.

"공자님, 참으로 먼 길 오셨습니다. 집에 가서 인사를 올리고 가르침을 받지 못하고 먼저 오시게 해서 죽을 죄를 졌사옵니다."

정권을 틀어쥔 계강자는 폐백(币帛)을 드리고 나라의 원로로 대접하며 예절로 공자를 맞이했다. 당시 각국 제후들은 예현(礼贤), 양현(养贤)의 기풍을 높이고 있어 공자의 문무겸비와 높은 학식이 나라 부흥에 필요하여 공자에 대하여 가깝고 친밀한 사이로 회유정책을 썼다. 그럼으로 모두 예절대로 모실 수가 있었다. 이 때 공자는 '나는 조롱박이 아니다. 어이 가만히 매달려만 있겠느냐!'라고 말하여 뜻을 같이 하려는 사람들이 공자를 존경하며 따랐다.

"공구는 이미 늙다리가 되어 무덕무능하옵니다. 총재께서 이토록 격려해 줄 필요까지는 없사옵나이다."

계강자는 두 눈을 실처럼 해가지고 웃으면서 말했다.

"공자님은 삼조원로이오니 나라의 보배이시옵니다. 나로서는 응당 선배님으로 모셔야 하겠사옵나이다."

"총재께서 예의로 이 공구를 맞이하시니 저로 하여금 14년 간의 망명생활을 끝마치게 하시어 은혜가 산과 같사옵니다. 공구는 응당 유생지년의 은혜를 보답해 드리고자 하오나 감히 예의를 넘을 수가 없음으로 우선 임금님을 배사한 다음에 총재를 배사하였나이다. 그 죄를 용서해 주옵소서!"

"공자님께서 별 말씀을 다 하시옵나이다. 내가 신자인데 응당 그래야 하지 않겠사옵나이까?"

계강자와 공자는 손을 쥐고 서로 주고받으며 넓은 대청으로 들어갔다. 모든 것이 익숙했다. 앞에 보이는 경물들은 공자의 허다한 옛 일을 불러 일으켰으나 부풀어 오르는 격정을 억제하면서 내색은 하지 않았다.

계강자는 노 애공과 달리 공자에게 가르침 받을 문제가 많았다. 그가 방금 돌아와 피곤한데 많은 문제를 불쑥 내놓기가 미안했음으로 중요한 문제만 추려서 문의했다.

"어떻게 하여야 정사를 잘 할 수 있겠사옵나이까?"

공자는 계강자를 향해 말하는 가운데 연구가 들어왔다.

"정(政)이라고 하는 것은 정(正)자로 바르다는 것이옵나이다. 총재께서 솔선하여 바른 길로 행하면 백성들이 감히 딴 길로 가겠습니까?"

어제 밤 진주와 보석을 훔친 도둑을 잡았는데 부를 지키는 한 병졸이었다고 아뢰었다. 계강자는 그의 말을 듣고 생각해보지도 않고 짜증을 내면서 머리를 베어 버리라고 손짓했다. 권력을 잡은 자들은 사람 죽이는 것을 대수롭지 않게 생각했기 때문에 연구는 상부에 있으면서 권력을 남용하는 것에 물들었다고 생각했다. 8년 밖에 있지 않았지만 연구는 계강자의 결정이 하나도 지나치지 않다는 듯한 모양이었다. 그래서 준명(遵命)하고 나가 집행하려 했다.

"총재께 묻겠습니다. 그 군졸이 하늘도 용서 못할 큰 죄를 지었사옵나이까?"

공자가 물으니 계강자는 어설프게 웃었다.

"사실인즉 요즈음 본 부에 늘 도적이 자주 듭니다. 어제 저녁 한 군졸이 가전 보물까지 훔쳤답니다. 그놈을 죽여 일벌백계하고자 하옵나이다."

공자는 계강자의 말을 듣고 하소연했다.

"무덕한 자 죽이고 유덕한 자는 친근해야 하는 것이옵니다. 이것이 바로 군자의 행실이 아니옵나이까? 총재께서 정사를 다스리는데 하필이면 살 자를 내쳐야 하옵나이까? 총재께서 좋은 일만 하시옵소서! 그러면 백성들은 자연히 따라 배우는 것이옵나이다. 군자의 덕은 바람이요, 소인의 덕은 풀입니다. 풀은 바람 부는 대로 갑니다. 이것은 어린 아이들까지도 다 아는 바이옵니다. 하온데 총재께서 어이하여 이것을 모르시고 계시옵나이까?"

공자는 자기 말만 술술 내뱉다 보니 계강자의 태도를 살피지 못했다. 아니 그가 못 본체 했을지도 모른다. 공자가 계속하여 말했다.

"윗물이 맑아야 아래 물이 맑다고 합니다. 만일 총재께서 재물을 탐하지 않는다면 재물을 도적에게 상으로 주십시오. 어느 사람이 훔칠 수 있겠사옵나이까?"

계강자는 더는 참을 수 없어 음성을 길게 빼며 불만을 터뜨릴 때의 입버릇이 튀어나왔다.

"그~ 래~ 요?"

그의 할애비 애비로부터 물려받은 것은 몸매부터 흡사하여 눈은 웃을 때나 성낼 때나 모두 실처럼 가늘어졌으며 마치 쥐 눈 같았다. 주색에 빠져 얼굴은 늘 부석부석해 있었다. 그는 공자님 말씀을 하나하나 분석해 보니 자기가 바른 길을 가지 않고, 재물을 탐내는 나쁜 일만 한다고 질타하고 있는 것이 아닌가.

노나라에서 누가 감히 이처럼 자기에 대해 말했던가. 임금도 마찬가지였다. 계강자는 실 같은 눈으로 공자를 쏘아보았다. 길고 철석같이 검은 얼굴, 창백한 수염, 삐죽한 입이 눈에 들어왔다. 강인하고 백절불굴의 정신은 다 그와 조화(調和)롭지 않았다. 하느님이 일부러 집권자와 맞서는 괴인을 내려보내지 않았나 의심했다.

계강자는 역시 정치가 다웠다.

그는 지금 이 삼천 제자를 소유하고 있는 삼조원로를 앞에 두고 훨훨 타오르는 열화를 끄면서 억울함을 속에 감추었다. 그의 얼굴은 붉어지기 시작했고 눈도 커져 꽤 너그러운 듯했다. 그리고 연구에게 명령했다.

"공자께서 말씀하시니 그놈의 목숨은 살려 주거라. 죽을 죄는 면하지만 살 죄는 용서 못 한다. 그 진주와 보석 도둑의 왼손을 자르고 쫓아

내거라."

이 일은 공자가 68세 되던 해에 일어났던 일이다. 그는 스스로 60에 이순 70엔 '마음이 원하는 바를 따라도 법도에 어긋남이 없다(從心所慾不踰矩)' 라고 했다. 이것은 남의 말을 온전하게 들을 수 있다는 뜻으로 볼 수 있고 종심소욕은 모든 일을 스스로 도움 없이 척척 해나간다는 뜻이다. 그리고 불유구란 한계를 넘지 않는다는 말이다.

다시 말하면 삼십에 입지하면 높은 발전 단계에 올라서게 된다. 즉, 삼십 세가 되면 사람들이 보는 견해부터 달라진다. 자신이 인정하는 마지막이면서도 제일 높은 발전 단계에 올라섰다. 소위 말하는 이순이나 종심소욕 불유구는 모두 성숙되었다는 뜻이다. 사상이나 학문이나 품격수양 면에서 십분 발휘할 수 있게 된다는 것이다.

그러나 공자 본인도 인생과 사회에 대해 진정으로 모르는 것이 아니었다. 자고로 누가 귀에 거슬리는 말을 듣기 좋아하겠는가? 누가 비평과 반대를 달갑게 받아들이겠는가? 공자가 계강자와 합작이 가능하지 못하다는 것을 보여 준 것이다. 그리고 자신의 정치 신조를 굳게 지켜냈다는 것을 암시해주는 것이다.

정치가는 모두 대단한 연기자로 항상 좋아하는 것과 슬퍼하는 자신의 감정을 잘 드러내지 않는다. 계강자가 바로 이런 정치가였다. 그는 매우 빠른 시간에 분노로부터 벗어나 미움으로부터 친절해지고 사랑했으며 존경심까지 드러냈다. 그는 주도적으로 화제를 바꾸어 공자에게 치국의 도를 물었다. 그것은 공자가 세상에서 유명한 성인이었기 때문이다.

지위가 높고 이름이 드러난 사람에게 아랫사람이 예의를 갖추어 찾아 뵙는 것은 정치가의 미덕으로 계강자는 애비 세대와 할애비 세대를 초월하려 했다. 더욱이 공문의 삼천 제자는 인재가 많았다. 이는 하나의 정치세력으로서 도도한 홍수와도 같았다. 노나라를 놓고 말하면 비바람 속에 떠있는 작은 배에 불과했음으로 부축과 격려(激勵)가 필요했기 때문에 그는 공자를 품는 것 자체가 배를 띄운다고 생각했다. 사욕으로 처사하지 않고 너그럽게 처사하여 빠르게 냉정을 되찾아 만면에 웃음을 지었다.

"공자께서 창도하는 인정과 덕치는 어떤 것입니까? 형법을 요구하지 않는 것이옵나이까? 만일 도적들이 벌떼처럼 일어나면 어찌 하시겠습니까? 분노한 백성이 폭동을 일으켜도 형벌로 평정하지 말아야 하옵나이까? '솔선하여 바른 길로 행하고 재물을 탐내지 말며 좋은 일을 도와주라.' 라고 한 공자의 일반적 이론은 누구를 지칭하는 것이옵나이까?"

공자는 침착하게 대답했다.

"그것은 누구를 지칭하여 말한 것이 아니옵나이다. 특히 총재에게 들으라고 한 말은 더욱 아니옵나이다."

스스로 뒤가 꺼리기 때문에 계강자의 불쾌함과 노여움은 참으로 과민했던 것이다. 공자는 14년 간 유랑생활을 하면서 각양각색의 인물을 보았기 때문에 계강자의 속내를 모르는 것도 아니었다.

"공구가 창도하는 것은 인도 형벌을 폐지하라는 말이 아니옵나이다. 백성을 교화하고 덕으로 천하를 다스려야 한다는 주장입니다. 치국에 있어서는 정책을 관대하게 하면 백성이 해이해진다고 했습니다. 백성이 해이해지면 사나움을 막을 수 있을 것입니다. 정치가 사나우면 백성이 병으로 인한 괴로움을 당할 것입니다. 병으로 인한 괴로움이 생기면 응당 고삐를 늦추어야 하옵니다. 너그러움과 사나움을 유기적으로 조화롭게 하여야 다스림으로 백성이 평온해질 것이옵나이다. 시경에서는 다음과 같이 말했소이다. 백성들은 끊임없이 일을 한다면 한숨의 수준에 이르게 된다네! 중원 사람들에게 먼저 혜택을 주면 사방에 퍼져 나간다. 이것은 정치가 사나우면 응당 너그러워야 한다는 뜻으로 맹이란 정치 공세가 드세단 뜻이며 관이란 늦춘다는 뜻입니다. 간사하고 변덕 많은 자를 가만두지 말며 선하지 못한 자들은 판치게 하지 말라 했습니다. 도적과 강도는 법으로 다스려야 백성들이 올바르게 삽니다. 이것은 정책이 너그러울 땐 응당 사나워야 한다는 뜻입니다. 멀고 가까운 사람들이 편하게 살려면 왕께서 천하를 안정과 번영으로 다스려 서로 싸우고 서로 다투는 자가 없어야 합니다. 이것은 정화민복하는 정치에 조화가 잘 되어야 한다는 것과 백성들이 순종해야 한다는 것이옵나이다."

계강자는 존경심이 일어 방금 있었던 불쾌했던 심정은 가뭇없이 사라지고 공부자의 소문이 헛소문이 아니라는 것을 인정했다. 관맹상제의 이론만 해도 계강자는 들어보지도 못한 말이었다. 집정하고 지극히 한다면 정화 민족의 효과가 일어날 것임을 깨닫게 된 것이다. 이렇게 생각한 계강자는 마음이 상쾌하여 자연히 말이 많아졌다. 공자에 대해 공경스럽고 아름다운 말을 많이 했다. 간편한 연회를 베풀어 초대하고 연구에게 마차로 모셔다 드리라고까지 했다.

계강자와 공자는 한마음으로 협력하여 노나라를 함께 다스릴 수 있을 것이다.

행단에 돌아와 세 번째로 제자를 받아 가르치다

공자가 위나라에 돌아온 지 얼마 되지 않아서 행단을 새롭게 단장했다. 잡풀들을 모두 뽑고 화단을 만들어 다양한 꽃을 심었다. 강의를 들으러 오는 사람이 점점 많아져 공씨 대문 앞과 담장 안팎 주위에 사람들이 가득 찼다. 나무에도 사람이 올라가 묘회(廟會)나 향극을 구경하는 사람처럼 보였다.

공자가 집중적으로 교육하는 세 번째 시기인 이 때, 많은 제자가 입문했다. 증삼 · 자장(子張) · 자하(子夏) 등이 대표적인 제자였다. 대부분 재능 있고 후세에 많은 영향을 끼친 훌륭한 사람들이었다.

증삼은 노나라 무남(武南)성 사람으로 자(字)가 자여(子輿)인데 공자의 초기 제자였던 증점(曾点)의 장자였다. 그는 공자가 14개 제후국의 방문을 끝마치고 돌아온 후 받은 제자였지만 14년 전부터 아버지를 따라 부자의 강의를 들었다. 그는 위나라에서 헌옷가지를 주워 입으면서 가난하게 살아 얼굴은 늘 부어 있었다. 고되고 힘든 일로 손발은 굳은살이 박혔고 사흘에 한 번 밥을 먹을 정도여서 10년이 가도 새 옷 한 벌 사 입지 못했다. 그러나 그는 자신의 수양을 매우 중요시하여 한 때

오일삼성오신(吾日三省吾身)을 창도했으며 효도에 소문이 났고 후일 효경과 대학이라는 걸작을 남겼다.

공자의 손자 공급(孔伋)은 자(字)가 자사(子思)였고 증삼의 가르침을 받으면서 자란 후에 맹자(孟子)를 가르쳐 중요한 유학을 전파하여 후세 사람들은 증삼을 증자(曾子)라고 존칭했다. 증삼은 소년시절에 어머니를 여의고 계모는 교활하고 간사한 여인으로 매우 각박하게 굴면서 그를 학대하여 여름에는 덧옷을 겨울에는 홑옷을 주어 눈물로 자라나게 했다. 그는 계모의 박대에 견디지 못해 어린 나이에 위나라로 도망을 가서 고된 노역으로 생활을 이어갔으나 그는 선천적으로 효성이 지극하여 귀국 후 늙어버린 계모에게 덕으로 원망을 보답하고(以德报怨)효도하며 알뜰살뜰 보살폈다. 제나라에서 그의 현명함을 듣고 후한 예물에 상경이라는 후한 관직까지 주겠노라 초빙했다. 그러나 증삼은 계모가 쓸쓸하고 한적하게 지낼 것을 염려하여 거부하고 가지 않았다.

친구들은 그를 보고 절호의 기회를 놓쳤다고 나무랐으나 증삼은 관직에 나가지 않았다. .

"자고로 자식을 키우는 것은 늙기를 방지하는 것이다. 오늘에 있어서 부친은 서거하고 연로하신 모친만이 홀로 계시는데 내가 어떻게 먼 길을 떠날 수 있는가? 남의 봉록을 먹으면 그 사람의 근심을 덜어주어야 하는데 차마 모친을 집에 두고 멀리 떠나가지 못하겠네."

어느 봄날 증삼은 야외로 야들야들한 명아주를 캐러 나갔다. 이는 계모가 즐겨 먹는 들나물로 열기와 한기를 제거하고 위와 비장을 북돋웠다. 이튿날 아침 증삼이 일 보러 가면서 아내에게 좋은 명아주를 어머님에게 끓여 대접하라고 하고 나간 후, 아내는 병이 나서 침대에 누워서 굴렀다. 이 모든 것을 시어머니는 다 목격했다.

저녁 무렵, 증삼이 돌아온 후 계모는 아들에게 고자질하며 며느리의 행실을 트집 잡고 나쁜 마음을 먹었다고 울면서 하소연했다. 효자라고 천하에 소문난 증삼은 자기의 명성이 부끄러워 장래에 저승에 간 아버님을 볼 면목이 없다 여겨 분김에 이혼서를 내밀며 아내를 내쫓았다. 아내는 자초지종을 말하려 했지만 증삼은 말도 하지 못하게 했다. 증삼의 아내는 공자에게 가서 도리를 물으려 했다.

증삼의 집은 부유하지 않은 자경농으로 부친 증점은 공자에게 지식을 배우는 한편으로 생산한 채소를 먹기도 하고 내다 팔아서 등유와 탄값 등으로 썼다. 어느 날 참외밭에서 일곱 살밖에 되지 않은 증삼은 아버지의 뒤에 와서 김을 맸다. 아버지 홀로 허리 굽혀 땀 흘리며 김을 매는 모습에 가슴이 아팠기 때문에 호미를 들고 농사일을 도왔다. 그런데 그는 힘을 쓸수록 호미가 말을 듣지 않아 허리 펴고 땀을 닦다가 아버지께서 부지런히 일하는 것을 보고 저도 모르게 가슴이 시려 쉬셨다 하라고 갔다가 그만 건실한 참외모를 밟아서 끊어버렸다. 이것을 보고 분이 상투밑까지 치밀어 올라온 아버지는 '이 참외 모는 오나라에서부터 구입한 특별한 것인데 네놈이 몇 포기나 잘라 버렸구나. 어떻게 꽃이 피고 열매가 맺겠는가'라고 하면서 비난을 퍼 부었다.

증삼은 아무렇지도 않은 듯 '뿌리를 이어놓고 거름 많이 주면 열매가 맺는 거 아닌가요?'라고 대꾸하자 증점은 크게 웃으면서 '네놈 머리통을 떼어놓고 다시 이어보아라, 자라는가? 일을 저질러놓고 무슨 놈의 대꾸냐!'라고 말하면서 호미자루를 거꾸로 들고 증삼에게 달려들어 머리를 내려치는 바람에 한동안 인사불성이 되었다. 증점은 너무 놀라 소리치고 흔들면서 한참 법석을 떨어 증삼이 정신을 못 차리게 했다. 그리고 침실로 데리고 들어가 거문고를 치면서 노래를 불러 부상을 입히지 않았음을 알렸다. 그 후 얼마 안 되어 공자가 이 일을 알게 되었다.

"일곱 살짜리 개구쟁이가 농사를 어떻게 안다고? 그렇게도 포악스럽게 애를 때렸어? 금수도 새끼에게 사랑을 베푸는데 너는 인간의 몸으로서 어디 도리에 맞는 짓이냐. 생명은 아이들의 장난이 아니다. 거문고는 왜 치고 노래는 왜 했어. 신체가 회복되라고!"

증삼에게 따져 물으시며 옛 이야기를 들려 주셨다.

옛날에 우순(虞舜)에게 완고한 아비인 고수(瞽瞍)가 있었다. 순은 고수에게 효도를 다 했으나 고수는 둘째 아들 상(象)을 사랑하여 그의 거짓을 듣고 순을 위험한 경지에 빠뜨리려고 마음먹었다. 하지만 순은 멀리 도망을 가지 않고 작은 몽둥이면 매를 맞아 주었고 큰 몽둥이면 도망을 쳐 고수에게 나쁜 아비의 죄명을 쓰지 않게 했다.

"오늘 증삼이 까무라쳤으니 망정이지 만약 죽기라도 했더라면 나쁜 아비의 누명을 쓰지 않았겠느냐! 이것은 제일 큰 불효이다."

증삼은 항상 공자에게 엄한 비판을 받아왔기에 공자 앞에 자주 가지 않았다. 이웃들이 나서 증삼에게 권했다.

"명아주 같은 작은 일은 칠거지악의 조례에도 어긋나지 않아요. 그런데 어떻게 아내를 내쫓으려 하는가요?"

명아주는 작은 일이고, 칠거지악 밖의 일이었다.

"작은 일에서까지 나의 당부가 어긋난다면 큰일에 가서는 어떻게 하겠사옵나이까? 이렇게 불효하고 불복적인 아내를 두어 뭘 하겠사옵나이까?"

아내가 남편에게 종속되어 있는 봉건사회였기에 반항을 하고 발악을 해도 쓸데없었다. 증삼의 계모 또한 권고하지 않았다. 보아하니 증삼은 허영심이 매우 강해서 문제를 보는데 있어 매우 편벽하고 자기 의견만 고집하는 사람이었기에 그가 아내를 쫓아내는 일은 공자에게 꾸지람을 들었다.

"정식 부부는 정이 두터워야 하는 것인데 그런 작은 일로 아내를 쫓아낸 것은 인륜을 어긴 것이다. 금수도 사랑을 아는데 나의 제자가 모르다니 한심하구나. 아내가 명아주를 제대로 끓이지 못했으면 혼이나 내주고 말 것이지 사람이 신이 아닌 이상 누가 잘못이 없겠느냐? 잘못이 있다고 내쫓는다면 인의(仁义)가 어디에 있겠느냐?"

공자의 비판과 훈계를 받은 증삼은 몹시 후회했으나 쏟은 물을 어떻게 퍼 담겠는가! 증삼은 아내를 쫓아내고 종신토록 재혼을 하지 않았다. 그의 아들 원(元)이 아비더러 재혼을 졸랐다. 그러자 증삼이 말했다.

"고종은 후처를 맞은 후 효사(孝巳)를 죽여 버렸고, 윤길보(尹吉甫)는 후처를 맞은 후 백기(伯奇)를 쫓아내지 않았지만 고생은 얼마나 심했겠느냐? 후처를 맞으면 전처는 얼음구멍에 떨어진다."

증삼은 참회하며 지내는 것으로나마 그가 아내를 쫓아낸 잘못을 얼마간이라도 미봉할 수 있었다.

계씨의 넓고 큰 의사청 안에 계강자는 눈을 거슴츠레 뜨고 차를 들고 연구가 옆에 앉아 있었다. 계강자는 할애비인 계령자를 닮아 조용히 앉아 문제를 생각하기 좋아했다.

반식경이 지난 후, 그는 연구에게 물었다.

"연장군! 내가 전유에 출병하려 하는데 어떠하겠는가?"

노 애공 11년 연구는 제나라를 물리친 다음부터 장군으로 존대 받았다. 그러나 여전히 계씨 가신으로 활약했다. 연구는 계강자의 말을 듣고 흠칫 놀랐다가 정중하게 말했다.

"전유는 노나라의 부속국으로서 고분고분 말을 잘 듣습니다. 어이하여 출병하고 토벌하려 하옵나이까?"

계강자는 차를 한 모금 넘기고 나서 두 눈을 크게 뜨며 말했다.

"전유는 동몽산(东蒙山) 아래에 자리 잡고 있어 주위가 모두 산이요. 강도들이 많이 들끓고 있는 곳으로 비읍(费邑)의 부잣집엔 늘 강도가 출몰하여 백성이 피난을 갑니다. 백성의 안전을 위해서라도 전유를 토벌해서 강도를 끊어버려야 하지 않겠는가?"

연구는 계강자의 말에 도리가 있는 것 같아 더는 묻지 않고 꽤 난처한 표정으로 물었다.

"창고가 비어 군비가 부족합니다. 어떻게 감히 떠들썩하게 동원할 수 있사옵나이까?"

계강자의 두 눈이 실처럼 가슴츠레 해지며 얼굴엔 검은 구름이 비끼면서 어조가 길어지기 시작했다.

"연장군! 당신은 계씨 총관으로서 무엇을 하기 위할 때마다 내가 방법을 강구해야 하는가?"

계씨는 개혁에 관해 설명한 후, 구체적으로 실시하라고 했다.

계강자는 그의 부친이나 조부처럼 어조만 길게 빼면 명령이었다. 그 명령은 의논할 여지가 없었다. 연구는 두 번이나 계씨네 가신으로 지내봐서 이제는 이만한 일은 상식이었다. 이제는 그의 뜻에 순종해야 할 때이다.

전유를 토벌하는 사업을 준비했다. 먼저 창고가 비어 있으니 군비 부족 문제를 해결해야 한다. 연구는 참으로 공문 제자 중 재간이 많은 제자였다. 그는 머리를 한참 짜더니 구부를 전부로 고쳐 세금을 징수하기로 하고 계획서를 계강자에게 제출했다. 계강자가 한참 보더니 매우 높이 평가하면서 칭찬했다.

노나라에서는 지금까지 구부지법(丘賦之法)을 써서 세금을 징수했다. 구는 행정 단위로 일 방리를 일 정(井)으로 사 정(井)을 일 읍(邑)으로 하고, 사 읍을 일 구로 하여 매 구당 그 터전과 재산에 근거하여 세금을 내게 하는 방법이다. 매 구당 해마다 말 한 필과 소 세 마리를 세금으로 바치게 하여 행정 단위와 관계없이 세금을 부과하는 법이었다. 새롭게 세금을 부과하는 방식인 전부제는 지금 사는 터전과 재산을 다시 나누어 각각 일 부로 계산하는 것이다. 이렇게 하면 매 구에서는 말 두 필과 소 여섯 마리를 바쳐야 하기 때문에 실제적으로 농민들은 가만히 앉아서 세금을 두 배로 물어야 했다. 연구의 계획에 의하면 세금이 증가되어 부담이 무거워지는 반면에 계씨의 수입만 두 배로 늘어난다.

계강자의 칭찬을 받은 연구는 또 계씨를 위해 공을 세워 흡족해했다. 그러나 연구를 궁지에 빠뜨리기 위해 계강자가 공자와 상의해보라는 것은 전유에 대한 토벌과 세제 개혁을 위해 공자의 지지가 있으면 시행에 도움이 될 것을 알고 있었기 때문이다. 연구는 행단에 가서 공자를 만나 뵙고 뜻을 말했다.

공자가 연구를 타일렀다.

"연구야! 이것은 너의 잘못이다. 애당초 선왕께서 동모산 기슭을 전우로 봉하시고 여제(旅祭)할 곳을 지정했다. 아울러 노나라 강역 안에서 우리 강산의 신하가 되었는데 그것을 토벌하여 뭘 하겠나?"

연구가 억울하다는 듯이 말했다.

"계씨의 생각이지 연구는 함께 참견하지 않았사옵니다."

공자는 탄식을 하면서 말했다.

"노나라의 강호는 세 집에서 나누어가졌다. 그중 대부분이 계씨의 몫이고 맹손씨와 숙손씨가 그 중의 일을 가졌다. 전유만을 불용으로 정했기 때문에 지금까지 공유로 치고 있다. 계씨가 그것마저 독차지한다는 것은 너무나도 과분한 것이다. 연구야! 너는 계씨네 가신으로써 계씨를 위해 공을 세우기에 계강자가 너를 심복으로 의지하는 것이다. 너와 의논하지 않을 수가 없을 것이다. 옛날 주임(周任)은 '남의 신자(臣子)로 있으면 있는 힘껏 다하여 간언을 올려야 한다. 만일 간언을 듣지 않는 날에는 그 자리를 그만 두어야 한다(陳列就列, 不能者止)'라고 했다. 그는 고대 양사(良史)였단다. 이 두 구절의 뜻은 이렇다. 봉사를 안내하는 자를 예로 들어 보겠다. 봉사가 넘어져도 부추겨 일으키지 아니한다고 하자. 위험한 경지에 빠져도 구해주지 않으면 그 안내자는 무슨 쓸모가 있겠느냐? 또 범이 초롱 밖으로 뛰어나가고 옥이 함안에서 부서졌다고 하자. 모두 지키는 사람들의 잘못이라 하지 않겠느냐?"

"전유성은 견고하고 계씨의 비읍성과 가깝습니다. 자손들에게 후환을 남길 것이옵나이다."

"연구는 이미 전유성 침략을 스스로 인정하고 있구나. 전유를 토벌하는 것은 사적인 일이다. 어떻게 네가 참여하지 않았다고 우길 수 있겠느냐?"

연구가 고개를 숙였다. 공자는 계속 말했다.

"내가 듣건대 나라가 있고 집이 있는 자는 백성이 적은 것을 근심하지 않는다. 불균형한 것을 근심하며, 빈곤한 것이나 불안한 것을 근심한다고 했다. 그것은 균형을 이루면 빈곤해지지 않기 때문이다. 평화로우면 백성이 적어질 리 없으며 편안하면 멸망이 없게 된다. 원인(遠人)들이 불복해도 의와 덕을 수양하면 저절로 올 것이다. 오늘 네가 계씨를 도우나 원인들이 불복하여 그들을 불러오지 못한다. 강역이 갈라터져도 구할 수 없게 되고 싸움만 책동하게 된다. 계씨의 근심은 전유에 있는 것이 아니라 집안 내에 있다."

모든 문제를 제기해 놓고 공자는 말했다.

"나는 부잣집 아이가 아니다. 재산을 관리할 줄 모른다. 전부에 대해서도 모른다."

그러자 연구가 질문했다.

"스승님께서는 노나라 사공 직을 맡아 보시지 않으셨습니까? 그 때 다섯 가지 원칙을 제시하고 실천하시지 않으셨습니까? 그래서 전주의 황폐한 터전이 없어졌습니다. 어떻게 재산을 관리할 줄 모른다고 할 수 있사옵나이까?"

연구는 재삼 간청했으나 공자는 여전히 대답이 없었다. 때문에 남아 있지도 못하고 갈 수도 없어 옆에 서서 꼼짝도 못하고 있었다.

공자는 천천히 말하며 연구를 일깨워주었다.

"군자가 정사를 시행하는 데는 예법에 부합하는가부터 보아야 한다. 그리고 그것을 반포하여 시행해야 한다. 진심으로 베푸는 것인가? 후함을 추구하는 것인가? 일에 있어서 편차가 생기지 아니하는가? 세금을 징수하는 데는 반드시 적게 받아야 한다. 나라에서 예로부터 사용해온 구부법이면 족하다. 그렇지 않고 예법에 부합되지 않게 제멋대로 나가면 탐욕에 이끌린다. 터전과 재산을 갈라 각각 부세를 내게 되면 백성은 부담하기 어렵다. 반면에 받는 자는 만족을 느끼지 못하게 된다. 계씨가 합법적인 정사를 행하려고 한다면 주공의 법전대로 하거라. 나에게 물을 필요가 없다. 만약 사욕을 채우고자 부세를 증가한다면 나에게 물을 필요도 없다.

연구야! 너는 전적으로 계씨를 위해 재산을 모았다. 공실의 토지는 이미 반수 이상 계씨 소유가 되어있다. 하지만 그의 욕심을 다 채우려면 끝도 없을 것이다."

연구의 이번 방문에서는 지지는커녕 훈계만 받고 돌아갔다. 공자의 훈계는 연구에게 있어서 도리에 어긋나지 않았지만 실상에 있어서는 통하지 않았다. 왜냐하면 계씨는 정권을 손아귀에 넣고 있었기 때문이다. 몇 대에 걸쳐서 독판을 쳤기에 연구로서는 그를 좌지우지할 수가 없었다. 연구는 가신에 불과했다. 공자가 그에게 너무 각박하게 요구한 것이었다. 연구는 양손에 떡을 쥔 시집살이 같이 사명을 다하지 못했을 뿐만 아니라 계씨의 말을 더욱 추진할 수 없었다.

속담에 남의 밥을 얻어먹으면 그 사람에게 통제를 받기 마련이라 했다. 그러나 연구는 계강자에게 공자의 의견을 곧이곧대로 이야기 할 수 없었다. 그는 공자의 체면과 계강자의 관계도 계산에 넣어야 했다. 그러기 위해 완곡하게 처리해야 했다. 그야말로 쉬운 일이 아니었다. 공자는 경전까지 끄집어내면서 말해 주었지만 이런 것이 아무런 효과를 내지 않았기 때문에 계강자는 자기의 생각대로 일을 추진했다.

이듬해 봄, 공자는 옛 친구를 만날 겸 성 밖에 나갔다. 육예 편찬 중에 생기는 문제를 연구하고자 했다. 공량유가 마차를 몰았고 뒤엔 안회 자하 상구 등 몇몇 제자들이 따랐다. 계절은 청명이라 삼라만상은 푸른 옷을 입고 백화는 만발했다. 밭에는 겨울을 이긴 밀과 보리가 파랗게 자라나야 했다. 그런데 들에는 아직 봄을 잊은 듯 황망하기만 했다.

마차는 한 마을에 도착 했다.

담벽은 무너져 있고 사람들의 모습은 암담하고 쓸쓸했다. 갑자기 마을에 주사가 꽹과리를 치며 소리를 지르며 오고 있었다.

"여러분! 총재부 연총관의 명령이오. 오늘부터 세제가 개편되어 구부를 전부로 시행합니다. 때문에 각 집에서는 조 다섯 되 돈 삼백 전을 더 내야 합니다. 그리고 장정 두 명 중에 한 명을 뽑아 전유를 토벌하는데 출전해야 합니다. 명령을 어기는 자는 엄히 처벌한답니다."

그의 뒤에는 승냥이 떼 같은 병사들이 욱실거리면서 따라다녔다. 마을 안의 허름한 사당 앞에는 풀도 채 마르지 않은 포고가 붙어 있었다. 남루한 의복의 한 주민이 구경하고 있었다. 그 중 젊은이 몇 사람과 늙은이들이 근심에 쌓여 탄식했다.

"보리 고개도 넘지 못했는데 어디서 조 다섯 섬이나 낸단 말인가?"

한 노인이 땅이 꺼질 정도로 한숨을 쉬었다.

"만일 우리가 또 전쟁터에 나가면 누가 밭에 나가 농사일을 한담."

한 중년 사나이가 근심했다.

"이것은 사람을 죽음으로 몰아넣는 거외다!"

한 젊은이는 주먹으로 흙벽을 치면서 말하자 또 한 사람이 나섰다.

"휴… 그런 말을 해선 뭘 해?"

다른 한 노인이 또 말을 이어 나갔다.

대단한 분노였다. 마을 주민이 말하는 것을 들은 공자의 심정은 몹시 무거웠다. 무수한 바늘로 가슴을 찌르는 것 같아 아팠다. 가엾고, 먹을 것과 입을 것마저 변변치 못한 백성이었다. 그들이 적대시하는 눈길로 자신을 쏘아보는 것 같았다. 자신의 과실에 관해 질책하는 것 같았다. 고개를 들고 얼굴을 볼 수가 없었다. 이러한 심정으로 친구를 방문해봤자 무슨 이야기를 할 수 있겠는가 싶었다. 지식이나 학문연구 같은 말은 할 심정이 아니었다. 그래서 그는 그 길로 돌아왔다. 함께 간 제자들 중, 어떤 제자들은 스승의 심정을 이해했지만 어떤 제자들은 의아해서 공자를 바라보기만 했다.

난을 두려워 않는 큰 도둑도 인의로 설득하다

마차는 울퉁불퉁하고 먼지 투성이 진흙길을 덜컹거리며 가고 있었다. 마차 안에는 바른 옷차림을 한 공자가 성난 눈길로 앉아 있었다. 좁고 굽은 길이 있는가 하면 잡토 섞인 진탕벌이나 자갈이 깔린 험한 길도 있었다. 제나라에서 공을 세운 대신들을 솥에 삶는 참상이나, 초나라에서 무고한 백성을 핍박하는 모습이 떠올랐다. 사마환퇴를 위해 돌관을 만들고 능묘를 짓는 가련한 모습, 위나라에서 단정하게 살며 마지막 쑥 덤불에 헌 깔개를 덮고 누워있던 석두의 모습과 노나라 계씨네 고문실에서 왼팔 짤린 선한 도적의 모습이 떠올랐다.

공자 사도가 행단에 돌아왔을 때 연구는 벌써 공자를 기다린 지 오래였다. 연구는 공자가 마차에서 내려오자 인사했다. 공자는 손을 내저으면서 막아버렸지만 연구는 큰 절을 했다. 그는 부자의 낯빛이 흐린 것을 보고 각별히 조심했으나 무슨 일이 생겼는지 모르고 있었다.

공자는 아주 쌀쌀하게 말했다.

"연구는 행단에 와서 강의를 들은 지 오래지?"

"사무가 바쁘다 보니 몸 뺄 사이가 없었습니다."

연구는 공경스럽게 대답했다.

"그럼, 바쁘겠지!"

공자는 좀처럼 있어 본적이 없었던 비꼬는 투로 말을 이어 갔다.

"네가 바쁘지 않으면 계씨가 어떻게 돈과 재산이 불어나고 창고가 늘겠느냐?"

"제자는 스승님께서 무슨 뜻으로 하시는 말씀인지 모르겠습니다."

연구가 조심스레 물었다.

공자는 얼굴색을 삽시간에 바꾸면서 연구를 질책했다.

"군자의 과실은 일월의 가림처럼 사람마다 볼 수 있다. 네가 만일 고칠 수만 있다면 사람들은 너를 우러러 볼 수 있을 것이다."

"스승님! 남의 신자로서 연구인들 어쩌하겠사옵나이까?"

연구는 두 손을 내 보이면서 어쩔 수 없다는 표정을 지었다.

"나는 너의 스승이 아니다…."

공자는 팔소매로 낯을 가리면서 돌아서 버렸다.

"스승님……."

제자들이 부르며 권고했다.

"공구의 제자는 선함과 현능을 도모해야 한다. 악을 행해서는 안 된다. 연구는 이제 더는 공구의 제자가 아니다. 어서 북을 치고 알리거라."

연구는 두 손을 꼭 쥐며 떨고 서 있었다. 눈에 눈물을 글썽이며 고개만 숙였다.

제자들은 아무 말도 없이 공자의 노기충천한 얼굴을 보고만 있었다. 또한 연구의 몹시 고통스러워하는 얼굴도 번갈아 보고 있었다. 누구도 말 한마디 할 수 없었다. 행단은 쥐 죽은 듯 고요하게 얼마간 지속되었다.

공자는 갑자가 몸을 홱 돌리며 말했다.

"너희는 듣거라! 지금부터 공구는 정사를 말하지 않고 출사도 하지 않을 것이다. 가르치는 일과 시와 악에만 열중하겠다. 연구는 계씨한

테로 가서 알리거라! 오늘 이후, 내게 와서 귀찮게 하지 말라고……."

말을 마친 공자는 고개를 떨구고 책방으로 들어가며 눈에는 이슬이 맺혀 있었다. 공자가 40년간 가르친 제자가 3,000명이나 되고 그중 육예를 정통한 자가 72명이나 되지만 제자들에게 이런 언사로 말해 본 적은 처음이자 또한 마지막이었다.

그의 심정은 연구보다 더욱 고통스러웠다.

제자들은 연구를 위로했다. 그는 아무 말 없이 떠나 계씨 댁으로 돌아가 침실에서 머리를 침상에 틀어박고 대성통곡했다. 입을 소매로 틀어막아 문 밖에 울음소리가 나가지 않게 했다.

연구는 왜 이렇게 비감해 했던 것일까? 억울해서, 아니면 참회, 아니면 스승이 미워서 그랬을까? 조금씩은 다 있었으나 좀 진정하고 생각해 보니 공자님의 그 분노의 불꽃은 자기에게 겨누는 것이 아니었다. 계씨를 겨누는 것이었으며 예가 무너지고 좋아하는 것이 망가진 제도에 한 말이다.

이 분노의 불길은 또 계씨의 긁어모으기 정책에 대한 것으로 많이 베풀고 적게 거둬야 되는 백성 사랑의 선량한 마음에서 생겨난 것이었다. 연구는 요즘 공자의 정치 주장과 거리가 멀어져 간다는 것과 공자의 주장이 옳다는 것을 인정하며 스승의 가르침과 은정으로 오늘이 있게 된 것도 알고 있었다.

심중에는 의연히 공자를 존경하고 사랑했지만 그이를 더욱더 노엽게 할까 봐 잠시 피했을 뿐, 시간만 나면 면전에는 서지 못해도 변복 차림으로 담장 밖에서라도 강의를 들으려 마음먹었다. 역시 매일 공자의 안부를 물으려 직접 나서지 못해도 묵묵히 기도하는 형식으로 만수무강을 축원하려고 마음먹었다.

그 후, 공자는 후회했고 가슴 아파했다. 연구에 대해 너무 각박했기 때문에 억울했을 것이다. 계씨네는 세세대대가 탐욕을 일삼았으니 어찌 연구의 권고로 근본을 바꿀 수 있으랴?

'14년 전 조국을 떠난 것은 바로 제나라에서 보내온 여악들의 색정에 눈이 멀어 노나라 군주가 조정을 돌보지 않자 충고를 했으나 듣지 않아서 결국에는 벼슬자리까지도 던지지 않았던가? 계속 충고했지만 노 정공과 계환자가 조금도 들으려 하지 않고 회개하지도 않았다. 어느 왕후장상이 바른 말을 받아들여 나쁜 짓을 고쳤던가. 그런데 내 자신도 이뤄내지 못한 일을 연구에게 강요했으니 불공평하고 무리한 요구였다'

여기까지 생각한 공구의 마음은 더욱 불안하고 괴로워 노망이라고까지 스스로 생각했다.

공자는 몇몇 제자들과 반궁의 못가에서 시를 읊고 글을 외우고 있었다. 화창한 봄바람은 사람들의 얼굴을 쓰다듬어 주고, 물 위엔 거위 몇 마리가 헤엄치며 기다란 목을 틀어박아 먹이를 찾고 있을 때 자장(子張)은 옆에 있는 자하(子夏)를 툭툭 치면서 말했다.

"우리 저쪽으로 가 고기를 몇 마리 잡아보자."

"안 돼! 공자님께서 꾸짖어."

"괜찮아 못 보면 그만이야! 금방 가서 고기를 몇 마리 잡아다 보신이나 시켜드리자!"

자장이 말하면서 허리를 굽히고 가 버렸다.

4월의 호수는 아직도 차가웠다. 따뜻하면서도 차가운 계절이었다. 자장은 고기를 잡기 시작했다. 재주가 있어 한두 시간에 반자나 되는 백련을 서너 마리 잡았다. 그는 옷으로 백련을 싸들고 자못 흐뭇해 하면서 돌아오는 순간 공자가 자기를 쏘아보고 있는 것을 발견했다.

"스승님! 고기를 잡아와 몸보신을 시켜드리려고……."

자장은 벌벌 떨면서 말했다.

"어서 고기를 물에 놓아주지 못 하겠느냐!"

공자는 변명도 못하게 했다.

자장은 달가워하지 않으면서도 고기를 물에 놓아주었다. 공자는 수면을 뚫어지게 바라보면서 말했다.

"너희들은 내가 너무 하찮은 걸 가지고 너무한다고 생각하겠지? 너무 딱딱하고 과하게 한다고 생각하겠지? 어째 말이 없어! 자장 네가 말해 보거라."

"공자님! 저희들의 잘못이옵나이다."

"너희들, 말해 봐!"

공자의 눈길이 제자들에게로 돌려졌다. 대답하는 자 없으니 다시 자하에게 물었다.

"자하가 말해 보아라!"

"저희는 제대로 표현 못 할 것 같습니다. 공자님께서 가르쳐 주옵소서."

자하는 자신의 생각을 계속 이어 나갔다.

"저희가 생각하건데 봄이 돌아오면 만물이 다시 살아나기 때문에 인인군자는 약한 것들을 가엾이 여겨야 합니다. 그것들을 건실하게 자랄 수 있게 도와주어야지 마음대로 살육해서는 안 됩니다."

자하는 말을 끝낸 다음 조심스레 머리를 숙였다.

"자하의 말이 옳으나 아직 충분한 것은 아니다. 인인의 마음과 인자의 정치는 만물을 덮어 은혜를 대지에까지 누리게 해야만 할 것이다. 인(仁)은 자타가 아울러 만물을 자신처럼 사랑하는 것이다. 못을 말리어 고기를 잡으면 용이 못에 들지 않고, 닭을 잡아 계란을 꺼내면 봉황이 날아들지 않는다. 사람들이 말하기를 인은 내심에서 표현되고, 예는 외면에서 표현된다고 하는데 그것은 겉보기엔 아주 조예가 깊은 이론 같지만 사실은 실질을 파악하지 못한 것이다.

인간은 일체의 조화로 안과 밖이 조화를 이루어야 한다. 인인이 행하는 바는 반드시 예의가 구비되어야 하고 예의를 지키는 자는 반드시 착한 마음이 구비되어야 한다. 안팎이 서로 분리되면 안 되는 것이다."

공자는 여기까지 말하고 나서 제자들을 돌아보면서 그들의 의견을 기다렸다. 이때 갑자기 동쪽에서 피난민들이 꼬리에 꼬리를 물고 도시로 들어오자 제자들이 수군거렸다. 공자는 제자들을 데리고 큰길로 향했다.

피난하는 사람들 중 어떤 사람은 지게에 어린애를 짊어졌고, 어떤 사람은 등에다 늙은 어미를 업어 저마다 불안해했다. 자장이 다가가 한 중년 남자를 잡고 어이하여 이렇게 경황없이 분주하느냐고 물었다.

"야단 났수! 도척(盜跖)이 7천여 명을 거느리고 쏘다니면서 제후들을 약탈합니다. 남의 마소와 남의 계집을 빼앗고 남의 간과 살점을 먹는다고 합니다. 정말 겁이 나서 죽겠소!"

공자가 물었다.

"그들이 제후를 약탈하여 해를 끼치는데 일반 백성들과 무슨 관계가 있는가?"

"그들이 성과 마을에 들어오면 불을 지르고 모두 다 약탈한다 합니다. 타오르는 불길에 언제 일반 백성들을 돌보겠습니까? 빼앗는 것은 비록 큰 집안의 인마라 하지만 백성은 무엇으로 밭갈이를 하겠소?"

중년 남자가 말하고 꼬리를 빼며 도망쳤다.

공자의 제자들이 여러 사람에게 물어보았지만 그가 말한 것과 대체로 같았다. 제자들은 눈을 둥그렇게 뜨고 공자를 바라보며 그에게서 방법이 나오기를 기다렸다. 이때 공자는 끊임없이 몰려오는 피난민을 보면서 가슴이 아팠다. 어떻게 할 것인가! 자기는 지금 권한도 없고 지위도 없으며 병졸 또한 없어 도척의 폭행을 제지할 방법이 없었다. 그는 어찌할 바가 없어 고요한 호수만 바라보며 생각에 잠겼다. 내심으론 나라와 백성을 위한 근심이 파도처럼 일었다.

가만히 보고만 있을 것인가!

며칠 전 도척이 봉기를 일으킨다는 소문을 듣고 노예들이 핍박에 못 이겨 살길을 찾아 한 짓이려니 생각한 것은 그들의 침해 대상이 제후 귀족들이라는 말을 들었기 때문이었다. 그런데 칼끝을 일반 백성에게 들이댈 줄은 어찌 알았으랴! 그들에게 주나라 귀족도 예외일 수 없이 살육한다고 생각한 공자는 태산에 가서 도척을 설복하려고 마음먹었다. 제자들은 한결같이 만류했다.

"스승님은 연세가 많고 몸도 좋지 않으십니다. 가시지 않는 것이 좋겠소이다.

"낸들 집에 편안하게 앉아 쉬고 싶지 않겠나! 만년에 복을 누리고 싶지만 눈앞의 참상은 나더러 나를 그러지 못하게 하네!"

자공이 말했다.

"세상에 불평한 일이 많고도 많습니다. 우리는 그것을 다 관여할 수가 없사옵니다."

이 말을 들은 공자가 말했다.

"자공아! 하지 못할 일이라도 있는 힘껏 해보는 거야! 내가 이 세상에서 단 하루만 살아 있어도 인도와 인정을 위해 제일 마지막까지 분투해야 한다. 너희들 중 누가 나를 따라 함께 태산에 가서 강도 척을 만나겠느냐?"

이에 제자들은 또 말씀드렸다.

"안 됩니다! 제가 보기엔 자로를 불러오는 것이 좋겠습니다. 그리고 그의 병졸들도…."

자장이 급하게 말하며 불평했다.

"도척의 병사가 7천인데 우리는 몇 천 명을 이끌고 가야 합니까?"

"우리는 마음으로 그들과 싸워야지 몸으로 싸우는 것이 아니다."

공자는 집으로 돌아온 후 사람을 시켜 자로를 데려오게 했다. 그리고 자기도 떠날 준비를 했다. 제자들은 모두 공자에 대해 근심하여 분분히 말렸지만 그의 결심은 조금도 흔들리지 않았다. 자하와 증삼은 눈물을 흘리면서 말렸다.

"제발 가지 마시옵소서! 14년이나 유랑생활을 하시다가 이제 방금 돌아오셨습니다. 몇 년도 되지 않았습니다. 편안한 생활을 하실만하니 또 나가시려 하옵니까? 스승님께서는 이미 만년이옵니다. 이제 이 세상에서 얼마나 더 사실 수 있겠사옵나이까?"

"이번엔 오랜동안 나가있는 게 아니다. 이틀쯤 갔다 올 것이다. 울지 말거라!"

"전에 스승님이 교섭하신 대상은 국군의 경사들이었습니다. 이번에 상대하려는 자는 사람마다 무서워하는 살인마입니다. 자공이 스승님께서 가지 말 것을 간청하옵나이다."

공자는 아무렇지도 않는 체 하면서 말했다.

"도척은 그의 형 류하계(柳下季)의 면목을 봐서라도 날 어쩌지 못할 거다."

"들리는 소문에 의하면 도척은 잔혹무도하고 탐욕에 꽉 차 있다고 합니다. 친인을 잊었으며 부모형제도 돌보지 않는다고 합니다. 물론 선조 제사도 지내지 않는다고 합니다. 그가 경과하는 읍성마다 백성들이 큰 재앙을 입었다고 합니다. 부자님께서 우리 제자들을 버리시고 생명을 헛되이 낭비하려 하시옵나이까?"

제자들이 말렸지만 공자는 어쩔 수 없다는 표정으로 말했다.

"너희가 나의 안위를 근심해주니 고맙기는 하다. 그러나 이 세상에 얼마나 많은 가정이 파손되고 있는지 아느냐? 얼마나 많은 부모와 처자식이 살해되었는지 아느냐? 그들도 구할 사람이 있어야 한다. 사람이 이 세상에 살면서 한 가정만 위해 살지 말거라. 많은 가정과 나라를 위해 힘을 바쳐 살아야 한다."

제자들은 조용히 공자의 도의와 주장을 귀담아 듣고 있었다. 누구도 반박할 이유를 찾지 못했다. 이는 얼마나 위대하고 순결한 정신인가. 얼마나 드넓고 활달한 마음인가? 도리는 정확했지만 모험하는 것은 누구도 동의하지 않았다.

"스승님은 가시지 마시고 저와 자로 증삼 셋이 갔다 오겠나이다."

자공이 사정을 하면서 말했다.

"저의 말재주와 자로의 용감성 그리고 증삼의 모략이면 되옵니다. 도척이 칼을 놓고 우리 앞에 무릎을 꿇게 할 수 있사옵나이다."

공자는 웃으며 자공의 어깨를 토닥였다.

"너의 말 재주는 잘 안다. 나의 마음까지 되돌리는구나! 그러나 네가 가려고 하는 곳은 강도의 소굴이다. 제후나 군중이 모이는 곳이 아니다. 내가 간다면 체면을 좀 봐줄지는 모르지만 너희는 다르다. 사정을 전혀 보지 않을 것이다."

태산 남쪽 기슭에 모닥불이 훨훨 타올랐다. 7천이나 되는 대오가 모닥불을 둘러싸고 마구 먹어댔다. 몇몇 사람들은 손에 칼을 들었고 한 무리의 여인을 압송하며 장막 앞을 지나갔다. 모닥불 옆에서 한 건장한 무사가 방금 불에 구운 사람 간을 먹고 있었다. 그의 머리는 큰 기름통만큼 컸으며 그의 체구는 구리기둥 같았다. 지저분한 머리칼과 수염은 함께 뒤섞여져 있었다. 그의 얼굴은 가려 볼 수 없었지만 기민한 두 눈만은 반짝이는 유성처럼 빛이 났다. 얼핏 보기엔 머리를 처박고 마구 먹고 있는 것 같았지만 이따금 곁눈으로 지나가는 여인을 보다가 갑자기 '끌고 와'라고 음침한 목소리로 말했다. 몇몇 졸개가 방금 끌고 가던 의복이 남루한 여인을 도로 끌고 왔다. 여인은 정신없이 발악을 하고 욕을 했지만 그들은 듣는 체도 하지 않았다. 그의 앞을 지나가는 한 여인은 부잣집 젊은 부인 차림도 있었다. '남겨'라는소리에 사람들이 또 그 여인을 끌고 왔다.

"도척아! 아무 때건 칼탕을 쳐버릴 것이다."

그 여인은 울부짖으면서 욕하는 데도 도척은 고개를 푹 떨구고 자기 먹을 것만 먹었다.

다른 여인들이 다 지나가자 그는 먹던 뼈다귀를 던지고 손으로 입을 닦으면서 일어나 의복이 남루한 여인 앞으로 갔다. 그 여인은 본능적으로 몸을 움추리고 손으로 가슴을 막고 뒷걸음치니 그가 손을 저으며 '꺼져!'하고 뒤도 돌아보지 않고 가버렸다.

그 여인은 무슨 영문인지 몰라 그곳에 여전히 머물러 있었다. 뒤에 있는 졸개들이 '어서 썩 꺼지지 못해!' 라고 하면서 밀었다. 그녀는 앞으로 몇 걸음 걷다가 부리나케 줄행랑쳤다. 도척은 자기를 욕하던 그 여인 옆에 와 손으로 턱을 살짝 들었다. 그녀는 이를 악물고 도척을 바라보았다. 그러자 도척은 부잣집 부인으로 보이는 여인을 바라보더니 쌍스런 말로 그녀를 학대하며 웃었다.

"너 이년! 오늘밤 이 도적과 한번 자 보자! 부귀한 것이 더 맛있는지, 아니면 천한 것이 더 맛있는지 한번 해 보거라!"

부하들도 덩달아 거칠게 웃어댔다. 이 때 한 병졸이 산 아래에서 올라오더니 도척의 앞에 꿇고 아뢰었다.

“장군님! 산 아래 어떤 문인 셋이 왔습니다. 그중 한 사람은 노나라 공자라 하옵니다. 장군님의 높은 뜻을 경모하여 배알 하겠노라 하옵나이다!”

도척이 대노하여 눈이 별 빛 같고 머리가 곤두섰다.

“노나라 공자란 말이냐? 남에게 거짓으로 있는 말 없는 말 마구 지껄이고, 농사는 짓지 않고 먹으며, 베는 짜지 않고 입으며, 혓바닥만 놀리며 천하 사람을 속인 죄가 크다고 전하거라! 어서 썩 물러가라고 하지 못해! 그렇지 않으면 그 놈의 간을 빼 먹을 거야!”

부하는 산을 내려가 도척의 말을 공자에게 전했다.

공자는 부하의 말을 들은 후, 담담하게 웃으며 청했다.

“공구가 영광스럽게 장군님의 형님인 유하혜 선생과 친구지간이오. 장군님의 여막에 한 번이라도 가보게 해주옵소서!”

그 부하는 공구의 말을 또 전하러 산으로 올라갔다. 잠시만에 또 내려왔다.

“장군님께서 오시라고 하옵나이다.”

자로 자공 두 사람은 공자와 어깨를 나란히하여 앞으로 걸어갔다. 공자가 도척을 만나러 가던 그날 자로와 자공이 곡부성에서 온 것이다. 자공은 마차를 타고 자로는 말을 타고 반날도 되지 않아 도착했다. 태산으로 오는 길에 황폐해진 밭과 흩어지는 난민들을 보고 솔밭 아래서 한 무리 병졸들에게 하마터면 목숨을 잃을 뻔도 했다.

공자 사도는 큰 장막 앞에 한 장군이 앉아 있는 것을 보고 그가 도척이라는 것을 짐작했다. 그의 외모는 비록 더럽기는 해도 영웅기질이 서려 있어 공자는 절로 경배하는 마음이 들었다. 그들은 도림검총(刀林劍叢)을 뚫고 들어와 인사했다. 도척은 두 다리를 쩍 벌리고 칼을 집고 흘겨보며 쩌렁쩌렁 귀청을 울리는 목소리로 말했다.

“공구, 앞으로 와! 네가 한 말이 나의 구미에 맞으면 살고 나의 마음에 어긋나면 죽는다.”

도척이 옆에 있는 시체의 배를 갈라 간을 꺼내 칼끝에 꽂아서 불에다 굽는데 찌르륵 소리와 비린내가 풍겼다. 이런 모습은커녕 닭을 잡는 것도 보지 못했던 공자였다. 물론 전쟁마당에서 뒹굴던 자로와 같은 장군도 간담이 서늘하여 머리칼이 곤두섰다. 공자는 눈앞의 정경을 보고도 아무 것도 못 본 듯 천천히 말했다.

“공구가 듣건대 천하에는 삼덕이 있다 합니다. 나서 자라 아무런 흠이 없으며 귀천을 적게 따져야 하고 모든 사람이 즐기는데 이것이 상덕이지요. 지혜로 세상을 연결시키고 만물을 식별할 수 있는데 이것이 중덕이고요, 용감하고 과감하여 병사를 거느릴 수 있는데 이것이 하덕이옵니다. 세상 사람이 그중 한 가지 덕만 있어도 왕 노릇을 족히 할 수 있사옵니다. 오늘 장군님께서 이 삼덕을 모두 겸비하신 것 같사오나 이름이 도척이라 했으니 장군께서는 수치이옵니다. 이를 아시면 그 이름을 바꾸는 것이 좋겠나이다.

장군께서는 만일 저의 말을 들으려 하신다면 제가 적극 돕겠습니다. 저는 동쪽으로 노와 송과 위에서부터 시작하여 서쪽으로는 진과 초에 사자를 보내어 장군께 대성 수 백리와 수 백만 호의 읍성을 드리도록 하겠습니다. 장군께서 제후들의 존재를 아시면 전쟁을 하지 않아도 됩니다. 병사들을 쉬게 하고 형제들과 함께 선조에게 제를 지낼 수 있습니다. 어떻게 하시겠습니까? 이것은 성인 재사들이 하고자 하는 일이 아니겠습니까? 또한 천하 어디에서도 원하는 일이 아니겠습니까?"

도척은 여기까지 듣고 더욱 노하여 말했다.

"헛소리 닥쳐! 내가 알건대 남 앞에서 칭송하기 즐기는 자는 뒤에서 모함도 잘 하더라. 오늘 공구가 나에게 큰 도로서 많은 백성을 주겠노라 하고 나를 유인하여 짐승처럼 가두어 놓으려는 수작임이 분명하다.

그것이 어찌 장구하겠느냐? 성곽이 크면 천하보다 더 크겠는가? 네가 나에게 천하를 줄 수 있느냐? 요순이 천하를 가졌어도 자손들은 송곳 꽂을만한 자리도 없고 탕무(湯武)는 천자이면서도 대가 끊어졌다. 욕심이 너무 컸던 연고였다. 농사지어 먹고 천을 짜서 옷을 지었다고, 스스로 해치려는 마음 없었는데 이것이 바로 덕이라고? 하지만 황제가 전덕(全德)할 수 없었다. 치우(蚩尤)가 탕록(湯鹿)에서 싸움판을 벌려 피를 백리에 뿌렸다. 무왕은 주왕을 죽인 후 강한 나라가 되어 약한 나라를 업신여겼다. 상나라 이후부터는 사람을 못살게 구는 자들만 생겨나지 않았는가. 오늘 네가 문무의 도를 닦고 천하에 말썽을 일으켜 후대를 교육한다 하면서 옷에 고름을 달 듯 감언을 일삼으며 더러운 행동을 덮고 감추어 천하 주인을 미혹해서 부귀영화를 얻고자 하는 것이 아니었던가? 도척의 죄도 너보다 크지 않다. 한데 천하 사람들이 어이하여 네놈을 도구(盜丘)라 하지 않고 어찌하여 나만 보고 도척(盜跖)이라 하는지 알 수가 없구나."

공자는 살인귀의 언변이 이렇게 훌륭한 줄은 꿈에도 생각하지 못했다. 만일 이런 사람이 나쁜 짓을 더는 하지 않고 옳은 길로만 들어설 수 있다면 세상에 드문 기이한 인재일 것이다. 스스로 고결한 것 같은 혼용 무도한 왕공 귀족보다 식견이 더욱 높다고 생각한 공자는 인재를 아끼는 마음이 일어났다. 그는 도척과 같은 인재를 설복할 수만 있다면 일대명주(一代明主)가 될지도 모른다고 생각했다.

"장군께서는 난세(亂世)에 나타난 덕과 슬기로움으로 폭력를 행사하옵나이다만 인덕으로 만민을 교화할 수 있다면 덕과 위엄으로 조화롭게 백관을 다스려 천하를 얻을 수 있을 것입니다. 물건이 많고 백성들의 생활이 넉넉해지도록 하면 나라가 강성해지고 병영이 장대할 것이옵나이다."

공자의 말이 끝나기도 전에 도척이 크게 웃었다.

"너는 스스로 성인이라 부르는 거냐? 너는 두 번이나 노나라를 탈출하지 않았느냐? 위나라에서 종적을 감추지 않았느냐? 제나라에서 쪼들리지 않았느냐? 진나라와 채나라에서 갇히어 몸 둘 곳이 어디 있었더냐? 하하하!"

도척이 공자를 희롱했다. 이에 자로는 노하여 성깔을 부리려다 자공에게 제지당했다.

자공이 앞에 나서 말했다.

"장군! 지금의 이 난세는 바로 공자님의 도를 선택하지 않았기 때문입니다. 제후들은 벌 떼처럼 일어나 패좌를 다투어 큰 전쟁은 수백 번이고 작은 전쟁은 수 천 차례나 일어났습니다. 하지만 누구도 천하를 차지하지 못했사옵니다. 공자의 도의를 선택하지 않고서는 장구치안

(長久治安)을 할 수 없고, 패좌도 될 수 없는 것이옵나이다. 오늘에 있어서 패좌에 앉았다 할지라도 내일에 가서는 죄수가 됩니다. 실로 전쟁은 힘으로 이기고, 나라는 덕으로 얻어지는 것이기에 힘으로 얻어진 나라는 얼마가지 못할 것이옵니다."

"오, 네가 바로 천금 같은 혀를 나풀거려 노나라를 살린 자공이구나! 너의 제나라와 오나라를 이간질을 한 계책이 무엇이 그리 대단하다고. 무슨 놈의 덕으로 나라를 얻는다는 허튼 소리이냐? 천하의 다스리는 나라 중 어떤 나라가 덕으로 얻어진 것이 있었더냐? 유덕자 제명에 죽은 자 몇 놈이나 있었느냐?

세상에서 제일 덕망 있는 자는 황제였다. 그도 역시 전덕은 갖추지 못하여 피를 백리 거리에 뿌렸다. 요는 인자하지 못했고, 순은 불효하며, 우(禹)는 반신 불수였고, 탕은 자기주장을 버렸고, 무왕은 은나라와 상나라를 토벌했고, 문왕(文王)은 유리(하남성 탕음현)에 갖혀 있었다. 이러한 자들이 세상에 높이 앉아있었다 하겠지만 그 행위로 보면 파렴치한 놈들이다. 세상에서 일컫는 현능한 자라면 백이와 숙제일 것이다. 애석하게도 그들은 수양산에서 굶어죽어 시체도 묻을 수 없게 되었다. 포초(鮑焦)는 행실을 감추면서 못된 행실을 하여 나무를 안고 죽었고, 개자추는 충성심이 대단한 충신으로 자기의 다리 살점을 베여 문공을 대접하였으나 문공은 그를 배반하였으므로 그는 분김에 나가 나무를 안고 타죽었다. 이들은 개를 잡고 돼지를 놓치며 바가지나 들고 헤매는 거렁뱅이들이다.

세상에서 말하는 충신은 왕자 비간(比干)과 오자서(伍子胥) 밖에 없다.

그러나 자서는 강에 뛰어들었고 비간은 심장을 빼앗겼다. 이 두 사람이야말로 천하 충신이라 할 수 있지만 세상의 웃음거리 밖에 되지 못했다. 옛날은 약육강식의 세상이라 천하는 네가 나를 얼려먹고 내가 너를 속여 먹으니 내가 남을 먹지 않으면 남이 나를 먹는 세상이다. 내가 남을 속이지 않아도 남이 나를 속인다. 공구의 말은 내가 이미 버렸던 말이다. 어서 빨리 꺼져라! 너의 도는 얼빠진 소리이고 터무니없는 소리다. 더는 논할 필요도 없다."

공자는 도척의 눈에서 흉광(凶光)이 분사해 나오는 것을 보고 더 말을 해야 소용없다고 생각했다. 손을 싸쥐고 공자가 말했다.

"장군께서 공구의 말을 듣지 않으니 가는 수밖에 없소이다. 희망하길 혼용한 군주와 간사한 신자를 평민과 동등시하여 함께 약탈하시지 말기를 부탁하옵니다. 공구는 고기를 먹는 자를 위해 계책을 내는 것이 아니라 백성의 무고함에 가슴 아플 따름이올시다. 그들은 왕공 귀족들의 핍박으로 전쟁에 내몰려 무고한 목숨을 잃거나 노예가 되어 마소처럼 힘들게 일합니다. 그러면서도 제후의 살육을 피하지 못하는 평민은 부역에 뽑혀 고생을 하고 적국에 도살되는 것입니다. 그런데 악을 빚는 자로, 살인하는 자로, 희생을 강요당함으로 나라 사람을 적대시하지 말고 사정을 살펴보시기 바랍니다."

도척은 음산한 너털웃음을 웃었다.

"우국우민의 공자여! 또 무슨 감언이설을 꾸며 댈지. 어서 빨리 말하라! 일반 백성을 위해 너의 고귀한 간을 헌사할 생각인가? 만고에 이름 떨칠걸…."

허리춤에서 도척은 비수를 뽑아들었다. 자로와 자공은 삽시간에 긴장해서 손에 칼자루를 쥐고 노려보았지만 공자는 생명의 위험을 느끼지 못한 듯 했다. 그것은 도척의 말투가 다만 위협이지 손을 쓸 자세는 아니었기 때문이다.

"공구에게는 쇠붙이라고는 없소. 약한 서생을 죽여 봐야 영웅이란 소릴 듣겠소?"

"좋아, 말에 도리가 있어!"

도척은 부하들에게 '이 사람들을 산에서 내려 보내거라!' 라고 명령했다.

공자는 당당히 주먹을 맞잡고 인사하고 마차에 오르려다 세 번이나 실수했다. 마차에 오른 공자는 낯빛이 잿빛이 되어 눈에 아무것도 보이지 않았으며 팔소매로 땀만 닦았다. 도척의 앞에서는 아무렇지도 않은 척하며 예의를 잊지 않았지만 지금 여전히 그 공포가 사라지지 않았다. 잠시 후 그는 하늘에 대고 탄식하며 말했다.

"이번 길은 범의 털을 뽑아 꼬리를 쥐고 수염을 따는 격이었다. 하마트면 범의 아가리에 머리를 들이밀 뻔했네!"

육례 집필의 원칙을 세우고 제자들과 논하다

공자는 항상 말과 행동이 일치했다. 연구와 작은 풍파를 겪은 후 정치에 종사할 생각을 완전히 버리고 일심으로 교육에 종사하고자 하여 육예를 편찬 개수하는 작업을 준비했다. 어떤 사람은 이해되지 않았다.

"공자님은 무엇 때문에 정치에 종사하지 않으시옵나이까?"

이런한 궁금증을 물어올 때, 그는 태연자약하게 말했다.

"정치에 영향을 줄 수만 있다면 그것이 바로 정치이다. 출사하여 관리를 해야만 정치에 종사하는 것이 아니다."

공자는 교육을 통해 꿈을 이루고자 했다. 가정과 나라를 다스려 천하를 평정시킬 인재를 육성하는 방법이 육예를 편찬 개수하는 것, 역시 정치로 보았다.

봄이 한창인 어느 날 밤, 봄비가 구질구질 내리는데 공자는 제일 마지막 학생을 보내 놓고 밤비 속에서 한가롭게 걷고 있었다. 빗물에 옷이 젖어도 그대로 걸으며 고개를 들어 하늘을 쳐다보면서 보슬비의 촉감을 흠뻑 받아들였다. 가슴 속은 매우 상쾌하다 못해 자못 흐뭇했다. 얼마나 지났는지 그는 그제야 걸음을 행단으로 옮겼다. 습관적으로 낮에 가르치던 방석에 앉아 굵다란 나무와 꽉 우거진 나뭇잎을 바라보며 봄비가 만물에 윤택을 주는 속삭임 소리를 듣고 있었다.

봄날의 밤은 조용했고 보슬비까지 왔으니 더욱 고요했다. 공자의 심정은 물결치는 바다처럼 조용하지 않았다. 허다한 일들, 허다한 인물, 허다한 이왕지사들이 그의 눈앞에 떠올랐다 사라졌다. 그는 자기를 향해 누군가 '부자여, 현실적으로 살아라!' 라고 질타하는 것 같았다.

그렇다. 10여 년 정처 없이 떠돌아다닌 것은 꿈을 쫓은 허송세월이었다. 이제는 현실 생활로 돌아와야 했다. 14년 간의 비바람은 그로 하여금 명석해지게 했지만, 정력을 허비한 것이 아쉬웠다. 자신의 정치

사상을 실현시키거나 받아 줄 임금은 너무 적었다. 아니 존재하지 않는다는 것을 알았다. 그가 동분서주하던 날에 들려주던 많은 사람의 말을 다시 씹어보았다. 따스했고 달콤했던 것은 각 나라 궁중에서 많은 사람을 웃기기 위한 연기를 한 것 같았다. 자신의 정치사상에 문제가 있던 것인가? 아니면 발자국을 잘 못 디딘 것이었단 말인가?

아니다. 모두 아니었다.

인류 역사는 마치 크나큰 수레바퀴와도 같았다. 그 큰 수레바퀴를 움직이려면 밀거나 당길 사람이 필요했다. 자신이 바로 그 힘을 쓰는 사람이었다면 혼자였고, 힘이 모자란 것이었다. 교육을 주창한 것도 인재 양성을 통해 큰 수레바퀴를 앞으로 밀고 나갈 수 있는 사람들을 기르는 것이었다. 그러나 애석하게도 저 큰 수레바퀴는 너무 무겁고 커서 굴리기에는 힘이 미치지 못했다. 자신이 아직까지는 건강하고 정력이 왕성하지만 69세는 늙은이에겐 이미 내린 서리와 같았다. 이 세상에 남아있을 날이 얼마 되지 않을 것이다.

꿈에 주공을 보지 못한 것은 시간을 앞다툰다 해도 목표에 도달하지 못할 것 같았다. 자신은커녕 삼천 제자들까지 함께 노력한다 해도 저 수레바퀴는 실로 육중하다. 한발 앞으로 내딛는 데도 큰 댓가를 치러야 한다. 아주 긴긴 시간을 허비해야만 했다. 새로운 세기 새로운 세대에 실현을 기다린다면 무엇으로 무장해야 할 것인가 ?

그것은 바로 육예였다.

자신이 40여 년의 강의 경험에서 발견된 시(詩), 서(書), 예(禮), 악(樂), 춘추(春秋)와 역(易)인 육예가 완전무결한 것은 아니지만, 아직 허다한

폐단이 있었기 때문에 수정과 정리가 필요하다는 것을 알게 되었다. 자신이 축적한 경험으로 능히 충실하게 보충할 수 있고 역사 교재 내용으로 춘추라는 책의 편찬도 해야 되었다. 다만 노사기(魯史記)와 주사기(周史記) 등 몇몇 자료 밖에 없고 진실한 것 허구적인 것이 뒤섞여 오사리잡놈이다.

31년 전 제나라에서 노나라로 돌아온 후, 노나라 정치정세가 혼란 상태에 있어 배신집국명(陪臣執國命)할 때 출사보다 자신은 시와 서의 수정과 예와 악의 제정을 준비했었다. 그 후 30년간에 상갓집 개처럼 지치고 지친 세월이 흘렀지만, 육예의 수정은 포기할 수 없어 자료 수집도 중지시켜 본적이 없었다. 준비 작업은 이미 다 되었으며 경험도 성숙되어 자신이 이 세상에 남아있는 한 반드시 손을 써야 자신의 도를 후세 사람들에게 전해갈 수 있을 것이다. 그렇지 않으면 자신의 정치이상은 영원히 실현될 가망이 없을지도 모른다.

시간이 얼마나 지나갔는지 바람이 일고 비는 멎었다. 구름은 바람에 사분오열 흩어졌고 달은 머리를 가만히 내밀고 일흔에 가까운 늙은이를 엿보는 듯 했다. 푸르고 흰 빛이 그의 마음을 흐린 데 없이 밝게 비쳐 주었다.

이튿날 저녁 안회, 자하, 자유, 증삼, 상구 등 문학에 끼가 있는 제자들을 불러 둘러앉게 했다. 공자는 우선 육예 수정에 착수해야 할 이유에 대해 설명했다. 그 다음 수정할 지도 사상을 천명했다. 육예를 수정하는 주요 목적은 문헌 전적(典籍)을 찾아 가르침을 베풀고 도를 전하고자 하는 것이다. 인을 핵심으로 예를 형식으로 하는 중용의 정신적 체계를 세우는 것이 문헌 중에 나타나게 하자고 했다. 괴상한 것, 힘든 것, 문란한 것, 신기한 것은 논하지 않는다는 원칙을 세웠다. 나라를 잘 다스리려면 귀신의 존재를 의심하면서 대도(규칙)에 의거하여 처사해야 하며 진정한 창작은 옛 것을 토대로 자연스럽게 태어난다(述而不作)고 했다.

선왕의 옛 것을 서술하는 데도 원칙이 있다. 될 수 있는 한 원문헌의 내용과 품격을 그대로 두어야 하며 성인들의 대성(大成)을 모아야 하고 자기의 견해도 있어야 한다. 고대 제왕들의 관점을 발전시켜 간결한 말에 이치가 들어있게 해야 하고 작품을 서술함에 창작을 자제해야 한다는 것도 강조했다.

이단(異端)을 물리쳐 그 위해성을 사라지게 하고 모든 반 중용지도(中庸之道)의 여론을 배척했다.

육예의 작용을 말할 때였다.

공자는 '시에서 흥겨워하는 기운이 있고 예에서 확립되고, 악에서 완성된다. 즉, 시는 정신을 흥겹게 하고, 예는 됨됨이에 도움을 준다. 악은 완미한 정조에 도움이 되는 것이다.' 라고 했다. '내가 도를 행하지 않으면 후세 사람들에게 무엇을 보여 주겠는가? 나의 정치 주장이 통과되지 않으면 무엇을 후세사람들에게 보이겠는가?' 라고도 했다. '시는 사람에게 고무 격려를 가져다 줄 수 있어 거울로 삼을 수 있으며, 사람들을 화목하게 할 수도 있고, 폐정(弊政)을 풍자하고 조소하게끔 인도하기도 한다. 가까이에서 보면 그 도의는 부모에 효성이 있고, 멀리 내다보면 군왕에 충성할 수 있어 조수(鳥獸)나 초목의 이름들도 장악할 수 있어야 한다.' 라고 하면서 '나를 이해하는 자 춘추런가! 또한 나를 나무라는 자 춘추런가!'라고 하며 격정 높여 말하기도 했다.

일흔 고령에 가까운 공자는 아직도 이토록 웅대한 포부가 넘쳐나고 정신력이 왕성하여 여생의 모든 일에 임하고자 했다. 모든 황제의 후대(炎黃)인 자손들의 문명 역사에 전례 없이 기여하려 했기 때문에 제자들은 감동하지 않는 자 없어 저마다 공자님의 위대한 업적에 모두들 조금이나마 보태고자 했다.

이때부터 공자는 안회와 같은 수제자들에게 강의를 진행하게 하며 그가 편찬한 교재로 학생들을 가르치게 하고 자신은 고급반 학생들에게만 강의했다. 고급반 학생들은 자습과 토론을 위주로 하며 공자님은 계발과 의문되는 문제만 답해 주셨다. 상황에 따라 공자는 제자들에게 육예의 편찬 수정 사업에도 직접 참여시켜 시에 대한 연구나 역에 대한 실력이 있는 자하나 상구 같은 제자들은 최소한 부자님을 도와 자료를 검열하거나 정리할 수 있었다.

육예를 편찬 수정하는 데는 세밀한 관찰과 대량의 시간이 요구되어 공자는 얼마 남지 않는 시간이었기에 밤낮없이 작업하는 것으로 시간을 다투었다. 공자를 도와 육예를 편찬 수정하고자 한 안회는 궁궐에서 아주 가까이 살고 있지만 행단에 와서 숙식하기까지 했다.

어느 날 밤 안회는 속탈이 나서 여러 번 밖에 나갔다가 공자의 방에 불이 켜져 닭이 두 번이나 울고 동녘이 희미해질 때까지 등불이 밤새도록 밝혀 있었다. 안회의 마음은 아프고 쓰렸다. 공자는 그토록 수고하면서 연세도 잊으셨으니 쇠로 만든 금강석의 몸이라도 계속 나가다가는 견디기 힘들었을 것이라 생각하며 공자의 방으로 갔다. 제자들이 할 수 있는 일을 맡길 것을 건의하려고 문을 살그머니 열었더니 문 여는 것도 모르고 책을 보고 있었다. 공자는 책 속에 파묻혀 피곤도 모르고 문헌들을 정리하고 있어 밤을 새운 모습이라고 볼 수 없었다. 옆에는 맑은 냉수가 대야에 가득 담겨져 있었고 젖은 수건도 그 옆에 걸려 있었다. 공자는 그토록 열심이 책을 검열하기도 하고 많은 선과 점들을 그어 놓기도 하며 양미간을 찌푸리기도 하고 안면에 만족스러운 웃음을 띠우기도 했다.

안회는 조용히 서서 공자의 세밀한 동작 하나라도 빠뜨리지 않고 눈여겨 지켜보며 방해하지 않으려고 자기가 뭣 하러 왔던 것까지 잊어버렸다. 얼마 지났는지 장미색 붉은 빛이 창을 꿰뚫고 들어와 책들로 가득 쌓여진 방 안을 비춰 몽롱한 등불보다 강하게 밝아왔다. 공자는 이 모든 변화를 모른 채 안회가 다가가 등불을 끄고서야 사색에서 깨어나 그제야 일어서 기지개를 펴고 하품을 하면서 물었다.

“안회가 이른 아침에 온 걸 봐선 어떤 중요한 일이라도 있는가?”

안회도 그제야 놀라며 자기가 온 뜻과 공자님을 사색에서 깨어나게 하기 아쉬웠던 점을 말했다. 공자가 웃는 통에 안회도 그만 따라 웃어버렸다. 공자가 창문을 열어 놓으니 찬란한 아침 해가 비쳐 책이 가득 쌓인 방안이 삽시간에 환해졌다. 따스한 봄바람이 솔솔 불어 방안은 봄날의 기분에 무르녹는 것만 같았고 공자는 더욱 껄껄 웃어댔으며 명랑한 웃음소리는 새로운 하루를 맞아 그림과 같은 아침, 시와 같은 봄바람을 맞이했다 안회는 공자가 제일 마음에 드는 제자로 당연이 책방의 단골손님이었다. 오늘은 예전과 달리 그가 보지 못했던 책이 부지기수였다. 그는 창호에 비쳐진 햇살을 빌어 한 무지 또 한 무지 책들을 살펴보았고 한 줄 또 한 줄의 서간을 살펴보았다. 삼분(三墳)은 복희(伏羲), 신농(神農), 황제(黃帝)의 책이었고, 오전(五典)은 소호(少昊), 전욱(顓頊), 고신(高辛), 당요(唐堯), 우순(虞舜)의 책이었다. 팔색(八索)은 팔괘(八卦)에 관한 최초의 책이었고 구구(九丘)는 구주(九州)의 토지, 풍기(風氣)에 관한 책이었다. 이 외에 진나라의 승(乘), 초나라의 도올 등이 있었다. 이것은 각 나라의 역사 서적들이었다. 사물을 기입한 시가 있는가 하면 세월을 기입한 시(時)가 있었고 백성의 이해 관계를 의논한 행(行)이 있었다. 그런가 하면 길흉을 추측하는 복(卜)이 있었고 선왕들의 혈통을 이어놓은 가계(家系)가 있는가 하면 치국에 관한 좋은 말들을 기입한 어(語)도 있었다. 전세(前世)에 성패(成敗)를 기입한 고지(故志)가 있는가 하면 오제(五帝)들을 서술한 훈전(訓典)도 있었다.

역대의 서적들로는 하서(夏書), 상서(商書), 주서(周書) 등 책이 있었고 구수(九數)에 대한 뜻풀이 책인 수(數)도 있었다. 하나라에서 기입한 하시(夏時), 상나라에서 기입한 곤건(坤乾)이 있었으며, 도(圖), 법(法), 이 외에 천문, 역법, 의약, 농상, 공예, 민가, 신화, 등에 관한 문헌 재료의 각종 도서 및 이런 책의 부동한 판본이 있었다.

"스승님께서 이렇게 많은 책을 읽어 보셨던가? 그러기에 스승님의 지식이 그토록 해박하고 그토록 풍부하셨구나!"

안회는 마치 우물 안에서 뛰쳐나온 개구리가 하늘 구경을 한 것 같아서 감개무량 했다. 책이란 바다에서 학문이란 대양에서 자신이 배우고 알아가는 것으로 자기가 그 속에 들어 있는 한 방울의 물박에 되지 못한 것을 알았다. 이후에는 더 많이 배워 자신도 지식의 망망한 대해에서 여행하리라 생각했다.

사람들은 늘 학부오거(學富五車)라 한다. 해박한 자에 대해 찬양하는 것이라 생각했었는데 공자의 책은 열 수레에도 다 담지 못하겠구나! 안회는 이렇게 내심 감탄하며 공자를 바라보니 머리를 절레절레 저으시면서 '많기는 하지만 항상 부족함을 느낀다. 그래서 늘 사색하는 것이다.'라고 말씀하셨다.

안회는 다시 한 번 경의를 표하면서 말했다.

"이렇게 산처럼 많은 책이 족히 증명되는 바이옵나이다."

"하례(夏禮)에 대하여 나는 좀 말을 할 수는 있으나 그 후대들에 의해 뻗어져 나온 가지들에 대해서는 증명하지 못한다. 은례(殷禮; 상나라의 예법)에 대해서도 말을 할 수 있으나 그 후대인 송(宋)나라에 대해서는 증명하지 못한다. 이런 것은 고전 서적을 독파할 만한 현명한 사람이 부족하기 때문이다."

안회는 이 말을 들은 후 속으로 생각했다.

'이렇게 많은 고전 서적으로도 족히 증명할 수 없다면 육예의 편찬 수정은 얼마나 힘 드는 작업일까? 위대한 공정이다. 공자를 내여 놓고 이것을 세상에 계승할 자 없을 것이다.'

여름 밤 날씨는 더운 시루가마처럼 사람을 질식하게 했다.

책이 가득 쌓여있는 방은 바람 한 점 들지 않았다. 모기는 윙윙거리며 날아 다니다가 사람의 코와 귀에 앉았다. 밤 깊도록 공자는 여전히 자하와 무릎을 마주하고 앉아 있었다. 상 위에는 시의 각종 사본이 쌓여 있었다. 그것은 공자의 몇 십년간 심혈의 결정체였다. 자하는 등잔에 기름을 채우고 심지를 높이니 모기가 떼를 지어 불에 모여들어 등불을 꺼버릴 듯 하다가 타 죽었다.

시의 기원을 강의하면서《시경》을 편찬하다

시의 기원은 사람들이 문자를 창작하면서 시작되었다. 시는 문자를 기록하고 음악을 연주하고 무용을 동반한다. 서주(西周) 때에 이르러 전문적인 악대를 조직하고 지휘자를 두어 이를 관장하기 위해 태사(太師)직을 두었다. 악대는 공연 내용을 풍부하고 새롭게해야 했다. 태사는 반드시 시와 가사를 수집하고 창작하며 정리해야 했다. 해가 가고 달이 가다 보니 훌륭한 가사는 풍부해지고 잘 보존했다. 그렇지 못한 것은 도태되어 시간이 가면 책으로만 남아 이것이 바로 시가 되었다.

시는 그 당시 사회생활과 정치 면모를 그대로 기록해 각 나라의 풍속과 세태와 생산과 노동 및 정서를 반영했다. 또한 풍부한 지식까지 포함하고 있었다.

시에는 육의(六義)가 있다. 풍(風), 아(雅), 송(頌), 부(賦), 비(比), 흥(興)이 포함하고 풍, 아, 송은 시편의 내용을 말하는 것이며 부, 비, 흥은 표현 방법을 말하는 것이다. 즉 풍은 여러 지역의 귀족과 백성의 풍속과 습관을 반영한 것으로 대부분 아름답고 맑고 산뜻한 서정시이다. 아는 귀족의 정치와 생활을 반영한 시이고, 송은 선조의 공덕을 노래하는 제사 가사였다. 그리고 표현 수법으로 비는 비유이고, 흥은 연상이며, 부는 바른 말을 그대로 이야기하는 것이다.

그러나 당시 제후들의 말솜씨가 달랐기에 시로 전해지고 베껴 쓸 때 허다하게 잘못 전해진 글자의 음(訛音)이 생겨서 어떤 사본은 구전하지 못했을 뿐만 아니라 심지어 어떤 구절은 문장을 이루지 못하고 어떤 문장은 편(篇)을 이루지 못했다.

공자는 시의 문학적 가치에 큰 비중을 두었다. 사람의 품덕 수양과 사회 교화에서 중대한 작용을 한다고 보았기에 시의 각종 사본을 수집하는 작업을 하루도 중지하지 않았다. 특히 방랑생활로 중원에 발자국을 남기면서 시 수집에 총력을 기울여 그가 앉아서 육예를 편찬 수정할 때 벌써 수중에 3천여 수의 시편 사본을 수집하여 있었다. 이 많은 시는 수정하지 않으면 강의를 할 수 없을 뿐만 아니라 고대 문헌의 정확한 계승도 불가능하기에 심혈을 기울여 정리했던 것이다.

공자와 자하는 몇 차례의 연구 심의를 거쳐 시에 대한 정리 작업의 기본을 확정했다.

우선, 삭제하고 지우는데 주로 중복된 구절을 합병시키기로 했다. 둘째, 흩어지거나 구전하지 않는 중요한 작품은 복원했다. 중요한 가치가 있는 것은 다른 사본에서 근거를 찾았고 문장을 이루지 못한 것이나 편을 이루지 못하는 것은 수정했다. 셋째, 악기의 정확한 음으로 연과 장을 조절했다. 즉, 아는 아에 맞게 하고 송은 송에 맞게 하여 문란해진 것은 제자리에 바로 되돌렸다. 넷째, 음악에서 가공과 정리를 통해 악곡 없는 시는 악보를 붙여 넣었다. 건강하지 못한 악곡과 소(韶)와 무(武)에 부합되지 않는 것은 다시 수정했다. 그리고 반복적으로 문제에 대해 토론할 때 공자와 자하의 견해는 일치했지만 뽑혀지는 편목(篇目)에 들어가 의견이 달라 사생간의 시각차가 생기면 누구라도 자기의 의견을 진술할 수 있었다. 그래서 공자는 제자에게 항상 강조하기를 의로운 일이라면 스승에게도 양보하지 말아야 한다, 라고 가르쳤다.

모든 일들에 적극적인 자하는 공자와 문제를 의논할 때 늘 일정한 심도가 있어 항상 공자의 찬성과 칭찬을 받았다. 이럴수록 자하는 처사에 더욱 신중성을 기해 공자 앞에서는 더욱 조심했다.

이날 밤 제일 마지막 토론에서 자기의 견해를 내놓지 못한 것은 그 견해가 정확하지만 공자의 명예에 손해를 끼치게 되고 또한 후세 사람들에게 나쁜 영향을 끼칠 수 있는 것이기 때문이었다. 이것을 안 자하는 얼굴이 홍당무가 되었다.

"제자가 옅은 견해가 있는데 말을 해야 하옵나이까?"

공자는 미소를 지으면서 말했다.

"말이 있으며 해야지 사생지간에 어려울 건 무엇인가? 나는 너희들 의견을 많이 들어보고자 불러온 것이다. 그렇지 않으면 너희들을 불러다 무엇을 하겠나! 안회는 모든 면에서 다 마음에 든다. 한데 나의 의견이라면 말마다 순종하고 흐리는 기색이다. 그건 날 돕는 것이 아니다."

"늘 말씀하심에 정나라의 풍속이 음탕하다고 하셨습니다. 음탕한 바에 정풍(鄭風)을 삭제해 버리는 것이 더 좋지 않겠나이까?"

"안회야! 정시는 정나라의 풍속이 아니다. 음탕하다고 한 것은 악곡을 말하는 것이다. 음악을 정리 수정할 때 삭제할 것은 삭제하려고 한다. 물론 다시 써야 할 것은 환골탈태해버릴 것이다. 정나라의 풍속을 삭제해버려서 뭘 해. 그것을 삭제했다간 후세 사람들이 정나라를 어떻게 알겠느냐?"

자하는 부끄러워 낯을 붉히며 변명했다.

"견문이 넓지 못하다보니 시와 성(聲)을 뒤섞어 놓은 것이옵나이다."

공자는 자하의 사기를 북돋우어 주고자 말했다.

"시와 성은 뒤섞이기 아주 쉬우므로 정상인 것이다."

자하는 또다시 홍당무가 되어 의견을 제기했다.

"시중에 애정에 관한 작품이 너무 많아 보입니다. 사정을 봐가면서 삭제하는 것이 좋지 않겠나이까?"

공자는 웃었는데 눈물까지 흘렸다. 자하는 무슨 영문인지 몰라 긁적이는데 고개는 점점 숙여지고 얼굴이 더욱 붉어졌다. 한참만에야 공자는 웃음을 멈추고 손을 흔들면서 말을 이었다.

"많으냐? 많지 않다. 우리 도의의 핵심은 인인 것이니 인이 바로 사람을 사랑하는 것이니라. 대중을 널리 사랑하면 자연히 친근해지고 어질어진다. 금수들도 사랑을 안다. 하물며 인간이 아니냐. 남녀 젊은이는 당연히 순수한 사랑을 듬뿍 향수할 수 있어야 한다. 만일 남녀지간의 사랑과 정이 없다면 인류가 어이 번성해질 것인가?"

그리고 책 한 권을 들고 펼치더니 '관저(關雎)'란 시를 읊었다.

꾸욱 꾸욱 우는 물새는(關關雎鳩)

강 언덕에 앉아 놀고(在河之洲)

저 날씬한 숙녀는(窈窕淑女)

군자의 좋은 배필일세(君子好逑)

달싹이는 순채는(參差荇菜)

좌우로 하늘하늘(左右流之)

저 날씬한 숙녀는(窈窕淑女)

자나 깨나 그리게 되네(寤寐思服)

길기도 하고나(悠哉悠哉)

엎치락 뒤치락(輾轉反側)

달싹이는 순채를(參差荇菜)

좌우로 뚝뚝 따네(左右采之)

저 날씬한 숙녀는(窈窕淑女)

금슬로 사귀어졌네(琴瑟友之)

달싹이는 순채는(參差荇菜)

좌우로 하늘하늘(左右芼之)

저 날씬한 숙녀는(窈窕淑女)

종소리 북소리 속에서 즐거워 하더라(鐘鼓樂之)

젊은이가 예쁜 소녀에게 반해 사모하여 엎치락뒤치락하다가 끝내 사랑의 실과를 맛보았다는 내용이다. 이 시는 명가(名家)가 작곡하였기 때문에 음률이 정연하고 원만하다. 들으면 들을수록 가벼워지는 것이다. 그 내용은 즐거우면서도 음탕한 맛이 나지 않는다. 애처롭지만 속상하지 않다.

"나는 이 시를 『시경』의 맨 앞에 편목 할 것이다. 정풍 중에 있는 시다. 단지 너 때문에 밥맛을 잃었구나……. 단지 너 때문에 잠을 잃었구나……."라는 구절이 있다. 하루 동안 보지 못하니 석 달 동안 못 본 것 같구나. 그리고 엎치락뒤치락 이라는 구절이 있어 신통하게도 한 핏줄을 타고 난 것 같이 두 곡을 한 사람이 지은 것 같구나. 안희야! 이렇게 감정이 진지하고 열렬하다. 또 속임수 없는 작품을 어떻게 삭제할 수 있단 말이냐?"

자하는 또 다른 어느 한 수의 시를 지적하면서 문의했다.

"'환한 웃음 곁눈으로 쏘아보는 그 모습 / 새하얀 비단에 그려진 꽃이어라!' 이 구절이 단지 미인만을 묘사한 구절이옵나이까?"

공자가 반문했다.

"네가 보기엔?"

"저의 소견에는 하얀 소(素)는 인이고, 빛 뿌릴 현(絢)은 예이옵니다. 이 시에선 예가 인의 뒤에 있사옵나이다."

공자는 자하의 어깨를 치면서 칭찬했다.

"네가 시를 이해하는 데는 어느 제자들보다 훌륭하도다. 이 공구가 잘못 보질 않았구나."

시간을 절약하기 위해 육예의 편찬에 착수하면서부터 공자는 집 식구들과 함께 식사를 한 것이 아니었다. 공리(孔鯉)나 제자들이 밥을 책방에 날라 왔고 매일 밤 깊게 작업을 하고 또 늘 밤을 지새우기까지 하면 공리는 매일 술시(아홉시 경)에 아버지에게 야참을 가져다 대접했다. 공자의 식사는 예전처럼 그렇게 따지지는 않았다.

예에는 밥상이 바로 놓이지 않으면 먹지 않는다고 했고 식사 시에는 꼭 바른 옷 자세로 위좌하여 앉아야 한다고 했다. 반찬이 제때에 들어오지 않아도 들지 않고, 고르게 썰지 않아도 먹지 않고, 색과 맛이 변해도 먹지 않고, 사다놓은 익은 고기나 뜨거운 술은 입에 넣지 않았다. 생강과 장이 없어도 먹지 않았다.

그러나 공자는 무엇을 먹었는지 어떤 맛인지 모르고 어떤 때엔 공리가 상을 차려오면 내려놓으라고 손짓하고, 공리가 다음 식사의 상을 차려올 때까지도 그 상은 건드리지도 않았다. 공자는 하루에 세끼 물 한 모금 쌀 한 알도 입에 넣지 않을 때가 있었다. 공리뿐만 아니라 제자들은 근심에 쌓여 있었다.

어느 하루 공자가 전심전력으로 육예를 편찬하고 있을 때 갑자기 노나라 태사가 왔노라고 원헌이 아뢰었다. 지금 제일 겁나는 것은 손님이 내방 하는 것이다. 그는 술을 마시지 않고 밥을 먹지 않는 때가 많아 아쉽지만 시간만은 매우 아껴 마음에는 시간이 생명보다 더 귀중했다. 그러나 찾아온 이상엔 거절하고 회견하지 않을 수 없었다.

예전에 음악을 배우고 연구하기 위해 자신도 남의 시간을 빼앗었다. 주나라의 장홍(萇弘)이나 오나라의 계찰(季札)을 찾아갔었다. 노나라의 양자(襄子)나 제나라의 태사(太師) 등을 찾아가서 시간을 많이 빼앗지 않았던가?

"어서 모시거라!"

노나라의 태사는 조심스럽게 원헌의 뒤를 따라 들어왔다. 책으로 쌓여진 방에 와 공경스럽게 배사의 예를 하고 하좌(下座)에 앉아 공자에게 음악에 관한 지식을 문의했다.

"악의 도리에 대해서는 터득하기 힘들지 않습니다. 시초는 격조가 높아 귀청을 째지만 가면 갈수록 부드러워져 듣기에 좋아야 하고 청신하고 명랑해야 합니다. 나중엔 여음(餘音)이 메아리칠 때면 연주는 성공이외다!"

노나라의 젊은 태사는 성품이 찰떡같이 끈질겨 악에 대해 문의하고 다른 것까지도 이것저것 물었다. 공자의 귀중한 시간은 생각지 않았다. 젊은 태사는 아마도 당대 성인을 뵙게 된 것이 최대 영광으로 죽어도 유감스럽지 않다고 생각했던 것 같다. 점심때도 불구하고 떠날 차비를 하지 않아 공자는 점심을 초대하는 수밖에 없었다.

공자는 예절에 가장 밝았을 뿐만 아니라 가장 잘 지켰음으로 자연히 대충하려 하지 않고 점심 밥 한 끼에 그는 허다한 시간을 허비했다. 미시(未時; 오후 1-3시)가 되어서야 노나라 태사가 떠났다.

자하는 이 젊은 수다쟁이 태사가 미워서 인정머리가 없다고 욕했으나 공리와 제자들은 이 일로 인해 중요한 가르침을 깨달았다. 공자에게 휴식시간이 보장되는 제일 좋은 방법은 손님이 찾아오는 것이라고 생각했다. 그때로부터 찾아오는 사람들은 점점 많아지기 시작했다.

얼마가지 않아 위문후(魏文侯)가 방문하여 고악의 지식을 가르쳐 달라고 했다. 이번 만남에서는 자하가 앞을 막아 공자를 대신하여 그가 제기하는 문제을 답해야 했다. 고악의 연주 과정을 의논함에 있어 자하는 악기를 놓고 설명하면서 어떤 옛 곡을 연주하는 과정은 진퇴(進退)하는 것이 일치해야 한다. 음향이 드넓어야 하고 현(弦), 포(匏), 생(笙), 황(簧) 등 모든 악기들이 제 위치를 지키고 있어 북에 배합되어야 한다. 먼저 북을 울리고 후에 징을 울려야 하며 그 다음 순차적으로 상(相;고대악기)을 조절해야 한다. 따라서 아(雅)도 뒤이어 쳐야 군자는 이것으로 악곡 원리를 설명하게 된다. 고악의 원리를 설명하는 것과 마찬가지다.

자하의 대답은 위문후로 하여금 대단히 만족하게 했다. 공자가 서거한 후 자하는 위나라의 서하 지방에 가서 제자들을 받아 글을 가르칠 때 위문후의 선생으로 지내기도 했다.

노 소공의 부인 맹자(孟子)가 죽었다. 맹자는 오나라 사람으로 노씨와 동성이었다. 그때의 예법에 의하면 같은 성은 혼사를 할 수 없어 그녀를 맹자라고 하며 부인이라 부르지 않았다. 죽었어도 훙(薨) 자를 쓰지 못하고 졸(卒) 자를 썼다. 임금님 부인의 예법으로 장례를 치룰 수 없었다. 공자는 대부이면서도 삼조원로 신분으로 노 소공을 섬겨 육예 편찬 수정에 아무리 바쁘더라도 시간을 내 조문하러 가던 길에 계강자를 보니 그는 상모도 쓰지 않았거니와 상복도 입지 않았다.

공자는 상복 차림을 단정히 했다.

동성 혼사의 실례는 노 소공이 빚어낸 것으로 그 부인의 잘못이 아니고 임금님의 부인이 된 이상, 왕후의 예의대로 처사해야 한다고 생각했다.

12월은 하력의 10월에 해당된다. 노나라에서 풀무치의 재난이 발생했다. 겨울철에 풀무치로 인한 재난을 입는 것은 예전부터 없었다. 어떤 사람은 이것은 하늘이 진노하여 노나라를 징벌하는 것이라 했다. 이제 더 큰 재해가 기다리고 있어 하늘까지 무너질지도 모른다고 떠들었다. 그리하여 한 때는 사람들의 마음이 뒤숭숭해져서 사회 민심마저 혼란했다.

노 애공은 국민들의 여론을 억제하지 못해 매일 수심에 잠겨 있었고 계강자는 공자에게 겨울철 풀무치 재난에 대해 문의했다.

"이것은 참으로 천벌인가? 조만간에 하늘까지 무너진다 하는데 이것이 진정 일어날 일인가?"

공자가 머리를 저으며 미소를 짓고 대답해 주었다.

"공구가 알건대 매년 10월만 되면 별들이 서쪽으로 기우러집니다. 날씨는 차가워지며 만물은 수면 상태에 이르는 것이옵나이다. 지금은 별이 아직 남아 있고 날씨도 따뜻합니다. 사갈(蛇蝎)들이 활약하고 있으니 9월이라 해야 적합함으로 이것은 그 무슨 천도(天道)가 비정상적인 것이 아니라 역서에 오류가 생긴 것 같사옵나이다."

계강자는 사역관(司曆官 ;역서를 책임진 관리)에게 다시 계산해 보라 했다. 과연 9월에 해당되었으며 풀무치 재해를 입는 것은 이상한 일도 아니었다. 이 소식이 전국에 전해지자 사람들의 마음은 점차적으로 안정되었다. 온 나라에서 공자를 우러러보고 칭송하지 않는 사람이 없었다.

공리의 죽음 앞에서 시경에 곡을 붙이다

선한 사람에게는 꼭 좋은 결과가 있어야 한다는 생각은 선을 베풀라는 것이지 반드시 그러라는 것은 아니다. 공자가 평생토록 노력해온 것은 오직 인정덕치(仁政德治)로 치국평천하(治國平天下)를 실현하여 세상과 백성을 구하는 일이었다. 이렇게 훌륭한 일을 하려 했지만 힘든 일, 어려운 일만 만나 일생 자신의 뜻을 이룰 수 없었다. 이국에서 방랑생활하며 상가집 개처럼 고생을 했다. 몇 번씩이나 생명의 위태로운 일도 당했다. 또한 그의 삶도 딱하기만 했다. 세 살에 아버지를 여의고 열일곱 살에 어머니가 돌아 가셨고, 예순 일곱에는 사랑하는 아내까지 저 세상으로 떠나갔고, 오늘 예순아홉의 마지막 길목에서 외동아들 공리가 먼저 세상을 떠났다.

공자보다 스무 살이나 어린 공리의 죽음은 공자에게는 치명적인 타격이었다. 울고 싶었으나 눈물은 말랐고, 소리쳐보려 했으나 목소리는 쉬어버렸고, 저주해 보려 했으나 말소리는 나오지 않았다. 하늘을 보니 음침한 연회색이요, 땅은 새하얀 대지에 차가운 빛을 뿌려 사람의 마음을 비통하게 했다. 이후에 머리에는 악취가 나고, 등은 활처럼 굽고, 고개는 저도 모르게 흔들리고, 손에는 지팡이를 짚고 갑자기 공자는 노쇠해졌다.

공자의 높은 명망으로 제자들이 와서 도왔기 때문에 공리의 장례는 매우 순리로웠으며 아주 이상적이었다. 공리를 안장한 그날 밤, 공자의 책방에서는 이따금 거문고 타는 소리가 흘러나왔다. 그 소리는 때론 격정적이기도 하고, 경쾌하고 청신하기도 했으며, 때론 유유하나 비애도 애원도 침울한 곳을 찾아 볼 수 없었다. 거문고 타는 소리에 벗과 제자들은 경이로운 기색을 띠며 혹시 지나친 자극 때문에 정신 이상이라도 생긴 것 아닌지 염려하는 이도 있었다.

아들의 시체가 식기도 전에 거문고 악곡 소리를 낼 리 없다고 생각하여 그들은 일제히 책방으로 걸음을 옮겼다. 공자는 책무지 속에 파묻혀 정신을 기울여 사색하다가 거문고를 타기도 하고, 흥얼거리다가도 질풍 같이 책을 뒤척이다가 또 온몸과 마음이 기쁨으로 들끓는 바다 속에 잠겨버리는 것 같았다.

알고 보니 『시경』의 편찬 사업이 이미 끝나가고 있어 시에 작곡을 하던 중이었다. 제자들은 한결같이 모여와 쉬었다 다시 하라고 권하며 공리의 죽음에 대해 담론했을 때였다.

"생과 사는 운명에 달렸는데 이 공구가 어이 막을 수 있겠는가! 나는 시간을 다투어 얼마 남지 않은 시간에 육예를 편찬해야 하네. 만일 소원대로만 된다면 죽어도 눈을 편히 감겠네."

공자는 혼신을 다하여 피곤도 마다하지 않고 시 305수를 묶어 『시경』 편찬을 끝내고 곡을 붙여 자신이 노래하면서 악기로 연주할 수 있게 만들었다.

공자 70세(기원전 482년) 때, 충분한 사전 준비와 제자들의 도움으로 육예 편찬의 마침표를 찍었다. 2년도 되지 않아 시(詩), 서(書), 예(禮), 악(樂)의 편찬 수정이 끝나고 역(易)의 편찬 수정에 정력을 기울였다. 그는 어릴 때 어머니에게 팔괘(八卦)를 배웠고 또 외할아버지 안양(顔

襄)에게서 역(易)을 배운 후 지금까지 평생을 연구했으나 그 도리에 대해 끝까지 알아내지는 못했다.

교육에 종사하는 동안 역을 시, 서, 예, 악과 마찬가지로 기본교재로 해왔기 때문에 자신의 실천과 경험이 도움이 되어서 자신의 체험에 근거하여 정리하고 주석까지 달아 후대에게 전해주려 했다.

일반 학자와 독자는 역을 점괘 책이라고 인정하지만 공자는 종교적 무술(巫術)의 속박을 물리치고 객관 사물의 변화를 반영하는 법칙에 관한 책으로 보았다. 즉 객관 사물은 천변만화하여 크게는 나라의 흥망이나 작게는 개인의 편안함과 근심까지 파악할 수 있는 일정한 법칙이 있다고 생각했다. 그 법칙만 익힐 수 있다면 길흉화복을 알아낼 수 있는 것도 가능하다고 생각했다. 그래서 공자는 '역은 사람을 기르고 완성시킬 수 있다. 자신의 정신 수양과 덕성을 우월하게 기를 수 있는 의리(義理)의 책이다'라고 생각했다.

그래서 '역경항괘(易經恒卦)'에 덕을 행함에 항심이 없으면 항상 부끄러움을 당할 것이다(不恒其德 或承其羞)라는 구절이 있어 늘 얻어지는 것은 아니지만 신비스러운 것을 증송하는 편이란 뜻으로 공자는 이 구절이 단지 점복의 언어만은 아니라고 생각했다. 사람들에게 어떤 일 하나를 꾸준히 해야 한다고 격려하는 것이어서 역의 근본을 캐고 객관적 사물의 법칙을 추구하고자 공자는 온종일 책 무더기 속에 파묻혀 역에 관한 각종 자료를 일일이 점검하고 있었다.

《역》의 수제자 상구의 신기한 점괘에 놀라다

제자들 중에서 상구(商瞿)는 역에 대해 그 연구가 가장 깊었다. 상구는 노나라 사람으로서 자는 자목(子木)으로 학식이 해박하여 공자에게서 전문적으로 역에 대한 공부를 한 제자로 공자의 교육원칙 중 각 개인의 자질과 소질, 자기주도적 학습역량 등에 따라 맞춤형 가르침과 배움이 이뤄줘야 한다(因才施教)는 조목에 맞게 역의 원리를 가르쳐서 그의 연구는 매우 깊고 점괘는 신선 같았다.

어느 날 상구는 사도들과 함께 들놀이를 나가기 위해 떠나려 할 때쯤 임박해서 부탁했다.

"오늘 들놀이에 가면 기필코 폭우를 만날 것이니 여러분은 피할 것을 준비해서 비를 맞지 않게 조심하시지요."

그가 이 말을 할 때 날씨는 아주 맑아 만 리 창공에 구름 한 점 없었다. 사도들은 그를 믿었기 때문에 저마다 우비를 준비해 가지고 갔다. 점심때가 지나자 갑자기 모진 바람이 불고 먹장구름이 몰려왔다. 소나기 소리가 요란하게 큰 비가 한꺼번에 쏟아 붇기라도 하듯 내렸다. 사도들은 사전에 만반의 준비가 있었으니 망정이지 물에 빠진 병아리가 될 뻔했다. 청청 맑은 날씨였는데 비 올 것은 어떻게 예측할 수 있었는지를 모두 상구에게 물었다.

"달이 필성(畢星)과 떨어져 있으면 기필코 큰 비가 온다. 전날 저녁에 천상에서 달과 필성지간에 삼간이 뜬 것을 보고 알았다."

또, 어느 날 어떤 사람이 닭을 잃고 상구를 찾아 왔다. 상구는 먼저 닭을 잃은 시간과 주위 환경에 대하여 상세하게 묻고 동쪽 이웃의 마구간에 가 보면 알 수 있다고 알려주었다. 닭 임자가 상구 말대로 그 마구간으로 가서 문을 열어보니 과연 피 묻은 닭털 한 뭉치가 보였다. 자세히 보니 마구 밑에 큰 뱀 한 마리가 도사리고 있다가 사람이 온 것을 알고 풀 속으로 들어갔는데 배가 불룩해 있어 보지 않아도 닭은 그 뱀이 먹은 것이 분명했다.

공자는 역리(易理)에 대해 똑똑히 터득하려고 했으며 그는 상구를 불러와 돕게 했다. 어느 날 아침 상구가 공자의 책방에 찾아갔더니 공자는 탁상에 기대어 팔베개를 하고 쪽잠을 자고 있었다. 책상에는 역간(簡)이 놓여있고 그 옆에는 등불이 반짝이고 있어 상구는 공자가 깰까봐 살살 탁상 앞으로 다가가 조심스럽게 앉아 역간을 뒤지기 시작했다. 그는 한편으로 책을 보면서 한편으로 공자를 곁눈질로 살펴보니 잠 속에서 끊임없이 미소를 짓고 있어 아마 육예 편찬 수정의 성공에 흐뭇해하시는 것 같았다. 아니면 주공(周公)을 만나 보셨거나 아니면 지우(知遇)인 성인을 만나 그이의 인정덕치의 이상 실현에 대해 말씀하고 계셨던 것이라 보았다.

반시경이나 지난 후 공자는 상구의 책 만지는 소리에 놀라 깨었다. 그는 상구가 이렇게 일찍 나와 있는 것을 보고 마음이 흐뭇해하셨다. 상구는 공자가 잠에서 깨자 수건을 물에 헹구어 얼굴을 닦게 했다.

"스승님께서 또 하룻밤을 지새우셨나이까?"

상구가 문안인사를 했다.

"네가 어이 아는데?"

공자가 미소를 지으면서 물어왔다.

"이 역간들이 저에게 알려 준 것이옵나이다."

공자가 놀란 눈길로 물어왔다.

"무슨 뜻인가?"

상구는 역간을 가리키면서 말했다.

"어제는 이 죽간 꿴 끈이 네 곳밖에 끊어지지 않았습니다. 하온대 지금은 한 곳이 더 많아졌습니다. 스승님께서 밤새도록 보신 것이라고 판단했나이다."

공자는 상구의 말을 듣고 껄껄 웃었다. 그의 웃는 모습은 그토록 자유스러웠으며 만족스러워 보였다.

"상구야! 너의 속마음은 참 세심하구나. 또 역리까지 통달했기에 신선처럼 점도 잘 치는 구나!"

상구는 칭찬을 받게 되자 말머리를 돌려

"스승님께서는 휴식에 신경을 쓰셔야 하십니다. 건강에 주의하셔야 하옵나이다."

공자가 머리를 저으면서 탄식했다.

"나이가 그렇지 못하게 하는 구나! 만일 나에게 십 년만 더 있다면, 할 일이 많구나! 역의 내용과 형식을 충분히 파악할 수 있어 큰 실수는 하지 않으련만…. ".

그렇다. 공자는 이미 칠십 고령의 늙은이였다. 그에게 시간은 얼마나 고귀한 것이었던가!

노나라는 주공의 봉지였다. 노나라 서울에는 대량의 고적과 문헌이 보존되어 있어 공자가 춘추를 쓰는데 좋은 조건을 마련해 주었다. 공자는 주공을 제일 숭배하며 그는 늘 두 번째 주공이 되기를 바랐고 아울러 주나라의 문화는 하나로 상나라의 두 조대를 이어받아 더욱 완벽해지고 빛난다고 인정했다.

노나라 수장실 자료를 정리 하여 춘추(春秋)를 집필하다

《역》의 편찬이 끝난 그날 저녁 공자 사도는 한 곳에 모여 경축모임을 가졌고 밤이 깊어서 헤어졌다. 이튿날 공자는 전손사(顓孫師)와 함께 노나라의 수장실에 들어갔다. 공자는 삼조원로이고 세상에서 이름있는 성인이었기에 수장실에 들어가 자료들을 열람할 자격과 신분이 갖추어져 있었다. 전손사는 자가 자장(子張)이었으며 진나라 사람으로 너그럽고 재능이 뛰어났으며 배우기와 깊이 사색하기를 좋아해서 공자와 어떤 문제에 대해서도 토론하기를 즐겼다.

노나라의 수장실은 그야말로 문헌과 서적의 망망한 대해였다. 공자 사도는 그 바다 속에서 파도를 가르고 헤엄을 치며 춘추 창작의 준비에 손을 쓰기 시작했다.

《춘추》는 원래 각국의 낡은 역사책 명칭으로 공자는 그동안 교육용으로 썼던 교재를 다시 정리하기 위해 주로 노사기(魯史記)와 주사기(周史記)가 중심이었고 각 나라의 역사책을 참조하여 내용을 충실하게 하고자 했다. 그리고 진위(眞僞)를 고증하고 번거롭고 불합리한 것은 삭제하고, 중요한 부분만 수록하여 새 편년체 춘추를 편찬하고자 하는 거대한 작업으로 무한한 심혈과 간고한 노력이 필요했다.

춘추는 천자가 하는 일이었다. 자신의 신분에 맞지 않는 일로 역사를 편찬할 수 없다는 것을 잘 알고 있었으나 자신의 정치이상을 춘추에 담아 후세에 본보기로 남기고 제자들에게 전수하여 대를 이어 나가게 하려는 생각이었다. 이상에 부합되는 정치적 인재 양성 사업을 완수하기 위한 것이었다. 그러므로 그는 옳지 않은 것을 알면서도 이 사업은 꼭 성취시켜야 한다고 생각했다.

때는 가을과 겨울이 바뀌는 환절기로 날씨가 차가워 음식물이 쉽게 변질되지 않음으로 시간을 절약하기 위해 공자 사도는 대량의 건량과 짠지를 준비했다. 생강과 오리 등을 수장실에 가지고 들어가 그곳에서 먹고 자고 밤낮없이 작업했다.

어느 날, 자장은 공자와 마주 앉아 점심식사를 하면서 갑자기 물었다.

"역사는 어떤 규칙에 따를 수 있사옵나이까? 세대가 지난 후 예제를 예측할 수가 있사옵나이까?"

공자는 다음과 같이 대답했다.

"상은 하례를 이어 받았는데 그 손해와 이익을 알 수 있었던 것이다. 주는 상의 은례를 이어 받았는데 그 손해와 이익도 역시 알 수 있었던 것이다. 만일 앞으로 주를 계승할 정치가들이 일을 한다고 하자. 백세가 지나간들 왜 모르겠는가?"

자장은 다시 물었다.

"인정덕치의 이상을 구체적으로 말하면 어떤 것이옵나이까?"

"제나라가 혁신을 하면 노나라 수준에 이른다. 노나라가 혁신을 하면 대 도의에 이른다."

공자가 아무 생각 없이 대답했다.

임무가 긴박하므로 자하 자공도 수장실에 와서 자료를 베끼고 있었다. 어느 날 점심에 사도들은 건량을 먹고 있다가 또 춘추를 편찬 수정하는 문제를 가지고 의논하기 시작했다. 자공이 춘추라는 책이 어떤 책인가 하고 문의하니 이때 공자는 다음과 같이 말했다.

"첫째, 진실해야 한다. 역사적 사건이나 천문 현상일 경우 더욱 진실해야 한다. 일식 월식 같은 것들은 발생된 연도, 월일의 정확도에 오류가 없어야 한다. 둘째, 포폄(褒貶)과 자신의 견해가 있어야 한다. 역사적 사실을 기재함에 있어서 더욱 그렇다. 사건을 쓰는 것과 쓰지 않는 것들의 효과에 대해 명확할 수 있어야 한다. 셋째, 전기적인 역사 인물을 쓰는 것을 위주로 해야 한다. 신화적 색채는 될 수 있는 데로 삼가야 한다. 넷째, 말은 간결하고 뜻은 깊어야 한다. 뿐만 아니라 자신의 사상과 주장이 매 글자마다에 침투되어야 한다."

그 후 공자는 자신의 설계와 계획에 따라 춘추를 집필했다. 공자는 그들의 명칭을 인정하지 않고 자(子)라고 깎아내려 호칭한 것은 그 나라의 문명을 인정하지 않았기 때문이다. 진나라가 주 천자(周天子)를 불러 간 적이 있었다. 공자는 만일 이 일을 그대로 기록하면 주 천자의 존엄에 손상을 줄 수 있음으로 그 사실을 '천왕이 하양에 사냥을 가다'라고 고쳐 썼다.

제자들이 공자를 도와 관계되는 자료를 수장실에서 베껴오자 춘추의 저작은 시작되어 엄동설한에도 공자는 밤낮 쉬지 않고 필묵을 다그쳤다. 탁상에서 글만 썼을 뿐만 아니라 식사도 하며 팔을 굽혀 베개로 삼고 자면서 몰두했다. 화로불이 벌써 꺼졌어도 숯을 넣으려 하지 않았고 문밖엔 눈보라가 휘몰아치고 실내에는 추위가 뼈 속까지 스며들었지만 공자의 가슴 속은 열화로 불붙어 있었다.

자하, 자장 ,자공, 등 몇 몇 제자는 문학에 소질이 있어 공자가 너무 분망하시며 힘겹고 수고스러워 하는 것을 보고 몇 번이나 도우려고 했으나 모두 거절당했다. 그가 쓰고 있는 춘추는 기타 오예(五藝)와는 달랐기에 제자들이 임의로 첨가 삭제하고 고치지 못하게 하고 의견도 첨가하지 못하게 했을 뿐만 아니라 심지어 한 글자도 고치지 못하게 했다.

'나를 아는 자가 그가 바로《춘추》다. 나를 나무라는 자 그가 바로《춘추》이다.'라고 하는 말에는 의미가 깊다. 부함(負函)에서 그는 자신을 '식사를 잊으면서 분발하고, 낙으로 근심을 대체하면 늙는 것도 모른다.'라고 한 것은 그의 진실한 만년 생활이었다. 딱 맞는 생각이고 거짓 없는 현실이었다.

하나를 묻고 셋을 알았다.
첫째, 시를 배우지 못하면 언어가 결핍하다.
둘째 예를 배우지 못하면 입신(立身)할 수 없다.
셋째는 군자는 자식을 멀리해야 한다.

제6장

서부에서 기린이 잡히고 안회가 몰세(沒世)하다

서부에서 잡힌 기린을 보고 자기와 비유하다

제 간공을 살해한 전형의 처벌을 요구하다

청빈한 안회의 죽음에 후장케 하다

위나라의 정변에도 고재는 살아오다

자로는 마지막까지 예를 갖추며 죽었음을 듣다

공자가 73세를 일기로 선사(禪死)하다

孔子

서부에서 잡힌 기린을 보고 자기와 비유하다

노나라 애공은 군왕이었지만 패좌의 야심이 없었다. 정치는 삼환의 협잡이나 계씨의 전횡에 놀아났다. 그래도 불쾌감을 느끼지 않았고 다만 강대국의 침략이 없고 안정만 되면 만족을 느끼며 오직 놀이와 쾌락만을 일삼았다. 사냥을 즐겨하여 항상 문무백관을 거느리고 개와 매를 앞세워 떠나곤 했다.

춘추시대 임금이 문무백관과 사냥을 가는 것은 나라의 성대한 활동으로 교제(郊祭)와 같아서 사전에 천하에 칙령을 내려 만반의 준비를 한다. 애공 십사 년 봄, 어느 날 문무백관이 벌 떼처럼 궁문을 나갔다. 어떤 자는 마차를 몰고 어떤 자는 말을 타고 또 어떤 자는 보행으로 활시위를 팽팽하게 당겼다. 칼은 뽑혀 있었고 창은 햇빛에 번쩍여 검극

(劍戟)이 빛을 뿌리고 있었다.

깃발을 펄럭이며 대열은 씩씩하게 서관(西關)을 나서 곧바로 대야(大野; 거야현 경내)로 향했다.

대야는 삼면이 산으로 둘러싸여 있었다. 한 면은 소택지와 인접했는데 그 형태가 말발굽 모양이고 산에는 산림이 울창하고 야수가 득실거렸다. 소택지는 잡초가 무성했을 뿐만 아니라 물고기도 많아 봄을 맞은 들에는 새 생명이 움트고 있었다. 잠에서 방금 깨어난 소녀인 양 기지개를 쭉쭉 펴면서 일어나는 듯했다. 풀은 소생하고 새는 보금자리를 틀고 야수는 발정이 났다. 들리는 것은 호랑이, 승냥이, 원숭이 소리였고 보이는 것은 사갈(蛇蝎), 노루, 토끼, 여우, 오소리 등이었다. 그리고 반달곰은 얇아진 혓바닥을 날름거리며 뚱뚱한 몸둥이를 네발에 의지하여 비틀비틀 산림을 거닐고 있었다.

이때는 봄 사냥의 더없이 좋은 시절이었다. 사냥하러 온 임금과 문무백관은 마차를 산 아래에 세우고 말을 타고 입산하여 세 갈래로 나누어 몰이 사냥을 했다. 사냥개는 앞에서 길 안내를 하고 새매는 공중에서 정탐을 했고 보졸들은 고함치며 온 들판을 흔들어 놓았다. 이 때 갑자기 사냥개가 '컹컹' 짖으며 깊은 밀림 속으로 들어갔다. 애공과 군신이 말에 채찍하며 따를 때 갑자기 사슴 한 마리가 수림 속에서 뛰쳐나오자 요행을 노리고 있던 애공은 앞으로 나가 활을 당겼다. '씽 -' 하는 소리와 함께 그 사슴은 쓰러졌다가 기어 일어나 무성한 관목 속으로 달려 들어갔다.

애공은 백관을 거느리고 바로 뒤쫓아 보니 수림 속은 가시덩굴로 엉

켜져 빛도 새어들어갈 수 없었다. 더 쫓아갈 수 없어 서있을 뿐 방법이 없었다. 이때 계강자는 관목 속에 사람이 움직이는 것을 보고 눈을 똑바로 뜨고 살폈는데 온데간데없었다. 그런데 잠시 후 어깨에 죽은 사슴을 메고 정신없이 내닫는 사람이 있어 보지 않아도 그 사슴은 방금 애공이 쏘아 잡은 것이 틀림없었다.

계강자는 도망치는 사람을 가리키면서 '연장군, 저놈을 쏘아 죽여!' 라고 연구에게 명령을 내렸다. 애공은 계강자의 말에 반대하며 '산 사람을 잡으면 않 돼!' 라고 명령하였다. 계강자는 애공을 거들떠보지도 않고 방금 했던 말을 반복하며 '쏴, 죽여!'라고 했다.

애공은 더는 거역할 수 없어 습관적으로 애공과 계강자 사이에 갈등이 생기면 계강자의 명을 들어야 했기에 아무 말도 하지 않고 화살을 활에 메고 겨누었다. 연구가 한 쪽 눈을 감고 도망치는 사람의 뒤통수를 겨누어 화살을 쏘려 할 때 귓전에서 갑자기 공자의 목소리가 들려왔다. '인간을 사랑하라! 연구는 나의 제자가 아니다. 북을 치면서 쫓아 버리거라!'라는 소리가 분명히 들려오는 것만 같았다.

가슴이 갑자기 뛰고 머리가 아찔했다. 눈이 희미해지며 두 손이 떨리는 바람에 화살은 공중으로 날아가 버렸다. 신통하게도 바로 이때 홀연히 큰 바람이 불어오며 나무들이 파도를 일으키고 모래와 자갈이 흩날려 연구는 눈을 비비적거리면서 애공에게 말했다.

"눈에 티가 들어가 놓쳐 버렸습니다. 형벌을 달갑게 받겠습니다."

애공이 '껄, 껄!'하고 웃더니 속으로 '계씨가 너더러 사람을 쏘아 죽이라 했겠다. 모래 바람이 불어와 계씨의 전횡에 징벌을 준 것이다.'라고 생각했다. 그리고 한참만에야 그는 손짓하며 말했다.

"모래 바람이 갑자기 부는 것은 하늘을 원망할 일이다. 연장군이 무슨 죄가 있는가!"

계강자는 낯빛이 흐려질 정도로 속이 대단히 불쾌했다. 광풍이 휘몰아쳐 눈에 티가 들어갈 수 있고 사람의 실수로 화살도 삐질 수 있는 것이라고 생각하면서도 강렬한 허영심에 사로잡혔기 때문에 연구에 대한 생각이 달라졌다. 그는 자기가 발견한 용감하고 늠름한 장군으로 하늘을 떠멜 기둥이고 계씨를 도와서 중요한 일을 할 인물이 그것도 맞추지 못하다니 체면이 서지 않았다.

이렇게 생각하면 화를 낼 수밖에 없는데 때마침 숙손 씨의 인마가 맞은편에서 달려오며 두 사나이는 작은 소만한 야수 하나를 메고 왔다. 그 두 사나이 중 한 명은 산림을 관리하는 우인(虞人)이었고 다른 한 사람은 숙손 씨의 차자(車子; 마차를 관리하는 시종)였던 것이다.

두 사나이는 헐떡거리면서 소만한 사냥물을 애공 앞에 내려놓고 아뢰었다.

"신이 괴수를 잡아 가지고 감히 혼자 즐길 수 없어 국왕께 드리고자 하옵나이다."

대신들은 괴상한 짐승이라며 저마다 모여와 보고 놀람을 금치 못했다. 그 괴상한 짐승은 노루 몸뚱이에 소꼬리를 하고, 이마는 승냥이 이마였고, 발은 말과 같았고, 키가 한자 두 치였으며 머리에는 물고기 같은 뿔이 자라있는데 반들반들하고 윤기가 돌았다. 등에 깔려있는 털에는 손바닥만큼 나선무늬가 새겨져 있어 오색영롱하고 색채가 분명하여 눈부셨다. 복부의 털은 몽땅 담황색으로 나선무늬가 있어 사자의 머리털처럼 좌우로 갈라져 덮여 있었으며 역시 광채가 났다.

숙손 씨는 사람들이 놀라운 눈길로 자기를 주시하는 것을 보고 매우 자랑스러운 듯이 괴수를 잡은 경과를 그럴듯하게 그려냈다.

"들판에 온 후, 산림으로 들어간 맹손 씨는 습지에서 어류를 잡았고, 계씨는 바른 쪽에서 숙손씨는 왼쪽에서 임금을 호위하며 사냥을 즐기고 있었습니다. 곰, 노루, 고라니, 사슴, 여우, 오소리, 토끼, 등 없는 것이 없었사옵니다. 신이 주군께 사냥물을 바치고자 했을 때, 갑자기 삼림에서 괴수가 뛰쳐나왔나이다."

숙손 씨는 일부러 신비하게 보이려고 말을 계속 이었다.

"사슴도 고라니도 아니고 털색은 아롱다롱 눈부셨고 볼은 투명하고 닫는 속도는 굉장히 빨랐사옵나이다. 무장들이 활을 쏘려고 하는 것을 저희는 제지시켰습니다. 괴수를 생포하여 원유(園囿)에 놓고 관상용으로 키우면 우리 주인님께서 장수하실 것이라 생각되었던 것이옵나이다. 신의 마차몰이 인 저상(鉏商)은 키가 크고 다리가 길어 잘 뜁니다. 근력까지 좋아 일부러 그에게 명령을 내려 잡아오라 했더니 과연 신의 중임을 저버리지 않고 괴수를 따라 잡았으나 애석하게도 결투 중에 앞다리가 부러진 괴수는 숨지고 말았사옵나이다. 주군께서 어서 죄를 내려주시옵소서!"

애공이 기쁨을 금치 못했다.

"공의 일편단심에 무슨 죄가 있겠는가!"

그 괴상한 짐승을 애공이 낱낱이 살펴보고 또 보고 나서 중얼거렸다.

"괴상하기도 하지! 소도 아니고 말도 아니며 나귀도 아니고 사슴도 아닌 사불상(四不象)이로구나!"

그리고 애공이 갑자기 고개를 들고 기대의 눈길로 대신들을 바라보며 물었다.

"공들 중, 이 괴수를 아는 분이 있으면 말해 보시오!"

그들은 서로 쳐다볼 뿐 고개를 숙이고 머리를 긁적이다가 부끄러워 얼굴까지 빨갛게 물든 자도 있었다.

계강자가 앞으로 한발 나서면서 말했다.

"나귀도 아니고 말도 아닌 괴물이 갑자기 나타난 것은 기필코 불길한 징조이오니 우리 주인께서 절대 가지고 가시지 마시고 아예 들에 버리십시오. 괜히 재앙을 초래하지 마시옵소서!"

애공은 고개를 끄덕이면서 말했다.

"애경의 말이 옳아. 그놈을 산에 내다 버리거라!"

"그렇다면 저 우인(虞人)에게 주시옵소서. 그가 반 달간 굶주릴 걱정 없을 것이외다."

숙손씨가 급하게 만류했다. 우인은 숙손 씨의 말이 떨어지기 바쁘게 큰 보물이나 얻은 것 같아 당장 메고 가려했다. 이 때 자공이 가로 막았다.

"잠깐! 이름도 모르고 있는데 불길지물이라 할 수 있겠나이까? 우리 공자님께서 뒤에 계십니다. 임금께서는 어이 우리 공자님을 부르시지 않으십니까? 자초지종을 아시고 처리하는 것이 옳은가 하옵나이다. 불길지물이면 그때에 가서 버려도 늦지 않을 것이옵나이다."

애공은 그제야 깨달은 듯이 말했다.

"공자는 박물군자(博物君子)라서 모르는 것이 없을 거야. 이 짐승도 꼭 알 가능성이 있어! 어서 공자를 청해와 이 짐승이 무엇인지 알아보자꾸나."

계강자는 몸을 한쪽으로 돌려버리고 대꾸를 하지 않은 채, 눈을 게슴츠레 뜨고 다시 한 번 조용히 생각에 잠겼다. 어떻게 공자의 강대한 세력에 대처할 것인지 생각하지 않을 수 없었다. 다만 이번에는 그 넓고 텅 빈 의사청이 아니라 황야의 수림이었다.

71세 고령인 공자는 본디 임금을 따라 수렵하러 올 기분이 아니었다. 하루라도 고귀한 시간을 더욱 허비할 수 없었지만 대부의 몸으로 애공의 초청에 가지 않으면 예절에 벗어나는 것이었기에 자신의 신분으로 예를 벗어나는 행동을 할 수 없어 따라왔던 것이다. 그는 당연히 다른 문무백관처럼 쫓아다니지 않고 다만 경치나 구경하려 했던 것이다.

공자는 말등에서 몇몇 제자의 호위를 받으며 천천히 거닐고 있었다. 그는 처음으로 밖의 세상에 나온 아이처럼 자연이 아름답게 보였다. 하늘은 높고 크며 푸르렀고 둥둥 떠다니는 흰 구름은 말할 수 없이 가벼워 소녀가 날리는 흰 명주실이나 새색씨에게 둘러진 치마폭 같았다. 공기 또한 맑고 산뜻하고 달콤하여 컬컬하고 시원한 샘물에 꿀을 탄 듯했다. 바람은 온화하여 마치 훈훈한 입김 같았고 따뜻한 이불속 같았고 대지도 금방 잠에서 깨어난 듯 했다.

공자의 눈앞에 나타난 수림은 초록빛으로 무르녹아 백화가 만발하고 백조가 지저귀는 한창 피어나는 봄 경치었다. 그가 이해할 수 없는 것은 젊은 시절에는 이와 같이 아름답고 황홀한 대자연을 보지 못했던 것이다. 제자들을 거느리고 깊은 산을 여행하고 태산에 올랐으며 사수를 건너고 열국을 방문했어도 이런 감정은 없었다.

한 궁중 시종을 따라 공자와 몇몇 제자가 애공에게 갔다. 연구는 공자가 도착하기도 전에 벌써 피했고, 자공은 공자를 말에서 부축하여 내리게 했다. 애공은 공자가 부르는 즉시 온 것을 보고 마음이 유난히 흡족하여 물었다.

"부자님은 박식하고 재능이 많으므로 이 짐승을 알겠는가요."

공자가 보고 또 보고, 한참만에야 입을 여셨다.

"임금에게 아뢰외다. 이 짐승은 기린이라고 하옵니다. 태평성세나 성인이 탄생해야 봉황이나 기린이 나타난다고 하옵나이다."

계강자는 공자가 말도 채 끝내기도 전에 예전과 완전히 딴판으로 애공에게 허리를 굽히며 인사했다.

"임금님, 축하하옵나이다! 하늘에서 기린을 미리 보내주셨나이다."

계강자의 눈치에 맞추어 행사하던 왕궁 대신들이 분분히 축하를 했다.

애공이 너무도 반가워 어쩔 줄 몰라 하면서 미소 지으며 말했다.

"총재가 잘 도와준 덕택일세. 그리고 여러 애경들이 수고가 많았기에 하늘을 감동시킬 수 있었던 것이지!"

연구는 한 큰 나무 뒤에 숨어서 이 모든 것을 똑똑히 보고 들었다. 공자의 성미에 어떤 일이라도 일어나면 어떻게 할까 걱정이었기에 손에 선 검 자루를 으스러지게 틀어쥐었기 때문에 땀이 송골송골 났다. 전부(田賦)의 일로 인해 계강자는 공자를 눈에 가시처럼 벼르고 있어 만일 문무백관들 앞에서 계씨의 낯을 깎아 놓을까 걱정이었다. 계씨는 어떤 일이라도 능히 해낼 수 있는 인물이었다. 자공은 공자에 관해 어떤 일이 일어나도 죽기 살기로 공자의 안전을 도모하려 마음먹고 살폈던 것이다. 그러나 공자는 그 한마디 말만 하고 더는 말하지 않아서 연구는 시름을 놓을 수 있었다.

군신의 열렬한 축하 속에서 공자는 묵묵히 그곳을 떠나 함께 갔던 제자들과 함께 안회가 모는 수레를 타고 자리를 옮겼다. 자하, 증삼, 자량, 자공, 등도 아무 말 없이 뒤를 따라 졸졸 흐르는 냇가의 녹지에 앉자 공자는 한숨을 풀풀 쉬며 두 눈에는 구슬 같은 눈물을 글썽이며 중얼거렸다.

"오늘이 참으로 태평성세란 말이냐?"

남궁경국이 물었다.

"기린의 출현이 상서로운 징조라 하옵니다. 스승님께서는 어이하여 슬퍼 하시옵나이까?"

공자가 또 한숨을 쉬면서 말했다.

"기린은 인의로운 짐승이다. 그는 인의를 품고 종사하는 음악 같은 소리를 내면서 산다. 걸음마다 규칙 있게 걷고 우측으로 다니면서 놀다가 내리는 곳은 따로 있으며 벌레를 밟아 죽이지 않는다. 푸른 풀에 걸리지 않으며 몸에는 아름다운 무늬가 있어 성명한 군주가 재위해야 나타나 태평성세를 알려준다. 옛날 요제(堯帝) 때에 기린은 교외에서 놀고 만민은 상서로운 동물이라 하여 누구도 해치지 않았다. 주나라가 흥성해질 때 봉황이 기산(岐山)에 나타나니 백성들은 상서로운 징조라고 다투어 그의 형태를 본받으니 두 번이나 나타났다. 이번에는 명왕도 없는데 나타났으니 때를 맞추지 못했고 다리가 부러져 하인의 손에 목숨을 잃었다. 내가 어이 비감하지 않을 수 있겠느냐?"

공자가 소매로 낯을 가리고 눈물을 흘렸다. 제자들이 다가가 위로하니 한참만에야 공자의 슬픈 정서가 가라앉았다. 제자들은 그를 말등에 앉히고 부랴부랴 돌아갔다. 서부 사냥에서 돌아온 공자는 더는 책을 보고 글을 쓰지 않았다. 늘 홀로 조용한 장소를 찾아 가만히 눈물을 흘리며 중얼거렸다.

"내 도는 끝장났다! 내 도는 끝장났다!"

어느 날 자공이 물었다.

"백어(공자의 아들 공리) 형이 사망했을 때도 울지 않으셨는데 기린이 죽었다하여 스승님께서 이렇게 슬퍼하시니 무슨 상관이 있사옵나이까?"

눈물 범벅이 된 공자가 대답했다.

"공구는 기린 같도다! 기린이 나타난 것은 명왕을 만나지 못해 목숨을 잃었다. 이 공구도 시기를 잘 만나지 못하고 명왕을 만나지 못했다. 그 도가 이 세상에서 행할 수 없게 되었으니 이제는 끝장이로다!"

"스승님의 도는 너무나도 웅대하여 이 세상에서 행하기 힘든 것이옵나이다. 지금은 행할 수 없지만 천세만세로 전해져도 스승님의 도는 없어질 수 없습니다. 일단 명군만 만나면 자연히 크게 행해질 것이옵나이다. 오늘날에 있어서 각 저서의 편찬이 완성되었습니다. 그 서적 속에는 스승님의 도가 깃들어 있습니다. 스승님의 도는 일월을 방불케 하옵니다. 만고에 영존하고 천지와 함께 영원할 것이옵나이다!"

사흘 후, 공자는 곡부성에 있는 제자들을 모두 불러서 말했다.

“기린이 때를 만나지 못해 해를 입었다. 나의 도도 끝장이다! 다행이도 몇 가지 책이 이미 완성되고 춘추만 남았다. 평왕이 동으로 이사한 때부터 지금까지의 2백 여 년의 대사가 남았지만 기린의 출현으로 절필(絶筆)한다. 금후 집필의 책임은 너희에게 있느니라!”

그리고 갖고 있던 책을 제자들에게 내주며 베끼게 했다. 이것은 그가 제자들에게 남겨준 제일 고귀한 예물이었다. 그가 후세에 남겨준 가장 고귀한 정신적 유산이었다.

제 간공을 살해한 전형의 처벌을 요구하다

공자는 더 이상 정사에 참여하지 않았다. 서부 사냥에서 기린을 본 후로 육예의 편찬을 중단했다. 이해 6월 제나라의 전형(전성자 혹은 전상)이 제 간공(簡公)을 살해했다는 소식을 들은 공자는 온몸을 부들부들 떨더니 손발까지 차가워 졌다. 대신이 군주를 살해한 것이 공자와 무슨 상관이 있단 말인가! 제 간공과 공자는 친척도 친한 벗도 아니었다.

전형은 제 환공의 상경 대부로서 선조 완원(完原)이 진나라 귀족으로 귀족 간의 내부 투쟁이 두려워 제 환공(桓公) 때 제나라에 왔다. 전형 대에 와서는 이미 제8대조 조상이었던 것이다. 공자도 인정하는 바 제 경공과 제 간공은 모두 용속하여 해낸 일이 없어 성군 명왕 자격이 더욱 없었다. 그러나 전형은 민심을 얻어 왕궁 대신으로부터 백성에 이르기까지 그를 칭찬하지 않는 자 없었다. 그는 최소한 도로 사람들의 마음을 끌어 잡을 줄 알았고 군신을 위해 봉록 인상이나 백성의 식량 분배 등에 대해 임금께 청하다보니 제나라에는 이러한 민요가 생겼다.

시화 풀 캐는 늙은 여인까지도
전성자에게 마음이 쏠린다네!

제 경공 때부터 전형은 권력을 찬탈할 야심을 품기 시작하여 기원전 481년 6월 제나라에서 내란이 일어났다. 제 간공이 부인과 창망히 서주(舒州; 산동현 동령현)로 도망가자 추격한 전형의 병졸에게 간공이 살해된 것이다. 재여(宰予)는 전형을 지지했는데 정변 중에 피살되었고 전형은 제 간공의 동생 오(驁)를 임금의 자리에 올려놓으니 그가 바로 제 평공(平公)이다.

전형 자신은 스스로 태자가 되었으니 아무리 제 간공 보다 재능이 많다 해도 군과 신이 분명한 것인데 신이 군을 살해한 것은 극악무도한 짓이었다. 그 일이 공자와 아무런 상관이 없을지라도 공자는 분노했다. 큰 행사를 치르는 사람처럼 정색하여 목욕하고 옷을 갈아입고 모자를 똑바로 쓰고 늠름하게 입궁하여 애공을 뵈었다.

"제나라의 전형이 그의 임금을 살해했나이다. 제나라와 노나라는 정이 깊습니다. 임금께서 출병하시어 제를 토벌해야 하옵니다. 그리하여 전형의 죄를 성토해 주시기를 바라마지 않사옵나이다."

노 애공은 두 손을 쭉 내밀면서 어쩔 수 없다는 표정을 지었다.

"병권이 벌써부터 삼환에게 장악되어 있습니다. 애경께서 바로 그들과 상론하는 것이 좋겠소이다."

연로한 공자는 마치 거절당한 어린애처럼 물러 나와 투덜거렸다. '이렇게 큰 대사에 임하여 어떻게 찾아오지 않을 수 있단 말인가?' 공자는 한탄을 금치 못하며 총재부에 가서 계강자에게 청했다.

계강자도 벌써부터 소식을 알고 전형을 칭찬하며 집정 기간이 짧아 조건이 구비되지 못했을 것을 염려했다. 자기도 노 애공과 같은 무능한 괴뢰를 차 버리기 위해 길을 가로막는 장애물을 없애 버리려고 속으로 생각하고 있어 출병은 어림도 없었다. 물론 계강자의 진실한 생각은 어떤 사람에게도 말하지 않았다. 공자에게는 더욱 비밀을 엄수했다. 그것은 공자가 충군존왕(忠君尊王) 사상의 창조자로 왕의 충실한 보호자였기 때문이다.

그는 전형이 임금을 살해하고 제 간공의 동생을 군으로 추대했기 때문에 용서할 수 있으며 제나라의 일을 노나라에서 간섭할 권리가 없다고 막아버렸다. 출병하여 토벌할 것을 거절당한 공자는 이번에도 타격을 많이 받았다. 서부 사냥에 버금가는 일이었기 때문에 반달도 되지 않는 사이에 그는 많이 늙어 버렸다.

청빈한 안회의 죽음에 후장토록 하다

집필을 중지한 공자는 편안했지만, 오히려 매우 바쁜 것만 못하여 적막과 무료함에 날을 해로 보내는 듯, 정신적 번뇌와 시달림을 받았다. 공자의 심정을 헤아릴 수 있었기 때문에 멀리 떨어져 있는 제자들을 제외한 자공, 안회, 상구, 자하, 증삼, 숙중회(叔仲會)와 같은 제자는 매일 찾아와 모시고 앉아서 떠나려 하지 않았다. 화창한 날이면 공자를 모시고 교외로 나가 갑갑한 기분도 풀어 드릴 겸 기수(沂水) 가에 가서 산책을 했고, 사수에 가서 놀고, 무운대(舞雲臺)에 오르기도 하며 옛날처럼 거문고도 타고 노래도 불렀다.

가을 어느 날 남궁경숙과 몇몇 제자는 공자를 모시고 방산(放山)을 유람할 겸, 공자 부모님 능묘에 제사를 지내러 갔다. 배는 누렇고 감은 빨갛게 익어 있었다. 잡풀은 말랐고 북방제비는 남으로 향해 날아갔다. 까마귀는 무리를 지어 메마른 나뭇가지에 앉아 마치 열매가 주렁주렁 달린 것 같았다. 대지는 온통 쓸쓸한 기분이었고 마른 나뭇가지는 가을바람에 휘날리고 있었다.

돌아오는 길에 공자 사도 일행은 한 포수가 활을 쏘니 운수 사나운 한 놈이 맞아 떨어지고 다른 놈은 날아올라 상공에서 맴돌이치고 있었다. 포수는 다가가 죽은 까마귀를 가지고 가려 했으나 무리를 지은 까마귀들은 그 포수를 바싹 따라다니면서 시끄럽게 울어댔다. 어떤 놈은 포수의 어깨를 마구 쪼아 대니 포수는 죽은 까마귀를 버리고 꼬리가 빠지게 도망갔다. 까마귀는 저마다 땅에 내려 죽은 까마귀를 둘러싸고 천천히 걷는 놈이 있는가 하면 퐁퐁 뛰는 놈도 있어 낮은 소리를 내면서 구슬프게 우는 것 같았다.

삿갓을 쓰고 거름광주리를 둘러멘 연로한 농부가 이 정경을 보았다.

구덩이를 파고 그 죽은 까마귀를 묻어 주니 수천마리의 까마귀는 그제야 시름을 놓은 듯 어디론가 날아갔다. 공자 사도는 처음부터 마지막까지 구경하며 감탄을 금치 못했다.

"까마귀는 새들 중에서 가장 인자한 조류로구나. 인류 중 군자와 꼭 같네!"

공자가 이를 보고 칭찬했다.

"까마귀의 되갚는 마음(反哺心)은 효조라 할 수 있도다!"

증삼이 감탄했다. 공자가 증삼의 말을 받았다.

"그렇다! 효성도 있고 인자하구나. 한 까마귀가 난에 봉착하니 모든 까마귀가 비통에 쌓이는구나! 만물의 영장인 인간은 집권을 위해 전쟁을 일삼아 동족을 살해하고도 수치심을 느끼지 못하니 참으로 까마귀만도 못한 놈들이다."

공자는 말하다 보니 갑자기 연백우(冉伯牛)가 생각났다.

연백우는 공자의 제자가 되어서부터 줄곧 피곤을 모르고 배웠을 뿐만 아니라 모든 일에서 때를 가리지 않고 인의와 용서를 행동의 규범으로 삶고 자신을 엄격하게 단속해왔다. 남을 대함에 있어서 너그럽고 자신에게는 매우 엄격했으며 윗사람을 존경하고 아래 사람을 사랑하여 동지들 간에 각별히 현숙하여 그의 덕행은 안회 버금갔던 것이다. 불행하게도 그는 문둥이 병에 걸려 병세가 날마다 악화되어 문을 닫아걸고 다른 사람과 왕래를 단절하고 있었다. 공자는 오랫동안 그를 보지 못했지만 마음속으로 그를 몹시 그리워했다.

연백우는 병에 걸린 지 오래였다. 유전적인 가능성이 컸다. 처음에는 피부가 거칠어지고 가려운 증세가 나타나더니 사지로부터 시작하여 온몸에 고기비늘과 같은 것들이 가득 생겨 살짝 긁기만 해도 우수수 떨어졌다. 점차로 비늘이 떨어지다가 그곳의 피부가 썩어 피고름이 질퍽하여 눈뜨고 볼 수 없었다. 썩는 냄새가 코를 찔러서 사람과 접촉할 수 없게 되자 전염될까 봐 사람을 피하기 시작했다. 공자는 연백우가 더러운 병에 걸렸다 하여 꺼려 본적은 없었을 뿐만 아니라 제자 앞에서 그의 덕행을 늘 자랑하며 안회와 같은 위치에 놓았다.

위나라에서 노나라로 돌아 온지 얼마 되지 않아 문안을 간 후, 침식을 잊어가면서 육예 편찬에 착수하여 가보지 못했다. 지금은 어떻게 되었는지 궁금하기 그지없었다. 연백우의 병문안을 가신다는 소식에 남궁경숙은 놀라며 반달 전 몇몇 사도와 병문안 갔을 때의 모습이 떠올라 공자가 보면 너무 마음 상하실까 걱정하여 권고했다.

"스승님 너무 피곤하시온데 훗날 가시옵소서!"

공자는 고개를 절레절레 흔들면서 말했다.

"가는 길에 들리면 편리한데 훗날이라니?"

남궁경숙은 부끄러워 얼굴이 빨갛게 되면서 우물쭈물 말했다.

"백우의 병이 중하여 거동이 불편합니다. 스승님께서 가시면 그가 꼭 초대하려고 할 것입니다. 만일 그렇게 되면 그의 병이 더 심해질 수 있기 때문에 가시지 않는 것이 좋겠사옵니다."

사마우가 갑자기 불쑥 한마디 내뱉었다.

"백우 형이 앓고 있는 것은 문둥병이온데……."

공자가 말했다.

"나는 이미 그가 불치병에 걸려 이 세상을 곧 하직할 것을 알고 있다. 오늘 여기까지 왔는데 들어가 보지 않을 수 없구나!"

증삼이 다시 권고했다.

"스승님은 연로하시고 옥체 또한 불편하시옵니다. 훗날에 우리 제자들이 스승님을 대신하여 가보면 좋지 않겠사옵니까?"

"안 돼!"

공자의 이 한마디는 아주 무거운 벼락처럼 증삼을 압박하여 하던 말을 삼켜 버리게 했다. 잠깐 후에 평정심을 찾은 공자가 걸음을 성큼성큼 옮겼다.

"너희들 사이는 수족과 같고 사생 사이는 부모와 같다. 너희들은 돌아가거라. 혼자서 가 보련다."

이에 대해 제자들은 아무 말도 못하고 공자의 뒤를 따라가는 수밖에 없었다. 쓸쓸한 가을바람이 세차게 불어 모래자갈을 날렸고 공자는 제자의 부축을 받으며 진탕길과 물구덩이를 걸어가며 머리 속에는 오직 안회뿐이었다. 꼬불꼬불하고 비좁은 골목길에는 나지막한 초가집이 하나 있었다. 추운 겨울엔 사방에서 바람이 들어와 빗방울이 얼음이 되었다.

안회는 집안에서 정력을 다해 시를 읊고, 예를 읽고, 거문고와 함께 노래했다. 그는 배가 고프면 건량 한 줌을 씹었고 목이 마르면 바가지로 냉수 한 모금 마시면서도 매일 태연자약하며 얼굴엔 근심이라고는 찾아볼 수 없었다.

북방의 농촌에 유람 갔을 때 자로 · 자공 · 안회 등 제자들이 그의 옆에 있어 그는 제자들에게 희망을 말하라고 했을 때였다. 자로 자공은 말했으나 안회만은 말하지 않다가 재삼 재촉하자 말했었다.

'명군현주를 만나 그로 하여금 오교와 예악을 알게 도와주는 것입니다. 백성들에게 성곽을 지으라고 핍박하지 않고, 계곡을 따라 음양이 조화롭고, 가정생활이 풍요롭고, 검극을 녹여 농기구를 만들고, 넓은 들에서 소와 말을 방목하며 부부간에 이별하는 고통을 덜고, 싸움 없는 세상을 가꾸는 것입니다.'

한 번은 안회에게 무엇이 명군이냐고 물었더니, '명군은 스스로를 잘 알아야 하고 인정을 베푸는 것이외다.' 라고 말했었다. 또 열국을 방문하면서 정치 사상을 각 제후들이 이해하지 않자 안회는 공자를 위로하기 위해 말했었다.

"스승님의 도는 천하에 용납할 수 없을 정도로 큰 것입니다. 나라를 소유하고 있는 자들이 받아들이지 못하는 것은 수치입니다. 스승님에게 있어서는 추호도 손상이 가지 않는 것이옵나이다."

가난하고 힘들고 어쩔 바를 모르고 있었을 때 심지어 울분이 터지는 말까지 할 때도 안회는 공자를 위로했었다.

"공자님의 도는 머리를 들고 보면 볼수록 높아 보입니다. 정력을 다해 파고들면 들수록 깊습니다. 이 안회는 빈곤함을 부유함으로 여기고 천함을 귀함으로 여겨 용맹이 없어도 위엄으로 살려하고 선비들과 내왕하며 평생을 두고도 근심 걱정이 없었나이다."

어떤 사람이 그에게 무엇 때문에 출사하지 않느냐고 물었을 때 안회가 대답했다.

"성 밖에는 심어먹는 밭이 있어 끼니를 메울 수 있고 성안에는 삼베 심을 곳이 있어 몸 가림 할 수 있으니 무엇을 더 하리오!"

공자는 더는 감히 추억을 더듬어 나가지 못했다. 눈물은 빗물에 뒤섞여 주룩주룩 흘러 질퍽한 황톳길에 떨어졌다. 그 좁은 골목길에 있는 초가에 도착했을 때 안회는 이미 시체가 되어 땅 바닥에 누워 있었다. 집안은 네 벽 밖에 없었으며 벽마저 때가 끼고 부식되어 있어 천장에서는 비가 새어 성한 곳이라곤 하나도 없었다. 안회는 여전히 평소에 입었던 낡은 의복 차림이었다. 시체 위에는 얇고 작은 낡은 이불이 그의 웅장한 체구를 다 덮을 수 없었다. 뿐만 아니라 그것마저 네 귀에 갈꽃 솜이 헤어져 겉으로 드러나 있었다.

그 정경을 본 공자 사도는 비통에 비통이 겹쳐 서로 부둥켜안고 울고 또 울었다. 공자는 지팡이로 하늘을 가리키며 마치 저 푸른 하늘이 무심하다고 원망했다. 발로는 힘겹게 땅을 구르며 마치 대지가 불공평하다고 한탄했다. 한 손으론 자신의 가슴만 잡아 뜯으며 마치 그 억울하고 불평스러운 마음을 꺼내어 빗물에 씻는 듯 했다. 그는 눈물범벅이 되어 슬픔에 잠겨 끊임없이 질책하고 있었다.

"하늘이시여! 내 목숨 앗아 가소서! 내 목숨 앗아 가소서!"

안로와 제자들은 다가가 위로했으나 허사였다.

자공이 흐느끼면서 공자에게 의문되는 점이 있다고 하니 울음을 그쳤다.

"스승님은 외동아들인 백어 형을 잃고도 비감에 빠지지 않았습니다. 오늘 안회 형이 별세한 데 대하여 슬픔을 좀 참는 것이 어떠하십니까?"

칠십 고령인 공자는 일생 중에 비통의 눈물을 흘린 것은 어머니 안 정재를 여의었을 때 이후 오늘이 두 번째였다. 공리가 별세하였을 때는 묵묵히 눈물만 흘렸을 뿐, 공리의 장례날 밤 그는 거문고를 조절하여 노래하면서 시를 작곡했다. 자공의 의문은 진항(陳亢)에 대한 옛일이었다.

자공의 질문에 공자는 솔직하게 제자들에게 말했다.

"너희들이 나에게 속인 일이 있느냐? 난 너희들에게 속인 일이 없다. 나의 행동은 너희에게 모두 알려 왔다." 이것이 바로 공구의 됨됨이 인 것이다. 이 말은 진실한 것이었으나 그것을 그대로 믿을 수가 없었다. 사람은 누구나 자리가 있는데 난들 왜 없었을까? 백어(공리)가 마침 자신과 함께 배우는 친구인데 특별히 가르치지 않았을까? 지식이 해박한 아버지가 남몰래 가르쳐 주었을 것으로 생각해서 그는 이러한 의혹을 품고 백어에게 물은 일이 있었다.

"사형은 공자님께 어떤 특이한 지식이라도 가르침 받은 적이 없는가요?"

"없다! 어느 날 아버지께서 홀로 집문 앞에 서 계셨을 때였네. 내가 그이의 앞으로 지나간 일이 있었지. 아버지께서는 나에게 '예를 배웠느냐?' 라고 물으셨네. 그 때 나는 '아니요.' 라고 대답했네. 그랬더니 그이께서는 '시를 배우지 않으면 우아스럽지 못하다!'라고 하셔서 배우게 되었네. 또 한 번은 그이께서 역시 문 앞에 서 계실 때였네. 나는 그이의 앞을 지나가게 되었는데 그는 또 나에게 '예를 배웠느냐?' 라고 물으셨네. 그래서 내가 '아니요.' 라고 했더니 그이께서는 '예를 배우지 못하면 입신 처세에 힘이 든다!'라고 하셨네. 그리하여 나는 '예를 배우겠습니다.'라고 대답했네. 나는 다만 아버지께 이렇게 두 번 남몰래 가르침 받은 것 밖에 없네."

그 일이 있은 뒤 진항은 사도들에게 이 일을 전파하고 감개무량하여 말했다.

"하나를 묻고 셋을 알았다. 첫째로 시를 배우지 못하면 언어가 결핍하다. 둘째로 예를 배우지 못하면 입신(立身)할 수 없다. 셋째는 군자는 자식을 멀리해야 한다."

공자가 계속 눈물을 흘리며 넋두리했다.

"안회야! 이(鯉)가 죽어도 급(級)이 있어 공문을 계승할 자 있었다. 오늘 네가 이 세상을 떠나게 되니 그 누가 공구의 도를 계승하여 학문을 계승할 수 있단 말인가? 인정과 덕치는 또 누구에 의해 실현된단 말인가? 이 공구가 안회를 위해 울고 눈물을 흘리지 않으면 누굴 위해 하겠느냐?"

공자는 이렇게 넋두리하다가 안회의 시체에 엎드려 통곡하며 안회를 흔들었다.

"광성에서 포위되었을 때 넌 내가 아직 건강히 앉아 계시는데 이 안회가 어이 감히 죽겠소이까? 라고 했지! 허나 지금 내가 살아 있는데 너는 어떻게 자기가 한 말을 삼켜버렸느냐? 날 버리고 갈 수 있단 말이냐!"

안로(안회의 아버지)는 옷깃으로 눈물을 닦으면서 공자에게 권고했다.

"공자님께서 회아를 이토록 대하시니 감사하옵나이다. 저 세상에서도 공자님의 은혜에 목이 멜 것이옵나이다. 공자님께서 슬퍼하시지 마시옵소서. 이렇게 많은 연세에 의외의 사고라도 생기면 어찌 하시겠습니까? 이 제자가 어떤 면목으로 세상 사람을 보겠사옵나이까?"

남궁경숙이 말했다.

"안회 동생이 방금 쓰러져 뒤처리가 아직 남았습니다. 스승님께서 슬픔을 참으시고 동생의 후사 처리를 보아 주십시요."

후사 처리란 말이 나오니 공자는 울음을 그쳤다. 안로가 도리어 통곡하기 시작했다. 그는 눈앞에 있는 광경들을 보니 잡곡밥과 냉수 한 그릇, 살고 있는 오막살이, 헤어진 이불 등, 아들이 죽어도 변변한 옷 한 벌 입히지 못하고 후사를 어떻게 처리할 것인지 걱정되었다. 가산을 다 정리해도 얇은 널로 만든 관 하나 살 수 있을 뿐, 앞세운 아들에게 미안하기 그지없어 눈물범벅이 된 안로는 공자에게 자신의 고통스러운 심정을 호소했다.

"장례는 가정형편에 따라 간단하게 치루어야 하네. 생자는 오로지 마음 깊이 추모하면 되네. 망자의 덕행을 아로새기는 것이 인과 예절상에서 모두 부합되네. 번거롭게 차릴 필요 없네."

공자가 안로를 위로했다. 안로는 공자님이 아들 안회에 대해 평소에 매우 중시해 온 것을 안다. 오늘도 이토록 슬퍼하시고 있는데 관을 사달라고 하면 거역하지 않으리라 생각하고 공자에게 다가가 인사를 올리고 비 오듯 눈물을 흘리면서 말했다.

"우리 부자(父子)는 함께 공자님의 제자가 되어 그 은혜 산과 같소이다. 이 제자 무능한 탓으로 한평생 가난하게 살아 보답할 기회가 없었나이다. 남은 평생 동안 견마가 되어 공자님의 시중을 들겠나이다."

"안로가 어떻게 이런 말을 할 수 있는가? 공구가 제자를 널리 받아들여 유교무류를 선양한지 40년, 나라를 다스리고 천하를 평정시킬 인재를 길러 도를 전파시키려 한 것은 나의 목표에 도달하고자 한 것이지 보답을 받고자 한 것은 아니었네."

"스승께서 안회를 친자식처럼 대하여 유별나게 사랑해 주셨사옵나이다. 이 안로는 비록 그의 애비였지만 제구실을 하지 못했습니다. 평생토록 빈궁에서 헤어나지 못하고 너무 일찍 하직하게 했사옵나이다. 안로는 칠 척 몸뚱이가 아까우며 저 세상에서 아들 보기 부끄럽사옵나이다."

공자는 그를 위로해 주었다.

"살림이 구차한 것은 시국을 탓해야할 것이다. 안회가 일찍 돌아간 것은 이미 정해진 명이니 안로의 탓이 아닐세."

안로는 갑자가 공자에게 무릎을 꿇으면서 말했다.

"스승께서 마차로 안회의 곽을 하나 짜줄 것을 청하나이다! 그가 좀 편안하게 하늘로 올라가게끔……."

공자가 떨리는 몸으로 두 발짝 다가가 허리 굽혀 안로를 부축했다. 격정에 차 넘치는 심정으로 그의 손을 꼭 잡았다.

"그렇게 하세! 이 스승을 거절하지 말아야 하네. 안회는 군자이기에 응당 번거롭지 않게 처사해야 하네. 하지만 공후 경상이 죽어야 관과

곽을 병용하네. 보통 백성이 죽었을 때는 관만 사용하는 것이 예부터 내려온 예법이네. 이 공구가 그것을 초월할 수 없네. 나의 아들 공리가 죽었을 때도 관만 쓰고 곽은 쓰지 않았네. 그리고 이 공구는 무례하게 대부란 직무를 더럽히고 싶지 않네."

"안로, 사형께서 비감해 하지 말고 스승님도 난처해 하시지 마옵소서. 안회 사형의 장례에 대해서 이 자공과 사도들이 책임을 지겠습니다. 꼭 후하게 말입니다."

자공이 다가와 위안하여 말하는데 공자가 손을 저으면서 제지했다.

"자공과 사도들은 수족과 같다. 안회의 장례에 대해 너희들이 응당 손써야 하겠으나 절대 지나치게 예를 갖춰 후장하면 안 돼!"

공문 제자 중의 몇몇은 만관가산을 소유하고 있는 자들이었다. 자공 남궁경숙 등은 도울 수만 있다면 성대한 장례쯤은 식은 죽 먹기였다. 안회는 공문에서 으뜸으로 가는 현능한 제자였다. 사도들 중에서 숭고한 명성을 떨치고 있어 존경과 사랑을 받아왔기 때문에 자공이 출연하여 모금했다. 장례식은 아주 순리적으로 보통을 넘어 예의 원칙을 훨씬 초월하였다.

공자는 다만 '예의를 초월하지 말고 후장을 하면 안 돼!' 라고 타이르기는 했지만 구체적으로 나서서 간섭하지 않았다. 아마도 제자들이 그를 속이지 않았으면 그가 한 눈을 감았을 것이다.

시월에 들어선 하늘은 함박눈이 펑펑 쏟아지기 시작했다. 안회가 출사하는 그날 상복을 입은 사람은 아우성치며 구슬피 울었다. 함박눈이 흩날리더니 대지는 꽁꽁 얼어들어 하천도 발길을 멈추었다. 안회는 집안에 고인 물을 퍼내며 팔베개하고 자는 것을 낙으로 삼았다. 자신의 장례식이 이토록 흥성하고 성대할 줄은 꿈에도 생각하지 못했을 것이다. 귀족들이 혀를 찰 정도였다.

깃대를 드는 사람, 조기를 드는 사람, 향을 태우는 사람이 줄을 섰고 번재(대나무를 싸놓고 태우면서 제를 지냄)를 하는 사람도 있었다. 소쿠리에 밥을 든 사람, 희생품인 소와 양을 든 사람, 길제를 지내는 사람, 곡을 하는 사람, 묵묵히 고개 숙인 사람, 슬피 우는 사람이 끊임없이 오가고 있었다. 장례에 참석한 사람의 대오는 구불구불 십여 리에 늘어졌다. 허다한 관리와 귀족들도 장례 행렬에 들어섰다. 심지어 애공도 존귀한 신분을 낮추고 초라한 초가삼간에 와 조문했다. 이 시각 결백한 아름다움과 순결함이 온 곡부성을 덮었다. 적석 아래의 새 무덤에는 청신하고 그윽한 향기가 풍겨났다. 공자는 허리를 굽혀 떨리는 손으로 새 흙 한 움큼을 쥐어 마지막 가는 안회의 관곽 위에 뿌리고 흐느껴 울었다.

"이 스승은 따로 줄 것이 없구나! 너의 몸에 새 흙 한 웅큼 덮어 주었으니 따스하게 잠이나 잘 자거라."

묘지 옆 작은 수림 속에 연구는 날이 밝기도 전에 와서 안회와 작별하려고 빙설 중에 서 있었다. 그는 공자와 친구들과 함께 넋두리하고 싶어 이 수림을 뚫고 나가 묘 앞으로 달려가려 했으나 용기가 없어 다만 우두커니 서서 눈물만 흘렸다.

공자는 계속 말했다.

"안회야! 너는 나의 제자들 중에서 예의의 정수를 제일 많이 습득한 제자였다. 이 장례식이 네 신분과 엄청난 차이가 난다는 것을 알고 있을 것이다. 네 친구들이 기어코 후장을 하겠노라 하는데 차마 간섭하지 못하겠더구나. 안회야! 너는 생전에 나를 아비처럼 모셨지만 난 네가 죽은 후 너를 아들처럼 대해지 못했다. 너는 예의를 저버렸다는 누명까지 덮어쓰게 되었다. 이 스승을 이해해다오. 안회야! 저승길을 천천히 걸어 가거라. 얼마 있지 않으면 나도 널 따라 가겠다. 우리 함께 시를 읊고 예악을 수정하며 춘추를 편찬하자꾸나! 그러면 넌 꼭 적적하지 않을 게다."

바로 이때 연구는 공자의 도의와 정화를 진정으로 터득했다. 이것이 바로 인간이며 인간의 가치였다. 인간의 감정이며 인간의 모든 것임을 알았다. 그는 더는 자신의 감정을 억제할 수 없어 수림 속에서 뛰쳐나와 안회의 무덤 앞에 쓰러져 펑펑 울며 원망했다.

"안회야! 넌 어쩌면 이리 빨리, 이리 급히, 가야만 했니? 이렇게도 빨리…."

그는 한바탕 통곡을 한 다음 몸을 돌려 공자 앞에 꿇어 앉아 절을 했다. 공자에게 자신의 과실을 용서해달라고 간청했다.

공자는 아무 말 없이 허리 굽혀 그를 부축해 일으키고 눈물을 흘렸다. 눈물은 연구의 얼굴에 떨어져 그의 마음 속에 속속 스며들었다. 연구는 일어나 공자의 품에 덥석 안겼다. 사도들은 얼싸안고 울었다. 심장과 심장을 붙이고 얼굴과 얼굴을 맞대고 눈물을 섞었다.

위나라의 정변에서 고재가 살아 오다

어느 날 오후, 창밖에서는 찬바람이 살을 에이 듯했고 눈꽃까지 날리는데 행단에서는 공자가 제자들에게 질문을 하고 있었다. 이때 갑자기 사마우가 뛰어들어와 아닌 밤중에 홍두깨 내밀 듯이 말했다.

"스승님께 아뢰외다! 위나라에 정변이 일어났는데 태자 괴귀가 돌아와 정권을 찬탈했고 출공은 노나라로 망명했다 하옵니다."

공자는 놀라 눈이 휘둥그레 졌다

"그 말이 참말이냐?"

"거리의 사람들이 이렇게 말하고 벌써 그 소식은 성안에 쫙 퍼졌나이다."

사마우가 손발을 저어가면서 말하니 공자는 땅이 꺼지도록 한숨을 쉬더니 그 자리에서 정신을 잃었다. 제자들은 놀라서 혼비백산했다. 반 식경 쯤 지나서 공자는 정신을 차리고 눈물을 흘렸다.

"고재는 돌아올 수 있건만 자로는 죽는 길밖에 없구나!"

제자들은 어리둥절하여 그 원인을 물었다.

"고재는 대의를 알고 있으니 기필코 자신을 보호할 수 있으나 중유는 용맹을 떨치기를 즐기고 목숨을 아까워하지 않으니 죽는 길밖에 없다."

제자들은 공자의 말을 듣고 너무 슬퍼서 공자와 함께 눈물을 흘리는 한편, 공자를 위로했다. 저녁 무렵 고재가 과연 위나라에서 도망쳐 나와 위나라 궁정 정변과 자로가 조난당한 경과를 들려주었다.

어느 칠흑 같은 야밤에 위나라 상부 문 앞에 갑자기 호화롭게 장식된 마차가 나타났다. 차에는 두 귀부인이 앉아 있었고 그 중 한 부인은 키는 훤칠하였으나 날씬하지 않았고 다른 한 부인은 비대했으며 부석부석하기 그지없었다. 그녀들은 모두 비단으로 몸을 감싸고 마차 뒤에는 위풍이 당당한 무사 다섯이 따라왔다. 마차는 나는 듯이 달려 상부의 대문으로 들이닥치자 문지기인 난영이 호통을 쳤다.

"누구시요! 당신들은 뭐하는 사람들이요?"

"태 부인의 본가 친척이 태 부인을 뵈오러 왔소이다."

마차몰이가 대답했다.

이때 난영이 문을 열자 마차는 질풍같이 달려 어둠 속으로 사라졌다. 마차 안에 앉은 자들은 태 부인의 본가 친척이 아니라 위장한 남자 둘이었다. 작고 뚱뚱한 자는 다름 아닌 태자 괴귀였고 몸집이 좋은 자는 혼량부였다. 낮에 벌써 제구성에 도착하여 상부의 야채밭에 숨어 있다가 고요한 야밤에 어둠을 방패로 삼아 위장하고 상부에 들어왔던 것이다.

위 영공의 큰 딸이며 괴귀의 누이가 공어(孔圉; 공문자)에게 시집갔음으로 그를 공희(孔姬)라고 불렀다. 그의 친 아들인 공괴(공숙 이라고도 함)가 아비의 직무를 세습 받아 승상이 되어 위나라에 정권을 잡았다. 공씨네는 혼량부라는 소신을 두었는데 몸집이 웅장하였을 뿐만 아니라 용모도 의젓하여 공어가 죽은 후 공희는 혼양부와 사통했었다. 근래에 공희는 늘 혼량부를 몰래 파견해서 척읍에서 망명생활을 하고 있는 괴귀와 회동하게 했고 오누이가 서로 결탁하여 정권을 찬탈하려고 시도

했다. 어느 날 괴귀는 혼량부에게 약속했다.

"네가 나를 도와 나라를 회복하여 임금이 되면 대부로 책봉시킬 뿐만 아니라 특권을 주어 복면(대부 복)과 승함(대부가 타고 다니는 마차)은 물론, 죽을 죄를 세 번 져도 특사할 것이다."

혼량부는 훗날 괴귀가 실언으로 취급할까봐 문서를 쓰게 하고 괴귀가 나라를 회복하고자 하는 마음이 간절하여 쾌히 승낙했다. 한편 공희는 동생을 맞아들여 그가 복국하고 임금이 되기를 원했지만 막상 행동하려고 하니 겁이 났다.

혼량부는 관직에 눈이 어두워 공희를 압박하며 졸라댔다.

"위나라 군주는 괴귀의 아들이고 공괴는 당신의 아들입니다. 어머니의 명령으로 외삼촌의 복국을 맞이하는 것이니 공괴가 감히 듣지 않을 수 없습니다. 당신이 의견을 세워 나에게 괴귀를 맞아들이는 임무만 맡기면 어떻게 처사하는가에 대해서 방법이 자연히 나올 것이옵나이다."

공희는 매우 난처해서 눈물을 흘리며 말했다.

"철(輒)은 첩의 생질이고 괴귀는 첩의 친동생입니다. 어떻게 서로 살육할 수 있사옵나이까?"

"당신에게 있어선 요긴하지 않아도 나에겐 아주 요긴한 문제입니다. 내가 괴귀를 도와 복국하면 벼슬을 하고 성읍을 가질 수 있소이다. 당신과 잠자리를 함께하고 좋은 인연까지 맺었습니다. 이까짓 요구야 들어주어야 하지 않겠소?"

공희는 혼량부의 웅장한 몸과 예쁜 용모 그리고 대범한 풍채에 빠졌다. 달콤한 사랑과 따뜻한 육체는 그녀를 사로잡았다. 혼량부와 함께 했던 추억을 회상하자 눈물을 흘리면서 대답했다. 혼량부는 아주 멋진 장식품을 골라잡더니 공희와 작별하고 척읍(戚邑)으로 걸음을 다그쳤다. 그들은 호화로운 마차로 밤에 상부에 들어가는 계획을 꾸미고 괴귀와 혼량부는 공씨 댁에 들어가자 위장을 벗고 곧 내실로 들어가 괴귀와 누이는 눈물범벅으로 서로 만났다.

혼량부가 말했다.

"성공하면 군주가 되고 실패하면 망명을 할 판인데 지금 눈물을 짜면서 감정을 토로할 때가 아닙니다. 태 부인께서는 재상이 지금 어디 계신지 말씀해 주십시요."

"천하가 모두 우리 아들 손아귀에 있소이다. 공괴(孔悝)는 지금 궁중에서 대사를 의논하고 있습니다. 그가 온 다음 무력으로 위협하면 꼭 성공할 것이옵나이다. 하지만 우리 아들 털끝 하나 다쳐선 안 되옵니다."

괴귀는 석걸(石乞)과 맹염(孟黶) 두 장군과 병사를 매복시키고 공괴가 돌아오길 기다렸다. 공괴는 벌써부터 어머니와 혼량부가 사통하는 것을 알고 괴귀를 맞아들여 나라를 되찾고 군주가 되려고 시도하는 것도 알았기 때문에 심복인 시녀를 시켜 공희의 행동을 감시하고 있었다. 그런데 최근에 혼량부가 척읍으로 빈번하게 드나들고 있다는 밀보를 받고 공괴는 오늘 밤에 위 출공과 대책을 의논하러 입궁했던 것인데 이렇게 빨리 그리고 돌연히 행동할 줄은 꿈에도 생각지 못했다. 그가 야밤에 잔뜩 취해서 집으로 돌아왔을 때 공희는 대청에서 기다리고 있었다.

"얘야! 부모 두 가족 지간에 어느 쪽이 더 친한 것이냐?

공희가 물었다.

"아버지 쪽은 삼촌 백부고 어머니 쪽은 외삼촌이옵니다. 이것은 모두 직계 혈연이므로 모두 친하옵나이다."

"외삼촌이 어머니와 가깝다는 걸 뻔히 알고 있었구나. 무엇 때문에 내 동생을 불러들여 나라를 회복하고 군주가 되게 하지 못하느냐?"

"아들을 제쳐놓고 손자를 올려 앉힌 것은 돌아가신 군주의 유언이옵나이다. 승상으로서 어떻게 이 도리를 어길 수 있겠나이까?"

공괴는 떳떳이 말하고는 급작스레 배가 아프다며 화장실로 들어갔다. 알고 보니 화장실 안에는 비밀갱도가 설치되어 있어 공괴가 대변본다는 빌미로 도망치려 했던 것이다. 그러나 혼량부는 공 씨네 소신으로 그 비밀을 모를 리 없었다. 공희는 만일의 경우를 생각하여 그 비밀을 알려주었고 혼량부는 급히 괴귀에게 눈짓하고 도망치려 한다고 손짓했다. 괴귀는 즉시로 석걸과 맹염을 시켜 공괴를 끌어내라고 명령했다. 공괴가 방금 화장실로 들어가 비밀통로의 기관을 발동하지도 않았는데 승냥이처럼 뛰어든 석걸과 맹염이 호령했다.

"태자께서 부르시오니 어서 빨리 배견할 지어다!"

공괴의 양편에서 팔을 비틀어 끌고 나와 대청의 높은 용상으로 갔다. 용상의 한가운데는 괴귀가 남쪽을 마주하여 앉아 있었다. 괴귀의 오른편에는 공희가 있었고 왼편에는 혼량부가 있었다.

공희가 호령했다.

"외삼촌이 계시는데 어서 절을 못하겠느냐?"

공괴는 하는 수 없이 괴귀를 배견하니 괴귀는 급히 일어서서 공괴를 부축하여 자기의 오른편에 앉히고 공희가 입을 열었다.

"나라는 본디 너의 외삼촌이 승계했어야 했으나 치욕을 씻으려 하다가 핍박에 못 이겨 도망을 간 것이다. 천하 사람들은 벌써부터 양해를 해 왔다. 외삼촌의 친생자 첩은 영원히 나라의 권력을 찬탈 하고자 하여 아비의 귀국 복위를 거절한 것은 실로 대역부도한 죄인인 것이다. 나와 너의 외삼촌은 친 오누이로서 가만히 앉아 보고만 있을 수 없었다. 때문에 외삼촌의 복국 행동에 일언 정국해야 할 것이다. 문무백관의 으뜸으로서 이 행동을 지지한다면 충효의 모범이라 할 수 있는 것이다."

"이 아들은 진정으로 복종하지 못하겠나이다."

공괴는 분명한 태도 표시를 하고나서 계속 말했다.

"공괴는 위 영공의 유조를 받들어 위나라에 위 출공이 계시는 것만 압니다. 외삼촌이 계시고 있다는 것은 모르고 있소이다."

혼량부가 석걸과 맹염에게 손짓하자 그들은 아무 말도 없이 나갔다. 잠간 뒤에 주둥이를 꽁꽁 묶은 수퇘지 한 마리를 들고 들어와 공괴 앞에 내려놓았는데 돼지는 소리를 지르고 있었다.

혼량부는 너털웃음을 웃었다. 그리고 보검을 빼들고 수퇘지 목에 대고 슬쩍 금을 그었다. 그놈의 진붉은 피는 번뜩번뜩 빛나는 보검 날에 묻어났다. 그 피 비릿내 나는 보검을 공괴 앞에 흔들었다.

"승상께서 회맹에 조인만 하십시요. 소복은 이 검을 번쩍이며 이놈의 피가 증거물이 되게 할 것이옵나이다. 그렇지 않으면……."

그렇지 않으면 어쩌겠느냐는 것에 대해서는 혼량부가 말을 하지 않았지만 더 말할 필요도 없었다. 공회는 공괴를 협박하는 한편 밤에 출공의 궁궐을 습격하라고 명령했다. 석걸과 맹연을 시켜 가병을 거느리고 쳐들어가게 했다.

출공은 공괴가 간 후 잔뜩 취해 비칠거리면서 침상에 올랐다. 한 시종이 뛰어 들어와 반란병이 궁궐을 포위하고 있다고 보고했다. 출공이 시종들에게 어서 공괴를 불러오라고 명령을 내렸다. 그런데 그들은 '난을 일으키고 있는 자들이 바로 공 씨네 가병이옵니다. 태자의 명령을 받고 반역자를 잡으러 왔다고 하였나이다.' 라고 대답했다.

출공은 청천벽력을 듣는 것처럼 술기운이 삽시간에 사라졌다. 그는 끝이라고 생각하면서 삼십육계가 상책이라 생각했다. 그리하여 그는 심복 시종에게 급히 명령하여 보물 가산을 챙기게 했다. 두 마차에 꽉 차게 싣고 가속을 거느리고 궁궐을 떠나 어둠을 이용해서 뒷문으로 성을 나가 노나라로 도망을 갔다.

자로가 마지막까지 예를 갖추며 죽었음을 듣다

많은 신하가 괴귀에게 의탁하기 싫어서 사방으로 도망쳤다. 고재도 서울을 떠나 이날 밤 출성하여 사무를 보느라 돌아오지 못하고 있을 때였다. 자정이 지나서야 옷을 벗고 쉬려 했는데 난영이 편지를 보내 괴귀가 공씨 댁을 야습하고 공괴를 협박했다는 것을 알렸다. 오래 전부터 도모했던 부자간 왕위 쟁탈전의 유혈 사건이 시작된 것이다.

고재는 출성하여 곧 서쪽 방향으로 가서 자로에게 잠시 피해있고 돌아오지 말라고 알려주려 했다. 동쪽 하늘이 훤하게 밝아오자 고재는 속도를 다그쳤다. 급히 달리는 말발굽 소리와 마차 바퀴 소리가 멀리서부터 들려와서 고재는 자로가 온다는 것을 판단하고 발걸음을 멈추고 큰길 한가운데서 마차를 세우려 했다. 큰 길 끝에서 흑점 하나가 보이더니 점점 확대되어 순식간에 덮쳐왔다. 자로는 수레에 앉아 사정없이 채찍으로 말을 치며 앞가슴을 활짝 헤치고 땀투성이가 되어 있었다.

고재는 자로라는 것을 알고 두 손을 벌려 마차를 가로막고 섰다.

"어느 개 같은 놈이야! 담도 크다! 무슨 연고로 마차를 막느냐?"

자로가 고재인 줄 모르고 소리쳤다.

"자로 형! 너무 급해서 넋이 나간 모양이군! 이 고재도 몰라보고…."

자로가 말에서 훌쩍 뛰어내려 고재의 두 손을 꼭 부여잡고 번갯불에 콩 볶듯이 물었다.

"고재 동생이구만 내가 참으로 넋이 나갔어. 빨리 말해 봐! 성안의 상황이 어떠한가?"

고재는 자로의 질문에 상황을 대충 추려 경과를 말했다.

자로가 물었다.

"출공이 지금 어디에 있는가?"

"어제 저녁에 성안을 뛰쳐나가 노나라로 망명했답니다."

"승상의 상황은?"

"괴귀가 가두어 놓고 회맹에 조인하라고 협박하고 있다 합니다. 매우 위험한 것 같습니다."

"어서 나와 함께 가서 승상을 구하고 시국을 돌려놓자구나!"

자로가 막 마차에 올라가려는데 고재가 자로를 잡아당기며 말렸다.

"지금, 자로 형을 말리려고 성을 나왔소! 임금은 도망가고 승상이 갇혔으며 대신은 뿔뿔이 헤어졌소. 수비하는 군사들이 칼을 뽑았으나 누굴 위해 싸우는지 판단하기 어렵다오. 이런 상황인데 이때 성에 들어가면 기필코 그물에 기어들어 가는 격이오. 어떻게 승상을 구하고 국세를 돌려 세운단 말이요?"

자로가 화를 냈다.

"공자님은 군의 봉록을 먹으면 군에 충성하는 일을 해야 한다고 늘 우리에게 가르치셨다. 승상께서는 우리에게 항상 야박하게 굴지 않았다. 그가 지금 도탄 속에 빠져 있는데 가만히 보고만 있을 수 없지!"

"부자지간에 정권쟁탈은 개싸움과 같은 것이오. 하필이면 우리가 그 소용돌이에 빠져 사경에 이르렀소?"

"그렇구만!"

자로는 고재를 밀치고 마차에 올라 채찍으로 고재를 가리키면서 꾸짖었다.

"겁쟁이는 목숨이나 살리거라!"

자로가 채찍을 날리니 마차가 줄달음쳐 갔다. 고재가 한숨을 쉬는 사이에 마차는 어느새 아침 안개 속에 사라지고 있었다. 고재는 들에 사람이 없는 틈을 따서 옷을 갈아입고 서울 근교로 들어가 숨어서 위나라의 정변을 탐문했다.

성 안의 내란은 해가 세발이나 올라와도 성문은 굳게 잠겨 있었다. 자로가 성곽 아래에 가서 굵다란 원목으로 사정없이 문을 쳤지만 성문은 열리지 않았다.

"어서 성문을 열어!"

공손질이 괴귀의 명령을 받고 성문을 열었을 때는 50대의 마차를 인솔하고 위 출공을 추격하러 가는 중이었다. 자로는 그 틈을 타 성 안으로 가만히 들어갔다. 마차까지 버리고 손에는 검만 들고 홀몸으로 달려갔다. 대문을 지키는 군졸이 막아 나서자 그는 발차기로 눕혀 놓고 성 안으로 들어가 상부로 곧 달려갔다. 상부의 수비를 담당한 가신인 공손감(公孫敢)이 권고를 했다.

"공손감은 이익을 위해 위험을 피하는 자지만 나 공문 제자 중유는 군주의 봉록을 타 먹는 놈이기에 우환이 있으면 기필코 제거할 것이다. 부도덕한 행위를 어떻게 두고 보겠는가?"

공손감은 수치스러워 얼굴이 홍당무가 되어 고개를 숙여 버렸다. 자로는 떳떳한 모습으로 상부(相府)인 공씨 댁 정면 대청으로 곧바로 들어가 용상 아래에서 소리높여 외쳤다.

"승상! 당황하지 마시길 바라외다. 중유가 돌아왔소이다."

용상 위에는 공회 혼량부 외에 오륙 명의 맹장들이 공괴를 가운데 앉혀 놓고 맹약에 조인하라 협박하고 있었다. 옆에는 피가 흥건한 돼지도 있었다.

자로는 용상 위에 올라가 톡톡히 족치려고 마음먹었다. 공회는 자로가 용감무쌍함을 잘 알고 있어 석걸과 맹염도 그의 상대가 되지 않을 것도 알고 있었다. 일단 격투가 벌어지면 결과를 예측키 어렵다 생각하고 '이것은 공무 가사이오니 장군께서 간섭하지 말지어다. 괜히 화를 초래하지 말게.' 라고 입을 열어 권고했다.

"음탕한 년!"

자로가 욕을 퍼부으며 호령했다.

"공 대부께서 시신이 채 식지도 않았는데 네년은 가신과 사통했다. 오늘 네년은 또 반역자와 결탁하여 정권까지 찬탈하려 하니 무슨 낯으로 나에게 말을 거느냐? 혼량부, 짐승보다 못한 놈! 네 이놈! 너는 가신의 신분으로 주인의 부인을 간음하고 주인을 능욕했다. 죽어도 시원치 않으니 어서 용상에서 내려오너라!"

괴귀가 나서서 말했다.

"자로는 준걸로서 정세를 잘 알아야 할 것이요. 장군께서 나를 도와준다면 사후 경상으로 책봉해주겠소."

자로가 또 괴귀에게 욕을 퍼붓기 시작했다.

"어미를 죽이려는 나쁜 자식! 어서 내려와 판가름을 하자. 만일 중유가 너의 손에 잡히면 우선으로 네 앞에 꿇어 신하가 되고 군주로 모시겠다."

용상 아래와 위에서는 이렇게 서로 대치하고 있었다. 아래에서는 올라가려 하지 않았고 위에서는 내려오지 않았다.

공희와 혼량부의 명성은 땅바닥에 떨어졌다. 평소에는 감히 사람들이 공개적으로 위 왕실을 질책할 수 없었지만 오늘은 공부 안팎의 사람들이 자로의 의리를 칭찬하며 용맹을 떨치는 영웅적 기개에 탄복을 금치 못했다. 모두들 분분히 떨쳐 나와 위풍을 북돋아 주어 자로가 한 번 영을 내리니 많은 사람이 용상에 불을 지폈다. 삽시간에 불길은 충천하고 짙은 연기가 용상을 휘감아 잿더미로 만들었다. 그 불빛은 자로의 얼굴을 비쳐주어 붉은 광택이 감돌았다.

그는 용상 위에 있는 자들이 불가마 속의 개미 같아서 앙천대소했다. 그 웃음소리는 그렇게도 떳떳하고 자신감이 넘쳤다. 이는 두려움 모르는 웃음이었고 승리자의 웃음이었다.

"반역자 놈들아! 용상이 타기 전에 내려오너라!"

괴귀와 공희는 주린 개 담장 뛰어넘듯이 줄행랑을 치면서 맹 · 연 등 세 명의 장군에게 명령을 내려 자로와 싸우게 했다. 량지창 대도를 들고 싸우니 자로는 홀몸으로 셋이나 감당하면서 삼면의 공격을 받아냈다. 용맹은 젊은 시절 못지않아 삼십여 합을 경과하고도 줄곧 우세했다. 그러나 맹호도 승냥이 무리를 감당하기 어렵다고 했다. 자로는 점점 근력이 빠지기 시작하여 짧은 보검으로 장모 등 장병기를 대처하다 보니 힘이 곱절 들었다. 무예의 형체가 흩어지기 시작하여 나중엔 방어하기에 급급했다.

이 때 갑자기 공괴가 용상 위에서 소리쳤다.

"자로 뒤를 조심하게!"

자로에게 씽하는 소리가 들렸다.

맹 · 연의 대도가 위에서 아래로 찍어 내려왔다. 자로는 급히 몸을 피했지만 모자가 땅에 떨어졌다. 또한 왼팔이 대도에 맞아 피가 용솟

음쳤다. 자로는 벌떡 일어나 손을 내밀어 세 병기를 제지하면서 말했다. '잠깐, 공자님이 일컫기를 군자는 죽어도 모자는 벗지 않는다고 했다. 이 중유가 모자를 바로 쓴 다음 죽여도 늦지 않다.' 라고 말했다.

자로의 말소리는 높지 않았으나 세 명의 장군 장령은 전율되어 뒤로 몇 발 물러서야 했다. 자로는 허리 굽혀 모자를 주어 먼지를 털고서 똑바로 썼다. 모자 끈이 끊어진 것을 발견하고 그는 아주 태연하게 이어 매고는 또 모자 자세를 바로 했다. 애석하게도 주위에 거울이 없었다. 그렇지 않았다면 거울에 비쳐보았을 것이다.

자로의 행동은 모든 사람들의 유혹을 자아냈다. 이때 자로는 시집가는 새색시처럼 정성껏 단장했다. 모든 차림이 끝난 후, 그는 갑자기 보검을 뽑아들고 자결했다. 자로는 쓰러졌다. 그는 아주 조용히 피가 흥건한 바닥에 누웠다. 얼굴에 영원한 미소를 짓고 있었다.

괴귀와 무사들은 무대에서 내려와서 무대 아래에 있는 자들과 함께 자로를 칼탕 쳤다.

고재의 말이 끝난 뒤 제자들은 한결 같이 공자를 위로했다.

"스승님께서 너무 상심하시지 마시옵소서. 옥체건강이 으뜸이옵나이다."

"공구는 상심하지 않는다. 공구가 언제 상심하던…."

과도한 비애로 인하여 공자는 눈물이 말라버렸다. 표정과 감정을 표현하는 언어마저 잊어버렸다. 한참만에야 그는 중얼거렸다.

"군자는 자신의 목숨으로 정의를 수호해야 한다. 중유는 죽을지언정 모자를 벗지 않았다. 공구는 상심하지 않는다. 공구가 무엇 때문에 상심해야 하는가?"

바로 이때 위나라의 사자가 찾아와 공자에게 인사를 했다.

"우리군주가 새로 올라오셨습니다. 공자님을 경모해서 별미를 헌사하는 바이옵나이다"

위나라 사자는 도자기 항아리 하나를 공자에게 넘겨주었다. 공자가 항아리를 받아 쥐고 뚜껑을 열고 보니 대경실색할 수밖에 없었다. 그 안에는 고기가 꽉 차 있었다.

공자는 슬퍼서 눈물을 흘리며 말했다.

"우리 제자 중유의 살점이었구먼!"

위나라 사자는 놀랍고 이상하여 물었다.

"공자님은 어찌하여 아시는 것이옵나이까?"

"위나라 군주가 하필이면 나에게 이것을 왜 보내오겠소?"

공자는 뜨거운 눈물을 머금고 다시 뚜껑을 잘 밀봉했다. 그리고 나서 제자들에게 길일을 택하여 안회의 묘 옆에 묻으라 했다. 관곽을 안장하는 것처럼 성대하게 하라고 분부했다. 공자는 제자들의 부축임을 받아 비칠거리면서 묘지까지 갔다. 가슴을 치고 발을 구르면서 눈물을 비오 듯 흘렸다. '중유가 바른 죽음을 당하지 못할까 걱정했는데 과연 옳았구먼….'라고 하면서 머리를 묘지에 박고 쓰러졌다.

자로의 묘지에서 돌아온 후, 공자는 몸져 누웠다.

침상에서 몸을 일으키지 못했다. 제자들은 윤번으로 의사를 청하고 약을 달여 물과 밥을 드리며 간호했다. 정신이 좀 개운해지면 제자들은 그를 모시고 한담했다. 지나간 일을 회상하면서 미래에 대한 것도 펴 보았다. 비록 병중의 참혹한 시달림으로 인해 하루를 석삼년처럼 보내셨다.

이렇게 병석에서 나날을 보냈다. 어느덧 벌써 두세 달이 지나갔다.

공자께서 73세를 일기로 선사(禪死)하다

설 명절도 지나고 날씨가 점점 따뜻해지니 동물은 소생하고 식물은 움터올랐다. 산과 들은 푸르렀고 새로운 둥지를 튼 곤충은 춤을 추기 시작했다. 세월은 돌고 돌아 만물이 새로운 생기를 띠기 시작하자 공자의 병도 점차 좋아져서 정신도 상쾌해졌다. 식욕도 증가되어 얼마 후쯤이면 지팡이를 짚고 마당에서 걷기도 할 것 같았다.

제자들은 공자를 모시고 행단에 갔다. 그는 생소한 곳에 온 것처럼 제자들에게 부축하라 하면서 올라 보기도 하고, 강의를 하던 자리에 자세를 바르게 하고 앉아보았다. 은행나무 숲에서는 나무마다 만져보았고, 고개 들어 수관을 쳐다보며 제일 먼저 심은 나무의 둘레를 안아보면서 혼잣말로 중얼거렸다.

"봄이 왔네! 은행나무는 곧 가지나 잎이 무성해질 것이다. 열매도 맺을 것이니 봄은 얼마나 아름다운 것인가!"

피로감을 느끼게 되자 행단을 나와 돌계단에 앉아 숨을 몰아쉬었다. 공자는 또 푸른 하늘의 흰 구름과 날아가는 새를 흥미롭게 바라보았다. 이른 아침 그는 일찍 기상하여 창문 살을 잡고 아침 해가 솟아오르는 것을 기다렸고, 저녁 무렵에는 계단을 집고 해가 서산에서 지는 것을 바래주었다.

그는 제자들에게 이수(沂水)에 물 한 초롱 길어 오라 했고, 사수(泗水) 강변에 들꽃을 따다 침상에 꽂으라 했다. 또 방산(防山)의 멋진 자갈을 주어오라 하여 손에 꼭 쥐어 보고 또 보았다. 그는 또 예전보다 사람을 더더욱 반가워하여 주변에 사람들이 많으면 많을수록 좋아했다. 모였다가 헤쳐지지 않는 것을 더 좋아했다. 가끔씩 급작스레 제자들을 부르고 일단 오면 말없이 그들의 손을 도닥여 주었다. 등도 쓰다듬어 주며 끝없이 고개를 끄덕이고 빙긋이 웃어 주었다.

제자들이 모두 공자의 병세가 호전이 되었다 하면서 흐뭇해했지만 이것이 좋은 징조가 아닌 것 같았다. 회광반조(回光反照; 사별 직전에 잠깐 왕성해지는 현상)일 수도 있다는 일부 제자들의 견해였다.

어느 날 공자는 갑자기 자공 이외의 제자들을 전부 돌려보냈다. 하지만 제자들은 하는 수 없이 나가서 모두 침실 벽 하나를 사이에 두고 대기했다. 공자가 비밀이라도 있어서 그런 것은 아니라고 생각했고 자공에게 어떤 요긴한 일이라도 맡길 것이라고 생각하는 제자는 없었다. 그것은 그들이 전적으로 공자를 믿기 때문이었다.

연신 칠 일 간이나 공자는 병석에 누워 말하지 않고 움직이지도 않았으며 먹지도 마시지도 않았다. 조용히 자거나 휴식을 하는 모양을 보일 뿐 그의 대뇌는 계속 돌아가고 있었다.

그는 자신이 걸어온 일생에 대해 정리하며 자신의 정치 주장과 이상에 대해 분석하여 현 시대에 대해 돌이켜 보는 것 같았다. 그는 재앙,

기아, 온역, 전쟁, 시체, 굶어 죽은 자들이 맴돌이치고, 또 옛 친구, 죽은 제자들, 살아있는 제자들, 또 미래가 어떻게 이루어질 것인지 상상의 날개를 펼치는 것 같았다.

여덟 번째 날 아침, 공자는 자공을 시켜 곡부성 안에 있는 제자들을 전부 불러오게 했다. 사실 자공의 부름을 기다릴 겨를 없이 그가 문을 열자 제자들은 우루루 몰려나와 삽시간에 병석을 둘러쌌다. 공자는 조용히 누워 있는데 얼굴에는 홍조를 띠었고 형체는 풍만하여 마른 곳이라곤 볼 수 없었다. 정신은 안온한 상태에 있어 고통이라고 찾아볼 수 없었다. 그는 방금 잠에서 깨어난 것 같이 눈을 뜨고 얼굴에는 태연한 미소를 짓고 있었다.

그의 목소리는 매우 낮았으나 발음은 명확했다.

"어제 저녁 꿈에 나는 두 기둥 가운데에서 사람들의 제사상을 받았다. 너희들은 알고 있는가? 나라에서 사람이 죽으면 관을 동쪽 계단에 놓는다. 주나라에서 사람이 죽으면 관을 서쪽 계단에 놓는다. 은(殷; 상나라)나라에서 사람이 죽으면 관을 두 기둥 사이에 놓는다. 공구는 은나라의 후손이다. 내가 죽은 후, 너희들은 고례에 의해 관을 두 기둥 사이에 놓아다오."

그는 제자들에게 분부를 할 때 평정되고 태연했다. 애원과 비감이라고는 추호도 찾아볼 수 없었다. 눈물은 더더욱 볼 수 없었다. 그는 등불빛을 빌어 주위의 제자들을 하나하나 돌아보았다. 그리고 만족스레 웃었다.

"일찌감치들 돌아가거라!"

공자가 눈을 지그시 감으셨다.

밤하늘에 뜬 구름 한 점도 볼 수 없었다. 밝은 달이 허공에 두둥실 걸려있어 달빛만이 방안을 대낮처럼 환하게 비춰주었다. 공자의 마지막 가는 길을 밤도 축복하는 듯했다. 이튿날 이른 아침 해살은 창에 비쳐 붉게 물들인 환한 빛은 공자의 얼굴에도 그대로 비췄다. 청춘이 되살아나는 듯 보였다.

공자는 잠에서 깨어나 제자들에게 부축해달라 하여 이불을 등에 기대게 하고 만면에 홍조를 띠고 앉아 있었다. 제자들은 맑은 물을 떠서 얼굴과 손을 깨끗이 씻어드렸고 무엇을 드시겠는지 물으니 고개를 저으시면서 청했다.

"자공아! 너의 거문고 재주는 제자들 중에서 으뜸이다. 내게 한곡 띄어 다오!"

자공은 칠현금을 가져다 음조를 바로 잡은 후 켜기 시작했다.

공자는 악곡소리에 맞춰 한 곡을 불렀다.

태산은 붕괴되려 하고
기둥은 부러지려 하며
철인은 시들어지려 하네!

공자의 노래 소리는 가면 갈수록 낮아져 나중에 귓속말을 방불케 하다가 끝내 중지되었다. 그는 바른 차림대로 위좌하고 앉아 눈을 감아버렸다. 그는 조용히 잠들었다. 영원히 잠들었다. 자공의 손가락이 불시에 떨리더니 뚝하고 거문고의 시위가 끊어졌다.

기원 전 479년 2월 11일 역사상 위대한 사상가, 정치가, 교육가인 인류 역사상의 문화 거인, 공자는 73세를 일기로 세상을 하직했다.

공자의 장례는 그 성대함이 제후들을 초월했다.

영구를 모시는 사람, 조문을 하는 사람, 출상하는 사람으로 붐볐다. 그리고 경상 대신들이 있는가 하면 왕손 귀족도 문상했고, 특히 삼천 제자들 중 서거한 제자들을 빼고는 모두 참석했다. 장례는 공서적(公西赤)의 주재 하에 일률로 친부모의 상례처럼 피마대효(披麻戴孝; 흰 마 옷을 입고 흰 천을 머리 팔 허리에 두름)했다.

공자의 관곽은 정면 대청 두 기둥사이의 한복판에 놓았다. 영당 앞에는 무릎을 꿇고 앉은 사람들로 새하얗게 깔려 있어 모두 한결같이 슬픔에 잠겼다. 공자의 상례는 세상 어느 사람들에 비길 수 없었다. 노나라 애공도 조문하러 왔다. 그는 매우 침통한 심정으로 삼배구고의 대례를 했다. 추도사를 읽었다.

"하늘은 무정하기도 하여라! 늙은이 한 분을 남겨주려 하지 않는 구나! 한거 하도다! 나 혼자 이 세상에 남는구나! 의지가지 없구나! 쓸쓸한 이 내 몸이여! 어이, 어이, 니부(尼父)여! 이내 맘 어쩔 바 모르겠네!"

꿇어 앉아있던 자공은 분연히 펄떡 일어났다. 그리고 애공에게 질문을 들이댔다.

"임금님의 그 자태를 보니 노나라를 떠나려는 것은 아니겠지요? 공자님은 늘 말씀 하셨습니다. 실례하는 자는 순서를 모르고, 실명하는 자는 과실이 있고, 의지를 잃는 것을 혹이라 하셨습니다. 생전에 중용하지 않고 성명(聖名)의 도를 행하려는 것은 예가 아닙니다. 더구나 돌아가신 다음 조문하는 것은 예의에 부합되지 아니합니다. 군주의 신분으로 뜻을 이루지 못한 대부를 아비라 부를 수 없는 것이외다. 이것은 예의에 맞지 않는 것이외다."

자공의 말에 온 뜰 안에 있는 사람들은 모두 크게 놀라 땀을 흘리지 않는 자 없었다. 애공은 자공에게 창피를 당하여 넋이 빠진 사람 같이 그저 물끄러미 자공을 바라보았다. 자공은 조금도 겁내지 않고 노한 눈길로 애공을 쏘아보고 있었다.

이 때 애공은 대로하기는커녕 도리어 자공을 칭찬했다.

"군자로서 과인은 그대를 좌상으로 임명하려 하네! 그대의 뜻은 어떤가?"

자공이 목 놓아 울면서 대답했다.

"노나라의 재상 직에 승임할 자는 승천하였소이다."

연구가 영전에 와 꿇어앉아 울다가 사정없이 머리를 관에 박는 바람에 피범벅이 되었다.

"공자님! 이 제자가 당신께 죄를 많이 졌사옵니다. 이 제자는 만 번 죽어도 마땅하옵나이다. 어찌 이렇게 급작스레 돌아가셨습니까? 이 제자에 대해 시름을 놓으실 수 있겠나이까?"

연구가 울고 또 울었다.

"장군께서 비애를 그치십시요! 계 총재께서 요긴한 일을 상론하시겠다 하시면서 어서 오라하십니다. 돌아가시지요."

종들이 진정시키려 했으나 연구는 손을 내저었다.

"계 총재에게 어서 가서 알리거라! 이 연구는 공자님을 위해 수효(守孝) 삼년을 하려하오니 뵙지 못하겠노라고…."

출상하는 날 하늘은 비통에 잠겼고 궐리로부터 사수 강변의 묘지까지 장송 대열이 길을 메웠다. 길에서 무릎을 꿇고 통곡을 하는 남녀노소는 눈물에 적셔 있었고 몇 천 명의 조문객과 삼천제자의 가슴은 터지는 것만 같았다.

하늘도 흔들리누나 귀신도 곡하게 하누나
먹장구름이 파도칠 때 까지 울었도다.
비통한 바람은 일고 일어 하늘땅이 어두워지고 일월이 빛을 잃었네.

관곽은 묘혈에 들어갔고 장송하는 사람들은 저마다 흙을 뿌려 깊이 묻어진 능묘가 이루어졌다. 사람들마다 소나무 한 그루씩 심어 놓으니 일망무제의 임해가 되었고 공자가 세상을 뜬 후 허다한 제자들이 복상 삼년을 했다. 그들은 또 비통에 잠겨 눈물을 흘리면서 헤어졌으나 유독 자공 한 사람만이 공자의 능묘 옆에 초가삼간을 지어놓고 또 수상(守喪) 삼년을 더 했다.

일부 제자들과 노나라 사람은 공자를 추모하여 공자 능묘 옆으로 이사를 했는데 백여 호나 되어 이곳을 공리(孔里)라 했다. 그 후 공자의 집과 강당 그리고 제자들의 숙사를 공묘(孔廟)로 개건했고 공자를 기념하는 곳으로 삼아 그곳에 공자가 생전에 사용했던 옷, 모자, 거문고, 책, 마차, 등이 수장되었고 해마다 사람들의 봉사를 받았다.

지금 곡부에 있는 삼공은 공묘(孔廟), 공부(孔府), 공림(功林)을 이르며 바로 그때부터 시작되었다. 만세사표 문성대왕 공자께서 73세를 일기로 선사하셨다. 그 후 인도 정치를 향한 인류문명의 거대한 수레바퀴는 돌기 시작하여 오늘도 계속 돌아가고 있다.

(끝)